陈之遥 著

一生一遇

You are my whole world

中国華僑出版社
北京

图书在版编目（CIP）数据

一生一遇 / 陈之遥著. — 北京：中国华侨出版社，
2017.10
ISBN 978-7-5113-7056-3

Ⅰ. ①一… Ⅱ. ①陈… Ⅲ. ①长篇小说—中国—当代
Ⅳ. ①I247.5

中国版本图书馆CIP数据核字（2017）第226093号

一生一遇

著　　者：陈之遥
出 版 人：刘凤珍
责任编辑：紫　夜
排版制作：刘珍珍
经　　销：新华书店
开　　本：880mm × 1230mm　1/32　印张：11　字数：296 千字
印　　刷：北京嘉业印刷厂
版　　次：2018 年 3 月第 1 版　2018 年 3 月第 1 次印刷
书　　号：ISBN 978-7-5113-7056-3
定　　价：42.00 元

中国华侨出版社 北京市朝阳区静安里 26 号通成达大厦 3 层　邮编：100028
法律顾问：陈鹰律师事务所
发 行 部：（010）82068999 传真：（010）82069000
网　　址：www.oveaschin.com
E-mail：oveaschin@sina.com

目 录

Contents

【一】

你永远也不可能知道哪一天会与命运相遇，

而这次邂逅需要你尽可能地把自己装扮得美丽。

——Coco Chanel（可可·香奈儿）

苏敏常做一个梦。梦境中，她总是回到小时候，四岁或者五岁的样子，穿一件浅蓝色绒线衫，白色衬衣的育克领翻在外面，脚下踩一只凳子，坐在钢琴边。她看到自己提起双腕，手指落下，触到琴键，而后便听到单调的音阶。她记得那旋律，是《哈农练指法》里的一首。总是那一首，从来没有变过。

她一直以为，因为从小学琴，怨念深重，所以才会反复做这样的梦。直到那一年九月的某一夜，她又做起这个梦来。梦中，还是那首《哈农》，弹到一半，却有一个少年凭空出现。她看到少年在琴凳边对自己耳语。又看到自己对他点头，温顺如一只幼兔。那少年大约也觉得她乖巧，伸手摸摸她的脑袋。

而后，梦就完了，又或许并没有完，只是她不记得更多的情节。

早晨，她醒来，回忆梦境便觉得奇怪，自己既像一个旁观者，听不到少年在说什么，又像是亲身体验，感觉到他的手指抚过发端，呼吸就在耳畔。她就那样在床上躺了许久，直到闹钟响起来。

那时的苏敏，差两周满二十二岁，刚刚从外语学院法语系毕业不久，晃荡着找了一圈工作，做了几个月的翻译，又进了一所学校，回到学生身份，学习服装设计。

那学校，便是D-sign。

那一天，是开学典礼的日子。

典礼办在一家酒店的大宴会厅里，请柬印得很考究，现场更是奢华瑰丽。苏敏走进去，便禁不住感叹，这学校还真是能赚会花的典型，完全没有教书育人的清高和纯朴。但考虑到不菲的学费，D-sign还真就摆得起这个排场。

她是插班生，什么人都不认识，仗着自己法语好，很快“勾搭”上了教艺术史的老师。话说到一半，那位老师发现校长拉芙热就在几步之外与人聊天，便撇下苏敏，拍马屁去了。苏敏自觉无趣，凑到餐台前准备吃东西，还没来得及下手，就听见有人对她道了声“你好”。

她回头看，说话的是个三十岁上下的男人，比她高大半个头，穿着一身夏季西服，很深的灰色，近乎于黑，非常正式的薄底皮鞋，白色衬衣松了最上面一颗扣子，没有打领带，倒显得利落干净，衬出他面孔漂亮的轮廓来。

苏敏不认识他，以为不是在跟自己讲话。但她有个坏习惯，最喜欢挑那些西装男子身上的缺点，此时也不例外，着意多看了他几眼，目光却被他的手吸引——那双手很大，手指修长，手里既没端餐盘，也没拿酒杯，只有一瓶沛雅绿。

“一年级？”男人问她。

“不是，我跳了一级，从二年级读起。”苏敏带着些自豪回答，不知出于何种心态，她克制食欲，只拿了一块巧克力曲奇慢慢地吃，只可惜那一小点儿面粉和可可似乎在嘴里就化得不见踪影，根本没落到胃里去。她是典型的肉食动物，胃口总是很好，很难解释这时候为什么会想要装淑女。

“你原先就是学设计的？”男人又问。

她摇摇头回答：“读法语的。”

他挑挑眉毛，好像觉得不可思议。

苏敏讨厌他的表情，索性说起大话来：“家传手艺，我家里是专做西服定制的，到我已经是第三代。”

“那你对西装很在行咯？”

“可以这么讲。”

“你看我穿的这件怎么样？”

苏敏心想，这算是考考我咯？正好是最在行的话题，她顿时来了精神，上下打量他身上的行头——羊毛面料，高级成衣的做工，看裁剪风格像是意大利货。她点点头，回答：“还可以。”

“还可以？”他笑着问，“那照你看，哪里还要改进？”

“这件上装用的是手工棉肩垫，做工还算不错，但要是我来做，就不用肩垫，你用不着。”她边说边伸手摸了摸他的肩膀，又探进他上衣前襟，“还有胸围，系上纽扣，看有没有余量，要是手不能在衣服和前胸之间滑动，就是胸围小了。”

“可是卖给我衣服的店员说眼下流行这样，紧一点儿，比较显身材。”男人解释。

“他们要做生意，当然那样讲。”苏敏笑道，“你平常健身的吧？全毛衬的前襟位置本来就应该是自然拱起的，靠胸肌去撑？那就是胸围小了。”

男人看着她，说了声“谢谢”。苏敏瞧见他脸上忍俊不禁的表情，才意识到自己一只手还伸在人家衣服里面。她登时红了脸，讪讪收回手来，心想：此人自我感觉还真不错，我又不是在夸你身材好，你谢我做什么？

男人却未就此作罢，继续问：“还有什么地方不够好？”

苏敏不愿意示弱，想了想，反过来问他："你开什么车？"

"铃木。"他回答。

"轿车还是SUV？"

"踏板小摩托。"

"你穿这身衣服骑踏板小摩托？"苏敏不信，"这是Zegna（杰尼亚）的吧？"

"是Zegna。"他回答，"吊牌都没拆，穿完今天就拿去退。"

穿几万块的衣服骑小毛驴？！苏敏猜这是故意给她出难题，便伸出双手做了个握车把的动作，解释道："骑摩托的时候，胳膊抬得比较高，所以袖笼也可以相应开得高一点儿、贴一点儿，这样从胸线到肩膀都会更合体，动起来更舒服，肩膀的部分也不容易往上跑或者往后缩。不过，这只有量身定制才能做到，你身上这件是成衣，已经算很好了。"

她说完就等着被夸奖，男人确实露出赞赏的神色，嘴上却问："你最喜欢哪个设计师的作品？"

"Phoebe Philo（菲比・费罗），Alessandro Sartori（亚历山德罗・萨托利）……"苏敏一个个如数家珍。

"国内的呢？"

她摇摇头，一个都没有。

他不予置评地笑了笑，又问："你除了上学，还做不做兼职？"

苏敏不知他什么来头，犹豫了一下，反问："哪方面的工作？"

他从上衣口袋里拿出一张名片，递给她："感兴趣的话，打电话给我吧。"说完便转身走了。

苏敏低头看了看那张名片，乳白色厚卡纸，印着小小的雅黑体字：

方书齐，KEE

董事总经理 / 设计总监。

头衔倒是很唬人，方书齐？她似乎在哪里听到过这个名字，可就是想不起来了。

典礼从下午两点开始，一直到四点多才结束。离开酒店，苏敏坐地铁过江，到家里附近已是傍晚。

她没有直接回家，先去店里转了转。她家的店就开在马路旁，不久前刚装修过，前面是店堂，后面是工场间，二楼有专门为客人量身的房间和休息室，三楼是仓库，虽不算很大，却精巧雅致，一推门就能闻到一股羊毛织物特有的气息。

店门口挂着"许氏父子绅士商店"的招牌，"父"指的是她外公，而"子"就是她爸爸和她舅舅。外公已经退休，不再做衣服，爸爸和舅舅一人一天轮流在店里。只要是在前面招呼客人，他们身上总是穿着考究的衬衫西装，领带打得一丝不苟。这几年，店里进进出出的外国客人很多，这两位大叔便也学会说一口流利但又很洋泾浜的英文。

苏敏先去三楼翻了翻新到的秋冬面料，又去工场间看裁缝师傅做衣服，直到爸爸轰她，这才怏怏地走了，原以为到家可以痛快吃顿饭，却意外发现妈妈也在。

苏敏的妈妈是医生，工作很忙，难得这么早回家。妈妈是极有上进心的人，坚决信奉知识改变一切，有志者事竟成，打小也这么教育苏敏，却没想到偏偏在这丫头身上栽了跟头。琴棋书画、诗词歌赋一样样熏陶下来，到最后，苏敏最热衷的还是打扮，最擅长的还是做白日梦，总算仗着基因还不错，继承了一副好脑筋，凭着小聪明混进重点中学，大学也还说得过去。

几个月前，眼见着苏敏毕业离校，街坊四邻同一届的孩子都有了去处，妈妈为她着急，便总是追着她问，发了多少简历？收到多少面试通知？都是哪些单位，有没有戏？这一天也不例外，看那架势，苏敏就知道自己躲不过去了。

“上个礼拜面试的那家法国公司有结果没有？”妈妈发问。

“没回音，估计没戏。”苏敏回答。

“为什么啊？你表现不好？”

“大概是吧，专业又不对口。”

“那还不是怪你自己，高考填志愿让你选贸易或者金融，要么索性念医科，你非学什么法语！”

“就算学了贸易和金融也没用，他们问我对电动工具有没有兴趣，你叫我怎么回答？”苏敏回嘴。

“那你怎么回答的？”

“当然说没兴趣。”

“你怎么能这么回答呢？！”苏妈气急，“那可是世界500强公司，写字楼在淮海路，你随随便便一句‘不喜欢’就完啦？说起来，你也是名牌大学出来的，到现在都没一家公司要你，你怎么就不着急啊？”

苏敏头脑一热，意欲争辩，说自己下礼拜就要去D-sign上课了，并非没有去处。所幸还未开口，爸爸便推门进来，她这才将到嘴边的话又咽了回去。她去D-sign学设计，家里只有外公知道。

苏敏找工作的事情，是这几个月晚餐桌上必定要讨论的话题，爸爸一看就知道又开始了，搅浑水道：“敏敏不是也在努力吗？”

“她努力？我看她一点儿不着急。”妈妈嗤之以鼻，“苏敏，我总是跟你说，万事开头难，先就业再择业，你到底懂不懂？第一份工作哪轮得到你挑挑拣拣？你要是不信，叫你爸爸说他第一份工作干的是什么。”

爸爸一面温黄酒，一面老实回答：“车工，十六岁初中毕业，学校分配的，一个月工资十七块八角四。”说罢又伸出右手来给苏敏看，“做学徒的时候，被车床轧去一截拇指，还好你爸爸我长得帅，你妈妈不嫌弃我。”

爸爸说完，便对妈妈笑。妈妈却横了他一眼，又道：“还有你外公，也不容易的。”

外公闻言，便摇起扇子来话当年：“家里四个孩子，没有饭吃。我是老大，刚满十岁，你太婆就把我塞到长途汽车里，叫我拜了师父，到上海的裁缝店去学生意。我不懂事，一路上哭，还想逃回去，结果被师父绑在一袋子大米上面。”

妈妈点头，深表满意，又数落苏敏：“你们这一辈孩子就是物质太丰富，太拿自己当回事。”

苏敏已被惊到无语，看向外公求助。

外公接了她的眼色，便打圆场，对妈妈道：“晓安，你兆堃叔叔的孙子，前些天从英国回来了，他认识的人多，不如托他想想办法。”

“哦？那孩子倒挺有心的，兆堃叔叔去世有一年多了吧，他还想到来看你。他现在是做哪行的？”妈妈问，她对“兆堃叔叔”这个前辈一向敬仰，连带着对那孙子也抱着蛮大的希望。

“呃，这个我也不大清楚，”外公含糊其词，“好像是在一个外企吧，有点儿职务的。他上次来给我留了张名片，我记得是放在店里桌子上了……”

“哦，我看见过。”爸爸插嘴，“以为是客人留下的，就收在那个专门放名片的抽屉里了。”

妈妈瞧一眼苏敏，吩咐道：“一会儿去找出来，打个电话过去。”

“嗯，知道了。”苏敏敷衍点头。

大约是怕她不好意思找人家，妈妈又说：“那孩子小时候到我们家来玩过，你俩挺要好，记得吗？”

苏敏懒得想，直接回答："不记得。"

"他爷爷是儿科大夫，"外公笑着提醒，"你那时管人家叫猴子医生。"

这么一说，苏敏才有了隐约的印象，好像是有一个老爷爷带着个男孩子来过她家。那老爷爷讲话十分和气，学猴子学得惟妙惟肖，把她逗得乐个不停，可那男孩子却跟她有点过节似的。只可惜时间太久，究竟是什么过节，她全都忘了，名字和长相也对不上号，只记得男孩来时仿佛穿一件深灰色粗呢牛角扣大衣，脖子上系的毛线围巾是一种干净悦目的浅蓝，和大衣的灰色很是相配。她就是这样的人，说她肤浅也好，虚荣也罢，颜色、质地、轮廓以及各种不同的纤维散发出来的气味，她脑子里记的全都是那些。

"不管记不记得，一会儿就把名片找出来，打个电话过去。这找工作的事情，你自己也得上点儿心！"妈妈撂下这么一句，结束讨论。

吃过饭，苏敏的确去开了那个抽屉，然而里面的名片没有一千也有九百，小山似的堆在一起，毫无规律。爸爸和舅舅做生意都是个体户的做派，一切随着性子来，根本没有客户关系这回事，名片接了，随手丢进去，再也不会整理。于是，苏敏也就叹了一声："这叫我怎么找啊？"便将抽屉关上，把这事忘到脑后了。

那个时候，离D-sign开学只有几天，她眼下第一要紧的任务，就是把上学做作业要用的工具一点儿一点儿转移出去。缝纫机、剪刀、软尺、万能胶、锥子、镊子、黄油笔，这些东西她原本就有，即使没有，店里也找得到，问题是要瞒着她妈，分期分批地运出去。

而此次暗度陈仓计划的目的地，就是阿尔诺在城市东北面租住的房子。

阿尔诺是个高高瘦瘦、戴眼镜的法国人，跟苏敏同岁，两人是在一次学校联谊活动上认识的。那个时候，阿尔诺在中文系念中文，苏敏毕业了，他还继续在中文系念中文，数年如一日地混迹于大学城，一年四季都是学生打扮，T恤、牛仔裤、运动鞋，栗色短发理到最短，看着倒也干干净净。

因为苏敏的东西多，阿尔诺答应她开车来接一趟。他的车是一部蓝色的二手标致，看起来很旧，却保养得很好。他是个近乎迂腐的读书人，无论做什么事都认认真真，每次坐上驾驶座，非得按照行车安全指南的顺序检查一下车况，刹车、仪表、反光镜、灯光……

苏敏是急性子，看得肚肠都痒了，在一旁催他："快走吧，再磨蹭让我爸妈看见啦！"

阿尔诺冷着脸把那个老问题搬出来："你为什么就不能老实跟你爸妈说你要去学设计？"

"又不是没试过，主要是因为我妈，每次一提起来，就说我不务正业，"苏敏回答，继而又学着妈妈的口气骂，"都是像你爸！"

在妈妈的眼中，普天下治病救人是最高了，像苏敏这样的专业，若能在大学留校或者做个外事方面的公务员也是很好的，实在不济也该进外企做份体面的OL工作，再怎么样也不能走他们家前两代人的老路，靠这一点儿手艺，吃辛苦饭。母女二人在这个问题上分歧不小，苏敏总觉得妈妈功利心太重，妈妈又总觉得是她太天真了。

这些事情，阿尔诺也不是不知道，撇着嘴摇头，说："好吧，这件事上我吃亏就吃亏了，只要你房租不赖掉就好。还有，别让你妈以为我们同居了，来逼我跟你结婚。"

"可饶了我吧，"苏敏横他一眼，"我现在被逼找工作，已经够受的了。被逼婚是十年后才该受的罪，我可不想提前享受这待遇。"

阿尔诺这才嘿嘿笑起来，发动了车子。

他租的房子在东北片大学城附近的一个居民区里，清一色方方正正的六层公房，都是几十年的旧房子了，小区里香樟树长得老高，树荫茂密，遮天蔽日。两人搬着东西上到二楼，隔壁一个老得猜不出年纪的老太正摇着蒲扇坐在门口，特别看了苏敏几眼。

苏敏叫了声“阿婆”，老太只是默默地咧嘴笑，却好像别有深意，倒让阿尔诺不好意思起来。在那之前，也有女孩子到他这里来过，却没有一个是像苏敏这样拖着行李的。

他们开门进屋，门后面便是厨房，摆了张吃饭的桌子，墙上挂着自行车，两边各一扇淡黄色的门通向两间房间。

阿尔诺推开其中一扇，对苏敏说：“东西就放在这里吧。”

眼前是一间大约十二平方米的屋子，连着一个小阳台，墙壁刷成白色，铺着薄薄的复合地板，摆着书橱、沙发，靠窗放着两张在宜家买的写字台，一新一旧，看得出新的那张就是特别为她准备的。

苏敏对阿尔诺的周到安排十分满意，放下东西，就从随身的背包里拿出一个信封递给他，对他说：“付三押一，你看看对不对。”

这是她来之前就跟他说好的，房租她付四分之一，分租一半的起居室。阿尔诺没想到她真的跟自己算得这么清，一时无语。苏敏见他不接，就把信封扔在他那张写字台上，又笑着问他：“还有，这张桌子买来多少钱？我给你，运费和安装我就不出钱了。”

阿尔诺想跟她客气，又傻呆呆的，也不知该怎么说。苏敏还是坚持，亲兄弟，明算账。来回推了几次，他也就收下了。

【二】

“从什么时候开始对服装感兴趣的？”

“我出生时就穿着一件夹克。”

——Tom Ford（汤姆·福特）

周末一过，D-sign就开学了。

第一天去学校报到，苏敏不免有点紧张，一大早就醒了，在房间里鼓捣了半天，不知道该穿什么才好，临出门却还是不忘站在窗边，拍下自己这一天的行头，发到一个名叫“衣橱日记”的网站上去。

她这样做差不多已经有一年了，每天早晨出门之前拍下自己的样子，觉得好的就上传。在这个网站上，她的名字是Emily S，年龄在十五到三十五之间游移不定，今天是小水手，明天是文艺女青年，后天又成了旧上海歌女。她穿的那些衣服并不全都是好看的，也未必实用，有时只是一场恶作剧，甚至一次疯狂的实验。当她走出房间，被别人看见，他们脸上或惊讶或欣赏的表情都是她期待的反应。

到那个时候为止，她已经有三千七百三十四个粉丝，收到过八百一十八颗爱心。那些喜欢她的人来自世界各地——纽约、巴黎、伦敦、东京、莫斯科、斯图加特、奥斯陆、安特卫普……用汉语、英语、法语和她交谈。每当她看见这些“来自”，便会觉得自己走遍了整个星球，被全世界的人看见了，也正是因为这种感觉，让她乐此不疲。

今天这样的大日子，自然不能错过，虽然穿得匆忙，她还是照样拍了照传上去，在下面写道：First Day of School！

从家里出来，走了一小段路，挤上公共汽车，她开了手机，看自己刚贴的图。下面已经有几条留言，大多是泛泛的赞美，Love this！Amazing！之类的，只有一条与众不同——来自Never Land的Spade J写道：Finally！You made it！Congratulations！

看着这几个字，苏敏忍不住露出笑容。旁边的人好奇地看了她一眼，又斜着眼儿偷看她的手机屏幕。她无奈收起笑，关掉手机，心里却还是兴奋依旧。她不禁想起过去的种种，对自己说：“是啊，我终于做到了！”学服装设计是她一直以来的理想，真正付诸实施却是因为Spade J的一句话。

Spade J是最早在“衣橱日记”上关注Emily S的人之一，苏敏之所以注意到这个人，是因为他不像别人总是说好话，而是实话实说，好的就赞，不好的就骂。有几次苏敏不服气，便会跟他争论，两人来言去语地吵个不休，也算是不打不相识，混了个眼熟。

苏敏对Spade J其实所知不多，只知道他的资料里写着性别男，年龄十九岁，再无其他，就连“来自”填的也是Never Land，一看便知是随口胡诌的。两人的接触算不得太多，起初也就是在她贴的图下面留个言什么的。直到有一次，Spade J听她说想去学设计，便反问：“为什么不去呢？”

苏敏记得自己是这么回答的：“设计学校的招生简章里写着高中学历以上，我明年就大学毕业了。”

毕竟是中国长大的孩子，有些观念根深蒂固，高中读完了上大学，本科毕业拿到学士学位，再读硕士。要她倒着抽抽回去，和 帮十几岁的高中毕业生在一起接受职业教育，不仅她妈妈受不了，她自己心里这一关也过不去。

Spade J大概也猜到了她的意思，语带戏谑地继续问：“‘大学毕业’应该就包括在那个‘以上’里面吧，除非在中国学级是反着来的？”

苏敏不知怎么解释，仔细想想还真是这么回事。她从小就喜欢自己动手做点东西，十多岁的时候，她开始迷上电视台转播的时装表演，总是花很大一部分零用钱去买各种时装杂志，甚至还以年份和季节分卷，做了好几本剪报，空白的地方写着札记，时不时拿出来钻研。

爸爸看到了总是笑着损她：“苏敏，你怎么又在看时装表演？就你这个长短，起码再长二十公分才能当模特。”

她那个时候还很矮，最讨厌人家拿她的身高说事儿，闹了个红脸儿，继续偷偷摸摸地看。结果又被妈妈说，鬼鬼祟祟的，不上台面。

长到十五六岁，她假期开始在店里帮忙，主要工作就是把做好的衬衫熨平，再钉上珍珠母贝的扣子，每一件爸爸给她十块钱。那时，她家的店面还没有现在这么大，烫衣服的隔间更是狭小，熨斗嗞嗞地喷出白色蒸汽，即使是春秋天也热得很，一会儿工夫就一头的汗。

有时候，她也会一边干一边抱怨：“十块钱太少了，这是剥削童工！”

爸爸听到了，在外面笑：“哈，这话说晚了，上个月你就满十六了，不是童工了。”

即使是这样，又累又热钱又少，苏敏还是乐此不疲地往店里跑。至少外公是支持她的，会坐在她身边替她扇扇子，随口讲些老笑话。

比如，上世纪三十年代英国老街做派的裁缝，因为做了太多皇家卫队的制服，做出来的西服只有在立正的时候才是合身的。

还有弗雷德·阿斯泰尔的经典试衣步骤——让工人把试衣间的地毯卷起来，在硬木地板上跳舞，如果他跳完一段狐步，西装的领子还能贴着脖子，就说明这件衣服已经完全合适了。

甚至还有他自己小时候学手艺的经历，新学徒进门，最开始是打杂，而后就是学烫衣服，只有把衣服烫好了才能上手学裁剪。别看只是熨烫，没有领悟到其中的结构，一针一线的走向，以及细微的轮廓起伏，是不可能真正烫好衣服的。

那些午后，店堂里总是放着瓦格纳或者弗兰克·辛纳屈的老歌，外公手里摇着一把一尺十三方的鸡翅木折扇，扇面上写着的唐代诗人王维的诗句：漾漾泛菱荇，澄澄映葭苇。我心素已闲，清川澹如此。缝纫机和撬边机运转的声音混杂着音乐声，漾在狭小的隔间里，让人不确定自己身在何时何地。

后来，苏敏有了一台自己的缝纫机，是店里淘汰下来的，面线太松，底线又太紧，马达转动不是很灵活，用起来很费劲。但她还是经常用它改自己的衣服，或是淘些布料、辅料来，做些奇奇怪怪的东西。

每次被妈妈看见，都要唠叨：“有时间多温温功课，考上重点大学，找个好工作，以后什么样的衣服不能买？”

她忍不住回嘴，把妈妈惹急了就威胁要把那些针头线脑的全都扔了，骂道：“我看你是变了！就知道要好看！”

爸爸是不敢说什么的，每次都是外公出来圆场，说：“荒年饿不死手艺人，女孩子手巧些总不会错的。”

其实，他们谁都没有说到点子上，她既没有变坏，也不想做模特，更不仅仅是想学一点儿女红那么简单。可能外公是懂得的，只是不说出来罢了。后来，也是外公做主，把她在店里打工的工资涨到了一件衬衣二十块钱，而且还在她十七岁生日的时候，送了一台崭新的家用缝纫机给她作礼物。

升到高三，她想要放弃直升外语学院的机会，去考纺大的服装设计专业。但就是在那一年，外婆被查出肝硬化，手术后几个月就去世了。看着家里当时的情况，她根本没办法把自己的打算说出来，只能按部就班地去上大学。

一转眼三年过去，眼看就要大四了，然后找工作，再毕业离校。对她这样没什么背景，也没什么野心的小妞儿来说，这辈子似乎也就这样了，养家糊口是一回事，爱好又是另一回事，她都已经接受这个现实了，Spade J的那番话却又让她动了心思，还没等她琢磨出个对策来，他就搜罗了许多设计学校的资料发给她。

那些学校风格各异，名头也各不相同，唯一的共同点是学费都很贵。看到最后，还是D-sign的设计制版专业靠谱一点儿，学制三年，结业之后，成绩优秀的人可以获得奖学金去巴黎总校继续读为期一年的研究生学位，还能得到欧洲著名时装屋的实习机会。

苏敏心里还是转不过弯，嫌时间太长了。她对Spade J说，按她现在的学历，直接去法国的公立学校读一年就可以拿硕士学位了。当然，专业不是语言文学，就是商科经济。

Spade J不以为然，直接给她支了个招："要是你觉得自己可以，就直接打电话给校长办公室，申请跳级就是了。"

苏敏觉得这主意荒唐，反过来问他：这事儿有成功的案例吗？

Spade J回答："当然，我就干过，你不会是不敢吧？"

苏敏认定这是一种挑衅，但招生简章里的确提到，法语过关又有一定专业基础的可以申请跳级。她仔细研究了课程设置，也觉得自己符合这个要求，没必要花三年读完这个专业，她已经浪费太多时间了，更关键的是，她花不起三年的钱，虽然外公答应给她资助，但要想神不知鬼不觉，必须能省则省。

于是，她真的按Spade J说的方法，直接去了D-sign上海分校的校长室，正巧就撞上了校长拉芙热。拉芙热自然没太多时间搭理她，幸好她法语够好，套了近乎，要了电邮地址，写信表达了申请跳级的愿望，又把自己画的设计稿和作品照片都发了过去。

却没想到一切进行得那么顺利，两周之后，拉芙热特别为她安排了一次面试。考官包括两位D-sign的任课老师和拉芙热本人。或许苏敏的运气真的是好，其中一位老师竟也出身于一个男装裁缝世家，年轻时还在巴黎旺多姆广场的Charvet做过学徒。四个人聊得甚是欢快，苏敏精准流畅的法语也给她加分不少。拉芙热很快就表示欢迎她去D-sign读书，并且确认她可以跳过一年级的课程，直接从第二年读起。

面试回来，苏敏一个人偷偷在房间里笑了半天，觉得一番努力总算没有白费。而今天，她真的要开始在D-sign的学习生涯了，说不定这一生的路就这样改变。

公车到站，她从人堆里挤下来，站在车站上，远望马路对过纺大的正门，又拿起手机，打开"衣橱日记"网站的网页，在Spade J的留言下面回复："Big thanks to you，with LOVE."

D-sign设计学院就在纺大的设计楼里，二年级的教室是一间约两百平方米的开放式工作间。在那里，苏敏看到了她的新同学们。

他们中的大多数人都已经在这里上了两个学期的课，彼此都很熟悉了。而另一个和苏敏一样跳过一年级的女生，本人还未出现，在座的所有人就都知道她的名字——简妮。整间屋子里，似乎只有苏敏是彻头彻尾的陌生人，她占了角落里一张没人用的工作台，试着跟前后左右的人搭讪，但人家都只是淡淡地跟她打个招呼，就继续起劲儿地八卦那个简妮。

旁边一张桌上，一个戴眼镜的瘦小男孩子在讲："简妮一来，我们就全没戏了吧，这一届巴黎总校研究生课程的奖学金肯定是她的了。"

苏敏听了心里一动，那奖学金可是她一直惦记着的，连忙插上去问："为什么呀？"

"你没看过'霓裳天才'？"男孩子反问。

苏敏点点头说看过。那是电视台的一档真人秀节目，比的就是服装设计，她零零碎碎地看过几集，觉得并不怎么样。

没想到却听那男孩子回答："简妮就是'霓裳天才'的年度冠军呀。"

苏敏突然有些后悔，自己怎么从没动过这方面的脑筋，也去参加个比赛呢？嘴上又说："也不一定吧，不是说到时候要看专业和法语成绩吗？"

"广告效应，你懂吗？"男孩子看看她，"简妮到这里来念书，就是D-sign打的广告。我们都是交了学费才能来这儿的，人家可是学校花钱请来的，到时候往总校一送，媒体肯定还会报道，又是一广告。"

苏敏还是不死心："总会有考试的吧？"

"她是'霓裳天才'的冠军，要比专业成绩也不会差的。而且，设计考试又不是短跑，谁快谁慢一看就知道，倒更像是跳水或者体操，名将往那儿一站，就已经比别人多几分了。"

正说着，工作间的门开了，拉芙热夫人和几个负责二年级课程的老师走进来。同老师们走在一起的还有一个二十岁出头的女孩子，比苏敏高一些，长直发梳了个马尾，显得干练而漂亮。没等介绍，就有人认出她来了，交头接耳地说："看，简妮来了。"

拉芙热先讲话，祝贺在座的二十七个学生升入二年级学习，然后又说："本学年，还有两位新同学加入到这个班，其中一位大家一定都已经知道了，'霓裳天才'的年度冠军，Mademoiselle简妮。"

简妮笑着上前跟大家打了招呼，说了些互相关照、共同努力之类的话。在座的每个人都习惯性地鼓掌，心里却是各有各的算盘。

"另一位你们还不认识，"拉芙热扬起头，朝苏敏伸出手来，"Emily，请到前面来。"

苏敏穿过那些工作台，走到教室前面，从未有过的紧张。

拉芙热向大家介绍，Emily同学因为专业基础优秀，被推荐直接进入二年级学习。话说得十分简略，听起来没什么说服力。

苏敏也不知道接下去该说些什么，只朝众人笑了笑，说："大家好，我叫苏敏。"

随后响起的掌声比刚才稀落了不少，很多人搞不清状况，面面相觑。

苏敏走回自己的位子，边上那个瘦小的男孩子凑过来问："你叫什么来着？"

"苏敏。"她回答。

男孩子想了想，断定自己从没听说这个名字，又问："你原来就是读设计的？"

"不是，读法语的。"

"你得过什么奖？"

苏敏摇摇头："没得过什么奖。"

男孩子睁大了眼睛，一副撞见鬼的表情。

苏敏自觉无趣，心里想，这话怎么这么耳熟，那个什么方书齐好像也这么问过她。她又回想起毕业典礼上他的样子，身上穿得很齐整，头发不长，却有些乱乱的，在偌大一个大宴会厅里，只要看见个后脑勺儿就能定位他在哪里。奇怪的是，她对他的打扮、身形记忆犹新，却记不起他的长相。路人脸，她在心里断言，莫名就笑了一下。

紧接着，拉芙热介绍了一下二年级的课程：个性艺术观、效果图技巧、流行趋势分析、立裁工艺、高档时装剖析、市场营销、品牌形象、电脑制版……林林总总十几门课，把周一到周五占了个满满当当，只留下两个下午做小组作业，有几天甚至要上到晚上九点。

有人开始叹气，苏敏却觉得一阵由衷的兴奋，在心里对自己说了声："加油！"

不一会儿，书单也发下来了，有几本是必定要买的，都是原版书，而且还是彩色铜版纸印刷的大部头。苏敏暗自算了算价钱，又是一笔不菲的开销，再加上买材料的钱，她的“财政危机”真是愈演愈烈了。

随后的课是个性艺术观，授课老师是个半谢了顶的中年法国人，因为是那个学期的第一堂课，他只是很随意地跟学生们聊了聊。苏敏仗着自己法语程度好，和他来言去语说得十分欢乐。其他学生大多只上过一个学期的基础法语，口语水平尚且停留在“comment allez-vous（你好吗？）”的阶段，前两个学期还有翻译跟着上课，从二年级开始就没有了，所以听得很是吃力，更插不上什么话，只有简妮勉强回答了一两个问题。

苏敏心中不免得意，直到无意间发现别人看她的眼神里带着些冷冷的厌恶，方才意识到自己做得太高调了，讷讷闭上嘴巴，埋头记笔记。

挨到午休时间，她刻意和同学套近乎。邻座那个男孩子叫了一个高个女生一起去吃午饭，她便也凑了上去。三个人到学生食堂排队买了三份套餐，找了个小桌子坐下。

那高个女孩叫叶思明，工艺美专毕业，跟苏敏同岁。男孩子叫张志凯，嫌自己名字太普通了，喜欢人家叫他的英文名字沃利，高中毕业就来D-sign了，还不到十九岁。

苏敏和两位新同学之间尚不熟悉，就先聊了聊专业。很快就发现叶思明绘画和色彩方面功底了得，已经是个小有名气的插画师了，而沃利则对面料十分熟悉，不仅常用的梭织面料，就连针织材料也有研究。

他很低调地说了一句不得了的话：“国内售价五百到两千的针织衫基本上都是我们家的工厂做的。”

苏敏不禁刮目相看，她老早就听说学设计的学生当中有不少富二代，却没想到富二代也不是一无所长，专门来混日子的。她原以为总校奖学金唾手可得，直到这时候才发觉自己可能是想得太简单了。

三个人又聊到学费。沃利同学家里很有钱，开一辆招摇的两门跑车上学，自然不为这区区几万块钱发愁。叶思明的情况跟她倒很相近，也是普通家庭，而且还是一个人在上海，半工半读，尽量自己攒学费。

叶思明告诉苏敏，自己同时做着好几份兼职，为几家杂志和网站画插图、做动画人物设计，另外还在一家服装厂做打版师助理。插画师虽然是打零工，却是她主要的经济来源，而那份打版师助理的工作收入就少得多了，但对操练专业技术很有好处，而且也能借此接触一些业内的人。

苏敏觉得叶思明说得很有道理，心想自己也该去找个类似的兼职。她突然想到开学典礼上方书齐提起的那个工作机会，就问两位新同学："你们知不知道KEE？"

沃利立刻点头，说："新创的牌子，前一阵有报道说受邀参加明年的巴黎时装周了。"

"巴黎时装周？不会是'超霸男装，入选卢浮宫的中国品牌'那种吧。"苏敏笑起来，说得挺刻薄。

叶思明也跟着笑，但沃利却说："那个设计师是圣马丁毕业的，还在英国拿到过新秀奖，我看过他的作品，绝对可以的。"

苏敏听了只是将信将疑，心里暗笑，怪不得方书齐会问她喜欢哪个国内的设计师，听到她说一个也没有，又露出那么一个怪表情。

沃利见她不买账，又道："你要是看过'霓裳天裁'，应该知道这个设计师啊，他当过几期评审，简妮的冠军大奖还是他颁的。"

苏敏细想，仍旧无甚印象，但还真没想到此人与简妮有这么一段渊源。

下午上的是设计制作，是整个学期最重要的一门课，在总成绩里占百分之五十的权重。授课的矢田玛利安，六十岁左右的年纪，是个很精神的日本老太太，已经在世界各地的D-sign分校教了十多年书了。

矢田穿着一条黑裙，脖子上系着一根火红的丝麻围巾，有着日本人典型的认真和效率，很快介绍了一下本学年的教学大纲、考试和评分标准。她是D-sign为数不多的几个说英文的老师之一，课堂上的语言障碍相对少了一些，学生们你一言我一语，讨论十分热烈。

或许是嫌他们太吵，矢田突然提高声音说道：“你们可能会发觉能说会道在这个圈子里很有好处，但我最欣赏的却是缄默内秀的人，就好像Heidi Slimane（艾迪·斯理曼），我相信一个简单的道理，艺术的一言堂只有一个，那就是作品。所以，在我的课上，决定成败的也只有一个——作品。”

教室里顿时安静下来，苏敏觉得有几个人的目光落在她身上，好像这话就是说给她听的。她心里有些不高兴，但却并不因此畏首畏尾，她相信自己是有实力的，而且，很快所有人都会知道，她是有实力的。

接下去，矢田布置了这个学期第一次作业。三人一组，用一周的时间做一套服装以及配饰，算是摸底测验，成绩也会记入学期总评。

苏敏心里盘算，自己的强项是裁剪和缝纫，沃利熟悉面料，叶思明绘画和色彩功底很好，可算是各有所长，便连忙拉拢他们，凑成了一组。

这三人先是在学校餐厅讨论，竟是十分地投契。待餐厅关门，他们意犹未尽，又转战到苏敏与阿尔诺同租的小屋，列出当下最流行的元素，商量着定下所有细节，再画好草图。有些地方，苏敏虽有异议，却也没有坚持，很爽快地少数服从多数。她暗自想，应该给自己一些挑战，如果只是重复做喜欢做的、拿手的东西，又何必来上学呢?

仿佛一晃眼，天就黑了，阿尔诺从学校回来，问苏敏去不去吃饭，房里的三个人还没有散场的意思。苏敏头也没回，答了声：“不去。”阿尔诺在门口踱了几步，最后讪讪地走了。

【三】

天方夜谭很简单，但做一件小黑裙却不容易。

——Coco Chanel

那一整天过得忙碌充实，苏敏差一点儿忘记了在D-sign上学的事还瞒着爸妈。她和沃利还有叶思明一起吃了晚饭，回到家已经是晚上八点多了，正撞上妈妈也从医院回来，劈头盖脸地就问她，这一天都上哪儿去了。幸好她早有准备，搬出事先编好的一番说辞来——阿尔诺介绍了一份口译的活儿给她，早上去面试，下午在外语学院图书馆查资料做准备，然后请阿尔诺吃了顿饭才回来的。

这倒也不全是瞎话，阿尔诺有熟人在本地法语联盟教书，经常揽些翻译的活转包给她，收入尚可，就算没有全职工作，养活自己不成问题。

妈妈听她这么说，嗯了一声，没话讲了，但过一会儿，又特地跑到她房间里问："你跟那个外国人到底什么关系？"

"什么什么关系？妈你说话能不能别这么难听啊！"苏敏听着刺耳，忍不住抗议。

妈妈也来了脾气，停顿了一下，警告她道："苏敏，你给我记住，你只有二十二岁！你是个小姑娘！不要给我搞出什么事情来！"

苏敏干脆不理，开了电脑佯装查资料，为口译做准备。妈妈也没力气跟她吵，扭头走了。房门一关，她又习惯性地点开了“衣橱日记”的网页，一早贴的那张图下已有不少留言，收到十来颗粉心，但Spade J那条留言后面，仍旧只有她回复的那句话，孤零零吊在那里，看起来有点傻。

她禁不住去猜，人家不会一天来几次，大概还没看见吧，也可能是看见了，却没当回事儿，所以没回。无论是哪一种可能性，都叫她觉得心里怪难受的。

她发了条消息去问阿尔诺：“如果有女同学对你说‘Thanks with LOVE’，你会不会误会人家喜欢你？”

阿尔诺回答：“不会，我会觉得自己又多了张好人卡。”

苏敏发了个点头的表情：“也对，问你没用，你没这方面的经验。”

阿尔诺脾气好，为人正直，女生缘不错，但就是没有女朋友。他自然品得出这话里戏谑的味道，耐下性子不跟她争辩，装作很老实地问：“到底什么情况？不同的语境，理解也不同哦。”

苏敏把来龙去脉大致讲了，阿尔诺一早就知道有Spade J这么个人存在，很快就回复过来，大肆嘲笑她：“你别是喜欢上人家了吧？当心啊，姐弟恋很辛苦的。”

苏敏这才知道自己一时大意，让他这么快就报了仇，佯作生气，下线关机。

接下来的一周，苏敏过得十分得意。

她虽不是科班出身，但因为从小耳濡目染，对基本服装类型的设计原理、纸样结构和比例都很熟悉，所以也就能在课上轻松地变通和举一反三。

D-sign那一班学生年纪都不大，没几个是真正的技术流，大多数人对画效果图都很有兴趣，但真的落实到细节就不行了，总是没办法准确、详细、规范地表达出自己的设计构想，就愈加衬得苏敏卓尔不群。

教立裁工艺和电脑制版的老师对她这方面的功底十分赞赏，都说这在学生当中很少见，特别是她这样半路出家的。苏敏忍不住解释，这都是因为她从很小开始就看裁剪方面的书，最早的那本算起来比她的年纪都大，是几十年的真空期之后，中国出版的第一本服装类书籍，扉页上印着十几个参与编纂的人名，她外公的名字也在其中。

老师对这样的回答自然是满意的，苏敏不禁有些得意，根本没去想到这番话在同学中间会有怎样的反响。有些人不表现出来，有些人摆明了就是不服气，佯装遇到不记得的问题，懒得查书，存心去考苏敏。也是她走运，每次都能答上来。就这样几次下来，那些不服气的人自然分化成了两部分，一部分对她刮目相看，终于服气了，但也有那么几个，更看不惯她了。

一天午休的时候，沃利端着笔记本电脑来找苏敏，问她："这个是不是你？"

屏幕上显示的是"衣橱日记"网站的首页，她刚刚上传过一张照片，就是昨天穿的那身行头——黑色连衣裙，红丝袜，黑色玛丽珍鞋，手里拿一只茜红色的老式公文包装她的笔记本电脑，浑身上下都是很便宜的东西，搭配却很出彩，已经被顶到了最热造型排行榜的第一页。

苏敏怪不好意思地承认了，沃利很兴奋地叫别人也来看，不出半小时，班上所有人都看到了她在"衣橱日记"上的丰功伟绩。因为那里基本都是欧美人的天下，甚至还有人说，苏敏这是为国争光了。

一时间，苏敏就从一个陌生人变成了班上风头最劲的学生，她自己也觉得有些措手不及。

就连简妮也凑过来看了一眼，玩笑道："记得下次别装纯，外国人不喜欢这一型，而且你的脸太扁，不适合。”

苏敏听了自然有些不痛快，但简妮是笑着说的，她也不好当真，笑了笑，就过去了。

就在春风得意的同时，苏敏明显觉得时间不够用。每一天，她都在家、学校之间穿梭奔忙，下了课还要留在学校里做矢田玛丽安布置的小组作业。她和沃利、叶思明趁课余去面料市场买了所需的布和辅料，然后便开始动手制作。她刻意要在矢田玛丽安的课上一鸣惊人，所以处处精益求精，时常把做不完的功课带到阿尔诺那里去做。对家里，只说是刚接到的那个口译活儿挺忙的，所以才每天早出晚归。

妈妈又来问她，有没有机会转成全职工作？像这样自己在社会上混着，什么保障都没有，终究不是个办法。

苏敏嘴上敷衍，要是做得好，也有可能吧。心里却在想，看来还是得去找个兼职什么的，否则混不过去啊，等忙过了这一段，就给那个什么方书齐打电话吧。

一周的时间如飞一般地过去，很快就到了交第一份小组作业的最后期限。

那天一早到了学校，苏敏环顾整个教室，每个组都把衣服套在白色人体模型上了，大多做的是秋装。唯独简妮那一组例外，他们做的是一套矢车菊蓝的连衣裙，而且还是由真人模特展示的。苏敏暗自掂量了一下每一组的水平，又最后检查了一遍自己的作品，很有信心地等着矢田老师来品评。

设计制作课上，矢田叫每个小组依次在全班面前展示作品，让大家发表意见、提问、讨论，最后才给出评语和打分。

轮到苏敏那一组，叶思明上去阐述了设计构思，下面有人提出几个小小的意见，其他一片祥和。

直到简妮开口发话：“做工很好，配色也不错，但整体轮廓看起来跟Céline（赛琳）上半年发布的秋冬系列有点像。”声音不高不低，却刚好能让整个教室的人都听得清清楚楚。

抄袭是设计师的大忌，苏敏忍着没有跟简妮争论，偷偷看了一眼矢田，希望老师能说句公道话，但矢田却什么都没说。

“还有，我不知道为什么大家都会做秋装，而且还明显带着今年的流行元素，”简妮继续说下去，“现在这个时间考虑的应该是明年春夏的东西了。”

“Good point！”矢田终于开口了，给了简妮一个赞许的微笑，“设计师和裁缝的区别就在于，设计师着眼未来，裁缝追随其后。”

苏敏心里一颤，可能全班其他学生，除了简妮那一组，都是同样的反应。

看着全班一片沉寂，矢田又发了一通厥词，大意就是，在今天这样的世界，五千块钱就够做第一个系列，再去大学里找个青春无敌的长腿妞儿做模特，拍了照片放到网上去。一个人如若真的才高八斗，艺术细胞比白细胞还多，想不出名，想被埋没，恐怕比登上美国大陆，成为下一任美国总统还难。所以，她最讨厌听到人家跟她喊，我怀才不遇啊，我遇人不淑啊，我生不逢时啊！每次遇到这样的孩子，她只能对他们说，趁早回家，洗洗睡吧。

苏敏听矢田提到网上发照片，隐约觉得这话又是冲自己来的，不禁更加丧气。好不容易挨到下课，叶思明劝她，矢田和简妮说的确有其道理，他们的确没想到所谓的“展望未来”，压根儿就没去想明年春夏的事情。

苏敏也只好安慰自己，这一次就算是上了一课，以后再也不会犯这样的错误了。虽说是这么想，但这一个礼拜的辛苦还记忆犹新。她想到叶思明居然还能在这种情况下做几份兼职，不禁觉得有些不可思议。

叶思明却说，这没有什么，所有人都是这么活下来的。她告诉苏敏其中的诀窍：

D-sign的课程基本上可以分为三类。第一类是必上的，就像设计制作课和系列设计课，没有什么讨价还价的余地。

第二类是基本功课，比如立裁工艺、电脑制版、设计效果图。这些课尽量要全勤，但可以换时间。如果某天下午只有一节课，就可以研究一下别的年级、别的专业课表，申请换到其他时间，这样就可以空出整个下午去做兼职了。

第三类像个性艺术观、高级时装剖析之类的课，不用每堂都去上。可以借别人的录音或者录像，拷在手机上，随时都可以听可以看。授课老师只要你按时看完推荐书目，按时交作业，不会过分计较出勤率。

苏敏听了受益匪浅，马上看了下自己的课程安排，果然，每周除了周末，还能挤出一天半的时间来。她在心里想：非得找个活儿干不可，别人能做到，我也能做到。

午休时间，她从包里翻出方书齐给她的名片，纠结了一会儿，最后还是拨了上面印的手机号码。

嘟嘟声响过三遍，接电话的却是个女声，满带微笑的标准问候语："欢迎致电KEE，请问有什么可以帮您？"

苏敏愣了一下，确认自己没拨错号码，就说要找方书齐。接电话的女孩儿告诉她，方书齐正在去巴黎的飞机上，所以来电暂时转接到了公司前台的座机。苏敏只得留下了自己的名字和联系方式，才挂掉电话就猜到了方书齐不在上海的原因——巴黎，九月末十月初，巴黎时装周！

世事就是这么荒诞，如果早点儿打这个电话，她就不会忘记"展望未来"，如果再早一点儿，说不定还能去时装周上见识见识，会吗？说不定。她试图回想那个穿Zegna开踏板小摩托的男人，发觉自己仍旧记得他穿的衣服，颜色、质地，甚至纽扣的材质，却还是没办法描摹他的样子。她本是个典型的右脑人，看过一遍的东西，基本都能画出一个大概来，不知为什么，此刻却在他身上统统失灵。

苏敏觉得有些奇怪，当她真的喜欢一个人的时候，往往就是这种情形，但方书齐？可能只是单纯不记得他的样子了吧。

又过了两三天，她接到一个电话，还是那个前台的女孩儿打来的，说方书齐已经回来了，约她第二天下午去面试。那个下午苏敏正好没课，就一口答应了。

从学校过去路并不算远，坐公共汽车也就十几分钟，但那个地方原本是些工厂和仓库，近十年间才慢慢被改造再利用，一般人没事儿也不会上这儿来，地形复杂，门牌号码的编排也很诡异。一路走过去，既有改建得很好的画廊和摄影工作室，也有大片用蓝色石棉瓦围起来的荒地，杂草丛生，竖着几栋没拆完的老楼，灰色水泥墙上满是各色涂鸦。

苏敏花了一番功夫才找到KEE所在的那栋房子，那是一座灰褐色建筑，在旧时代曾是一个洋行的仓库，一面临河。早秋的阳光下，河水就在触手可及处静静流过。房子门口立着指引牌，苏敏满以为今后要在此地上班，总得熟悉环境，便研究起牌子上的公司名目。正看着，一部红色轿车从身边开过去，她下意识瞥了一眼，驾驶座上的人似乎有些眼熟，可惜还没等她看清，车已经驶远。

KEE的办公室在二楼，她坐一部巨大的黑色升降机上去，铁门一开便是前台，层高很高，开间很大，看起来空旷寥落，有几面刷成白色的墙上挂着许多炭笔手绘的设计稿，到处透着一种遗世独立、不急不躁的态度。苏敏挺喜欢这房子的装潢，心想总算不是CBD办公楼里那种荧光灯、化纤地毯，外加小格子间的标准组合。

前台的女孩把她带到一间小会议室里，又等了十多分钟，方书齐推门进来，对她说了声嗨，好像已经跟她很熟了，而且老早就料到她一定会打电话过来。这一次，他没穿几万块的西装，而是牛津布衬衣加牛仔裤，袖子挽到肘部，手里拿着一瓶水，头发还是那么乱，却乱得很有趣，让苏敏有种想伸手去弄得更乱的冲动，当然，她忍住了。

“D-sign怎么样？”他开口就是这么一句，没有寒暄，没有自我介绍。

“挺好的。”苏敏也想装出一副很随意的样子，不知为什么却做不到。她下意识地低头避开他的目光，心里恨自己还是脱不去那稚拙的学生气，最后干脆言归正传，把随身带来的画夹打开，摆到他面前。

“带来给我看的？”方书齐问。

苏敏点头：“这是一部分我自己比较满意的作品，这里是设计稿，还有实物照片。”

方书齐动手翻看，很是仔细，看到她的自拍，又笑问：“模特也是你？”

苏敏放松了一点儿，笑答：“对啊，从设计、制作到模特，一条龙服务。”

“你真是隔壁学法语的吗？”他像是有些刮目相看的意思。

“如假包换。”苏敏多少有点得意，等着领受褒奖。

方书齐却合上画夹，问：“你专业课成绩怎么样？”

“你是说法语？”苏敏有些意外。

方书齐点头：“你不是法语专业的吗？”

苏敏心冷了一半，答：“我附中升上去的，初中就开始学法语了，成绩算优秀吧。”

“做过纺织或者服装相关行业的翻译吗？”

“有，但是不多。”

“我们这里员工不算多，也没有会说法语的。”方书齐拧开瓶盖，喝了一口水，不紧不慢地说，“但接下来一段时间，我会有很多机会跟法国人打交道，所以想找个人协助这方面的沟通工作……”

“可我那天看到你跟拉芙热说了很久的法语。”苏敏打断他。

“其实都是她在说，”他轻描淡写地回答，“我隔一会儿插一句‘Bon’‘Et ben’就行了，人家教我的，挺管用。”

Bon、Et ben都是法国人最常说的语气助词，既非Yes，也不是No，模棱两可，十分保险。苏敏被他逗乐了，但很快就反应过来，问：“你的意思是要找个翻译？”

“也不全是。”

“那么说是秘书？”

“秘书我已经有了，”方书齐回答，“你进来的时候应该看到门口那个女孩儿了吧？我这里是才开张的小生意，一般就拿她当秘书用。至于这个职位，算是PA（Personal Assistance私人助理）吧，听上去也好一些。”

苏敏心里一沉，几乎立刻回答：“这恐怕不是我想要的工作。”

“你还没做过，怎么知道不是？”方书齐耸了耸肩，“这只不过不是你想要的头衔罢了。”

“报酬方面呢？”苏敏想，既然来了不妨问问。

方书齐拿过一张便笺，在上面写下一个数字，推到苏敏面前。苏敏一看顿时心情极其恶劣，不明不白地把她叫来面试，原来竟是这样一份工作。她心想，这比上海市最低工资也多不了几块，还不如去做翻译打打零工更爽气。

“这肯定不是我想要的工作。”她直截了当地回答。

方书齐倒也不急，继续问她：“你现在是在D-sign读二年级对不对？”

苏敏点点头。

“你以后是想做设计师，还是只想做个裁缝？”

“当然是想做设计师。”

“那你能不能告诉我，在你看来设计师的工作究竟是怎样的？”

苏敏颇不服气，自信答道：“找灵感，画草图，改成正稿，然后打版，先做坯样，再找面料辅料，最后做成成衣。”

她自以为面面俱到，方书齐却笑起来：“是，当一个设计师就是这么简单。工作全看心情，随时随地有各种绝妙灵感从脑子里冒出来，让你画成设计稿，再动动手做出成品。然后，那些你喜欢的漂亮衣服就会神奇地走上T台，再摆上货架。闪光灯亮起来，掌声响起，好评一片。你觉得是这样吗？”

苏敏被问得无语，她猜不会这样简单，但现实究竟如何，她一无所知。

方书齐继续说下去：“你知道从设计到货架都发生了些什么？怎么找你的合作伙伴？你的供应商在哪里？你的运营成本是多少？还有最最要紧的，你的金主又是谁？或者，还是打算继续你的一条龙服务？凭一己之力，完成一年十几个波段的几百件单品？”

若是换一个场合，换一个人来讲这番话，苏敏或许会心服口服，然而此时却被激得心头火起，来时的一腔热切都被扑灭了个干净。她直觉自己脸涨得通红，眼泪就要落下来，又生怕被他看见，转身站起来就要走，只抛下一句：“我再想想吧。”

“行，不过别太久了。”方书齐倒也干脆，起身替她开门，“你会发现这就是你想要的工作。”

离开KEE，苏敏倒了两部车去阿尔诺那里，一路上气犹未平，好似在梦游一样。

阿尔诺早已经下课回来了，正在写他的作业。苏敏缠着他去发牢骚，先骂了一会儿方书齐，等骂够了，又说：“还有那个简妮，一副很了不起的样子，我是裁缝？就她是设计师？我就不信连裁个袖笼袖山都要查书的人也能做设计师……”

阿尔诺瞥了她一眼，打断她道：“你或许应该习惯一下，这世界上不是所有人都会对你另眼相看。”

苏敏被这句话噎到了，正想要说“别搞得你好像很懂这个世界似的”，但转念一想，事实还真是这样，阿尔诺和她同岁，已经在离家八千多公里的异国他乡独立生活四年多了，而她还未曾真正从家里走出去。

虽然心里这么想，面子上还是过不去，她继续啰唆了半天，阿尔诺不理她，往耳朵里塞了两个海绵塞，继续埋头写他的作业。等写完了，才拖她出门，在大学后门口上找了家小吃店，叫了两客生煎包、两碗馄饨当晚饭。

苏敏吃生煎只吃上面的部分，不吃下面的焦底。

阿尔诺说：“你怎么吃相这么难看？”

她讷讷回答：“我妈说吃烧焦的东西致癌。”

阿尔诺推了她一把：“你傻啊？这可是精华。”

苏敏觉得自己的确挺傻的，从小听妈妈的话，活到二十几岁连路边摊都没敢吃过，如今离家这么远，又说了这么多谎话，何至于还不敢吃生煎包的焦底？想到这些，她也豁出去了，夹起一块来咬了一口，那脆黄的外层配着里面潮润的肉汁，的确分外美味。她正想夸阿尔诺内行，却发现他的吃相也好不到哪里去。他就像所有的老外一样怕烫，总是先咬一个洞，把里面的汤汁倒在调羹里，吹凉了再灌进去，然后再吃。

苏敏看着他大笑，两个人像离家出走的孩子似的一边吵一边闹一边狼吞虎咽地抢着把东西吃完，这才解开了她心中的一点儿郁闷。

出了小吃店，天已经黑了，阿尔诺送苏敏去车站，等到这时才开导她：“你做翻译的确也能糊口，但这种工作不是每天都有的吧？现在不像读大学的时候，只是挣零花钱。你总不想弄了半天还要问你妈妈要钱吧？”

苏敏也已经冷静下来，抿着嘴点点头。

回到家，她又纠结了一夜，第二天上课之前，终于拨了方书齐的电话号码，还没等他说话，就一股脑儿地说：“你好，我是苏敏，我想问一下，那个PA的职位，什么时候可以上班？”

电话那头传来轻轻的笑，方书齐回答：“我早说过，这是你想要的工作。”

【四】

价格让人咋舌，但绝对值得。

——Tom Ford

就这样，苏敏成了方书齐的PA。

随后的日子里，她除了上学、看书、做作业，还要完成方书齐派给她的活儿。她不用每天都去苏州河的工作室点卯，那些五花八门的工作自然会落到她的邮箱里，有发给欧洲供应商询价的邮件，也有在国内某地参加品牌推广活动的计划书，小到一次鸡尾酒会上买点心酒水的预算，大到为次年发布会所做的色彩预测和流行趋势分析报告，都要从她的手中经过。

苏敏译着那些句子：世界经济进入一个缓慢复苏的阶段，各国经济数据好转和消费能力的不断攀升，民众信心指数的上升，给予未来消费增长的预期。因此，下一季秋冬的色彩方案是在过去与未来之间徘徊，以宽容为核心，一系列平衡且和谐的色彩逐渐发生位移，增加动感，直至打破陈规，最后回归到自然和传统……

她搞不懂世界经济和色彩、时尚之间究竟有多么紧密的联系，也弄不明白这些杂七杂八的工作和她理想中的职业有什么关系，只是每天焦头烂额地忙着。不过，这些苦役倒也有一个好处，她总算能理直气壮地告诉妈妈："我找到工作了，在一个外企，做总经理助理。"

妈妈听到她这么说，心里一块石头也落地了。虽然觉得这职位她做有些屈才，但总算工作有了着落。而苏敏说的也不全是假话，只是没提这工作是兼职的，社会保险什么的一样都没有。

在D-sign学院，苏敏还是继续着她的春风得意，好几个老师都很喜欢她，甚至拉芙热也请她一起吃过午饭。连简妮也没办法抢走她的风头，只能默默窝着一股子火。

唯独教设计制作课的矢田玛丽安总是跟她过不去，不管她再怎么用心，花再大的力气完成作业，矢田总能从中挑出错来，从来没有给过她很好的分数。

第一次做系列设计，苏敏画了一组设计图，自己觉得很有新意，非常满意，别的学生看了也都说好。作业交上去，她满以为矢田看了会立刻说：太棒了，苏敏你真是个天才。

但现实却恰恰相反，矢田很快翻了一遍，对她说："太简单了，我看不出你想表达什么。"

当头一盆冷水浇下来，苏敏诚惶诚恐地回答："我回去改一下。"

回到家，她盯着那份设计稿研究了半天，觉得的确简单了一点儿。她还是从前的老习惯，脑子里冒出一个潦草的概念，就心急火燎动手开始做，一边做一边考虑其中的细节，碰到问题临时再做修改，最后出来的东西常常跟原先的想法大相径庭。不要说别人不容易看出她真正想表达的东西，其实就连她自己也没想明白究竟想表达什么。总结了经验教训之后，她差不多把那份设计稿重新画了一遍，加入了更详细的材料、细节阐述，又一次交到矢田手里。

这一次，矢田戴上眼镜，一页页地翻，看得很仔细，最后来了句："作品本身算得上精准，但是缺少激情，没有侧重，没有高潮。"

苏敏失望透顶，却还是在心里对自己说：要有耐心，要有耐心。

她恭恭敬敬地点头，回答："那我再好好想想，改好了拿来给您看。"

之后的几天，她时时刻刻绞尽脑汁，甚至连走路、吃饭、上厕所的时候都在想，一旦想到什么，赶紧满世界找纸、笔记下来，花了很大的功夫又改了一稿，第三次交到矢田手里。

矢田从头至尾看了一遍，半晌才摘下眼镜，说："你在裁剪和缝纫上的功底是毋庸置疑的了，轮廓和色彩把握得也不错，但核心和灵魂没有突出，缺少鲜明的个性。"

苏敏失去了耐性，带着些气恼反问："我不知道您说的激情和个性究竟是什么？能举个例子吗？"

"1999年的Alexander McQueen（亚历山大·麦昆），2006年的Christophe Decarnin（克里斯托弗·狄卡宁），"矢田平心静气地回答，"这样的例子多得很，没想到还要我来提醒你。"

苏敏无语了，她知道矢田说得有道理，但对别的学生却不见矢田这样苛刻。她觉得在同一个课堂上实行双重标准太不公平了，甚至怀疑是不是自己跟这个日本老女人八字不合，所以才搞成这个样子。

她和矢田的矛盾不见个了结，下了课还要去KEE工作室上班，而那方书齐也不是盏省油的灯。

苏敏原以为像他这个年纪的男人，又是做设计的，肯定挺粗线条的，却没想到他做起事情来极其细致。每次交给苏敏一项工作，他都会清楚地交代来龙去脉，对做出来的结果也十分严苛，哪怕有一点点很小的错误，他都会退回给苏敏，从来不会自己改了。苏敏被他弄得不胜其烦，常常对着电脑骂人。

方书齐的办公室在那幢大仓库二楼最西的角落，四面都是玻璃，就像个金鱼缸。而苏敏就坐在玻璃隔断外的位子上，像守在鱼缸外面的猫。只是方书齐很少在办公室里，多数时候苏敏只看见一个空鱼缸。即使在办公室，他也几乎不坐在桌子后面，要么站在落地窗边，戴着无线耳麦打电话，要么就面朝着窗外，躺在长椅上，苏敏看不到他在干什么，也不知是不是在偷懒睡觉。

一个人若是压力大了，难免要找个人说道说道。起先，苏敏给自己找的倾诉对象是阿尔诺，她隔三岔五到他那里去做作业，抬头不见低头见的，多方便啊。只可惜小阿同志对她说的那些东西一窍不通，就算是顺着她说，也说不到点子上，更何况他有时候还要趁机笑话她，说："怪不得你们老师不喜欢你，你这画的都是什么呀，血红的一片，是要去参加潘普罗纳奔牛节？哈哈哈哈……"苏敏便也不给阿尔诺留情面，恶狠狠地嘲笑回去，说他极端状态下的打扮就是衬衫塞到运动裤里，下面再搭个凉鞋，总算尊重知识产权，还没发生过把Abidas穿上身的情况。

两人话不投机半句多，苏敏倾诉无门，十分郁闷，直到有一次在"衣橱日记"网站上看到Spade J留言，问她最近怎么都不贴新照片了。

自打在KEE上班以后，她真心没时间再搞这种闲情雅趣了，平常上厕所都是一路小跑着去的，有时候大半天连口水都来不及喝，既不觉得渴也不觉得饿，回到家冲个澡，直接钻进被子，脑袋一沾到枕头就睡着了。

她如此这般回复Spade J，试着倒了一点儿苦水，没想到效果相当好，Spade J似乎也是同道中人，写了长长一封邮件过来，跟她说起自己一边念书一边打工的事情。

他做得最多的就是餐馆服务员，从快餐店到米其林三星都干过。餐馆一般都要营业至午夜，赶上考试的时候，一连几个礼拜起早贪黑，最多只能睡三四个钟头。有一次遇到过一家子印度人，一对中年夫妇带着个十三四岁的孩子，当着他的面说："儿子你看，要是不好好念书，以后就是这下场。"

苏敏读得大笑，类似的话她妈妈也对她说过："要是不好好念书，长大了只能去摆地摊！”

Spade J还告诉她，有一个学期，他没能攒够学费，学院秘书追着他要，威胁他说如果不能在开学两个星期之内交齐，就只能取消他的学籍，之前的成绩全都不算。

苏敏顿时觉得欣慰了，总算有个人比自己更惨，至少她还能觍着脸伸手向外公要学费。

“后来怎么样了？”她问Spade J。

Spade J回答：“后来？后来攒到钱把学费交了呗。”

“就这样？”苏敏觉得他说得好简单。

“就是这样啊，”Spade J重复，“后来再遇到困难的情况，我就回想那几个礼拜的情形，困难迎刃而解。”

苏敏将信将疑，想要试一试，却发现自己根本没经历过什么摆得上台面的挫折。她转念一想，又觉得不对，Spade J明明还比她小着几岁，听他讲述自己的经历，却好像是个挺有阅历的人了。

毕竟是在网络上，个人资料都是信手乱填的，她向Spade J求证：“你真的十九岁？”

“当然。”Spade J回答。

苏敏本来也就信了，却又看到他画蛇添足地加了一句：“Fashion makes me forever young！”

虽然抱怨多多，毕竟是自己喜欢的事情，至少比从前做翻译时一页纸上全是“变速箱”“滤清器”之类的词有趣多了。所以，苏敏还是每天忙忙碌碌，乐在其中。

而这KEE工作室，正如方书齐所说，是个才刚开张的小买卖，一年前刚刚开始在上海选址、装修、雇用员工，到现在为止，总共二十来个人，从上到下都很年轻，基本没有超过三十五岁的。

三个创始股东也都不到三十岁——方书齐、戴维梁和孙迪。

戴维梁是香港人，在公司里主管市场和融资，跟方书齐差不多岁数，长得也算高大帅气，却又是个极其爱俏的男人，每天都收拾得干干净净，挤进一身又一身的时髦行头里。苏敏总在背后嘲笑他，他也不喜欢苏敏，老是挑她的错。一旦她出了什么纰漏，或是说了什么小白的话，他总要不冷不热地讽刺几句。

孙迪是个二十七八岁的女孩子，负责造型和配饰设计，长得文静瘦弱，做事仔细，脾气也很好。苏敏碰到什么问题总会先去问她，她每次都尽力回答，实在解决不了的，也会给苏敏指个方向，从不会像戴维梁那样拿腔作势地摆架子。一段时间下来，两人就已经混得蛮熟了。

除此之外，设计室的总制版师也是重要人物。此人姓王，人人都叫他老王，其实也不过三十二三岁的年纪，工作台上总是放着老婆和双胞胎儿子的照片。老王不是股东，但也算是KEE的核心团队成员之一，话不多，是个纯技术流的人。苏敏对他倒是很佩服的。

这几个人尽管背景不同、性格各异，对方书齐倒是都很买账，不管当面还是背后，时不时叫他一声“老大”。

有时候，苏敏带着情绪做事，说方书齐那家伙一会儿要这样一会儿要那样，眼睛还特别尖，耳朵特别灵，一点点疏漏也不放过。

戴维梁就会说：“他天生就是做Boss（老大）的材料，极其detail（龟毛）的一个人。”

孙迪就会劝：“你别看他好像话很多的一个人，其实压力很大的。你下次仔细一点儿，让他少操点儿心吧。”

而老王是决不会搭腔的，只是做出那么个表情：冒失鬼，又闯祸了吧。

苏敏从来不觉得方书齐会有什么压力，每天只见他四处找人聊天，或者在办公室里打打电话，整日嘻嘻哈哈，没有半点儿愁色，倒是他手下的那些人个个忙得焦头烂额的。

KEE终究是个初创的牌子，开张一年有余，尽管过去的两季都有连卡夫和卓爱思这样的连锁精品店来订货，但每个款式只做几件，价格定得很彪悍，顾客基本靠口口相传，来来去去就这么几个，戴维梁那边又花了许多钱在各式各样的广告和宣传企划上面，每个月损益表拿出来一片红色。

苏敏多嘴问了一句："这生意要怎么做下去？"

戴维梁听见了，就反过来问她："D-sign一年学费多少？班上有多少人？"

她照实回答。

戴维冷笑了一声，摆出一副过来人的样子教训道："你们这帮后生仔都以为设计师是那么容易当的，见明星、拍广告、在豪华酒店里走秀，眼睛看出去都是鲜花、香槟、红地毯。这些都是要花钱的！这个行业的竞争是赤裸裸的！"

苏敏低眉顺眼地听着，觉得有些惊讶，在此之前她从没想过一个新兴品牌究竟要花长的时间才能开始赢利。她不懂经营一个品牌究竟是怎么回事，也不知道在浩渺的设计师的海洋里，方书齐、戴维梁和孙迪凭什么能开出这么一家公司？是因为"才高八斗，艺术细胞比白细胞还多"？还是因为投胎投得好呢？

虽然尚不清楚其中渊源，只看这三个人潇洒多金的样子，苏敏便草草为他们盖棺定论——就是几个富二代在创业玩儿呢。除去像他们这样命好的，这世上不知有多少设计师甘愿用多年拮据的生活换取自己的梦想。圈子外的人只看得到卡尔·拉格斐、马克·雅各布电影明星一般的生活，时尚业仍是人羡人爱的光鲜行当，却很少有人看到华丽风景以外的另一面，所以，像D-sign这样费用高昂的设计师学校才会一直门庭若市。

KEE办公室二楼东面有个半开放式的房间，里面有沙发、躺椅、瑜伽垫，大家都管那里叫“冥想室”。方书齐三不五时地去那里躺着，有时甚至穿着睡衣似的白T和运动裤挨着墙倒立。每当那些时候，不管苏敏是在家睡觉，还是在学校上课，找他的电话就全部转接到她这边来了。

十一月头上，苏敏就接到这样一个电话，对方自称是谁谁谁的经纪人，说谁谁谁明年二月份要去参加柏林电影节，走红毯的礼服可以考虑由KEE来赞助。

苏敏从来没跟这类人打过交道，心里觉得又奇怪又好笑，哪有问人家要东西还摆这么高姿态的？幸好她已在道上混了一个多月，学会了不露声色，只说会向老板转达，然后再回电约时间谈做衣服的事情。

可能是苏敏的反应不及他想象中的热烈，那经纪人很是意外，有些不快地答道：“好吧，尽快给我回音。”

正要挂电话，没想到苏敏又不知死活叫住他，问：“能再说一遍名字吗？卢什么来着？”

电话那头一时寂静无声，半秒钟之后才爆出三个字：“卢——静——雯！”

事后，苏敏把来龙去脉讲出来，方书齐只当是笑话听，戴维梁又把她数落了一顿，这个经纪人是他好不容易托人联系上的，差一点儿就给她得罪了。那卢静雯几年前也算是个叱咤一时的明星，星途无限，粉丝无数，三十岁上嫁人归隐，不想婚姻不睦，做生意也不顺，如今年届四十又复出了，正是心灵脆弱的敏感时期，就被苏敏这么一个啥都不懂的90后打击了。

戴维梁即刻回电弥补。苏敏颇不服气，闷闷道：“我怎么知道她是从哪里冒出来的阿姨，伸手要东西还这么理直气壮的。”

方书齐教育她，卢静雯沉寂多时又复出，重金请了公关公司大造声势，正是时下的话题人物。她要的是免费礼服，而KEE暂时还是小众之中的小众，要的是曝光率，在这件事上就算是互相利用，甚至可以说是KEE死乞白赖要送人家一套衣服，经纪人那样的态度并没什么不对。

苏敏听了只得点头，赶紧追着卢静雯的经纪人约了时间量尺寸。本以为演员都喜欢迟到，不料到了约好的那一天，卢静雯却提早到了。正赶上方书齐和戴维梁去市区接受采访还没回来，孙迪恰好也不在。

苏敏赶紧发了个消息问方书齐怎么办。

“高定不是你家传的强项吗？”方书齐损她，“你先去跟那位阿姨沟通一下。”

苏敏一想也是，定做衣服的套路从前在自家店里看得多了。但她事先也做过一点功课，知道这卢静雯是娱乐版上出了名的臭脾气，心里自是没底。

此时，卢静雯已经在方书齐的办公室里坐得不耐烦了，苏敏只能硬着头皮上。她送水进去，阿姨不接，往旁边推了推，没好气地说，自己只喝某某牌子的。

苏敏不知该怎么办，心想，不喝就不喝吧，又拿出当季的商品画册来给卢阿姨看，趁看照片的当儿，粗粗打量了她一遍。这卢静雯虽已四十出头，脸上难免显出一些疲惫干涩，但身材却保持得相当好，高瘦，肩膀到锁骨的线条很美，留着短发，算是一个个性美人。这种类型的身材是天生的衣服架子，对设计师来说也就有了更大的发挥余地。

虽说礼服该怎么做，根本轮不到苏敏来做主，但她心里还是很快有了一个大致的想法。她开始跟卢阿姨描述自己的想法，卢阿姨却不买她的账，从身边一只藏蓝色大包里拿出一本美国版的*COSMOPOLITAN*（时尚杂志），翻开其中粘着报事贴的几页。那是一个红毯礼服的专题，照片里有安·海瑟薇，也有凯拉·奈特丽，戴着价值连城的珠宝，风华绝代的样子。

卢阿姨在其中一一指出自己喜欢的款式，意思就是要按这些样子照做。苏敏心想，Jean Paul Gautier（让·保罗·高提耶）的上半身，Oscar de la Renta（奥斯卡·德拉伦塔）的屁股，Marchesa（玛切萨）的拖尾，这衣服真要做出来，整个儿一个山寨之王，还不被人家骂死啊。她耐下性子，继续跟卢静雯沟通，再沟通。

“你怎么这么多理由啊？”卢静雯终于不耐烦了，“上次我在北京谁谁谁那里，还有外滩十八号谁谁谁那里都是这么做的。”

苏敏无奈，又不好发作，只能赔着笑脸。好不容易等到方书齐他们回来，她如蒙大赦，赶紧把这个烫手的山芋丢还给他，回到自己的位子上坐好，时不时地往玻璃房子里瞄上一眼。

方书齐先是靠窗站着，跟卢静雯说了半天话，似乎聊得十分投契，难得卢阿姨那张冰山一样的面孔也露出一点儿笑来。直到这时，他才在她身边坐下，画图给她看，再陪她去样品室看款式挑面料。卢静雯在那里看中一个花样，但现成的样品只有一小块，她犹豫着不能确定。

那种钉珠加刺绣的繁复细节其实并不适合她的类型，但方书齐并未直截了当地把话说出来，反而叫她放心，说：“这个花样，我可以先小块地用一下，给你看一看感觉。如果你觉得好，等全部版都定了之后，把做好的衣服拆开，再做钉珠刺绣，做好之后再试，如果不合适可以再改。”

其实，这些做法苏敏也是懂的，先用坯布做样衣，客人来试样，修改，再重新打版做出成品。但她刚才却根本没想到要跟卢静雯解释，想当然地觉得这位阿姨见多识广，肯定也都清楚，不必多说。她隔着玻璃朝里面望了一眼，方书齐开了一瓶粉色马天尼，斟了两杯，卢静雯靠在椅背上看着他笑，伸出手指拨弄着耳边的碎发，这礼服怎么做看来已经决定了。

戴维梁恰好经过，伸手指指里面，再指指苏敏，说：“你，差远了。”

苏敏回嘴道："下次要是有男的，我再来搞定吧。"

戴维梁冷笑："呵呵，他什么人都能搞定。"

之后的几个礼拜，卢静雯过来试了几次衣服。方书齐很轻巧地就让她放弃了原先的所有想法，做了一件粉灰色的曳地长裙，芭蕾舞衣似的意境，显得清丽脱俗，年轻又不装嫩。等到最后一次试穿，他让卢静雯把当天准备配衣服的鞋子、晚装包和首饰带来备选，一一给予意见，甚至包括做什么头发，指甲要怎么弄，等等。

苏敏在一旁看着，不得不承认，自己在应酬人方面的段位还差得很远。但作为一个设计师，方书齐并未真正让她服气。给卢静雯做的礼服的确是他设计的，但那件衣服除了轮廓纤巧流畅，关键还是胜在细节上，为了让那种极其轻薄的面料既显通透又不流于轻浮俗气，孙迪和老王两个人可是费尽了心思。也就是说，他方书齐拍脑袋想出来的不太靠谱的点子，最终还是靠两个护主心切的劳动模范给实现了。

就这样不知不觉地到了十二月。一次例会上，方书齐宣布，KEE已经收到高级定制和时尚联合会的正式邀请，确定参加次年三月的巴黎时装周。高级定制和时尚联合会、奢侈品巨头轩雅集团的代表很快就会飞来上海，协助此次发布会的筹办工作，如果一切顺利，轩雅将会在明年年初入股KEE。

消息一出，整个工作室上下都欢欣鼓舞，但也隐隐酝酿着一种紧张的气氛。这是世界上最古老、最著名，也最苛刻的伸展台，就连川久保龄也曾在那里遭遇惨败，整个系列被毒舌的媒体称作"垃圾"。在这个级别的国际时装周上露过面的中国品牌屈指可数，表现最好的也只能算无功无过，根本无暇炫技。

苏敏也有些小激动，不禁屏息凝神，觉得这是一个见证历史的时刻，许多年以后，当KEE成了世界闻名的品牌，她可以对别人说："方书齐？我是看着他出道的。"

【五】

我从没做出一款自己满意的衣服，也许永远都做不出。

——川久保龄

随后的几天，苏敏手上的事情更多了，几乎每天上完课从D-sign出来，都要到KEE工作室去加班。先是KEE的简介资料，紧接着还有最新一季系列的设计概念和服装工艺表，都得翻译成法语，做成演示文档给轩雅的代表看。

她也知道事关重大，所以第一稿就做得极其仔细，却没想到一交上去就被方书齐批得一文不值，来来回回改了好几次，还在她手里悬而未决。她本来就没什么耐心，一开始还挺起劲儿的，到这时候已经改得快吐了，一边做一边诅咒方书齐，觉得他这是拿她写的东西当连环画看上瘾了吧，长这么大也没见过这么麻烦的人。

那天下午也是一样，她大块的时间都花在改译稿和PPT上了，几个供应商又催着她确认订单条款。她本来就不是很仔细的人，难免忙中出错，一份丝绸印染的订单，她偷懒只看了前面几条，却没想到运气那么差，偏偏就是后面出了纰漏。等她发现的时候，确认信已经发出去几个钟头了。

方书齐刚好出去了，而且她也没脸去跟他承认错误，佯装无辜跟供应商沟通，试图自己把这件事情给解决了。问题是人家不买她的账，说已经都开始做了，要改就得另外出一笔制版费。

苏敏觉得这是存心难为她，前脚刚刚确认，后脚说已经开工了，哪有这么快的，说着说着就赌起气来，在电话上跟供应商吵得不可开交。只可惜那家供应商是有名的丝绸印染企业，出口订单做都做不过来，接他们这样量小要求复杂的单子本来就挺勉强，联系人是个说话带浙江口音的中年男人，不把她这种小姑娘放在眼里，又有白纸黑字的邮件确认在手，根本不怕她，冷嘲了她几句，干脆就懒得跟她扯下去，直接说："有什么问题，叫你老板直接来跟我说。"说完，"啪"的一声，就把电话给挂了。

苏敏哪里遇到过这种事情，听着电话那头传开的嘟嘟声，发了一阵呆，心里还是不服，自言自语道："有什么了不起的，不就是制版费嘛，了不起我赔就是了。"等缓过神来，她继续改工艺表的译稿，脑子里却还是乱得很，时不时想起刚才的事情，有时候很气，有时候又有点心虚。

她不知该向谁诉苦，写了封邮件给Spade J，又发消息给阿尔诺，说自己真倒霉，被一个老男人骂了。Spade J也不知在哪个时区，半晌没有回复。阿尔诺倒是来问了："出了什么事？人家为什么要骂你？"苏敏避重就轻地把事情经过讲了，着重突出这几天好忙啊，几乎没怎么提起自己偷懒没好好复核订单条款这一节。

阿尔诺却很犀利，继续追问："那是你搞错了，还是人家冤枉你？"

苏敏自知理亏，半天都没回他，觉得他这个人实在没劲，连安慰人都不会。她也知道这事是她不对在先，人家若是放她一马是她运气，若是不放，也没什么好说的。但她眼下不就是想找个地方发泄发泄嘛，他只要跟着她把那个老男人骂一顿不就完了，哪里来的这么多废话。

阿尔诺见她这边没有动静，又问她："制版费要多少钱？"

苏敏打了一个数字，这次的印染不算复杂，所以制版的费用也不是很高，但对于他俩这种半工半读的学生来说还是一笔不小的钱。

阿尔诺发了一个流汗的表情："要是真的要你赔，我可以先借给你。"

苏敏回复道："那老头儿根本就是在讹我，哪那么容易就让他得逞！"

她下了决心要自己把这件事解决好，鼓了鼓劲儿，又给老男人打电话，这次换了比较温柔的语气，一上来就大哥大哥地叫着，跟人套近乎。

老男人的口气似乎也活泛了一些，教育了她一通，最后才说："等一下把改好的条款发过来吧，下次仔细一点儿，这次就算了，反正你老板也打过电话了……"

苏敏听了这话，心里一惊，难道方书齐已经知道了？赶紧问："是哪位给您打的电话？"

"姓梁的，梁先生啊，"老男人回答，"蛮健谈的一个人，就算看在他面子上吧。"

苏敏千恩万谢，满腹狐疑地把电话挂了。

她进入KEE工作不过一个多月，跟戴维梁却已经有过节了，但凡她犯了什么小错误，让他知道了，他总有些阴阳怪气的。有一次还问方书齐："你请她来到底是给你打工，还是我们大家一起给她打工？"却没想到这一次是戴维梁帮了她。

而且，她一直试图暗地里把问题解决了，除了对阿尔诺和Spade J发牢骚，谁都没告诉，戴维梁又是怎么知道这事的呢？

眼下等着去做的事情还有一大堆，苏敏也没有太多时间去纠结这些，又埋头改她的演示文稿。仲秋天黑得很早，一转眼就七点多了，苏州河沿岸一盏盏路灯亮起来，远近一些新修缮的建筑都有泛光照明，反衬得月亮就像一片小小淡淡的白色花瓣，粘在深蓝色的天幕边缘。

方书齐不知从哪里回来，看见她还在，就问："吃饭了吗？"

"没有。"苏敏看都没看他，对着电脑屏幕，带着些怨气回答。

"那一起吃饭吧。"他随口撂下这么一句，大步走到设计室叫上另外几个也在加班的孩子。

苏敏也真是饿了，跟着那一伙人杀去附近一家新开的越南餐馆。

那顿饭自然是方书齐请客，大家也不跟他客气，什么海鲜、南乳烧鸡、越南春卷的点了一大堆。吃到一半，戴维梁也来了。苏敏看到他有些犯怵，总觉得他帮了她这一回，一定会当着这么多人的面把事情抖出来，既是抬高自己，又顺便拆她的台。于她意料之外的却是，戴维梁根本没提那档子事儿，光顾着跟人说他这些天见了不少朋友，一副心情不错的样子。

苏敏松了一口气，以为正巧撞上戴维梁心情好，所以才会这么大度地帮她，直到听见他跟孙迪在那里斗嘴。

戴维梁半真半假地抱怨说，他的亲妈、干妈、God Mother（教母）轮番到上海来看他，从广东煲汤到重起司蛋糕，吃得他肚子上救生圈都出来了。

孙迪嘲笑他："你不是才十九吗？怕什么救生圈啊，就算胖了也是婴儿肥。"

苏敏听不懂，孙迪解释其中的典故给她听，伸手朝戴维梁一指，笑道："这位大哥号称永远十九，只可惜现在正渐渐变成了微胖蜀黍（叔叔）。"

戴维梁一向注重形象，脸上挂不住了，跟孙迪吵，一桌子人听他们来言去语的，都在笑，苏敏却好像一句都没听到，脑子里突然转出一个念头来，似乎能解释为什么戴维梁会这么快知道她闯的祸，而且还帮她把事情解决了。

这个念头让她心里有种怪怪的感觉，一会儿想，不会这么巧吧，随便搭上的一个网友竟然就是身边认识的人，过一会儿又觉得有点失望，如果Spade J真是戴维梁，那可真就是幻灭了。倒不是说她有多么讨厌戴维梁，而且她也从来没有试图想象过Spade J的样子，只是要把这两个人联系在一起，实在有些不搭调。

很快台面上的菜一一被打扫干净，苏敏离席去洗手间，回来的路上，刚好在走廊里遇到戴维梁拿着手机从包厢里出来。

她犹豫了一下，还是走上前去："那个……"

戴维梁瞄了她一眼，问："干吗？"

"那个，今天下午你是不是给印染厂打过电话？"

"怎么？"还是那表情那语气。

"那个，我想谢谢你帮我这个忙……"

"你还记不记得我跟你说过，世界上所有事情都可以分为两类？"戴维梁打断她。

苏敏一脸疑惑，不知道他是什么意思。

"一类是none of your business（与你无关），另一类是none of my business（与我无关），我打没打电话是第一类，你想干什么就是第二类，我还有约会，借过。"戴维梁损人是最利索了，说完这一串，还没等苏敏反应过来，就朝餐厅外面走出去了。

苏敏傻呆呆一个人站在那儿，心想一定是自己想象力太丰富了，这个伶牙俐齿的微胖大叔绝没有可能是Spade J的。

正想着，突然身后传来一个声音："你看什么哪？"

苏敏被吓了一跳，回头一看却是方书齐。

"看什么呢？眼珠子都快掉出来了。"他又问。

她脱口就想把戴维梁方才说的那番理论扔给他：世界上所有事情都可以分为两类。但转念一想，他是老板，自己是伙计，不能这么放肆。

方书齐看她不说话，也朝餐厅门口看过去，见是戴维梁的背影，笑问："你干吗盯着戴维？"

苏敏闹了个红脸，连忙解释说："他帮了我一个忙，我想谢谢他。"

"印染厂那件事？"方书齐问。

苏敏心里说，这下可好，东窗事发，原来大伙儿都知道了，脱口就问："你怎么知道的？"

"这才多大一块地方？"方书齐笑道，"你在电话上跟人吵架，谁听不到？"

这时候，包厢里的人都陆续出来了，一班人马又杀回工作室去继续加班。

苏敏一个人走在最后，沉着一张脸做好了挨批的准备。她着意回想了一下，方书齐整个下午都不在，她打电话的时候，戴维梁好像的确从旁边经过，还很藐视地瞟了她一眼，估计就是那时候听到了，又找方书齐告状。原以为是戴维存心帮她，现在看来很可能只是方书齐的授意，为了KEE的利益。

方书齐见她默默不语，也放慢脚步走在她身边，问："怎么不说话？"

"等着听你教育啊。"苏敏回嘴道。

他低头笑，好像她说的话特别有意思似的，笑了一会儿才说："没想过要教育你，你是我的人，保护好你是我的责任。"

苏敏明知这话不能那么理解，却还是控制不住地脸红了，心想，这人也太能来事儿了，这种话不知道对多少人说过。幸好夜幕沉沉，路灯也不亮，还能帮她遮掉一点儿脸上的赧色。

方书齐估计也能看出她脑子里转的那些念头，却还是轻声说下去，语气很认真：“你刚离开学校，接触的人和环境跟从前完全不一样，有压力是一定的，以后遇到什么事要我帮忙的，直接告诉我。”

苏敏在心里告诉自己，不能当真，不能当真，却莫名觉得眼眶一热、鼻子一酸，眼泪就下来了。从小家里人就说她哭起来特别难看，因为肤色很白，一哭眼圈红得特别明显，乍一看就像被人打了一样。她有这自知之明，赶紧用手挡住脸。

难得方书齐没再说什么，从口袋里拿了一包纸巾塞在她手里，苏敏抽了两张擦眼泪和鼻涕。他很配合地不看她，似乎收到新邮件，示意她稍等一下，站在路边低头盯着手机屏幕打字。她趁着这工夫冷静下来，心里却有些恨他，干吗突然对她轻声细语的，惹她哭这一场。

似乎过了很久，他那封信才回完，抬起头看着她笑了笑。其他人都已经走出一段路了，孙迪发现他们俩不见，回头又来找，隔着好几米，脚步慢下来，看看苏敏，又看看方书齐，问他：“怎么了？”

方书齐摇摇头，示意没什么事，三个人继续朝工作室走。苏敏刚刚哭过，怕被孙迪看出来，一直低着头，专挑暗的地方走，一不留神脚下绊了一下，差点儿摔一跤，多亏方书齐反应快，伸手扶了她一把。孙迪在一旁看着，没说话，却莫名放慢了步子，走到他们后面去了。

【六】

想要成为不可替代的，就必须总是与众不同。

——Coco Chanel

印染厂事件之后，苏敏算是受了一次不小的打击，做事仔细了不少，再也不敢像从前那样凡事想当然撞大运了。她原以为谨小慎微是平庸之辈的做派，真的做起来，才发现是这么费精神的，而她的工作效率也并不比别人高多少，从前手脚超级快只不过是种假象，大多拜偷懒和运气好所赐。想通了这些，她不禁有些丧气，但也终于放低了自己，踏踏实实地卖起力气来。

恭候大人物驾到的同时，KEE工作室上下一片忙碌，既要把三月上市的春夏系列赶出来，做成一场像模像样的秀给巴黎来的大佬看，还要完成次年秋冬的设计草图和工艺表，让大佬们发表意见，最终确定在时装周上展示的款式。

苏敏其实对设计室的工作更有兴趣，却无奈每天都忙于联系时装周主办方、国内外媒体和天南地北的众多供应商，两部手机响个不停，邮箱里总有十几二十封信等待回复。

圣诞节假期之后的那周，大人物终于从巴黎飞来了，一个是高级定制和时尚联合会的代表——一头白发、瘦不啦唧的法国老头，另一个是轩雅集团的代表，名叫凯瑟琳王的华裔女人。

苏敏跟着方书齐、戴维梁去接机。在那之前，她就和凯瑟琳王打过电话。依其资历推算，凯瑟琳至少有五十多岁了，真人看起来却不到四十岁的样子，高挑纤瘦，五官有几分像年轻版的倍赏千惠子，穿着一身黑色立领套装，脖子上挂着珍珠项链。因为侨居法国多年，她说一口巴黎口音的法语，能听得懂英文，却很少讲，宁愿等着苏敏翻译。

戴维梁只会说英文，基本插不上话。方书齐说的却不少，从机场回来的一路上，不管苏敏向凯瑟琳和法国老头介绍些什么，他都能接口说上几句。他说话的声音本来就轻，带着一种呢喃却不含混的调子，听起来竟然十分地道，不像大多数人说不熟悉的外语时会不经意地提高声调，又吵又累。

苏敏不禁对他刮目相看，等到下车的时候偷偷问他："你不是不会讲法语吗？"

他还是一如既往地假谦虚："我就会说这么几句，能说的都说出来了。"

"这就不错了，你说你雇我干吗呢？"苏敏玩笑。

他便也半真半假地回答："出去见人，有个女孩子跟着，挺有面子的。"

这流氓答案听得苏敏不知如何接口，只好挂上一个尴尬的笑。

当晚，法国老头和凯瑟琳下榻在外滩一家五星酒店，次日早晨才到KEE工作室去开会。那两个行政套房也是苏敏定的，因为价钱实在辣手，她曾提议是不是考虑住工作室附近的一家酒店，也是五星级，但因为品牌和地段，房费便宜不少，往返也方便。但唯独这一次，方书齐让她不要考虑钱的事。

戴维梁则笑话她连因果关系也没搞清楚，对她说："人家才是出钱的大佬，你这都不懂？"

凯瑟琳在酒店倒时差，KEE工作室里所有人却都彻夜未眠，指挥工人在一楼的正厅搭起一道白色T台，确定模特，做最后的试衣……上上下下一片热火朝天。

苏敏看着这阵势，不免有些犯晕，这当口手机又不知死活地响起来，她手忙脚乱地接听，说话的人是阿尔诺，问她今天还去不去他那里。她匆匆回答：“加班，忙！”说完就把电话挂断，又想了想，干脆关了机。

正巧被戴维梁看见，抓住她威胁：“千万不要给我搞砸，否则我只能去跳苏州河！”这句话他对设计室的人说过，对模特说过，对搭台的工人也说过，一个晚上不知重复了多少遍，死了多少次了。孙迪也是一副末日余生的样子，唯独方书齐看不出紧张，还是跟平时一样，一边打电话，一边挑出这样那样的错来。

忙到深夜，有个叫梅玫的模特总算赶在最后一次彩排之前来了，一进门就滔滔不绝地跟方书齐聊了很久，不知说到什么，伸手就去拉他身上那件T恤的领子，又笑又叫地让旁边的人都来看。苏敏忍不住好奇，也朝那边瞄了一眼，不过就是他右边锁骨下面有个小小的文身，是个奇怪的心形。

苏敏“切”了一声，就去忙自己的事情了。她最看不惯方书齐的就是这一点，见人说人话，见鬼说鬼话，跟谁都能打成一片。在卢静雯身边，他一副成熟做派，让人错觉他比卢阿姨还要年长些。而眼前这个梅玫，年方十九，打扮好了尚且能算清丽可人，私底下却是烟不离手、疯疯癫癫的样子，他便也随之露出一副小孩儿相。苏敏固执地守着自己的想法——真正有料的人都是恃才自傲的，犯不着讨好别人，换而言之，方书齐属于没什么料的。

第二天一早，一行人出发去酒店，众星拱月似的把法国老头和凯瑟琳迎到工作室。

先是次年春夏系列的展示，背景音乐响起来，模特们随之鱼贯而入，整个系列近四十套衣服，十多分钟就看完了，一切完整统一，又快又轻巧，让人觉得之前的辛苦好像都是幻觉似的。

梅玫走的是最后一套衣服，毕竟是刚在巴黎和米兰的时装周上走了二十几场秀的新晋名模，艳光四射，气场不俗，还透着股子水嫩劲儿。

戴维梁坐在苏敏旁边，低声道："请梅玫来是请对了，她昨天下午还在厦门家里休假，晚上特地飞过来的。"

苏敏也看得出来梅玫的好处，却还是搞不懂为什么要这样兴师动众，原本这种小型展示叫拍商品目录的姑娘们来走一次就足够了，根本不必花这么多钱请所谓的名模，还要这样殷勤地哄着。直到模特谢场之后，梅玫从后台出来，法国老头看见她就笑着打招呼，两人亲亲抱抱，虽是鸡同鸭讲，却还是聊得十分亲热。看着这架势，原先的疑问不言自明。苏敏心里泛着那么点儿不屑，暗地里笑自己越来越像管家婆了，老觉得方书齐那帮人花钱实在太大手笔。她对自己说：你就是拿最低工资打工的，管那么多干什么呀？

灯光很快又暗了，投影幕降下来，上面一幅接一幅放着明年秋冬系列的设计草图，驼色羊毛、裸粉色雪纺、米色蕾丝，再到温软的花灰针织，少许黑色、焦糖色皮革，少许白色和栗色的皮草，轮廓硬朗，面料柔美。方书齐上去阐述了主题——发现，宛如清晨睁开双眼，在晨光中看到的年轻、干净、不施粉黛的脸，透着少女的清新味道，也隐喻了KEE第一次站在世界面前。

这个系列的草图是苏敏眼看着设计室的同仁们一点一点做出来的，其中也有她付出的辛苦——把每套衣服的工艺表译成法语，再写上诗句一样的简介。她头一回发现自己居然还有当诗人的天赋，自信写得很好，只是担心太文绉绉了，不适合口头表达。幸亏方书齐没有过多拘泥于原稿，时而滔滔不绝，时而字斟句酌，以他一贯迷人的台风，极其自然地把Presentation（演示）做完了，就好像那些话都是他临场发挥的。苏敏不禁在心里叫好，自以为打了一场漂亮仗，两位大人物一定觉得眼前一亮。

Presentation结束，法国老头说了些冠冕堂皇的好话，凯瑟琳的反应却很淡，始终不置可否，只是让方书齐把草图发给她的助手，说要考虑一下再给意见。苏敏有些失望，她转头看了看，同样怅然的表情也挂在其他人的脸上。

午饭前，苏敏跟着方书齐与戴维梁一起把凯瑟琳送回酒店。一路上戴维梁都试着跟两位大佬套近乎，只可惜法国老头不怎么会说英语，凯瑟琳似乎也不愿意跟他多聊，却对苏敏笑道："你的法语说得很好。"

苏敏受宠若惊，赶紧说了声谢谢。

"在哪里学的？"凯瑟琳问。

"在上海，我从前在一所专授外语的大学读书。"苏敏回答。

"真的？"凯瑟琳感叹，"你的口音很不错，我以为你是在法国学的呢。现在呢？就做翻译？"

苏敏笑着摇头："我在D-sign上海分校念设计和制版专业，KEE这里只是兼职。"

凯瑟琳露出惊讶的表情，指指苏敏脚边放着的黑色画夹包，问："这是你的？"

苏敏点点头，下午还有课，把他们送到酒店之后，她就直接去学校了，所以上课要用的东西全都随身带着。

"我能看看吗？"凯瑟琳问。

"当然。"苏敏心里有些小兴奋，连忙打开包，把里面的设计图拿出来给她看。

凯瑟琳接过去，一页页地翻着，看得颇为仔细。法国老头也凑过来看，对苏敏露出一个赞许的笑脸。

“你去过巴黎吗？”凯瑟琳边看边问。

“大学里做交换学生去过一次，待的时间不长，就两个多月。”

“喜欢那儿吗？”

“当然，”苏敏眼睛亮起来，“那是一个获取灵感的城市，每个转角、每条小巷都有惊喜。”

“以后还会有机会去的。”凯瑟琳把设计图还给她，意味深长地对她笑了笑。

戴维梁看她们聊得这样热络，却插不上话，甚是无奈，只能闷头开他的车。方书齐倒是回头看了看苏敏，露出一个微笑来。

送走了两位大佬，苏敏赶去D-sign，走进教室已是下午一点多，还有一刻钟就要开始上课了。午饭肯定是来不及吃了，她原本就有点低血糖，此时已经饿得头晕手软，只能碰运气在书包里翻翻，谁知真的摸到一条巧克力。她上课用的包一直放在阿尔诺那里，靠猜的就知道是他塞的，她这个人一碰到感兴趣的事就一头扎进去，什么都忘了，等想起来吃饭，常常已经饿过了头，手脚发软，还出冷汗，生命体征都快没了，这些阿尔诺比谁都清楚。

她撕开包装纸，掰了一小块放进嘴里，可可脂的甜香在唇齿间肆溢，给她这熬了夜、挨着饿的身体带来短暂却是难以置信的幸福感。她突然感到一丝暖意，想想觉得好笑，阿尔诺就是这么一个人，又麻烦又磨蹭又笨手笨脚，但有些时候倒也蛮细心的。

“给我一点儿。”沃利问她要。

苏敏掰了一小格给他。

“这么小气，男朋友给的吧？”沃利损她。

她便回嘴：“你才有男朋友呢，你们全家都有男朋友。”

等到课间，她打了个电话给阿尔诺，劈头盖脸地问："你几点下课？我请你吃饭。"

"你有没有想过，我可能也正忙着做什么要紧的事情呢？"阿尔诺装模作样地回答，好像还在为昨天夜里挂他电话的事情生气。

"什么要紧事啊？"苏敏嘲笑道，"你关心的那些人最年轻的也至少死了两百年了，不用这么急。"

阿尔诺无语。

两人约好在大学城附近会合，去火锅店吃晚饭。饭吃到一半，苏敏的手机响了，屏幕上闪着的名字是方书齐。阿尔诺叫她别接了，哪有这样没日没夜的，一点儿都不尊重雇员的私人时间。苏敏没理他，还是接了。

"你现在在哪儿？"电话那头劈头盖脸就是这么一句，不说"喂"也不说"你好"，跟她倒是一个德行。

苏敏立刻意识到有新情况了，连忙问："凯瑟琳那边有回复了？"

"对，我们在酒店，你能过来吗？"

"半小时就到。"苏敏回答，没说再见就挂了，立刻开始收拾东西。

"这顿不是你请吗？"阿尔诺叫起来。

"回来再给你钱。"苏敏头也不回地拿包走人。

三十分钟之后，在外滩那家超贵的酒店行政套间里，凯瑟琳阐明了自己的意见。离开酒店，苏敏又跟着方书齐回工作室，立刻召集设计室的人开了个会。

方书齐在会上转述了凯瑟琳的意见："她的意思是，这个系列缺少一些中国元素。"

短暂的沉默之后，大家七嘴八舌讨论起来。

"什么叫中国元素？这个系列完全是中国人设计中国人做的。"

“难道非得有龙、有刺绣、有旗袍才是中国，又不是唱戏！”

戴维梁打断他们，说了句十分现实的话：“谁签支票，谁做主。对那帮鬼佬来说，请中国设计师去巴黎作秀，就是为了看到中国元素，所以，我们必须给他们一些中国元素。”

时间所迫，全盘推翻原来的设计是不可能的，唯一可行的是做部分的修改，加进一些所谓的中国元素。但是加什么呢？大家聚在一起Brain Storming（头脑风暴）。

苏敏不算是设计室的人，却也不舍得走。快十点的时候，她的手机突然响了。戴维梁瞥了她一眼，她赶紧鬼鬼祟祟地出去接。

电话是她妈妈打来的，开口就埋怨：“苏敏，你昨天怎么没回家？”

“有点事，在公司加班啊，”苏敏回答，“我跟外公说过的。”

“加班？那今天呢？”

“今天估计也得加班，你们别等我了。”

“怎么这么忙啊？有没有加班费？”

苏敏不耐烦，正想说再见，妈妈又叫住她：“等等等等，外公要跟你讲话。”

她想说不要，但电话已经传到了外公手上。

“苏敏啊。”电话那头传来熟悉的声音，仿佛是从另一个平行空间传来的，在那里一切都不疾不徐，时间流逝得很慢，似乎连呼吸和心跳也更和缓一些。

她耐下性子叫了一声外公。

“你记不记得小时候我带你去上图画班？”外公问。

“嗯。”苏敏应了一声，心想怎么突然问起这个。

“老师把一盒蜡笔放在桌上，你把喜欢的颜色都抓在手里，怕被别人抢去……”

苏敏急着回去开会，只是“嗯嗯啊啊”地应着，正巧戴维梁从房间里探出头来，对她做了个手势。

“不说了，我还有事。”她立刻把电话挂了，又进了会议室，在方书齐身边坐下。

方书齐看看她，轻声问：“你没事吧？”

“没事，随时听候调遣。”苏敏回答，一副打了鸡血的样子。

就这样一直进行到深夜才散，可惜这一屋子人基本都是海归背景，方书齐和戴维梁更是未成年就离开中土西去了，对中国实在没有什么太深的感悟，想到的也无非是那些常见的东西——龙、立领、红色、盘花扣、大襟袄，既无新意，也很难融进原先的设计里。

苏敏回到家已是半夜，脑子里仍旧在琢磨那个问题，也顾不上几点，拿起电话打给阿尔诺。宅男自然已经睡了，被电话铃吵醒，懵里懵懂地接起来说了声“Allo”。

“我需要一点法国人的意见，”苏敏直截了当地问，“在你眼睛里，什么是中国？”

“郑和的九桅帆船，王维的诗……丝绸之路，天宫乐伎……”阿尔诺在睡梦里咕哝。

丝绸之路？！她突然想起来，就在几个月前，阿尔诺曾经背包旅行去过一次敦煌，写了详细的游记，还收集了许多莫高窟和丝绸之路遗址的图片，贴在他的博客上面。她立刻跑回自己房间，打开电脑，找出那些文章来研究。

莫高窟洞顶的藻井图案一下子吸引了她的注意——椭圆或四方覆斗形的穹顶上，卷草纹、联珠纹、忍冬纹和缠枝莲茎如波浪般延续，构成环形空间，围绕着八瓣莲花、火焰、飞天、摩楔鱼和荆翅鸟，笔触大胆，古朴典雅，其色调刚好和KEE下一季秋冬系列中使用最多的大地色系接近！

看到这里，她立时拿起手机，打给方书齐，劈头就是一问：“敦煌算中国吗？”

电话那头笑答：“还没睡？半夜三更维护领土完整来啦？”

“看看这个。”她发了个链接过去。

似乎等了很久，方书齐的答复来了，他选了其中的一张图片，和她原先想的正好不谋而合。那是一个五代以后的藻井图案，与隋唐南北朝的风格相比，色调更偏向于清淡，用沥粉堆金和叠晕烘染的手法，呈现出丰富的层次和别致的色彩。苏敏突然有种很奇异的感觉，他们之间似乎不用多说什么，就能明白彼此的意思。

她还想再多做些研究，但方书齐对她说：“早点儿睡吧，不急在这几小时。”

第二天中午，苏敏一下课就接到方书齐的电话，说在楼下停车场等她。她急匆匆下楼，刚走出设计楼看见不远处一部黑色车子的前排车窗降下来，方书齐正坐在驾驶座上朝她招手。她在KEE做了快两个月，这还是第一次看见他的车，不是什么铃木踏板摩托，而是一部招摇的黑色跑车。这辆车更加证实了她原先的猜想——方书齐他们就是几个富二代创业玩呢。

“上次我说的话还是成立的，”她一边说一边朝他走过去，“跑车底盘低，你那件西装的袖子还是个悲剧。”

他笑起来，下来为她开车门。

“去哪儿？”她问。

“外滩，去见凯瑟琳。”

去酒店的一路上，苏敏都在看修改之后的设计稿。前一夜，方书齐对她说“不急在这几小时”，自己却连夜把图赶出来了。他在原先的系列中加入一些西域风格的手绘和配饰，既满足了凯瑟琳的要求，又不会显得很突兀，而且在所有被时尚界用滥的了中国元素中，这多少还算新鲜。苏敏没想到方书齐竟能在短短几小时里完成所有这些，不得不承认他并不是自己原来所想的那样——只是长得不错，有点小聪明，一张嘴巴了得……

修改稿算是基本通过，因为面料还需加上手绘，凯瑟琳强调希望能在回巴黎之前看到样品。她原定在上海待一周，此时也不见有推迟行程的意思，也就是说整个系列工艺表的修改和实物样品的制作必须在那之前完成。

之后的一个礼拜，KEE全体同事不分昼夜地忙碌。其间，凯瑟琳又几次造访，提了不少意见。等到一切都已具雏形，整个系列虽然主体未变，看起来却是完全不同的感觉。那些西域风格的图案大多以手绘形式加在裸色和粉米色的真丝雪纺面料上，稍稍晕染，再加上少许描金，还有一些细节则用刺绣表达，整体呈现出类似浅浮雕的效果，古朴而华丽。大部分单品的轮廓做了修改，比原先更奔放飘逸。模特的造型也相应变化，简练的束发，戴着本色麻布贴碎金箔的面具，或是以雪纱蒙面登场。

最后，就连主题也改了——《后汉书》里抄来的两句：和光内蕴，不露锋芒。

苏敏暗自心想，这下可算是中国到家了。

【七】

时间是用来工作和恋爱的，除此之外，已所剩不多。

——Coco Chanel

那几天，苏敏过得着实疯狂，工作、读书两面兼顾，哪一边她都不舍得放弃，唯一可以克扣的就是睡觉吃饭的时间。“衣橱日记”自然也顾不上更新了，穿衣风格渐渐跟方书齐殊途同归，基本就是白T加破牛仔裤，外面套一个大毛衣，有时候还是反的。从前她总是纳闷儿，秀场后台那些不修边幅的设计师怎么都这么懒，也不收拾收拾？现在总算也尝到了一些其中的甘苦。

从D-sign放了学，苏敏就去KEE加班，连阿尔诺那里也很少去了。从前阿尔诺总嫌她吵，跟他捣乱，现在难得去一次，他反倒犯贱问她：“这几天怎么都不来了？好久没看见你穿得跟疯子一样拍照了嘛。”

她只是过去拿上课用的东西，急着出门，不想跟他啰唆。他却拿出自己的照相机来拍她，捉到她匆匆离去的身影。背景是静的，她是动的，像一阵风。

他追着她问：“你还欠我一顿饭呢！”

“没钱！没时间！”她厚着脸皮回答，“要不你看我桌子下面有什么东西还不错的，就拿走吧。”

她的作业都堆在那里，阿尔诺还真去看了，找到一件做了一半的男装上衣，照标准人体模型的尺寸做的，他太瘦，穿着大了。

于是，他发消息给她提条件："给我做件衣服吧，要《金玉盟》里加利·格兰特那一型的。"

"行。"苏敏言简意赅，一口答应，但转头就忘了。

那几天气温骤降，苏敏小时候发过哮喘，一直到青春期才养好了，但秋冬还是很容易感冒咳嗽，终于撑不住又生病了。刚开始只是流鼻涕，一整天都晕晕乎乎的，浑身无力，晚上到家量了下热度，有几分低烧。她没当回事儿，随便找了片感冒药出来吃了，早早上了床。睡到半夜，她觉得头疼口渴，额头滚烫，量了下体温，已经烧到三十九度。除了两片过期三个月的头孢，家里已经没药了，她没敢吃，也不敢跟家里人说，生怕他们大惊小怪地逼着她请病假在家休息，一直挨到天亮，偷偷打电话给阿尔诺，让他开车来接她。

阿尔诺很听话地来了，苏敏让他送自己去社区卫生中心，计划花上半小时，打一针退烧针，再配点儿药，就万事大吉了，然后再去D-sign和KEE继续卖命。却不承想到了医院，医生说她体温才三十八度儿，不用打退烧针，像她这种情况，吃药、喝水、睡觉才是王道，拿听诊器来听了听，又说她肺音粗，有转成支气管肺炎的兆头，一定要她挂水不可。

苏敏不想耗两个钟头在这儿，还想争辩，让医生尽管在病历上写明，病人拒绝静脉滴注。

阿尔诺却在一旁率先投诚，对医生说："大夫，她烧糊涂了，您别理她，应该用什么药尽管开。"

社区卫生中心病人不多，医生大多闲得很，听到有人附和自然心情很好，教育苏敏道："该用抗生素的时候就得用，而且一定要用足，中国人总是有偏见，开点儿头孢、阿奇霉素就跟见了毒药一样，还是这小伙子懂道理，从哪儿来的呀？”

“我是法国人，家在下诺曼底芒什省。”阿尔诺最喜欢跟人侃中文，恭恭敬敬地回答。

“好地方啊。”五十来岁的老太太估计也闹不清下诺曼底和芒什究竟是什么地方，却还是作势夸了一把。

“小地方小地方。”阿尔诺谦虚。

苏敏身体不舒服，嫌他们吵得头疼，只能举手投降，乖乖看着医生开了两天的静脉滴注，又等着阿尔诺付钱拿药。

从诊室出来，两人又到了输液室，护士给苏敏安排了一个座位，又问她：“吃过早饭没有？”

苏敏摇头。

“抗生素最好不要空腹挂，”护士提醒，“我先帮你调到最慢，让你男朋友去买点吃的东西吧。”

不等苏敏说什么，阿尔诺就跑出去买点心了。苏敏趁身边没人，偷偷把点滴速度调快了，心想早点儿完事早点儿解放。不一会儿阿尔诺就回来了，捧着从门口快餐店买的白粥和菜包。苏敏也没什么胃口，吃了几口粥，就靠在椅子上睡着了。

等她再醒过来，阿尔诺坐在她旁边的位子上，借了个肩膀给她当枕头，正全神贯注地捧着Kindle看书。她睡得迷迷糊糊，感觉已经过了很久，有点奇怪为什么点滴还剩一半没滴完，仔细一看才知道速度不知又被谁给调慢了。

她一下子火很大，上手就调到最快，结果动作太猛，把针头扯出来了，无端又挨了一针，等点滴打完，前面一个针孔附近青了一片。她也管不了这么多，针头一拔，就催着阿尔诺送她去学校。

“你烧还没退呢，”阿尔诺拦住她，摸摸她的额头，“今天请病假吧，要我装你家长，替你打电话吗？”

“不能请假的，你不送，我坐出租好了。”苏敏不耐烦地回答，把按在手背上的酒精棉球扔了，急匆匆穿好外套，拿上书包和电脑包，朝医院外面走去。

刚到门口，阿尔诺就追出来了，抢过她手里东西，说：“那还是我送你吧。”

去学校的一路上，他都在啰唆，让苏敏请假回家休息两天：“要是你爸妈知道你病了，我还把你送到学校去的，准得怪我。”

“放心，赖不着你，他们哪知道你是谁啊。”苏敏闭着眼睛靠在位子上，有气无力地打包票。

“那可说不定。”阿尔诺回答，说完又继续啰唆，叫她千万别忘记明天还要来医院挂水。

这些话她都当耳旁风，听过就忘，下了车走进D-sign学院所在的纺院设计楼，满脑子就都是上课讲的东西。

俗话说，软的怕硬的，硬的怕横的，横的怕不要命的。一个人要是真拼命了，总是有回报的。

也就是在那一天，苏敏交上去的作业总算得到了矢田玛丽安的肯定。矢田甚至当着全班的面对她说：“That’s what I call nice-shot.”可把她高兴坏了。

可能也就是从这个时候开始，班上的人渐渐接受了一个事实，把苏敏当成了这一届最优秀的学生，没人再说总校的奖学金一定是简妮的了，大概只有简妮自己不这么认为。

那天下了课，苏敏还是照样赶去KEE上班。第二天一早，凯瑟琳就要过来看最终定稿的设计图、工艺表和样衣了，只有不到二十个小时完成最后收尾的工作，这意味着那天晚上又是一个不眠之夜。她每隔四小时就吃一片感冒药，控制住鼻涕和喷嚏，又喝了许多咖啡以免睡着。

设计室的同事大招提醒她："苏敏，你这么吃法当心中毒。"

方书齐正好从旁边走过，对大招说："你别吓她，那种能吃死人的感冒药老早不卖了。"

苏敏心想，这老板真够冷血的。但事实却是，她自己也无所谓，在这当口根本无暇顾及生病这回事。

就这样一直忙到半夜，事情都做得差不多了，孙迪叫她去睡觉，她恍恍惚惚的，也不知道自己答应了没有。再清醒过来的时候，周围已是一片黑暗，她睁开眼睛，借着一丝夜色认出来这是三楼的"冥想室"，几张三人沙发和躺椅上横七竖八地睡着人。

她觉得喉咙又干又痛，轻手轻脚地爬起来，下楼去拿自己的杯子倒水喝，经过方书齐的办公室，看见窗边亮着一点盈盈的火光。她好奇，走近了去看，却发现是方书齐在抽烟。

"你怎么抽烟啊？"她嗔怪道，过去的几个月里，她从没看见过他抽烟。

"嘘……"他赶紧叫她住嘴，"你别说出去啊，孙迪正盯着我戒呢。"

她不屑地"切"了一声，抽烟是很坏的事，这是她从小被妈妈灌输的理念。等她倒了水回来，方书齐已经把烟掐了，开了工作台上的一盏小灯。

"怎么不去睡了？"他问。

她做了个鬼脸，说受不了那里的味儿，吃剩下的外卖，还有某人脱了球鞋的脚。

他拍拍窗边的白色躺椅，说："睡这儿吧。"

她本不是个扭捏的人，此时却觉得不好意思，不肯在他面前躺下，看见躺椅上扔着一支炭笔和一本米色封面的速写本，就试图岔开话题，问他："你画什么呢？"

“睡不着随便画的，”他回答，“假装世界上只有我一个人，心就静了。”

苏敏拿起来看，有人，有景，也有静物，画得潦草，却不失神韵。她想起房子里到处挂着的那些炭笔画，这下总算知道出处了，调侃道：“你睡不着的时候还真多啊。”

他自嘲地笑了笑，并不解释。

就在那一刻，她突然发现，方书齐似乎面对着跟她一样的情形，凯瑟琳王就是他的设计制作课老师。她想起自己在矢田玛丽安的课上已经守得云开见月明，安慰他：“这次肯定能通过的。”

他沉默了一下，点点头说：“我知道。”

超过推荐剂量的感冒药终于还是产生了一些副反应，苏敏不记得后来发生的事，只知道天亮了，她醒过来，发现自己睡在那张白色躺椅上，身上盖了一条浅灰色的棉毯。

方书齐蹲在她身边，捏了捏她的肩膀，对她说：“凯瑟琳快到了，你来吗？”

他背对着落地窗，脸离她那么近，她甚至能闻到他嘴里清淡的柠檬水的味道。她花了几秒钟恢复清醒，起身去洗手间梳洗整理了一下就下楼了。他知道她在生病，却一句废话都没说。他们是一样的人，他知道对她来说什么才是最重要的。

半个小时之后，凯瑟琳到了。结果正如他们所料，“和光”系列通过了。

送走了凯瑟琳，苏敏收到阿尔诺发来的信息，提醒她别忘了去医院挂水。她正急着赶去D-sign上课，随手回了句“这就去了”，便把此事抛到了脑后。外面正下着雨，方书齐叫住她，说可以送她。苏敏又困又冷，也顾不上客气，跟他上了车。

一路上，车里播放着一张大杂烩CD，大多是摇滚，都是苏敏从没听到过的。歌手是个带着鼻音、有些沙哑的女声，配乐只是两把吉他、鼓和键盘，简单得近乎于简陋，但旋律和歌词却很别致，她特别喜欢其中的两句：

Don’t tell me where to go, because I won’t follow.

I know the way forward, because it’s my road.

“这歌叫什么名字？谁唱的？”她问方书齐。

“一个朋友自己录着玩的。”他回答。

怪不得这么原生态呢，苏敏心想，没再多问，闭上眼睛靠在椅背上继续听。开出一段路，车子进入繁华地段，开始走走停停。她前一夜没睡好，正困得不行，坐在车里晃啊晃地很快就睡着了。醒来时，车已经在设计楼旁边停了不知多久。

“几点了？你怎么不叫我？！”苏敏一下子跳起

来，头撞到顶篷上，痛得她大叫。

方书齐在一旁看她的笑话，硬把她拉过来检查她头上是不是撞出包来了。苏敏推开他，拿了东西，打开车门就走。

“别跑，地上滑。”他在后面喊了一声。

她真的差一点儿滑倒，却连头也没回，挥挥手示意自己一切安好，快步朝大门走去。才走了几步，便看见一个熟悉的身影正从不远处一辆红色小车上下来，是简妮。简妮看见苏敏，就笑着道“早安”，苏敏便回了个微笑，两人一同进了设计楼。

刚到教室坐定，苏敏的手机又响起来，是阿尔诺。她猜准又是催她去医院挂水，本想敷衍几句，无奈已经开始上课，只得按了静音，没有接听。等到一节课上完，众学生收拾东西换教室，苏敏也跟着走出去，刚到门口就看到阿尔诺站在走廊里，探头探脑地张望着，一见到她便是一脸的气势汹汹。

“苏敏，你怎么回事？！”阿尔诺兴师问罪，“我到医院去没找着你，打你电话又不接，你知道我多担心吗？”

幸好别的同学都已经走远，苏敏忙把他拉进教室里，解释道：“别这么顶真好不好？我这不是要上课嘛，昨晚吃了药，已经好得差不多了。”

“那你就不能告诉我一声啊？你既然嫌我顶真，为什么昨天还是找我送你去医院？”阿尔诺大约是真生气了，说完转身就走。

“你是我的紧急联络人啊，”苏敏追上去哄他，“我不找你找谁？”

“你的紧急联络人现在不想跟你讲话。”阿尔诺继续赌气，语气倒是和缓了些。

两人拌着嘴出了教室，在走廊上跟简妮擦肩而过。苏敏心道，今天也不知怎么回事，到处都遇到此人，一脸玲珑地笑，眼睛却是冷的，看着瘆人。

当天晚上，凯瑟琳返回巴黎。之后的两天，KEE全体同事放了个小假。苏敏总算有了几天喘息的时间，却并未就此松懈，还是每天忙着上课、做作业。也是赶巧，就是在那几天D-sign设计制版专业二年级举行了第一次小考，苏敏难得有假，不用去上班，全力以赴地备考。她整日不是在学校，就是去叶思明那里，就算到阿尔诺那边去，也总是跟沃利和叶思明一起学习。他们聊的话题，阿尔诺大多一窍不通，横竖插不进几句，十分落寞。苏敏太忙，根本没在意他的表情，只是自信实力不俗，几科考试下来，感觉全都是超级好的。

考试结束，KEE也重新开工了，苏敏的日子又回到原先的轨道上来，走路一般都用跑的，就连上厕所也是两次并作一次。

一天早晨出门前，她去店里找当天上课要用的辅料。说是借用，其实就是霸占，她拿走的东西，从来不见还过。爸爸还是很大方地让她到楼上随便拿，她进库房去找，看见外公也在里面找东西，翻完柜子，又拖了个方凳爬上去，掏架子上的东西。

“外公，你找什么？”苏敏见状，赶紧过去帮忙，把外公从凳子上搀下来。

“就是你兆堃叔叔的尺寸跟纸样啊，原来一直放在那个柜子里的，怎么找不到了？”

“找那个干什么呀？”苏敏一时间摸不着头脑，半晌才想起来这“兆堃叔叔”指的是谁。她心里道，这不是妈妈对那人的称呼吗？她这一辈，应当是叫爷爷的。

“这都快十二月了，国际邮包起码要走一个多礼拜，英国天冷得早，冬天衣服再不做就来不及了。”外公还是不死心，又俯身去找。

那个柜子里放着常客的尺寸资料和纸样，按照老规矩，所有这些都会保留十年以上。外公的这个旧友自然也不例外，上年纪人大多念旧，他去英国之后，每年还是会让店里做两套西装寄过去，尺寸也更新过几次，直到几年前突发心脏病去世。苏敏脑子里突然闪过一个念头，一下子也不知道该说什么，只好哄外公说东西她会帮着找，不管三七二十一先劝他下楼，把他送回家里。

一到家，她就给妈妈打了个电话。

妈妈早上看门诊，打了几遍才接起来，很不耐烦地问了一句：“怎么了啊？”

“妈妈，”苏敏不知道该怎么说，“你觉得外公最近好吗？”

“上半年服装研究所组织退休职工做过体检的，很正常啊……”

“我不是说那个，”苏敏打断她，又犹豫了一下才把话说出来，“外公刚才在店里找兆堃爷爷的尺寸，说今年冬天的衣服再不做就来不及了。而且，他好像还把我错当成是你了……”

电话那边静了一会儿，可能妈妈也已经察觉到了什么，只是从没往那方面想过，许久才应了一声：“嗯，你在家陪着外公，我大概中午能回来，带他去医院检查。”

“不行啊，我还要上班……”

“请半天假，我下午看门诊，还不是得回来？”妈妈很有气势地驳回她的理由，在救死扶伤面前，一切都是渺小的，说完就把电话挂了。

【八】

我从来不想和拉格费尔德居于同一个世界，也不打算向流行谄媚。

——Alexander McQueen

苏敏自以为不是那种自私自利的小孩，也并非不为外公的状况担忧，但那天上午正好是矢田的课，向来没有人敢不去。只可惜在妈妈那里，也没有争辩的余地，越说越错，她只能打电话给沃利，让他帮忙请假，不确定自己突然缺了这一堂课，又会生出什么样的是非来。

就这样一直等到中午，妈妈终于得空，回来接了外公去医院检查。苏敏这才如蒙大赦，赶去学校，一进设计楼，就看到几个学生站在走廊里，围着布告栏说笑。

她从那旁边经过，隐约听到有人在说：“……怎么能跟她比啊？她不是一个人在战斗……”然后便是一阵窃笑。

她不知道是在说谁，凑上去看，才知是前几天的考试成绩已经出来了，而她不管是总分还是单科分数都遥遥领先，虽是志在必得，心里还是十分高兴。等进了设计制版专业二年级的工作间，才渐渐发觉班上有些人对她的态度怪怪的，似乎背着她说什么，她一走近，就都收声了。

她私底下问沃利和叶思明怎么回事。叶思明面露难色，沃利犹豫了一下，开口告诉她：“不就是今天早上成绩贴出来之后开始的嘛，他们说你有许多后援部队，交外国男朋友练法语，交设计师男朋友帮你做作业、画设计稿，每天送你到学校的男人都不一样。”

苏敏的脸一下红了，愣了很久不知该做何反应。过去的几个月里，她只是蒙头苦干，谁也没招惹过，无论如何都想不出来为什么会有人这么刻薄地说她。

叶思明试着安慰她：“大家都看到你是一点点自己做出来的，有些人这样说你不过就是因为妒忌，有脑子的人都不会相信的。”

苏敏点点头，嘴上说不会当真，心里却极其郁闷。

上午的设计制作课没上，她还得赶在下午上课前去矢田办公室交作业。矢田玛丽安看过她的作业，照例挑了许多毛病出来，又提了一堆问题。苏敏一时走神，没听见问的是什么。矢田重复了一遍，她也没能给出个满意的答案。矢田的话说得也有些重了，苏敏本来心情就差，忍不住露出几分不耐烦。

矢田放下手里的衣服，看着她说道：“想要成为一个优秀的设计师不是光有一点儿技巧就可以的，你必须有百分之一百的才华、努力、热爱，以及为此付出一切的决心，在这条路上没有旁门左道，也没有捷径……”

这句话戳到苏敏的痛处，她猜矢田大约也听到了同学间的传闻，克制着自己说道：“我不知道您听到了什么，但我会证明自己的才华、努力、热爱和决心，也希望您不要被成见影响了判断。”

矢田闻言，却笑了：“你从哪点看出来我对你有成见？”

苏敏一愣，不知该从何说起。

矢田见她不语，又道：“那好吧，这周的作业你也不用做了，写一千字论文，论述一下我究竟应该用什么态度对待你？”说完便起身走出办公室，将苏敏一个人晾在那里。

苏敏许久才反应过来，自己这下闯了大祸，竟然把D-sign最难搞的矢田玛丽安老师给得罪了。她脑中空白，一步步走到电梯厅，不知道从今往后怎么在此地混下去。

“苏敏，你怎么啦？”身旁有人叫她。

苏敏转头一看，正是简妮，脸上带着关切的笑。她突然想起两人的几次偶遇，这谣言的源头似乎就在眼前了。

“是你？”她看着简妮。

简妮到底比她高段一点儿，仍旧浅笑着：“什么是我？你是不是不大舒服啊？”

离开学校，苏敏心情极其恶劣，不想回家，一路沉默着去KEE上班。半路挤在地铁里，手机响了，她看见是阿尔诺打的，不想说话，就没接。过了一会儿，他又打了一次，她还是不接，干脆把手机关了。

到了工作室，她又看到方书齐，听他吩咐，跟着他干这干那。似乎也只有这种时候，和他在一起，才能让她忘记那些乱七八糟的事情，又恢复原本简简单单的心境。

一直到夜里十点多，方书齐放她回家。她收拾东西，准备走。

他站在她桌子边上看着她，突然问：“今天怎么了？”

“什么怎么了？”她也不知道怎么解释，只能装傻。

“难得看到你这么安静。”

她“嗯”了一声，他也不便再问，只说：“时间不早了，我送你吧。”

她谢了他，说不用。他也没再跟她客气。

苏敏坐出租车回家，进了家门，客厅里已经熄了灯，她轻手轻脚摸进自己房里，推门就发现里面的灯是开着的，妈妈正坐在床边的椅子上，气势汹汹看着她。

“为什么不接电话？”妈妈问。

苏敏一时不知道这唱的是哪一出，细一看才觉得不对，她原本放在抽屉里的东西都被翻出来，摊在床上桌子上。

“你怎么乱翻我的东西？”她故作镇定地问了一句，琢磨着要怎么解释这些东西——D-sign的教材、作业、课程表、装订成册的设计稿。

“乱翻你的东西？有什么东西是你的？”妈妈冷笑，“我不翻怎么知道你成天都在干些什么！电话不接，深更半夜不回家！还骗我说找到工作了，要加班！不翻你东西怎么知道你究竟在做些什么！”

苏敏自知瞒不过去，干脆破罐子破摔，反问：“我做什么了？你说我到底做什么见不得人的事了？”

妈妈没回答，站起来翻翻摊在桌上床上的那堆东西，而后言简意赅地说道：“把这些东西收拾一下，全都扔了，明天开始给我老实待在家里。”

苏敏没说话，真的开始动手收拾东西，统统塞进一个大书包里。

爸爸听见动静，探头进来劝：“这是怎么了？一人少说一句吧……”

苏敏却没有低头的意思，塞完东西，背起包来就往外走。

爸爸伸手拦她：“这都这么晚了，还要上哪儿去啊？”

妈妈却是彻底火了：“你长大了，翅膀硬了，是不是？！别拦她，让她走，走了就别回来！”

苏敏也是死犟的脾气，既没搭腔也没回头，直接下了楼，拧开门就跑出去了。不知是风，还是她下手重了，门在身后“嘭”一声碰上，夜里寂静，显得格外突兀。她壮着胆子继续往前走，一开始还能听到屋里隐约传来爸妈讲话的声音，似乎是在争论，外公也被吵醒了，絮絮地讲着什么，再往前走就听不见了。此时已是初冬，入夜室外很冷，她的外套脱在家里没穿出来，走到弄堂口，迎面一阵风吹来，整个人都哆嗦起来。

她有点想返回去，一方面是身上什么都没有，也不知道上哪里去，另一方面也是因为想起了外公。从她回去到从家里跑出来不过十来分钟，还来不及问外公的检查结果。

她站在原地犹豫了一下，突然想起妈妈说的那句话——有什么东西是你的？！摆明就是看死她没办法自食其力在外面活下去。

她在一瞬间下定决心——说什么都不再回头了！握紧了拳头继续向前走。恰好一辆出租车经过，她伸手拦下，上了车，关上车门，慢慢在暖气里缓过神来，心里却是五味杂陈，不知是释然还是失落。

司机问她上哪儿，她也问自己："我上哪儿呢？"没想出个所以然，就习惯性地报了KEE的地址。

车开到目的地已是深夜，KEE所在的那个仓库里只有前台亮着灯，办公室里空无一人。因为加班频繁，一切日用品此地都有。苏敏先去洗手间漱洗，又到冥想室找来睡袋，可真的躺进去，却翻来覆去不得安眠。她索性又坐起来，拿出手机，打给爸爸。

铃声响过一阵，才有人接起来。电话那头传来爸爸压低了的声音："敏敏，你在哪儿啊？"

苏敏猜也猜得到，这是生怕被妈妈听见。她心中愈加不平，道："爸，我在同学家，今晚就住这儿了，你别担心。"

"我能不担心吗？同学住哪儿？我现在过去接你。"

"真不用了，都睡了。"苏敏顿了顿，才将一直盘桓在心中的问题说出口，"爸，外公怎么样？"

爸爸叹口气答："检查报告说得挺吓人。"

苏敏的心沉下去："真是阿尔茨海默病？"

"嗯，说是初期的。我看还好，就是有些健忘，总爱唠叨从前的事情，一般的老头儿不都那样吗？"

爸爸是标准的乐天派，苏敏却听不得这样的评语："外公怎么可以跟一般的老头儿一样……"

"不管怎么说，你快回家来，"爸爸打断她，"跟你妈认个错，事情就过去了，外公也等你回来。"

"那妈妈什么态度？"苏敏忐忑地问道。

"你先回来再说吧。"爸爸仍旧和稀泥。

苏敏却知道今天这件事不可能这么容易就过去了，她静了一静，才又开口："爸爸，你是知道我从小喜欢什么的。我现在念的书、上的班，我都不会放弃，要是妈妈不能理解，我也没办法。我工作上学的地方离家挺远，我同学就住这附近，我其实老早就打算跟她合租，已经与她说好，明天就搬过来。"

"唉，敏敏，"爸爸叹气，"你怎么也跟你妈一样犟，母女之间还非得辩出个是非黑白来啊。"

苏敏有些难过，却还是说："爸，妈说了，只要我一天在那个屋顶下面，我就得听她的。我已经二十二岁，不能一辈子做自己不喜欢的事。这一次，我真不能让步。不过你放心，我会照顾好自己，也会经常回去看你们的。"

说完这番话，爸爸也是无语。苏敏道了晚安，挂断电话，那样清楚地知晓这便是她离家后的第一夜了。她隔着落地窗看着天边新月，发了一阵呆，感觉既是自由，又是惶惑。直到听见一阵窸窣声不知从何处传来，她猝然回神，四处张望，什么也没看到。她心中不禁害怕，忙钻进睡袋里，闭上眼睛，默默告诉自己，世上没有鬼怪。虽然这"床"不够舒服，心情也不好，但毕竟累了一天，又来来回回奔波了这一场，过不多久，她就睡得不省人事，一直到第二天早晨清洁工来上班，才被吸尘器的声音吵醒。她起身匆匆梳洗了一下，又去D-sign上课。

直到上了公共汽车，她才看见手机上有好几个阿尔诺的未接来电，想来是昨夜睡得太沉，没有听见。她心中烦闷，无奈车上太挤，没有立时打回去。汽车到站，她下车，穿过马路，进了纺院的校门，远远就看到一个穿深灰色外套和牛仔裤的瘦高个儿站在设计楼门口，一见她，就朝她跑过来。她一望便知，那瘦子不是别人，正是阿尔诺。

“你这一晚上跑哪儿去了？”他劈头盖脸问她，嘴里吐出的气凝成一团淡淡白雾。

苏敏见他这么霸气，倒有些心虚了，老实回答：“没上哪儿啊，就在公司睡了一觉。”

阿尔诺无视这句答话，还是气势汹汹：“打你电话为什么又不接？”

苏敏被他抢白得说不出话，半晌才反问：“我睡着了没听见不行啊？你冲我发什么脾气？！”

“你要是有什么事，我也有责任的，你知不知道？！”阿尔诺回答。

“什么责任？”苏敏冲他，“还有，你怎么知道我昨天没回家？”

阿尔诺愣了一愣，气势上输了大半，嗫嚅着答：“那个……前一阵你加班，总不见你人影，我到你家店里找过你……你爸爸当我是你男朋友，以为你在我这里，打了电话给我……”

苏敏闻言更加生气，这都哪儿跟哪儿啊？她将阿尔诺往边上扒拉扒拉，噔噔噔上台阶，进了设计楼的大门，边走边道：“我会跟我爸爸说清楚，你不是我男朋友，找你没用，这样总行了吧？”

阿尔诺却还在她身后跟着，左右都是D-sign的学生，其中不少是熟面孔，有跟苏敏打招呼的，也有带着些好奇八卦的目光偷偷瞧着他们的。

苏敏不想再生是非，回头对阿尔诺说：“你别跟着我了，我家里的事情我自己会解决，你要是怕担责任，我今天下午就到你那儿去，把东西搬走，这样总行了吧。”

“我不是那个意思……”阿尔诺急了。

苏敏没再回头，走进教室，当着他的面把门合上了。

那天下午，D-sign没课，苏敏向方书齐请了假，去了阿尔诺那里，对他说她会尽快找地方，把放在他那里的东西搬走。

阿尔诺没接她的话茬儿，反倒是看着她，说：“你不应该就这样从家里跑出来。”

“你不应该跑到我家去，让我爸误会你是我男朋友。”苏敏回嘴。

“这件事，我向你道歉。”阿尔诺道。

“余下的，你就别管了，这是我家的事。”苏敏回答。

“不光是你家的事，”阿尔诺顿了一顿，“有些话我老早就想跟你讲了。”

“什么话？你快说。”苏敏开始动手收拾东西。

“苏敏，”阿尔诺正色，难得地一本正经，“你这几个月变了很多，你真的知道自己做什么吗？”

苏敏听他这么问，便也冷冷回答：“我知道我在做什么，你也知道，我一直以为你是支持我的。”

“我当然支持你，但是我做的一切你看到了吗？”阿尔诺又问。

苏敏有些心虚，却还是道：“我不可能什么都顾上。”边说边把一件做到一半的白坯布衣服从人体模型上拆下来。

许是看不惯她这副无动于衷的样子，阿尔诺过来将那人体模型推到一边，道：“你当然顾不上，你不光是忙了，简直像着了魔一样，不管家人，不管朋友，不管自己的身体，真的就是为了这些衣服裙子？”

苏敏奓了毛：“你别碰我的东西！”

但这一次，阿尔诺却没像平时那般任由她捏扁搓圆。他看着她，说："好，我放手，我是不懂，格子衬衫、运动裤配沙滩鞋，我关心的人最年轻的也已经死了两百年，对不对？"

苏敏想起自己对他的这些评语来，低头不语。

阿尔诺继续说下去："其实你说的没错，我就是这样。你应该也知道，我喜欢你，希望你好。今天早上跟你说过那些话之后，我仔细考虑过，我不想只做你的合租室友，也不想只听你吐槽，永远得不到回应。如果你想要的只是一个放东西的地方，或者一个吐槽的垃圾桶，那就这样算了，不要再来找我。"

苏敏听他说完，没有停下手上的动作，继续收着东西，脑子里却有些木然，直觉得这个世界是这样的不公平。她想到外公的病，还有阿尔诺的这番最后通牒，她本以为理所应当的东西，都要没有了。

阿尔诺站在她身后，似乎是在等她表态，然后过了许久，什么都没有。苏敏听着他走出去，关上门，眼泪方才落下来。

【九】

时尚不在于你佩戴的钻石的大小，也不在于你手提包的牌子，

其真谛在于拥有不受羁绊的自由。

——Alber Elbaz（阿尔伯·艾尔巴茨）

那天夜里，苏敏实在需要找人聊聊，便去找叶思明。

她先说了自己从家里搬出来的事情，又把下午阿尔诺说的话转述了一遍，待一腔烦恼全都倒完了，才问：“你说他这算什么？”

“算什么？”叶思明笑起来，“当然是表白咯。”

“有这么表白的吗？”苏敏很是苦恼，“偏挑这个时候来凑热闹，把我顶在杠头上，要是不答应就决裂，是这个意思吗？”

叶思明劝慰：“哪是顶在杠头上啊？人家只是不想做你闺密。”

“我有拿他当闺密吗？”苏敏反问。

“那你喜欢他吗？”叶思明又将皮球踢回给她。

苏敏想了想，答：“反正不讨厌，否则也不至于成天跟他混在一起那么些年。可我知道，不是那种喜欢。我跟他太不一样了，根本就不是一路人。”

“我懂你意思，”叶思明笑，“只是这男女之事，什么三观不合都是借口，归根结底还是因为没有化学反应。”

“哪有化学反应那么玄？”苏敏不服，“要喜欢一个人，至少得

能聊到一块儿吧。”

叶思明却还是笑：“你说上联，他对下联，是这个feel吗？”

苏敏不是听不出她话里揶揄的意味，脑中却莫名闪过她与方书齐讨论敦煌壁画的情景，心似乎是颤了一颤。

“想什么呢？”叶思明打断了她的思绪，“我跟你说呀，下个月跟我合租的人刚好要搬走，要不我们俩合租吧？这几天就先跟我挤挤。”

苏敏早听她说起过这件事，也是如此打算着。可她正要答应，却又想起公司那条睡袋来，便如此答道：“下个月再搬过去吧，我先在公司住几天，那里什么都有，正好方便加班。”

那天之后，苏敏就在公司凑合住下了，现实倒也如她所料，着实是方便。

她是方书齐的PA，门卡可以二十四小时进出，又正好赶上大家都忙着为次年三月的那场秀做准备，设计室和制版室经常有人加班到半夜。正因为这样，就算她每天晚上都在工作室过夜，渐渐把洗漱工具和换洗衣服都备齐了，也没引起多少注意。几天下来，她反倒觉得这样过日子比原先的往返奔波好多了。

KEE的办公室其实很适合住人，除了冥想室，还有不少可以躲起来睡觉的地方。一楼茶水间有咖啡机，冰箱里常备零食饮料。二楼的厕所旁边有个带淋浴的盥洗室，里面洗漱用品一应俱全，洗发水有股淡淡的椰子味儿，苏敏很喜欢那味道，总觉得很熟悉，像是在哪里闻到过。

白天，她心无旁骛地上课，晚上就留在工作室加班。唯独深夜，她躺在长沙发上，隔着玻璃看着窗外，冬季的夜空分外明净，亮星也最多，淡淡的银河从其中穿过。半梦半醒时，她总会想起阿尔诺对她说的话：“如果你想要的只是一个放东西的地方，或者一个吐槽的垃圾桶，那就这样算了，不要再来找我。”

不是的，她不出声地自言自语。她从来不觉得自己只是需要一个放东西的地方，或者一个吐槽的对象。但他们之间的关系究竟算什么呢？友情？亲情？或许还有些别的，宁静而不强烈，好似盖着一层羽纱，蒙昧不清。她知道自己并非不喜欢阿尔诺，否则也不至于成天跟他混在一起那么些年，但她也很清楚这不是男女之间的那种喜欢，因为他们俩太不一样了，根本就不是一路人。

她为一切华丽精美的东西陶醉，而阿尔诺却觉得那些都是累赘；她一心想学设计，阿尔诺想到的却是学费很贵又不实用；两个人即使看个科幻电影都要吵架，苏敏说将来人类会过得越来越精致，阿尔诺却说未来人一年四季只穿一件自动调温自动清洁的紧身衣，顿顿吃维生素药片。

同叶思明玩笑的对话大概真的说到点子上了，除了价值观的天差地别，更重要的是因为他们之间缺少人们通常说的那种化学反应。苏敏没有多少恋爱的经验，却很确定，或者说自以为很确定吧，这不是她想要的那种感觉。她总是觉得，有一天，她会遇到一个和她一样的人。他们是如此相像，就好像对着镜子凝视自己的眼睛，有共同的梦想、共同的话题，身上都有着一股义无反顾的冲劲儿，仿佛迫不及待地站在全世界面前，让所有人都看见。她不确定什么时候才能遇到这个人，却总是相信，那个人一定就在某个地方。

几天之后，戴维梁新买了一张白色平绒沙发，放在他办公室外的讨论区。苏敏趁他不备，躺在上面试了一下，软硬适中，长短刚刚好，是张不错的“床”。当天晚上，她就睡在那上面了。

睡到半夜，她莫名其妙地醒了，等眼睛慢慢习惯了黑暗，才看见方书齐站在一步之外，两只手插在裤子口袋里，背靠着玻璃隔断，静静看着她。

见她睁开眼睛，他笑起来，说：“你完了，口水都沾在戴维的新沙发上了。”

苏敏慌忙起身，伸手摸了摸脸，窝在沙发上睡相不好，还真流口水了。

“你别告诉他不就行了嘛。”她装作满不在乎地回答。

“为什么不回家？”他一本正经地问。

“加班加晚了，打电话叫出租车，等了很久都不来，就在这儿凑合睡了。”这是她事先编好的理由。

“我看你在这儿睡了好几天了。”他却不放过她。

苏敏有种说谎被戳穿的窘迫，干脆也不装了，照实告诉他：“我暂时没地方住。”

“怎么，跟男朋友吵架了？”

“什么男朋友啊？我没男朋友的。”她急着辩白。

“那个送你来上班的老外啊。”

苏敏在心里暗骂了一声，眼睛未免太尖了吧，嘴上解释：“他不是我男朋友，就是大学里认识的同学。我想从家里搬出来，但还没找到房子。”

“噢。”方书齐做出一副恍然大悟的表情。

她最讨厌他这副样子，反过来问他：“你怎么也不回家？”

“我也没有地方住。”他回答。

“你每天都睡这儿？”苏敏不信，断定他只是在学她讲话。

“你以为你用的洗发水是谁的？”他笑起来，语气不太认真，说完就撇下她转身走了。

苏敏想起那熟悉的椰子味儿，还有每次她来上班，他已经到了，每次她下班，他都丝毫没有要走的意思。可能他说的是真的，他一直就住在工作室里。如果真是这样，她暗自玩味着那句话，之前的那儿个夜晚，他也曾这样看着她入睡吗？

到了第二天，方书齐根本没提起前一天夜里的事，苏敏便当他是默认了，名正言顺地在此地安了家。

她抽空租了部车，去阿尔诺那里搬她的东西，特别挑了个他上课的时间，但不知为什么，心里却暗暗希望他在家。可能是她挑的时间太好了，那套两间卧室的小公寓里空无一人，她的东西还是原封不动地摆着，就跟她离开的时候一样，冬日午后的阳光淡淡地落在地板上，显得安静而落寞。她在房门口傻站了片刻，便撸起袖子，埋头收拾东西，装进箱子，能带走的都带走了，搬到KEE工作室，藏进二楼样品陈列室的壁橱，关上门，根本没人知道这件事。一切似乎悄无声息，一切又都已经改变了。

眨眼间就到了年末，D-sign的课程安排宽松下来，圣诞、元旦之后，寒假也近在眼前了，但KEE工作室却没有因为一连串的节日而停滞下来。

他们的供应商大多在欧洲，整个系列的鞋子和小皮具都在意大利手工制作，丝巾、帽子和发饰则全部来自法国。因为是小订单，工期又很紧，那些位于米兰和巴黎的手工作坊开价都很彪悍，哪怕只是定做一双鞋，也要数倍于国内制造商的报价。为了决定供应商，KEE工作室开了好几次会讨论，反复权衡之后，还是决定要在欧洲做。

苏敏记得方书齐说的话：“国人什么都能做出个样子来，唯独皮革和丝绸还和欧洲差得很远。”

她并不是愤青，却也因此感慨万千，曾经中国的东西是最精致的，但现在最好的皮具制造商在法国，最好的织锦是意大利的，全都跟中国无关了。

课余跟同学闲聊，她把这话说给沃利听。沃利家里就是专做出口服饰订单的，听到这种论调，自然很是不爽，反驳道：“过去，中国制造的服装鞋包在欧洲人眼里只是五欧元的档次，但现在许多几百欧的东西，中国也能做出同样的品质。就好像面料，除了极少量一百八十支以上的顶级面料暂时无法生产以外，市面上大多数面料都是国内几家大型毛纺企业代工的，甚至包括一些冠以杰尼亚、诺悠翩雅、世家宝名头的高档货色。这年月，要想完全回避中国制造，恐怕只能去英国搞全定制的了。”

挂着Made in Italy的标签，实际却是中国制造，这些内幕，苏敏也早有耳闻，却始终将信将疑。她相信中国人的巧思与匠心，却很难将那些穷乡僻壤的血汗工厂和精品店里陈列的华服美饰联系在一起。她和沃利谁都没法说服对方，只能求同存异了。

难得某日得闲，方书齐请公司里所有人出去吃了顿饭。晚饭之后，大多数人就此散了，戴维梁提议去喝酒，叫了方书齐、孙迪和老王同去。苏敏本对泡酒吧兴趣缺缺，方书齐唤她，她竟也跟着去了。

他们靠着吧台落座，别人点的饮料都多少含些酒精，唯独苏敏例外，只要了一杯果汁。

“你几岁啊？来酒吧喝果汁？”戴维梁嘲笑她。

苏敏白了他一眼，不睬他。

“你什么星座的？”孙迪问。

“处女座。”苏敏回答。

孙迪笑起来，跟方书齐交换了一下眼色。

苏敏心底升起一丝莫名的不快，当下就问方书齐：“处女座怎么了？”

“处女座一般都不喜欢喝酒，我只碰到过一个例外的。”他回答。

“你是说薇洛？”孙迪插嘴问道，脸上带着意味深长的笑。

方书齐并不回答，孙迪继续说：“薇洛喝起酒来真的挺夸张的，醉得也够奔放。”

“所以啊，”苏敏接口道，“喝酒有什么好处？难道就是为了出丑？”

“不是所有人都像你一样怕醉。”方书齐打断她。很随便的一句话，在苏敏听来却好像是存心为那个薇洛辩护。

“谁说我怕？”她不服气地反问。

他笑了一下，招手叫过酒保，要了一杯跟他一样的酒，递到她面前，说：“这是波本，喝起来比较顺，不像苏格兰威士忌那么冲，你试一下。”

她眼睛盯着杯子，却没有伸手去接。

“你相信我吗？”他看着她问。

有那么一会儿，她想拒绝，或者开开玩笑，委婉地混过去。但鬼使神差的，她迎着他的目光说：“我相信你。”从他手里接过杯子，把里面的酒一饮而尽。

明净的琥珀色液体带着些许烧灼般的热度充盈进她的口腔，又如引线上的火星一路烧到胃里。有人为她鼓掌喝彩，方书齐拍拍她的肩膀，说：“嗨，别急。”招手又叫了第二杯。

这一次，她学乖了，晃动杯子慢慢啜饮。碎冰块碰撞杯壁，发出轻微润雅的声响，漾起一丝香草香，入口紧实顺滑，略带糖果般的甜味。

“Quite a quick leaner（学得很快嘛）！”戴维梁难得夸了她一句。

她含着笑，有些得意。

那三个人聊起许多从前的事情，苏敏插嘴问他们是怎么凑到一起的？

“他们俩都是被方书齐色诱的，只有我是冲着高薪来的。”老王笑道，“Dior首席制版师月薪 万欧，我未来五年的期望收入就是照这个标准定的。老大，你务必帮我完成这个心愿啊。”

方书齐叫老王放心，又告诉苏敏，孙迪和戴维梁都是他在伦敦念书时认识的。那时他还在圣马丁，孙迪是他的学妹，戴维梁在伦敦政经学院念金融。

“那是一个冬夜，莱切斯特广场的地铁站，”戴维梁抒情道，“我和一个鬼佬从SOHO的酒吧出来，搭地铁回家，方书齐就坐在我们对面。他说中文提醒我，那个鬼佬只有一块‘腹肌’。我反过来问他，那我该怎么办？”

方书齐紧接着把故事说下去：“在肚子上写个王字，我有笔。”

所有人哄堂大笑，孙迪推了他一把，说：“你怎么这样啊？”

“怎么啦，我只是放学回家，”他一脸无辜的表情，“我很少去SOHO混的。”

“哈，你算了吧，”戴维梁当场戳穿他，“那个时候，薇洛还在摄政街驻唱……”

酒精就是这样，不知不觉地让人解除顾忌，变得外向。苏敏却恰恰相反，她只是在一旁听着，无意识地喝着手里的酒，隐约觉得有些事不轻不重压在心上。她以为是因为妈妈和阿尔诺，于是便喝更多的酒，希望把他们暂时忘了。

时至深夜，一伙人各自回家。苏敏跟着方书齐出了酒吧，一路走回KEE。

“你还行吧？”他问她。

“没醉。”她自信地点头。

“别逞能啊，说没醉的一般就是差不多了。”

“真没醉，”她打包票，“就是心跳有点快，眼睛看周围东西稍稍有点变形。”

方书齐看看她，倒被她的样子逗笑了。

此时，天上飘起一点儿小雪，两人都觉得冷，便裹紧衣服跑起来。苏敏只觉冷风扑面，两颊却是热的，那感觉甚是奇怪。她跑着跑着，又起了唱歌的兴致，脱口而出哼了两句："Don't tell me where to go, because I won't follow. I know the way forward, because it's my road."

她自己听见，也是意外，怎么又想起这个调子来？心想大约还是因为喝过酒，连忙住了嘴，默默走着。

"怎么了？想什么呢？"方书齐问她。

"谁是薇洛？"她突然问，话说出口的那一瞬，终于知道究竟是什么一整晚横在她心上。

他似乎停顿了一下才回答："薇洛是我们在欧洲的PR（公关），你很快就有许多机会跟她打交道了。"

【十】

我不在乎她们的高矮胖瘦，只希望她们变得勇敢而坚强。

——Alexander McQueen

薇洛的全名是薇洛尼卡·林。正如方书齐所说，薇洛是KEE在欧洲的PR，接下去的几个礼拜，苏敏的许多工作都是跟她有关的。不过，她们之间的联系始终都是只闻其声不见其人的。

苏敏假装不经意地问孙迪："薇洛长什么样子啊？"

孙迪皱着眉想了想，回答："这么说吧，薇洛的时尚偶像是奥黛丽·赫本和硬摇滚乐队The Ramones，神奇的是她居然能将这风马牛不相及的两者和谐统一在一起。"

苏敏听得出其中赞美的意味，却仍旧很难想象这传奇的薇洛到底是什么样的人物。

好奇归好奇，她们之间工作上的联系一直没断过。薇洛是久居伦敦的华侨，几乎不会讲中文，手下的马仔们也都说英文。苏敏只能迁就他们，但她的英文终究不及法语那样地道，常常词不达意，生出些枝节来。

一日，苏敏发现PR草拟的宣传活动日程有一处和方书齐原本的工作安排有冲突，便发信给薇洛手下的一个女孩子，要她仔细看一下工作计划，再做修改。苏敏自以为话说得很客气，那女孩倒好像不高兴了，邮件里看不到表情也听不见说话的口气，却也用了好几个惊叹号来阐明态度。

苏敏有些莫名其妙，怎么就开吵了？恰好看见薇洛在线，便直接跟她说了刚才的事情，最后又多嘴问了一句："这就是贵公司对客户的态度？"

没想到薇洛只是不咸不淡地说，会去了解一下事情的来龙去脉，丝毫没有道歉的意思。

苏敏也知道此事不可以闹过头，便说了句："我叫方书齐来跟你说。"

薇洛那边回了声"Fine"，就不再言语了。

苏敏去找方书齐，在他办公室外面转了几次，都看到他在打电话。等到五点多，总算挂了，她赶紧冲进去，也不知是诉苦呢，还是求救。方书齐脸上带着点儿笑听她说完。苏敏讨厌他这种表情，但看见他却又让她觉得安心。在她看来，无论什么麻烦，他总能想出办法来搞定的。

听她说完事情经过，他正色道："你对我说过你是个好翻译。"

"你什么意思？"苏敏不明白。

他指出她用词不恰当的地方，毫不留情地嘲笑她。

"要是写中文或者法语，我可以写得很好。"她自知理亏，却还是争辩。

"这理由很可笑。"他真的就笑了。

她被他笑得有些恼了，想也没想就说："如果你只是我的老板，我才不会跟你这么说呢。"

"除了老板，我还是你的什么？"他还是笑着问她。

苏敏盯着他看了一会儿，猜他不是认真的，便玩笑道："算是我的阴暗面吧。”

他似乎很喜欢这个答案，伸手摸摸她的脑袋，就好像她是个听话的孩子。

等到秀的时间和场地都基本确定，随后要做的便是想办法填满那些位子。在巴黎，KEE还是个完完全全的新面孔，不会有人上赶着来看他们的秀，得想办法请人来看。通过轩雅集团的关系，确定将有一家一线时尚杂志的主编出席，高级定制和时尚联合会也会有代表到场，除此之外就都是公关公司邀请的设计师、圈内名人、各路买手和众多媒体记者。薇洛神通广大，请到一位英国名媛，虽不及新晋的I.T Girl那样炙手可热，但也算是个有头有脸的人物。

就在这当口，凯瑟琳又来传圣旨——第一排需要一张中国面孔做点缀，最好是有些国际影响的女演员。戴维梁领旨出马，找人托关系联系了好几个明星经纪人，最后定下一个风头正劲的人选——香港女演员茉莉周，正式发出了邀请。恰好茉莉周也想要更多的国际曝光率，一拍即合，欣然同意。

秀场的座位表初步拟定，其他能在国内完成的准备工作也都一一就绪。苏敏手上汇总了所有已支出的费用，后期要在巴黎撒出去的钱将更加可观。为一场为时不超过二十分钟的秀花这么多钱，听起来似乎有些荒谬，但许多著名品牌花在发布会上的钱还远远不止这些，他们这一场的规模和规格在时装周上只能算是中等罢了。

赴法工作团队确定之后，苏敏开始订机票办签证。心里有点小激动，她又要去巴黎了，而且这一次不是去交换学习，看什么雨果和莫奈，而是她最喜欢的——时装周。事实证明，使馆签证处的人也最喜欢这样的理由，提交材料之后的第三天就通知她去领证了。

与苏敏的兴奋相反，孙迪在去与不去之间纠结了很久，原因是——她的狗病了。不管这理由在旁人看来有多荒谬，戴维梁和苏敏可劲儿地劝也没用。只有方书齐表示十分理解，一句动员的话都没说，还花了整整一晚上听孙迪念叨那只名叫BJ的威尔士犬。第二天，孙迪就决定跟他们一起去了。个中的奥妙，苏敏很久都想不通。

出发前一天，三十六套走秀的服装开始装箱，容易走形的衣服都穿在人体模型身上，再衬上毛巾和纱纸，仔细装进数十个棕色瓦楞纸箱里，托运到巴黎。

忙完了这些，苏敏抽空回了一趟家。也不知是凑巧，还是存心不想看见她，妈妈去医院值班了。爸爸仍旧是她住校时的老规矩，一见面就说她瘦了，在外面一定没吃好，烧了一桌子菜，要她吃个肚皮圆圆。

“你这差出得真不是时候，过年也回不来。”爸爸在饭桌上埋怨。

“敏敏要出差？”外公健忘，又问了一遍，“去哪里啊？”

苏敏还是像第一次般回答：“外公，我去巴黎。”

“巴黎？”外公重复。

“在法国。”苏敏解释。

外公却答：“我知道，我年轻时也想去那里。”

“真的啊？”苏敏笑，“外公老早也这么洋气。”

“那是当然，”外公也笑，“我学生意是在上海滩有名的绅士商店里，专做一两黄金一套的西装，只用上好的英国呢，那时酒店、俱乐部的仆役只要看一眼，接过大衣掂一掂，就知道是好货色了。”

苏敏笑着点头，大口吃饭，心里却是有些伤感的。

次日中午，方书齐一行在浦东机场等待登机，除去苏敏，还有戴维梁、孙迪、老王、设计助理、制版助理、化妆师、摄影师，总共十一个人，另有一名国内杂志的记者随行采访。

那记者是个年轻男孩子，一路上都在和戴维梁热烈地讨论自己心仪的男装设计师。

“……几年前得过CFDA的最佳男装设计奖的那一个。”一个说。

“我也好中意他的，”另一个附和，“买过好几条裤子和一件外套，窄形的，但是不包……”

记者原本和苏敏坐一排，戴维梁的位子则和方书齐的相邻，两人聊得实在投机，便提出来要换个位子。苏敏无所谓，收拾收拾随身的东西，坐到方书齐边上去了。方书齐并不理她，看了一会儿书，就戴上眼罩睡觉。

飞了一段，机舱里灯光昏暗，乘客大多已经睡了。苏敏很累，却还是小孩子出门的那副德行，兴奋得睡不着。她选了一部电影，心不在焉地看了半晌。有句台词好笑，她侧过头想告诉方书齐，但他还是戴着眼罩，安安静静地睡着。她靠在椅背上，长时间看着他的侧影，看着看着竟然也睡着了。

这一睡，便又做起那个梦来。在梦中，她又回到小时候，四岁或者五岁的样子，穿一件浅蓝色绒线衫，白色衬衫的育克领翻在外面，脚下踩着一只凳子，坐在钢琴边。她又看到自己提起双腕，手指落下，奏出那首熟悉的《哈农》。而后，那个少年就来了，俯身在她耳边低语。

不同的是，这一次，她听到了他说的话：“你是不是讨厌弹琴？”

幼时的她点点头，仍旧温顺如一只幼兔，那少年便又伸手摸她的脑袋。

苏敏很清楚这是在做梦，但那耳语和触碰都十分真实，不轻不重，让她觉得安心。她任由自己神游在其中，睡得昏昏沉沉，花了好久才醒过来一半，恍惚间发觉自己头枕在别人的肩膀上。而这肩膀的主人除了方书齐还能有谁？她心里一惊，打算装睡，然后翻身转到另一边去，刚一动，右手却被人牵住，有一只手拢过她的身体，在她左肩上轻轻拍了拍，让她只管继续睡。她实在太困，便将错就错，继续睡下去。

不知过了多久，陆续有阅读灯亮起来，空乘开始送饮料和小食。苏敏睁开眼睛，坐直身体。她有些尴尬，方书齐却很自然，接过餐盘，放在她面前，又拿出他先前在看的那本书，翻至扉页给她看。那一页空白的地方用铅笔画了好几个小小的肖像，都是她睡觉的样子，几分漫画几分写实，看起来很有趣。

苏敏问：“你画我干吗？”

他并不回答，耸耸肩笑了。

巴黎时间下午六点，飞机在戴高乐机场落地。冬春交织的巴黎分外阴霾，一场细雨之后，更是寒风刺骨。

等行李的时候，苏敏看到转盘上方的数字式时钟，突然想起一件事。她转身对方书齐说了声：“生日快乐。”

方书齐正在换手机卡，听到她这么说，抬起头慢慢露出笑容：“你怎么知道今天是我生日？”

“我替你订过无数次机票，当然知道。”苏敏有些得意，“本来应该早一点儿对你说的，不过还好，我们现在在巴黎，还来得及。”

他们往西飞了八千多公里，航程十一个小时，在中国已经是第二天了，在此地，时间却只过去了几个钟头而已。

“谢谢，”他回答，“我正式三十岁了。”

苏敏不知道男人会不会也有年龄带来的危机感，特别是像方书齐这样的男人，三十岁，有一家初具雏形的公司，即将在巴黎时装周上举办第一次发布会，前程未卜。

出了机场，一行人租车去酒店，短暂休整之后，又出发去薇洛为他们在那儿附近租用的工作室。走秀的衣服已经运到，正在拆包，一件一件挂满了三面墙，在欧洲定做的配饰和鞋子也已签收，在衣架下面一字排开，一派蓄势待发的样子。

在这间不大的房间里，除了忙着开箱整烫衣服的助理，还有三个关键人物——负责国际公关的薇洛、秀场导演克里斯和造型师丽塔。

克里斯和丽塔都是凯瑟琳王钦点的人物，号称是巴黎圈内有名的专业人士。苏敏明知这两人见识过的时装周比自己吃过的饭还多，却顾不上向他们表达敬仰之情，径自在一旁暗暗观察那个被称为薇洛的女人——三十岁上下，和方书齐、戴维梁他们差不多年纪，因为是女人，看起来似乎更加成熟一些，眉宇间带着明显的亚欧混血儿的特征，身上穿着简单的白衬衫和卡其色马裤，打扮很是随性。苏敏不禁又想起孙迪的评价来："薇洛的偶像是奥黛丽·赫本和硬摇滚乐队The Ramones，神奇的是她居然能将这风马牛不相及的两者和谐统一在一起。"

"哪位是Emily？"薇洛突然开口问。

苏敏措手不及，慌忙应了一声。薇洛笑着上来跟她贴了贴脸，甚至还为之前的事情向她说了声对不起。苏敏也连声客气，心里却不领情，觉得薇洛这样做反显得她很小气似的。

寒暄过后便切入正题，由薇洛主持开了一个短会，交代了一下之后几天的工作安排。KEE的发布会被安排在时装周的第五天，还有差不多一周时间做最后的筹备。虽说来巴黎之前已经做足了功夫，但毕竟是第一次上手实战，所有人都心情忐忑，剩下的工作也还有很多——秀场的布置和音乐需要确定，模特要过来面试和试装，每套衣服的搭配和长度都要根据最后确定的模特人选做相应的调整，除此之外，还要确定三十六套衣服的搭配、发型和化妆，在国内没能最终敲定的配饰也需要一一备齐。

薇洛把这些工作一项项写在工作室里的玻璃隔断上，一切便从千头万绪变得井井有条。苏敏看到自己名字的缩写反复出现在上面，既紧张又摩拳擦掌。

分派给她的第一项工作是面试模特，一同参与面试的还有克里斯、丽塔和孙迪。时装周两天之后开始，到时候每天都有各个品牌的发布会，模特们就很难按照约定的时间赶过来了。所以，面试要尽量在那之前集中完成。但到达巴黎的头几天，方书齐的大部分时间都花在接受媒体采访上了，只能由苏敏作为他的代表参加面试，等到吃饭的时候，或是晚上回酒店，再把筛选出来的人给他过目，听取他的意见。

起先苏敏对这工作分派很有些看法，觉得方书齐成天和媒体混在一起，简直是不务正业，常常有事情要他拿主意却找不到人。她心里想什么都藏不住，几次下来，便颇多怨言。

薇洛无视她的抗议，反过来给她上课："你知道当年为了让高田贤三成为顶级设计大师，LVMH集团在宣传上投了多少钱？"

苏敏自然不晓得，在她看来，KENZO一向世界闻名，高田贤三之所以能跻身顶级行列，当然是因为他有顶级的才华，难道还会有别的什么原因吗？

薇洛笑了一下，自问自答："时装秀、广告、形象包装、媒体推广、新闻发布会等，换算成欧元，大约两亿。"

两亿！还是欧元！苏敏做了个鬼脸，即使在今天，这也是个惊人的数字。

方书齐在一旁笑道："你是在暗示我公关费付少了？"

薇洛挑挑眉毛回答："难得你听出来，我是看准了以后会有大生意做，否则干吗花时间伺候你这么麻烦的人？"

苏敏看不惯这两人打情骂俏，只得嗯嗯啊啊应付过去。孙迪在一旁估计更不是滋味，闷声不响地出去做事。

面试甫一开始，克里斯就提出应该找两个中国模特展示第一和最后一个造型，也没什么具体的理由，只说这是中国设计师的惯例。苏敏不喜欢"惯例"，却也学会了不动声色，没有立刻反对。然而这一年的中国面孔实在不算出众，看来看去只有一个梅玫。弄到最后，克里斯又摆了一张照片到台面上，提议由此人来走开场。

那是个在巴黎做演员的华裔女孩，苏敏心里立刻就不同意，觉得本职不是做模特，到时候根本压不住场。孙迪也是这个意思，但她最怕跟人争论，法语也不太会讲。苏敏无奈，只能担当出头鸟的重任，顾不上克里斯是凯瑟琳钦点的人物，有什么就说什么。最后的结果倒也不坏，两下各让一步，定下另一个欧亚混血的模特走开场，梅玫压轴。

模特定下来之后，还要定造型。

这个系列原先的造型都是孙迪和国内的造型师商量着做的，与丽塔是第一次合作。丽塔一上来就啪啪啪提了许多意见：太清淡了，没有突出个性，发型做得太美国式，把衣服的细节都盖住了，面具最好改成威尼斯式……

苏敏把这些意见一条一条记下来翻译给孙迪听，两人合计之后，觉得丽塔说的有些话的确有道理，有一些则是欺她们初来乍到。原先那些搭配虽然和巴黎秀场上习惯的做法不同，但却更加年轻清新，不落窠臼。苏敏在心里嘀咕，该改的要改，该争的还是得争！于是，她喊也喊了，桌子也拍了，一抹脸儿又开始撒娇，总算让丽塔也看到了她们的长处，做出一些让步，最终达成一致。

那几日，往来的媒体、公关、买手、各色眼高于顶的小名媛小明星，都不是容易对付的人物，争论、妥协，再争论、再妥协是每天必定要上演的戏码。苏敏很快发现自己出现了人格分裂现象，别人不把她当人，她也不当自己是人，怎么被鄙视、被忽略、被嘲笑，既不生气也不往心里去，反而越战越勇。

晚上回到酒店，孙迪在方书齐和戴维梁面前夸她："多亏了苏敏，把克里斯和丽塔都收服了，功不可没。"

苏敏觉得自己并没有孙迪说的这么本事，只是不想发布会有任何的闪失，才使出了这洪荒之力。夜里，睡在床上，她不禁纳闷，什么时候也变得这样护主心切起来？

【十一】

穿上高跟鞋，你就变了。

——Manolo Blahnik（莫罗·伯拉尼克）

随后的几天，苏敏跟着方书齐和克里斯去国立艺术学院看场地，商量秀场的布置和音乐，除此之外还要盯着薇洛的助理把请柬发出去，一一确认发布会当天的来宾，再安排座位表。

那个时候，时装周已经开始了，各式品牌轮番登场，既有财大气粗的百年老店，也有和KEE一样的愣头青。连续两年的经济低迷之后，有些名字销声匿迹，立时就被遗忘得一干二净，有一些还在边缘挣扎，秀场从租金昂贵的历史建筑转移到了相对便宜的酒店宴会厅里，甚至是自家的样品间，而与此同时，也有无数新人如雨后春笋一般冒出头来。

苏敏没有多少时间关心这些消息，只能抽空瞄一眼时装周官网上滚动播放的图片新闻，他们的嘉宾茉莉周似乎应邀参加了不少发布会。她隐隐有些不祥的预感，却说不清是为什么，还以为是孙迪把她也带得神经质了。

到巴黎之后，她们俩就住一个房间。一连几天，孙迪都心事重重，每夜都在做不同的噩梦，有时是走上天桥，发现台下一个观众也没有；有时则是秀快开始了，却有许多事忘了做，一下子惊醒，甚至叫出声来。噩梦之后又开始失眠，几天下来憔悴了许多。

那段日子，所有人身上的担子都不轻。苏敏也不例外，许多事情她都是头一回碰到，遇到不懂的想要找人商量，但周围每个人都很忙，孙迪看起来更是一副快要崩溃的样子，隐形眼镜也不戴了，鼻梁上架着副黑框雷鹏，眼睛里泛着血丝，蓬着头。看这架势，苏敏自然不敢再去叨扰，凡事都尽量自己完成。所幸她跟孙迪刚好是截然相反的两类人，孙迪适合安安静静、井然有序的工作环境，而她却是那种比赛型选手，平常办事不怎么靠谱，但越是事到临头，越是如履薄冰，反而越沉着清醒，再加上出奇地好命，从头到尾如有神助，没捅出什么娄子，就把事情一桩桩一件件地都做成了。

待到发布会前一天的下午，戴维梁抽空去买第二天要穿的衣服，苏敏也趁机出去透口气。她独自在街上逛，看看橱窗，手伸进一个个镀铬衣架之间，感受着丝绸、羊毛、皮革的触感，闻她最喜欢的薄呢衣料的味道，戴上一顶又一顶贝雷帽。她回想过去的四个月，为时装周拼命工作，反倒忘记了这世上还有如此之多美丽的东西，不禁觉得有些讽刺。

最后，她在圣日耳曼大道上对一条红色长裙一见钟情，如果说世上有些东西恰好就是她理想中的样子，这条裙子就是其中之一，哪怕没有穿上身，也知道这就是她的颜色，干净、纯粹、老电影般的红。她在那橱窗外流连许久，店员隔着玻璃看见她，便向她微笑，似乎在说：想试试吗？

苏敏看看一旁的标价，笑着摇头。等店员走开，却又起了玩心，她对着橱窗踮起脚，摆出傲娇姿势，映在玻璃上的身影刚好穿上红裙。她用手机自拍，上传到“衣橱日记”，很快便看到一大波点赞，顿时心情大好。

下午三点多，苏敏走回工作室，一进门就发现大家都已经回来，只有方书齐不知又跑到哪里去了。薇洛递给她一件衣裙让她试，说是明天要穿的。她拿着衣服走进洗手间，孙迪也在里面试衣服。

苏敏拿着裙子，对着镜子比了比，那种暧昧的粉色穿在她身上根本就不合适。她提不起多少兴趣，故意谦让：“我就一工作人员，不用打扮了吧？”

“不是在秀场穿的，是晚宴，”孙迪回答，“要求black tie（一种正式的着装要求），你忘啦？”

孙迪说的是轩雅集团的晚宴派对，苏敏没忘，只是不知道自己也要参加。

“我也要去？”她问。

“应该是吧，听薇洛说我们分到五个位子，老大说带你去。”

苏敏别别扭扭“哦”了一声，心想怎么不早说，弄得她连件像样的衣服都没带来。

从洗手间出来，手机又响了。苏敏接起来，对方自称是茉莉周的经纪人。早先的不祥之感又升起来，她暗自说了声：“不会吧，都到这时候了，还出什么幺蛾子？”果然，经纪人说茉莉临时预约了一个手术，下午就坐车去瑞士，明天不能到秀场去。

挂掉电话，苏敏就去找戴维梁。

“瑞士？”戴维梁似乎对这情势并不陌生，“不知道是整鼻子还是做嘴角，反正肯定不会是什么紧急手术，前几天她已经出够了风头，不在乎我们这一场了。”

“那现在怎么办？”苏敏以为他早有Plan B（备用计划）。

“把第二排的人往前调吧，”戴维梁吩咐，“第一排空着不好看。”

苏敏心想，这还用你教？她盯着座位表研究了半天，突然灵光一闪，问道：“柏林电影节几号结束？”

戴维梁被问得摸不着头脑，立马开骂：“你问这干什么？都火烧眉毛了，还想看电影？！”

“卢静雯啊，”苏敏提醒，“我记得电影节是二月末，要是她还没回国，说不定能过来救场。”

戴维梁一拍桌子：“你怎么早不说？！快给她经纪人打电话，看看能不能联系到她。”

“我哪请得动她啊？”苏敏回答，“让老大给她打吧。”

戴维梁点点头，立刻拿出手机拨了方书齐的号码，把大致的情况说了。

也不知方书齐在电话里跟他交代了些什么，戴维梁突然转头问苏敏：“你穿几号的鞋？”

“什么？”苏敏被问得摸不着头脑。

“他问你穿几号的鞋！”戴维梁不耐烦地重复。

“六号半。”苏敏慌忙回答，搞不懂为什么方书齐突然想起问这个。

一个小时之后，电话又来了。不出他们所料，方书齐搞定了卢静雯。十日前刚刚赢得一尊银熊奖杯的卢阿姨，答应次日一早就从德国飞来。这风头足够压过放他们鸽子的茉莉周，让苏敏觉得十分解气。

当天晚上国立美术学院里还有一场发布会，所以那块场地要到零点之后才能空出来给他们。苏敏深更半夜跑过去，确定之前那场秀的设备已经撤空，看着供应商进场搭台、调试音响和灯光，又确认了安保人员都已就位，才放心回酒店睡觉。

她在路上就调好了手机闹钟，又把第二天的日程安排在心里过了一遍——六点起床，六点半到现场，七点整找克里斯和PR对一遍Rundown……

9：00，伸展台搭建完成，所有观众席位放置就位。

10：00，灯光、音乐、投影设备调试结束。

12：00，第一次排练。

14：00，所有模特到齐，开始化妆，做头发，最后一次试衣。

17：00，彩排。

18：00，席位卡和纪念礼品就绪。

18：30，观众开始进场。

18：59，最后倒计时开始。

……

苏敏回到酒店，房间里没开灯。

孙迪戴着眼罩躺在床上，还没睡着，听到苏敏进来，就说："老大留了一包东西给你，在门口行李架上。"

"什么东西啊？"苏敏问，心想这么晚了，可千万别再出什么状况。

"不知道。"孙迪回答，"现在几点了？"

苏敏看了看手机："快两点了。"

孙迪叹了口气，翻了个身，不再说话。苏敏看这架势也不敢开灯，借着脚灯的微光摸到行李架。架子上放着一只纸袋，很大，却不重。她拿起袋子，躲进洗手间，关上门，开了灯细看，里面有一只白色鞋盒和一件用绵纸仔细包裹起来的衣服，最上面放着一张卡片，写着：

To Miss Bright Side

Your Truly Dark Side

这是她不久之前无心说过的话，没想到他居然还记得。她情不自禁地笑起来，把袋子里的东西摊在地上，跪在浴缸边，孩子一般毛手毛脚拆开来看——盒子里是一双银色露趾裸跟的高跟鞋，六号半的尺码，包衣服的绵纸发出轻微的窸窣声，破裂的地方露出一抹红色——那是她熟悉的红，干净、纯粹、老电影一般。

"怎么这都能想到一块去啊？"她自言自语，难以置信。

四个小时之后，手机的闹钟响起来，十二小时倒计时开始了。

苏敏几乎立刻就清醒了，掀开被子起床，冲进浴室梳洗。等她收拾完，孙迪也起床了，洗了把冷水脸，跟她一起出了门。

工作间里已是一片忙碌，走秀的衣服全都装进干洗袋，整整齐齐挂在滚轮衣架上，鞋子和饰品也都已经装箱，码放在小货车的车厢里，送去国立美术学院内的秀场。

苏敏和其他人随后乘车到达，一下车就盯着克里斯再一次确认流程，音乐和灯光也都一一试过。方书齐差不多一整天都跟各式各样的媒体绑在一起，薇洛在旁边陪着。孙迪则和老王一起带着一帮助理在后台做最后的修整。孙迪脸色苍白，眼睛泛着血丝，连喝水吃饭都顾不上，像是要崩溃，却还是奇迹般地坚持着。戴维梁忙着接待那些想预先看一下衣服的百货公司买手，时不时还要叫苏敏过去替他跑个腿儿。

昏天黑地地忙到傍晚，戴维突然过来吩咐："有个Buyer（百货公司买手）你帮我带一下。"

"哪家的？"苏敏摸不着头脑。

"Steward's。"

苏敏瞪大眼睛，Steward's可是美国有名的连锁零售商，就这样随随便便扔给她了？！搞砸了她可担待不起。

戴维看懂了她的表情，连忙安抚："做个介绍，领他转一圈就行了，上他们那儿买东西的不是我们的目标消费群。"

苏敏心领神会，Steward's虽然有名，连锁店遍布各地，但售卖的都是价格相对低廉的牌子，而KEE的目标定位相对要高出许多，设计制作、定价以及产品线的齐全度参照的都是品牌分线表中偏差值75以上的品牌，所以，这生意多半是做不成的。

不多时，戴维梁就领了一个高瘦的中年男人过来介绍给苏敏，说是Steward's百货公司的伦蒂先生。

苏敏便按照戴维梁的意思，客客气气地带着这位伦蒂先生在后台转了一圈，介绍了一下“和光”系列的面料和型廓的特点，又看了一遍走秀的衣服。伦蒂先生混在一群型男索女当中，看起来过分普通，却谈吐不俗，聊起此次时装周上的见闻，言谈机智有趣。苏敏本打算花个十分钟把他打发走，结果聊了快半个钟头，还谈兴正浓。直到薇洛指挥后台清场，模特们开始换第一套衣服，她才和伦蒂握手告别。

“说实话，我没想到能在这个时候得到这样周到的接待和详细的介绍。”伦蒂道。

苏敏自然懂他的意思，笑答：“时尚圈变得快，说不定以后会有合作的机会呢。”

伦蒂也笑起来：“不得不说，你很年轻，但也很有远见。”

七点整，发布会大厅里的灯光暗下来，音乐响起，三乘十二米的正投屏幕上映出发布会的主题和主视觉画面，如泪水渗落细沙，瞬间蒸发于无形，画外音开始吟诵《后汉书》卷八十八《西域传》里的几句，随后，第一个模特登场。

苏敏在T台背景墙旁的阴影里，吊起每一根神经看着台前台后发生的一切。观众席全部坐满，空当里挤满了巨大的长焦镜头照相机，第一排的VIP也都来了，卢静雯仍旧一张冷脸，却格外光艳照人，丝毫不输给身边的名媛和时尚主编，再加上刚刚到手的那只银熊，更让人觉得她是个人物。

现场的摄影记者或跪或躺，调整着拍摄角度，除此之外再无杂声。背景音乐覆盖了一切，苏敏看不透观众脸上的表情，更猜不到他们心中的反应。直到梅玫最后一个登场，灯光渐亮，掌声响起来，经久不息。所有模特列队上台，方书齐也从后台出来谢幕。第一排有人带头站起来鼓掌，观众席上的其他人也都纷纷起立。

苏敏站在黑暗的角落里，看着方书齐和梅玫牵着手走向伸展台的尽头，大度而自信，毫无新人的羞涩，她突然有一种虚脱一般的感觉，直到这时才发觉自己一直憋着一口气不敢呼吸。

灯亮了，观众们开始退场，后台却仍旧一片白热。与同一天的Louis Vuitton（路易威登）、Lanvin（朗雯）和Miumiu（缪缪）相比，KEE这一场发布会规模不算大，场面也不奢华，但现场的热烈反应让每一个人都觉得振奋。

方书齐召集大家说了几句感谢的话，反过来又提醒，不要期望太高，还要等媒体的声音。其实，所有人心里都很清楚，作为一个新面孔，要么就是被骂到不行，要么就是获得一点点肯定，是绝不可能一下子就与那些老牌时装屋比肩的。

且不管媒体反响如何，苏敏觉得整个人一下子松了下来，这才想起自己几乎一整天没吃过什么东西，除了早晨的一杯咖啡，连水也没喝过。模特们倒还有反厌食症协会敦促，反倒是他们这群人饿着肚子忙前忙后的。

低血糖的症状又来了，她到处找吃的东西，最后总算在戴维梁那里翻到一包杏仁饼，不顾他抗议，一口气吃到只剩最后一个，胃里却仍旧空空如也似的。她躲在衣架后的角落里发了一会儿呆，许久才发现那种空洞的感觉不光在胃里，也在心中，那是一丝淡淡的失落，就好像遇到天大的喜事却无人分享倾听，只能憋着。她有些难过，幸好还要赶去参加九点钟的晚宴，根本没时间花在惆怅上面。

PR把闲杂人等放进后台，记者们蜂拥而至，一支支贴着Fashion TV、BBC、Canal+标志的话筒递过来。苏敏他们都没见过这架势，只有方书齐的回答却出人意料地老练："今天只是承前启后，没有遗憾，但也不是一百分，我们期待下一季。"

苏敏看着他迎着闪光灯微笑，发现自己真的有点儿崇拜他了，他好像天生就是做这个的，分寸拿捏得那么好。而且，他说"我们"而不是"我"，这个词让所有人听得都很焐心。

一个小时之后，他们换了衣服，坐着租来的加长轿车到达塞纳河彼岸举行晚宴的酒店。从车门到酒店大堂不过十数米距离，地毯不长，紫红色的，两边是沉甸甸的黑色丝绒护栏，闪光灯的攻势却愈演愈烈。

方书齐和戴维梁都穿着正式的黑色晚宴西装，孙迪着一袭白裙，薇洛一身黑色，肩膀上披着一小块银狐皮草。苏敏身上则是那条红裙，在暖白色的水晶灯下显得格外明晰干净。她在地毯尽头的投影屏幕上看到自己，从未有过的光艳照人，几乎认不出。她感觉到人们投来惊艳欣赏的目光，有些眼睛和镜头尾随着她，灯光闪烁，照相机快门发出轻巧欢快的声音。记者们根本不知道他们是谁，Monsieur、Mademoiselle地叫着。薇洛不时对那些人重复着他们的名字和身份，声音不高，却落落大方、吐字清晰。

苏敏从没经过这样的场面，有些慌乱，路也走不好了，要么就像个假人似的傻站着，直到方书齐朝她伸出手，揽过她同行，才自然了一些。苏敏转过头，想对他笑，脸颊却擦到他的嘴唇。她一阵紧张，慌忙垂下眼睛，也不知自己有没有脸红。

方书齐低下头凑在她耳边说话，苏敏突然有种熟悉的感觉，她猜大约是在电影里看到过这样的场景。只是电影里的男主角一定会说：今晚你真美。而现实中，方书齐说的却是："糟糕，我掉了一只袖扣。"

只在那一刻，苏敏看出来他也绷紧了每一根神经，这念头反倒让她放松了下来，偷眼看了看他左边手腕散开的袖口，挽起他的手臂带他走进酒店大门，在宴会厅外找了个没人的地方，把自己耳朵上的珍珠耳钉摘下来，别在那只散开的袖子上，然后把另一边袖扣也换了。

"看，这不就行了。"她抬头看他，得意地笑起来。

他也对着她笑，一直看着她的眼睛，衬衫的前襟衬着领结的颜色，是那样一种华丽得近乎于不真实的黑白分明。以至于她一时间走神，在那个瞬间迂回许久，似乎不舍得那几秒钟匆匆地过去。

【十二】

“应该在哪里使用香水？”

“在你想被亲吻的地方。”

——Coco Chanel

其他人很快就跟过来了，一个高大的法国人把他们领进宴会厅，一直往前走到第三桌才停下，拉开椅子请他们落座。戴维梁露出难以置信的表情，他们居然离主桌这么近！

那个风度翩翩的法国人看出了他的惊讶，解释道：“座位临时调整过了。”淡淡的，却又是别有深意的一句话。

片刻之后，凯瑟琳穿着一袭黑色长裙风风火火地走过来，轻声与方书齐说了几句话，又风风火火地走了。

“怎么了？”戴维梁问。

“总裁讲话会提到我们，”方书齐波澜不惊地回答，“凯瑟琳要确定，那个时候，我们所有人都在位子上。”

戴维一时兴奋得顾不上形象，转身和每个人握手，说：“We did it!”

苏敏笑他小人得志，心里却一样雀跃。而在这雀跃的背后，也有一丝后怕，她觉得这轩雅集团实在是现实得很，老早就做好了两手准备，幸亏他们今天表现出色，完美收官，要是临场搞砸了，说不定连门都不让进，从此销声匿迹，再也没有翻身的机会。

坐下不久，孙迪的手机响了，离席去接，半天都没回来。苏敏担心她不舒服，一路找到洗手间，敲门进去，却发现她拿着手机，坐在马桶盖板上哭。

“你怎么了啊？”苏敏赶紧蹲下来，扶着她的肩膀问。

孙迪只是摇头，半天才道，她妈妈打电话过来，说她的狗死了。

苏敏愣了半秒钟，不知该做何反应，只能伸手抱着孙迪，听她哭诉：“第一次看到BJ，它才两只手这么大，十一年了，我一直以为它能撑到我回去……”

苏敏有些惭愧，自觉冷血，此时满心想的都是即将开始的晚宴，只希望孙迪快点安静下来，回到席上，无论如何不能让第三桌的两个位子空着，驳了凯瑟琳的面子。她挖空心思说了几句安慰的话：“狗活一年等于人的七年，也就是说BJ已经七十几岁，它是老死的，一定走得很安详。”

好不容易把孙迪劝好，洗了脸又补了妆，两人走出洗手间，恰好撞上凯瑟琳王从VIP休息室里出来。凯瑟琳一眼扫过，好像根本不认识她们似的快步走进宴会厅，身后裙摆摇曳，像是驾着一片黑云。

苏敏赶紧拖着孙迪回到座位上，正好赶上开场。凯瑟琳担任了MC（主持人）的角色，极其简略地说了两句话，随后便请出轩雅集团的总裁——一个白发老头，眼睛蓝得不像真的，看起来很和气。

像所有大老板一样，老头先讲了个活跃气氛的笑话，大家都很给面子笑得很欢乐，紧接着便是过去一年的业绩总结——在后经济危机时代，集团销售收入增长百分之多少多少，净利润同比增长超过百分之多少多少……

苏敏对这些数字兴趣缺缺，老毛病又犯了，上下打量着老头的穿着打扮，觉得那身黑色礼服有些嫌大，却并非败笔，反而衬托出他的清瘦儒雅。她心里想，怪不得人家管他叫“穿Bespoke（全定制西服）的狼”。

有一段话把她从神游状态拉了回来，老头特别提到了亚洲对奢侈品的旺盛需求，并将高于预期的业绩表现归功于在高增长地区提前培植品牌的策略。正是在这里，他提到了凯瑟琳的名字，把她称作是具有前瞻性眼光的“开拓者”，细数好几个耳熟能详的品牌，最后提到了KEE，说他们是旋风一般的新鲜力量。

结尾同样振奋人心：“……未来一年里，集团将继续专注于新兴市场，在新的国家开设门店，同时保持在传统市场的领导地位……”老头话音刚落，全场掌声雷动，苏敏也听得心潮澎湃，总觉得最后那几句话就是在说KEE的美好前景。

宴会开始，台面上并没有多少可吃的东西。当然，在这样的场合，吃根本就不是关键。薇洛带着方书齐到处转，和各式各样的人打招呼，在镜头前面摆姿势拍照。薇洛说的话其实并不多，只是微笑着望着对方的眼睛，适时地抛出一两个问题，却总能举重若轻，掌握整个谈话的方向。苏敏在一旁看着，为自己的笨拙气馁，心想怪不得薇洛可以做PR，若是去参加选美比赛，即使进不了前三，也能拿走最佳人气奖。

晚宴结束之前，孙迪突然过来碰碰方书齐的胳膊，对他说：“我不太舒服，一会儿直接回酒店了。”

苏敏看得出孙迪的意思，最好方书齐能主动提出送她回去，但他什么都没说，倒是戴维梁半真半假地怪孙迪太扫兴。按原来的计划，宴会之后，他们还要去酒店附近的一家小酒馆会合，老王那帮人正在那里等他们开庆功派对。

看孙迪僵在那儿，苏敏赶紧出来圆场：“孙姐几天没好好睡了，我先送她回去，再过去找你们。”

方书齐便顺水推舟点点头，让她们坐那辆租来的加长车先走，他和戴维梁还有薇洛另外叫车子直接去酒馆。苏敏扶着孙迪走出宴会厅，两人上车坐定，驶上回酒店的路。

孙迪没精打采地靠在椅背上，眼睛望着车窗外，突然说："他俩挺相配的吧？"

"谁？"苏敏问。

"还有谁，"孙迪笑着回答，"老大和薇洛。"

苏敏心里莫名其妙地凉了一下，不知该怎么回答。

"我们认识都快十年了，"孙迪自言自语似的说下去，"那时候，我刚到英国，进圣马丁第一件事，拍学生证上的照片，就是老大帮我拍的。因为他，我看着镜头笑都不会笑，结果几年都挂着那张面孔抽筋的学生证，好笑吧……"

苏敏默默听着，万不得已才搭个腔，心里却怒其不争，暗自道：既然喜欢他，你就跟他说啊，在这里跟我讲有什么用？

回到酒店，进了房间，孙迪草草冲了个澡，就上床睡了。苏敏也脱了礼服，卸掉脸上的妆，一点儿再出去的情绪都没有。戴维梁打电话给她，问她怎么还不过去？她推说了太累，不想去。

"你可不能不来，"戴维在电话那头叫起来，"老大的卡和现钞都在你那里，你不来，谁付账啊？"

苏敏无奈，这才倦倦地换了套头毛衣和牛仔裤，随便披了件黑外套出门。深夜的街头潮湿冰冷，空气中飘着的不知是雾还是细到极致的雨，时不时地有几个刚从酒吧出来的人一路高歌经过。所幸从酒店走过去并不远，她穿过一个古旧的小广场，远远地就看到酒馆里温暖喧闹的景象。

方书齐他们占了靠窗的一张高桌，每个人都端着酒，脸上挂着笑。而他正和薇洛面对面坐着，两个人挨得很近。薇洛的身体朝他靠过去，手叠在他的手上。不知为什么，这个画面让苏敏想起了薇洛身上的香水味，心里阴暗地想，薇洛肯定是蓄意摆这个姿势的，他闻到那一抹玫瑰香，就没办法对她说的话无动于衷了。

那家酒馆的门上挂着一只黄铜铃铛，苏敏一推门便发出清脆的声响。薇洛看到她进来，很是热情地招呼，新开了一瓶粉红色的Piper-Heidsieck（白雪香槟），给在座的每个人都斟上，俨然是派对女主人的样子。

苏敏闷声不响地接过酒杯，走到方书齐跟前，和他碰了一碰，抬头一饮而尽，然后说："你们玩吧，我累死了，先回去睡觉了。"说完就头也不回地朝外走。

出了酒馆，在濡湿的弹格路上走了十几步，苏敏隐约听到那盏铜铃又响了一声，在寂寂的夜里传得老远。

"你这是要上哪儿？"是方书齐的声音。

"回酒店。"她没回头，也没停下脚步。

"方向不对。"

"你管我对不对！"

"走这条路到不了酒店。"

她这才发觉自己一出门就转错了一个弯，他看见了，所以才追来。她尴尬得要死，抬头看到路边一家小戏院亮着霓虹招牌，赌气道："我又不想回酒店了，我要去看电影！现在是私人时间，没必要做什么都跟你汇报吧！"

他在她身后轻笑，说："那我请你看吧。"

"随你便，"她回答，脱掉外套，钻进戏院，对门口的检票员说，"后面那个人付钱。"

方书齐跟进来，就被检票员拦住，他身上还是晚宴时那身昂贵的行头，却要把口袋里所有的硬币掏出来，勉强凑够了两张票钱，才跟着她进了放映厅。里面观众不多，电影已经开场，荧幕上映出硕大的片名——《满潮》。苏敏在最后一排中间找了个位子，方书齐也挨着她坐下，碰碰她的手似乎想要说什么。

苏敏看都不看他一眼，一本正经地说："别吵，看电影呢。"

或许是流年不利，那一夜所有的事都不顺心，这片子就跟大多数独立制作影片一样，除了大段大段深沉的独白，就是尺度极大的床戏。

苏敏越看越尴尬，终于装不下去了，起身一路说着"Excusez-moi"挤出去，方书齐还是在后头跟着。

出了电影院，他憋着笑问她："怎么不看了？"

"我不想看了。"她绷着脸回答。

"我还当你喜欢呢。"

"我就是喜欢又怎么样？"她装作满不在乎，心里却在气自己又犯了一回傻。

"不怎么样，挺好的。"

"那你还跟着我干吗？"

"我钱包还在你那儿呢，你得回去把酒账结了。"

苏敏才想起这茬，从口袋里掏出钱包扔给他，搞不懂自己是怎么了，特地跑出来却又忘了为什么。"行了，你走吧，我认得回去的路。"她这样对他说。

方书齐接过钱包，却没有回酒馆去的意思，反而走近了几步，问："苏敏，你为什么不高兴？"

她原本想说"我没不高兴啊"，但有些话在心里憋得难受，她咬了一会儿嘴唇，才开口道："我看不惯你这样对孙迪。"

"我怎么她了？"方书齐似乎哭笑不得。

"你别装了，"苏敏回答，"她喜欢你，才那么拼命，难道你不知道，她这一趟其实就是为你来的？"

“可能吧，”方书齐点头，“但这跟工作是两回事。”

“这种假惺惺的话谁都会说。”苏敏不以为然。

“孙迪从没跟我说过什么，”他继续解释，“如果她来问我，我会老实告诉她我的想法。”

“什么想法？”苏敏揪住这个问题不放。

“真的要说？”方书齐侧过脸避开她的目光，对着空气笑，“我是挺含蓄的一个人，你非逼我当面说出来，多尴尬。”

忽然间，苏敏莫名觉得害怕，甩了甩手回答：“那就别说了。”

“好，那就不说了。”他轻声道，又走近了一点儿，嘴里呼出湿暖的气在夜色中凝成一小团白雾。

时间似乎在此处停顿了一秒，他低下头慢慢地吻她。像啜饮着一种陌生的酒，她闻到他嘴里的尚且新鲜的粉色香槟的味道——黑皮诺葡萄、红橙和莫洛里黑樱桃，闭上眼睛，仿佛也能尝到那复杂的滋味。从来没有人这样吻过她，如此深切，温柔却又不容她逃避，那几秒钟过得极其混乱，没人不让她喘气，她却莫名觉得窒息，想要他停下，又不舍得就这样结束了。

然而，就在吻结束的那一刻，她落荒而逃。

“苏敏……”方书齐追上来，像是还要说什么。

“你今晚喝了不少吧，确定不是醉话？”她没回头，开了个傻乎乎的玩笑。

“是不少，”他笑答，“要不等明早酒醒了，你再问我一遍吧。”

那一夜，苏敏几乎没怎么睡着。她回到酒店，躺在床上，又收到方书齐发来的消息，说明天再与她谈。她看到隔壁床上熟睡的孙迪，不禁暗暗叫苦，他这是要跟她谈什么呀？难道是问她愿不愿意做他的地下女友？这潭子浑水，她苏敏一定是不蹚的，她的回答肯定是不行，就说没时间，不考虑恋爱好了。

她以为自己都已经想好了，但相识数月以来的一个个场景又在她的脑子里萦绕不去，比如深夜，他俩坐在办公室的地上聊天，或者是在酒吧，他递给她一杯波本，对她说：“你相信我吗？”而她像是被催眠了一般傻傻回答：“我相信。”她甚至还记得那甜辣炙热的酒香，瞬间充盈了整个口腔，似乎就是从那个时刻开始，一切就已注定了。

清晨，闹钟又响，苏敏惊醒，回忆昨夜，恍如梦境。她匆匆漱洗，换了衣服，出门去花店。

早春三月依旧寒风料峭，鲜花贵得像抢劫。所有花束都是她一周前就订好的，送给昨天到场的媒体和名人，她将订单和实物一一对过，又翻开记事簿，趴在柜台上写卡片，白玫瑰给*Vogue*，紫色勿忘我送给《嘉人》，洋桔梗花盒给卢静雯……她一边写一边不忘关照老板：“我要的是戴安娜玫瑰，别拿洋红色的来充数。上午十一点之前一定要送到。”

店门外传来汽车喇叭声，她抬头望出去，便看见他们租的商务车就停在店门口。戴维梁降下车窗，朝她招手。方书齐也在车上，苏敏不敢朝他看，付了花钱，匆匆跑出去坐进车里。

商务车往轩雅总部所在的蒙田路驶去，这是发布会后他们与凯瑟琳的第一次正式会议，苏敏不知道其他人此时的感想，反正她自己就像是一个大考之后等待放榜的孩子。

车在一座灰白色建筑前停下，一行人搭电梯到顶楼，坐进会议室里。凯瑟琳准时如钟摆，并没有半句客套的废话，先花了几秒钟肯定了一下KEE的成绩，余下的时间全部用来指出不足：

“请柬，谁都不会把请柬做得这么复杂，完全没必要。另外，这个系列面料的颜色和材质变化过于微妙了，在录像和照片里几乎看不出来。记住，这是个影像的时代，能在现场看到这些衣服的人只是极小的一部分，百分之九十九的人是通过镜头看的……”

批评的话说得这么直截了当，在座几个人都有些不习惯，一时被打压得有些变形。凯瑟琳可不管他们心灵有没有受伤，继续说下去：“还有，舞台背景也有些喧宾夺主……”

苏敏按捺不住，开口解释：“国立美术学院的场地比较小也比较暗，我们最初做了几种方案，但因为场地所限，有些灯光效果没办法做出来，所以最后才选了宽幅投影幕做背景。我们也权衡过用正投还是背投，考虑到摄影效果和对观众的影响，特别吊了航架做正投，只是开场有比较多的图案变化，模特出来之后就只有静态的logo了。”

戴维梁在桌子下面踢了她一脚，暗示她住嘴，但方书齐却带着一丝不易察觉的笑看着她，似乎是种鼓励。

没想到凯瑟琳也对她点点头，说：“场地的问题我也注意到了，下一季可以考虑装饰艺术博物馆，或者杜勒丽花园，我个人觉得Gare de l’Est（酒店名）也很有特色。”

苏敏立刻提笔记下这几个地名，趁热打铁把最关键的问题抛出来：“那样的话，费用方面还要增加，如果只是我们自己来承担的话可能有些困难。”

凯瑟琳笑了。有那么一会儿，苏敏以为自己看错了，但凯瑟琳的确在低头看记事簿的时候微微笑了一下，语气似乎也和缓了一点儿，说：“先做个预算吧，我希望五月之前能拿到一个预估的数字。到那个时候，轩雅的投资应该已经到位了。”

一阵小小的无声的欢呼，苏敏瞬间忘记了那桩尴尬事，坦然望向方书齐，与他相视而笑。他们的巴黎之行可算是大获全胜，走了一场出色出彩的秀，还成功拿到了投资。

短会结束之后，凯瑟琳又分别和方书齐、戴维、孙迪单独谈了谈。几个人陆续从办公室里出来，全都眉目和悦，看起来一切都好。

众人正打算离开，凯瑟琳又叫住苏敏，示意她进办公室。

苏敏有些吃惊，琢磨着自己这样的小角色，做什么都没人看见，为人高傲冷淡的王大姐怎么会想到要亲自指教？

进了屋关上门，凯瑟琳倒是很和气，直截了当地说："这一次的秀，你的表现非常出色。"

看苏敏一脸迷茫，她又继续讲下去："一部分是丽塔和克里斯告诉我的，也有一些是我自己的观察。我本来就知道你很出色，结果你比我预想的还要好。"

苏敏连忙说了谢谢，心里不禁有些得意，同时也觉得自己是受之无愧的。

凯瑟琳又问了问苏敏的学业，提及她今后的打算。苏敏不知道这葫芦里卖的什么药，不敢随便作答，说得含含糊糊的。

"有没有长期留在KEE工作的打算？"凯瑟琳先把事情点破了。

苏敏非常实诚地把自己的计划和盘托出——在D-sign上海分校读两年书，再拿奖学金来巴黎总校继续深造，然后在老牌时装屋争取一个实习机会。

凯瑟琳点点头："这不是问题，你希望得到的东西，我想轩雅都能提供给你，培训、实习、工作机会，甚至更多，只要你是我们想要找的那种人。就像方书齐，几年前我在一场拍卖会上认识他，那个时候，我就知道他不一般。你跟他很像，天生就是做这行的。"

苏敏听得心里很是受用，对面前这位前辈更加仰慕。

"除了一支优秀的团队，KEE其实什么都没有，而我们要投资的正是这样一支团队。"凯瑟琳继续说道，然后又问起苏敏对戴维梁和孙迪的看法。

苏敏很厚道地把两个人都夸了一番，说："他们都教了我许多。"

凯瑟琳认真听她说完，问起孙迪的工作状态，提到几件事情，都是过去几天孙迪和丽塔、克里斯合作当中发生的，想来是那两位告的密。

“她家里临时出了点儿意外……”苏敏连忙解释，但这话说出来连她自己都觉得没多少分量。

离开凯瑟琳的办公室，几个人又坐上那辆商务车。戴维开始埋怨，说方书齐前一天夜里专挑结账的时候跑了，最后还是他掏腰包买的单。

方书齐笑答：“有个糊涂鬼走错路，我送她回酒店。下次我再回请你好了。”

苏敏根本没想到他会这样大鸣大放地说出来，愣在当场。

戴维不知就里，还在追问：“哪个糊涂鬼？是谁走错路？”

方书齐伸手要拍苏敏脑袋，苏敏又是一惊，慌忙躲开，对他做口型道：你干吗？！

孙迪听见动静，转头看看他们，苏敏顿时手脚都不知道放哪里好。

刚消停了片刻，方书齐又从口袋里掏了一样东西出来，递给苏敏：“对了，这个还给你。还有一只找不到了，要不要紧？”

苏敏接过来一看，是她昨晚上别在他衬衣上充当袖扣的耳钉，赶紧装出一副无所谓的样子收起来，答：“假的，掉了就掉了，不要紧。”

孙迪似乎无动于衷，戴维却眯起眼睛瞧着他们，对方书齐道：“昨晚你失踪这段时间，发生了不少事啊。”

方书齐笑而不答，苏敏顿时觉得气氛尴尬，转头看向窗外，再不敢讲话。

当天下午，KEE一行人结束了在巴黎的工作，老王、摄影师、化妆师和几个助理先行回国，剩下方书齐、戴维梁、孙迪还有苏敏，出发去意大利看下一季的衣料。

仅仅一个半小时之后，航班便在佛罗伦萨机场落地。此地完全不似巴黎阴雨绵绵，已是春光明媚。四人到达酒店，简单吃了点东西，又开始商量行程。他们与当地供应商的会议都约在第二天，于是方书齐便提议下午剩下的时间自由活动。孙迪说想去乌菲兹美术馆，戴维梁立刻热烈响应，说："我这么arty（风雅）的人到佛罗伦萨不可能不去看波提切利。"

苏敏心悬了大半日，实在不想再与他们一起，便说："我看旅游指南里写，韦齐奥桥两边小店很多，我就去那儿逛逛吧。"

谁知方书齐却对她道："乌菲兹要排队，我还是跟你一起吧。"

苏敏直觉避无可避，看着他无语。

那边厢，孙迪已经站起来，对戴维道："那好，我们走吧。"

待那两人走后，苏敏心知肚明，方书齐定是要与她谈昨晚的事了。原本她倒是不怕的，横竖不管他说什么，拒绝了就好，至于是义正词严，还是插科打诨，一切见机行事。但是，方书齐上午的表现彻底打乱了她的计划。她本来想好绝不做什么地下女友，可他似乎完全没打算要瞒着什么人。这家伙究竟想怎么样？苏敏顿觉毫无头绪。

她等着方书齐开口，谁知他却跑去礼宾部与一个酒店员工讲话，而后又招手叫她也过去。苏敏跟着他出了大堂，便看见那礼宾员从街边推了一辆踏板小摩托过来。

"这是要干吗？"苏敏问，想起两人初遇时的对话，又不禁要笑出来。

方书齐不答，笃定坐在车座上，从随身背的包里拿出一黑一红两支马克笔，抓起她的右手，把袖子掳到胳膊肘，在她手背上画了一条线路图，一直画到小臂上。

"这是韦齐奥桥？米开朗琪罗广场？"苏敏认出来。

方书齐笑着点头，跨骑上车，戴上头盔，又将另一只塞到苏敏手里。苏敏也来了兴致，将头盔套上，坐到后座上。车子发动，蜿蜒而去。艳阳之下，暖风扑面，一时间竟是什么烦恼都没有了。苏敏的手扶着车座，方书齐回头道："你这样，我看不到地图啊。"

她只得把胳膊伸到前面，抱着他似的，许久才想起一个要紧的问题来，凑在他耳边大声地问："你这笔是油性还是水性？洗不洗得掉啊？"

"洗得掉，"他也大声笑答，"最多两三天吧，肯定能洗掉。"

那个下午，他们没去任何旅游胜地，只是骑着车在这丁点儿大的小城里走街串巷。统共只有半天，也没时间走回头路，所以每一条古旧的街道在苏敏眼里都是陌生而崭新的，到处充满了未知的惊喜。

时至傍晚，两人上山去米开朗琪罗广场看日落。

"现在可以问了吧？"方书齐终于开口。

"问什么啊？"苏敏佯装不知。

"问我什么想法啊，"方书齐笑答，"你昨天说过，要再问我一遍的。"

苏敏不语，只是默默靠着矮墙，看天空逐渐染上橙色霞光，灰蓝色的远山和山下的建筑渐渐丢失了细节，变成黑色的剪影。日落之后，三月的夜风仍旧有冬的力道。她觉得冷，裹紧了外套。方书齐便拉开上衣拉链，将她整个包在他衣服里。飞行员夹克的羊羔毛衬里，细开司米毛衣，加上他的体温，让她觉得周遭的一切都妥帖而安全。

于是，她抬头看他，笑问："你什么想法？"

他便也笑起来，低头吻她。

天很快黑下来，四处灯光璀璨，来观赏夜景的游客越来越多，他们才决定下山。

经过山上的巴士终点站，恰有一班车在那里靠站。车门打开，戴维梁和孙迪正从车上下来，刚好就看见他们的小摩托开过去。苏敏赶紧把手从方书齐衣服里抽出来，心里暗叫不好，佛罗伦萨太小，能去的也就这几个地方，大家都跑一块来了。方书齐也看到了戴维梁和孙迪，他靠边停下车，转身牵住了苏敏的手。

戴维梁眼睛尖，这边的一举一动早都看在眼睛里，笑嘻嘻地走过来，对方书齐吹了声口哨，道："我就说嘛，我这方面的雷达一向灵敏。"

孙迪却只是定了定，便一言不发地走向山顶，好像什么都没看见，什么都没听到。

下山的路上，苏敏问方书齐："你说他们会怎么想？"

"其实这样最好，"方书齐回答，"都知道了，也就没事了。"

【十三】

我所创作的东西是要被销售、被推广、被使用的，

并且注定最后会被丢弃。

——Tom Ford

结束在意大利的工作，苏敏与方书齐一行人回到上海。算起来在欧洲待了不过两周，感觉却好像很久，她回想起离开之前的事，仿佛隔着一条鸿沟，整个人一夜长大了似的。

她去D-sign上课，因为时装周上的经历，再一次体验了一把众星拱月的感觉，一走进教室，便被同学们围着问这问那，甚至还有老师请她在课上做了一次Presentation。寒假之前那些八卦早已成了过眼烟云，没人记得，也没人关心。

与此同时，KEE那里的工作也进行得十分顺利。戴维梁的嘴是很快的，一转眼工作室上上下下所有人都知道了她跟方书齐之间的事。幸好KEE的人际关系一向很简单，同事们的年纪也都很轻，没人大惊小怪，更没人对她另眼相看，该怎么样还是怎么样，甚至连孙迪也一直表现得很平静，顶多就是戴维梁开玩笑叫她一声“老板娘”。这正是苏敏求之不得的结果，一时心情大好，干劲十足。

回来之后的第一个周末，苏敏搬去与叶思明合住，象征性地结束了在公司打地铺的生涯。那一天，方书齐也去帮忙，充当车夫与挑夫

的角色，全然就是一个十佳男朋友的样子，获得了叶思明与沃利的一致好评。

工作与学习都春风得意，新家离学校和公司很近，新室友相处融洽，再加上一个方书齐，一时间，苏敏觉得日子美好得无以复加。但在这一团和气之外，还有几个人别别扭扭横在心头，第一个便是她妈妈。

回国之前，苏敏给全家人都买了礼物，红酒、领带、剃须刀……其中有一条开司米披肩是特地为妈妈挑的。一到上海，她就回了趟家，把所有礼物都带过去了。

爸爸还是老规矩，买了菜在厨房忙碌。苏敏在房里陪外公讲话，把在巴黎拍的照片一张张翻出来给外公看，其中既有城市街景，也有他们团队的工作照。苏敏一边翻一边讲给外公听，看到发布会之后自己与方书齐、孙迪、戴维梁的合照，又好像回到了那天晚上。

外公却突然开口道："敏敏，你记不记得小时候，猴子医生他们要走，你还哭了一场？"

"不记得了，那是好久以前的事了吧。"苏敏放下手机，看着外公，她已渐渐习惯这种突然穿插回闪的对话。

"那个时候你外婆逗你，"外公继续讲下去，"说不如嫁给小七，一起到杭州去好了。你抹着眼泪说不行，要是妈妈不同意，你们俩不就成了梁山伯、祝英台了吗？"

"哪有那样的事啊？"苏敏笑。

外公说："怎么没有？你们都不记得了，我还记着呢。"

于是，苏敏便答："我不知道的，外公告诉我，我最喜欢听了。"

爸爸在厨房叫开饭，苏敏过去帮忙，心中不禁忐忑，等一会儿妈妈回来，她该如何开口呢。结果，妈妈并没回来，只打了电话说要加班，让他们不用等。苏敏猜，这又是不想见到她的意思了。她心情低落，默默吃完那一餐饭，帮爸爸洗了碗，就道别走了。

离开家，苏敏回到公司，其他人都已经下班，只有方书齐还在那间玻璃房中工作。她知道他喜欢一个人，却又实在需要一个倾诉的对象，站在门口，不知进退。所幸他看到她，便对她笑，招手叫她进来。她便伏在他桌边，将方才的事讲给他听。

“我那个时候才几岁，哪知道什么梁山伯祝英台啊。”她道。

方书齐一边做着手上的事，一边不声不响憋着笑。

“你笑什么？根本就没那回事！”她不许他笑。

“对，没那回事。”他收起笑，假意附和。

“本来就是嘛。”她这样说，可笑话讲完了又难免伤感，外公过去并不喜欢回忆，几乎从来不说自己年轻时的事，偶尔外婆说一点点，他也不许外婆讲。可这段时间，也不知道是不是因为生病的关系，他总是在回忆、回忆，再回忆，就好像原本的他在一点一点地消失。

方书齐看她心情不好，停下手中工作，坐到她身边来。

苏敏侧过头看着他，许久才问：“你知道阿尔茨海默吗？”

方书齐点头，伸手摸摸她的脑袋。

像是被这个温柔的触碰感染，她投入他的怀抱，落下泪来：“我很怕有一天，外公会变得彻底不像他自己。我爸追我妈的时候保证过，无论发生什么事，他都会站在我妈那一边。要是没有外公，就只有我一个人孤零零站在自己这一边了。”

听她这么说，方书齐笑起来，道：“那我吃亏点，站你这一边好了。”

苏敏也觉得自己这番话着实孩子气，擦掉眼泪破涕为笑，拍拍他的肩膀，赞了声：“够义气！”

方书齐却又追问：“那你呢？”

“我什么？”苏敏不懂。

“你会不会无论发生什么事都站在我这一边？”

苏敏停下来想，这一想，就想了很久。

“这么为难啊？”方书齐笑问。

苏敏点头道：“我突然发觉这个问题好沉重哦，还真有点儿佩服我爸了。”

方书齐又看着她笑，手指插进她的发间，弄乱她的头发。苏敏觉得奇怪，这场对话分明就是从一个玩笑开始的，但给她的感觉，又不完全是个玩笑。

第二天，爸爸打电话来告诉苏敏，妈妈已经收到了礼物，很喜欢。还是那句话，回去认个错，事情就过去了。但苏敏还是死犟，总觉得自己无端憋屈了二十多年，这回又不是她的错，断不能低头认错。如果前一天在那种其乐融融的氛围中碰到，说不定也就和好了，要她专门去请罪，她做不到。

除此之外，还有一个堵心的人，就是阿尔诺。跟妈妈相比，他的事情似乎要简单一点儿。他们不是亲戚，也不是恋人，只不过是朋友罢了，真的闹翻了，也就一拍两散，谁都不欠谁的。但鬼使神差的，苏敏还是在佛罗伦萨买了一本大部头博物馆画册，千里迢迢背回来，心里明明知道这是要送给谁的，结果却只是锁在行李箱里，一直都没送出去。她又想起自己答应过阿尔诺，给他做一套《金玉盟》里面加利·格兰特那样的西服，说了很久都没时间动手，总觉得欠了他些什么。

最后一个是矢田玛丽安。新学期的课表已经发下了，苏敏每周要看到这老太太三次。她自知尴尬，却又没有勇气去套近乎道歉，只能装作什么都没发生过，暗自希望功课做得漂亮一些也可以算作是种弥补。矢田竟然也十分配合，还是跟从前一样，该夸的时候夸，该骂的时候毫不留情地骂。苏敏看这情形，自然也是松了一口气。

一周之后，苏敏收到学校寄来的上一学期总评，清一色的溢美之词，只有矢田玛丽安与众不同，写了很长一段奇奇怪怪的话：她内在的激情还未苏醒，真正的、深处的自我尚未成形，只有被狂热的激情激发之后，才能真正蜕变，绽露出蜷缩的翅膀，就像选手在竭尽全力冲刺前所做的一次深呼吸，生命在停滞的休眠期里积蓄着力量，犹如沉睡的火山，一旦喷发，将地动山摇。

苏敏上网查了一下，才知道这是摘自茨威格的《苏格兰玫瑰——断头女王斯图亚特》中的一段话。她不确定矢田究竟是什么意思，是存心嘲弄？还是真心鼓励？当真将她看作是浑金璞玉，希望她经历摔打，如涅槃重生般一变成才？这些念头让她觉得有点儿好笑，又有一种突然被人寄予厚望的迷茫和疲惫。

那段日子，在工作和念书之外，她还有别的牵挂，对没心没肺的人来说是从来没有过的事情，那个“牵挂”便是方书齐。她与他谈工作，觉得两人心有灵犀，与他谈恋爱，却又发现根本不知道他在想什么。叶思明说：“这是很正常的事，他比你年长，阅历也丰富。”沃利又玩笑：“不愧是老司机，等闲拿捏不住。”苏敏也明白，这种事就像是穿鞋子，只有自己慢慢体会到底是怎么回事。

工作之外的方书齐，是一个奇怪的人。苏敏只知道他的家人都在英国，极少联络。他几乎就住在公司里，却并不像他自己说的那样，是因为没有地方去。他在附近有一套小公寓，只是很少去住罢了。

苏敏第一次到那里去，便问：“你差不多都住在公司，还要这房子做什么？”

“放东西啊，”他回答，“我东西多。”

大约是真的，一开门，她就看见客厅中间堆着各色鞋盒，餐桌上摊着衣袋，缤纷热闹，却没什么人气。

“东西也可以放公司啊，肯定有什么不可告人的秘密。”她开玩笑。

他便反问：“你猜是什么秘密呢？”

苏敏四处看，随手拿过一只鞋盒，打开来说：“比如这个，鞋面上有折痕，是穿过的。鞋码四十三号，而你的脚是四十一码。”

“你说是怎么回事？”方书齐还是笑。

“真相只有一个！”苏敏伸出食指装起侦探来，“你前男友脚好大，哈哈哈。”

方书齐无语摇头，苏敏却又缠着他：“别光摇头呀，快公布答案，到底怎么回事？”

“朋友送的，鞋码搞错了。”他回答。

“谁送的？”她刨根问底，但并不认真。

“梅玫。”

“她干吗送你鞋？还是旧的。”

“我怎么知道为什么，你不是说模特的思路一个比一个怪吗？”他反过来笑她。“大概show room（设计工作室及展示厅）里随手拿的吧，是runway（T台秀）上穿过的。”

“那你干吗还留着？大了两码，根本不能穿吧。”她又问。

“这是Christian Lacroix（克里斯汀·拉克鲁瓦），绝版，所以留着。”他回答。

“哦，还真是，”苏敏看看鞋子里面，吹去浮尘，托在手上欣赏，“Christian Lacroix做完那一季就申请破产保护了，还真是绝版。”

“就这么完了？”方书齐歪着头看她。

“什么完了？”苏敏不解。

“我在等你吃醋啊。”他笑道。

“我为什么要吃醋？”她反问。

他又无语摇头。

“那要怎么做？你教我。”苏敏半真半假。

“你生气不理我，我求你原谅，就像这样。”方书齐从身后抱她，教她做这个动作。

只可惜苏敏没什么演技，又很怕痒，一会儿工夫就绷不住了，挣扎着讨饶：“你放开我，痒死了，求求你让我笑完，让我笑一会儿……”

于是，他只好放开她，由她一个人滚到一边去笑作一团。

四月，凯瑟琳王又一次飞来上海。

KEE所有人聚在一起开了个会，凯瑟琳在会上宣布，轩雅集团的投资将在月内到位，获得KEE百分之三十的股份。她同时强调，轩雅投资的是这支优秀的团队，入股之后，原先的管理、设计团队都保持不变，她在董事会中只占一个席位，会不遗余力地利用集团的资源以及她个人既往的经验帮助KEE发展，但不会控制公司的日常经营。

这番话说得有如结婚誓词般动听，在座的人未必全信，却也听得十分开心。

很快，凯瑟琳说的投资来了，律师们也来了，占了最大的那间会议室，摆开笔记本电脑和一沓沓的法律文书。轩雅入股之前，KEE的大股东一共有四个，方书齐、戴维梁和孙迪，再加上一家民营投资公司，是孙迪老爸牵的关系，只出钱不出主意，典型的Silent Partner（隐名合伙人）。因为股东不多，又都是关系很铁的朋友，自始至终都没设董事会，一直是方书齐任执董，大小事情都是大家商量着做，没有什么矛盾。这次加进一个轩雅，一切都正规起来。有了五个席位的董事会，公司里每一个有股份的人都一一被请去面谈，签了新的股东协议，还有几个核心团队的员工拿到了一部分期权。

方书齐并没有告诉苏敏协议的具体条款，苏敏也没多问，但有些文件难免经过她的手，其中的内容她大致也知道了一些。她在合同里瞄到几句话，觉得有些疑问。一条是轩雅的“一票否决权”，凯瑟琳在会上说不会控制公司的日常经营，但协议里却写着，轩雅的代表在一大堆与公司经营相关的事情有一票否决权。另一条是合同中约定的目标业绩，如果经营上不能达到预期，到时候轩雅将再拿走一部分股份作为补偿。

苏敏觉得这两条听起来有些可疑，恰巧戴维梁就在近旁，她便向他讨教。

但戴维梁却只是轻描淡写地说："这些都是标准条款啦。这年头，随便找谁投资都是这么几句话，人家毕竟是真金白银出了钱的，还怕我们拿了钱就跑了呢。"

苏敏在一旁看着他志得意满的样子，怎么看怎么像内奸，私底下找方书齐合计，提醒他这可是要白纸黑字落下的，是不是要另外找律师看一下。方书齐听她说了她的疑惑，非但不急，反而笑她这么快就当起"发财娘子"。苏敏觉得自己好心被当成了驴肝肺，不禁愤愤。

方书齐又来安抚她，说那些合同早已经有律师看过了，这两个条款确实如戴维所说的，是习惯做法，没有多少讨价还价的余地。至于"业绩对赌"，按照公司的计划，两年市场开拓期之后，KEE是应该可以实现盈利的。而且，为了保证原先创业股东的股份不会被后期追加的投资过分稀释，他还和轩雅另外还签了一份备忘录。

苏敏听他说得这么条理明晰，便也放下心来。但回头细想，总有些不妥帖的感觉——按照这一次轩雅的投资金额和股份比例计算，KEE成立短短两年，估值已然过亿，可单看业绩却仍旧惨淡，销售毛利是有的，但投在公关、广告宣传上的钱十分可观，真正的利润尚且无从谈起。当然，以轩雅集团的实力，从长期战略出发，在高增长地区养一个暂时不赚钱的小品牌也是很正常的事情。

那些合同原定两周签完，别人都很爽气地一挥写下了自己的名字，唯独孙迪的那份迟迟没有拿回来。先是凯瑟琳找她谈话，两人在会议室里关了很久，而后方书齐又和她谈了几次，都是非正式的场合，比如一起吃午饭，或是大清早的在苏州河边散步。这些苏敏都看在眼里，却不知道他们究竟在谈些什么，问方书齐怎么回事，他也不细说。苏敏知道他脾气，他不想说的事情，再怎么追问也没用，便只能静下心来等着看事态如何发展。

很快就到了月末，凯瑟琳按原计划飞回巴黎，轩雅入股的事情貌似尘埃落定，与之相关的广告宣传和公关企划都将很快跟进。

五月头上的一天，苏敏上完课去公司上班，一进门就看见前台在分蛋糕。

“谁请客？”她问。

“孙迪，”前台回答，“她要离开公司了。”

苏敏一听很是意外，赶紧去找方书齐，关起门来问他：“孙迪的事情你早知道了？”

他点点头，脸上并没有什么特别的表情。

苏敏犹豫了一下，又问：“不会是因为我吧？”

“怎么会因为你？”方书齐笑起来，“孙迪觉得这里的工作不适合她，凯瑟琳给她找了一个很好的工作机会，所以她才会走。”

“去哪儿？”

方书齐说了一个牌子，是轩雅旗下的老牌时装屋：“助理设计师之一，长驻巴黎，不用独当一面，也不用一个人干三个人的活儿。”

“但她在这里有这么好的机会。”苏敏不太能理解，放着一个亲手创立、才上了轨道的品牌不做，转回去给别人打工？如果换了她，肯定不愿意。

“你觉得这是个机会，但不是所有人都愿意担这样的责任。”方书齐回答，“自己做一个品牌只可能有两个结果，要么挺过来，要么就毁了，后者的可能性高得多。对孙迪这样的人来说，在成熟的大品牌工作可能更合适。”

“那她原来为什么要跟你们一起干？”

“试过了才知道不合适吧。”

想到孙迪在巴黎时的样子，苏敏觉得他说的的确有些道理。做这一行，孙迪太娇气了一点儿，而且照她的家境和背景也根本不需要这么拼。

两人同时沉默了一下，方书齐又说：“其实，之前有好几次我以为她会走。”

“结果呢？”

“她都留下了。”

“她不就是为了你嘛。”苏敏半开玩笑地把一直以来的想法说出来。

方书齐不以为然，摆摆手道：“算了吧，没人会为另一个人搭上自己的前程。”

“女人就会！”苏敏反驳。

方书齐却突然看着她笑问：“那你会吗？”

他向她发问的时候，她也在琢磨这个问题，试图把他和自己尚且不着边际的梦想放在假想中的天平两端称上一称，却始终得不出一个结果。唯一可以肯定的是，她和孙迪是截然不同的两类人。

孙迪走得很急，一周之后便请大家吃饭道别，筵席之后又转战夜店喝酒跳舞。那天刚好是什么龙舌兰之夜，一帮人喝得尽兴，尤其是孙迪，她喝得最多，很快显出几分醉态来，却很争气没有吐苦水也没哭，始终乐呵呵地拉人划拳拼酒。

直到舞池里放起一支Remix的老歌，Frank Sinatra（弗兰克·辛纳屈）的*New York, New York*：

Start spreading the news

I'm leaving today

I want to be a part of it

New York, New York

……

孙迪的眼睛突然亮了一下，看着方书齐和戴维笑道："怎么这么巧，我们回国之前那一次也有这首歌吧？"

"对啊，还有The Pussycat Dolls（小猫咪组合）的*When I Grow Up*，一起唱，When I grow up, I wanna be famous, I wanna be a star, I wanna be in movies, When I grow up, I wanna see the world, Drive nice cars, I wanna have big boobies……"戴维兀自唱起来。

苏敏在一旁看着，虽不喜欢戴维梁的妖娆曲风，却不禁有些感触，这三个曾经一同出发的人，如今有一个要独自离开了。

孙迪既没跟着唱也不讲话，仍旧保持着刚才的姿势，隔着几个人望着方书齐。方书齐却是神色平静，不可捉摸。许久，孙迪才开口说："老大，我们跳支舞吧。" 脸上还是带着笑，看起来却有那么一点儿悲凉的味道。

方书齐点点头，带着她下了舞池。苏敏窝在蓝丝绒沙发里，透过转角的一大束百合花远远看着他们。舞池里灯光变幻，人影纷杂，周围的人上了发条似的扭，他们却只是面对面站着。方书齐看着孙迪说话，孙迪伸手拥抱了他，在他肩上靠了靠，很快就抽身出来，拨开人群走了。

方书齐也跟着出了舞池，却没有去追，反而走到苏敏这边，弯下腰对她耳语："你去看看她吧。"

苏敏觉得尴尬并不想去，心想自己这双重身份还真是不好混。她抬头看了方书齐一眼，犹豫片刻还是答应了。进了洗手间，见孙迪趴在水池旁狂吐，苏敏赶紧过去帮她撩起头发，拍着背。

好不容易吐完了，孙迪洗了把脸，又从小手包里拿钱出来给打扫卫生的阿姨，不停地说“对不起”，想要走却又觉得脚下打晃，只能在梳妆镜前的长沙发上坐下来，嘴里也没闲着，噼里啪啦地说着：到巴黎之后要买些什么，去哪些地方玩，住在哪儿……全是些前言不搭后语的醉话。等这些鸡毛蒜皮的都说完了，她总算停下来，叹了口气：“就这么结束了，十年，从我进圣马丁开始到现在，十年了……”

这话听得苏敏有些难过，不知道说什么好，只能劝她往好的地方想：“你去了巴黎还是做设计师，还是你喜欢做的事……”

“你还真以为这世上有所谓的设计师？”孙迪抬起头，看着苏敏反问，“我这种笨蛋不过就是裁缝，光知道埋头做苦力，至于其他那些聪明的，都只是生意人罢了。”

【十四】

我戴着假面，而嘉年华很久都不会结束。

——Karl Lagerfeld（卡尔·拉格斐）

孙迪退出之后不久，那家民营投资公司也让出了名下的股份，小赚一票走人了。自此，KEE董事会形成了一个完全不同的新格局，董事席位从五个变成了三个。苏敏并不清楚三方的股权份额，但方书齐和戴维梁两个人的股份加起来总应该超半数，主动权还是在自己人这边的。

又过了两周，丽塔从巴黎飞来，顶了配饰设计和造型师的位子。丽塔来KEE上班的第一天，苏敏过去打了个招呼。看孙迪原本的办公室被别人占了，她多少有些惆怅，总觉得某些东西变了味道，有种改朝换代的意思。那天，她一次又一次地想起孙迪临走之前那天夜里说的话——“那些聪明人，都只是生意人罢了”，却始终没弄明白这个“聪明人”指的是谁，方书齐？戴维梁？还是纯粹的醉话？

与此同时，KEE工作室上下开始着手为九月那场春夏季的秀做准备。

做预算之前，苏敏去问方书齐：“PR那一块，是不是问薇洛要个预估的数字？”

“等一等吧，PR可能要换了。”方书齐回答。

苏敏有些吃惊，怎么就要换了？

方书齐解释，轩雅集团有家签约的国际公关公司，名叫PRV。如今，KEE既然已在轩雅旗下，用集团统一的PR更妥当一些。而且，这PRV专攻时尚社交界，每年在巴黎、纽约、伦敦做数百场发布会，单在巴黎就有一支五十人的团队常驻，比起薇洛那十几个人的小公司无论在哪方面都资深许多。

苏敏不得不承认这么做可能更好，道理上也说得通，但三月那场秀能够做得这样出色，薇洛实在是功不可没的，现在就这样被炒了，实在是有些冤枉。她回忆起凯瑟琳当时的评价——薇洛只有三十岁出头，之前一直在精品酒店和私人俱乐部工作，转行单干做PR不过是两年多以前的事情，对时尚圈里的事懂得并不透彻，有些事情做得不够，有一些又太过了。苏敏知道凯瑟琳对薇洛并不满意，也猜得到这个决定是凯瑟琳那边的意思。她身上有着一些小孩子似的义气，企图仗着凯瑟琳对自己的好感，找个机会提出异议，但一转念想到薇洛和方书齐之间的前尘往事，又觉得不用再打交道或许也是件好事。

撇开更换PR这个插曲不说，KEE新一季的工作进行得很顺利。轩雅方面也正如凯瑟琳承诺的那样，给了他们许多支持和指引，跟他们打交道的人不再是原先那些无名小卒，大多有着响亮的名头和背景，有了轩雅这座靠山，再加上前一季积累下的经验，许多事情都变得简单明晰、顺风顺水起来。

KEE这边的工作顺手了，苏敏也就有了更多时间花在D-sign的功课上面。这个学期，她就要开始做系列设计了，这是设计和制版专业最重要的一门课，而负责这门课的老师还是矢田玛丽女。苏敏为此十分忐忑，不知矢田会不会因为从前的事存心给她小鞋穿。结果不出她所料，几次作业下来，她得到的分数都不怎么样。刚开始苏敏还不愿意接受这个现实，总以为是自己多想了。但事情到了最后，就连叶思明这样厚道的人也不得不承认，和其他人相比，矢田给苏敏的分数的确是低了，而且从来都不写评语，口头上更是什么都不说，几乎当她是空气。

苏敏下决心要找矢田谈一次，不管是认错还是讨饶，她都认了，毕竟还要在D-sign念一个半学期，在人家的屋檐下也只能低着头了。

那一日课后，她又像上次一样跑去办公室找矢田。正是下午四点不到，矢田披了一件藏青色麻质西装，看样子像是准备出去。苏敏早做好了热脸贴冷屁股的准备，心想矢田肯定会虚与推诿不愿意跟她谈。听矢田说要去楼下喝茶，便厚脸皮说要一起去。

一路上，矢田还是平常那副爽利、不苟言笑的样子，并不跟苏敏多废话。到了校门口的茶室，两人找了张小桌面对面坐下。矢田还是不讲话，苏敏愈发觉得尴尬，也不知该从哪里说起，只能装模作样地东张西望。不大的一间屋子弥散着红茶、玫瑰茄和蜂蜜的香气，蓝色墙壁上挂着许多暗金色的相框，里面是奶白色做旧的纸，上面抄着拜伦和威廉·华兹华斯的诗。

直到服务员过来点单，矢田才开口给自己要了一份茶点，又指指苏敏，道："她要一份一样的，打包带走。"

苏敏一听心里咯噔一下，把原来想好的说辞全部丢在脑后，但还是努力克制着自己的脾气，说："我不会打扰你很久，就是想为上次的事情向你道歉。那天我太冲动了，说了不该说的话……"

"你还是觉得我故意针对你？"矢田突然打断她。

苏敏被这句话噎着了，不知该怎么回答。

矢田摇头道："我没为那次事情生气，也不讨厌你。相反，我倒挺喜欢发脾气的那个你。"

苏敏觉得这话听着像是反话，不敢贸然接口。

矢田接着说下去：“平常的你太简单、太中规中矩，缺少粗粝的元气。你总是想得太多，想要平衡一切，结果什么都没能淋漓尽致地表达出来。”

“我只是想要做到完美。”苏敏申辩。

“有人想要这种中庸的温吞水似的完美吗？问问你自己，这是你想要吗？你的观众，他们期待的是视觉、触觉以及精神上的多重冲击和愉悦，是层出不穷的惊喜，是永远不能被百分之一百满足的期待。”矢田像课堂上一样滔滔不绝起来，“而所谓完美，不仅仅是自然流畅优雅精确，如果你企图接近登峰造极，就必须让所有人感受到你的热情与放纵，拨动他们心底那根隐秘的弦，一个小小的却是出人意表的爆破点，一个漂亮得足以掀起高潮的回旋，才可能让二十分钟衣香云鬓的表演有着远超这个时间的内涵。”

苏敏傻愣愣地听矢田说，心里却并不服气，我缺少粗粝的元气？我做的东西平庸如白开水？难道班上其他人比我做得更好？

矢田停下来，浅笑了一下：“不过，这不怪你，你只有二十二岁，这个年纪本来就应该是简单的，简单得不带烟火气。可惜我始终不太喜欢简单中庸的东西，太索然无味、太压抑了，看着就让我回忆起小时候，受了再大的委屈也只能躲在房间对着一只废纸盒发泄，发泄完了还得自己收拾干净。所以，现在的我不喜欢流于表面的怪诞，但却很中意那些在性格深处暗藏着一些黑暗的设计师。你说我心理阴暗也好，需要发泄也好，我客观上更享受略微黑暗点的作品。我给你的分数仅仅代表了我对你作品的评价，没有其他因素，这一点你可以放心。”

说到这里，服务员把外带的茶点送过来了，矢田便打发苏敏走人，说自己喜欢一个人看书喝茶，接下去的一个钟头都不会再讲话了，她再待在这儿也没用。老太太舒展眉头对苏敏笑道：“走吧，我不讨厌你，放心走吧。”就跟哄孩子似的。

苏敏不情不愿地走了，心里还是疙疙瘩瘩的。矢田这算是原谅了她吗？还有，黑暗？矢田钟情的黑暗又究竟是什么呢？她有生以来第一次觉得自己悟性很差，琢磨了很久都没弄明白矢田究竟要她做出什么样的东西来。渐渐地，她有些气馁，怕自己永远都搞不懂，害怕自己的极限就在这里，中庸的温吞水就是她所能做出的最好的东西。

这些念头让她难过到死，她开始病急乱投医，读了许多黑暗的书，看了不少黑暗的电影，从迈克尔康奈利到劳伦斯布洛克，几乎把从1946年至今获得爱伦坡奖的侦探小说看了个遍。但最终的结果并不如意，她想要的答案还是没找到，反而满脑子都是杀人分尸的惨案，嘴里念叨着“死亡是我的领域”或者“当你看向深渊时，深渊也看着你”，以至于不敢一个人走夜路，睡觉总要留着灯。

不知不觉地，夏天来了，夜变得很短，苏敏还是没能找到那所谓的黑暗。

一天上班，戴维梁捉到她在看小说，骂她偷懒。

她解释：“我不是在玩，是在找灵感。”

“从侦探小说里？”戴维梁嘲笑她，“那还不如去找人约会。”

“关约会什么事？”她不懂。

“当然有关系，”戴维梁正色道，“实际上，Everything is about sex（世界上的所有事情都是关于性的）！”

“就像Dolce&Gabbana（杜嘉班纳）？”

“对，”戴维竖起食指强调，“俗话说没谈过恋爱，就别弹肖邦；没搞过基，就成不了Dolce&Gabbana。”

这俗话引得苏敏笑起来，却不得不承认，自己可能真的是经历太少了，有时候她真想一下子跨到未来，看看十年后的自己什么样，到那个时候她总应该懂了。

一晃到了六月末，D-sign的这个学期结束得有些平淡。过去的这几个月，苏敏觉得自己简直是在混日子，浪费了大把的光阴，设计上没有丝毫起色，做得很慢很吃力，出来的东西却差强人意，自己看着也不甚满意，更不用说让矢田买账了。

夏天烂漫地开始了，KEE工作室的人陆陆续续地休假去旅行。凯瑟琳发来邀请，让方书齐带几个设计室的人去巴黎开会，顺便瞻仰七月的高级定制时装周，并且点名要苏敏一起去。这个好消息来得正是时候，苏敏总算得以暂时放下了心事，去洗洗眼睛，换换心情。

此时的巴黎差不多已是盛暑，塞纳河畔的人工沙滩还没开放，但整个城市却早已耽入假日的状态，广告里尽是阳光沙滩，沿街的橱窗陈列的也满眼都是巴拿马草帽、比基尼、真丝双绉或是亚麻质地的衣服，配上大串的珍珠、半宝石乃至夸张的人造水晶和亚克力装饰，让人按捺不住地想要打点行装，抛下尘嚣中的一切去旅行。

苏敏又一次见到了凯瑟琳，这位姐姐一如几个月之前那样漂亮，但夏天总是让人不得不露出更多本色，相比从前，凯瑟琳看起来难免有些显老了，却并不急于掩饰，自有一种从容自若、不慌不忙的态度，这是苏敏这个年纪的小姑娘望尘莫及的。苏敏心想，这就所谓age with grace（岁月的恩典），优雅地老去吧。

KEE一行人预计在巴黎待一周，开会、见PR、参观大牌时装屋的show room，日程安排并不宽松。在所有这些活动当中，苏敏最期待的就是Chanel（香奈儿）高定的那场秀，能亲眼见识一下大皇宫的秀场可是出乎她意料的惊喜。真的到了现场，苏敏发现头上的玻璃穹顶确实恢宏美丽，但里面却热得可以，每个人手上的请柬基本都拿来当扇了用了。他们的位子是轩雅安排的，在欧美区的第五第六排，丽塔坐在苏敏边上，方书齐和戴维梁坐在她们后面。

丽塔见苏敏一副东张西望的样子，就问她是不是第一次来？

苏敏老实，承认了。

丽塔有些得意，说自己第一次进大皇宫看秀才十几岁，跟着老妈来的，那次是三月份，零下五度，阳光从顶上照下来，一丝热气都没有，这辈子都没觉得那么冷过。尽管已时隔多年，但舞台上那个白色的大盒子缓缓打开的惊喜却始终历历在目。

苏敏听了不禁心生羡慕，想自己小时候顶多就是去看早场的打折电影了，听音乐会都算是奢侈的，要能有个带她来看Chanel的妈，该是何等的幸福啊。

台上二十分钟的秀很快就完了，掌声四起，白头发的老卡尔牵着他的新宠上来谢幕。随后的退场缓慢而混乱，周围的人拖拖拉拉地走着，三三两两地凑在一起说话。苏敏夹在人流中，难免听到只言片语，话题大多关于台上的名模或者坐Front row（秀场前排）的名媛，说话的那些人似乎跟她们十分熟稔，不是上周刚在一起工作过，就是后天约了一道喝茶。不知为什么，苏敏对这些漂亮的男女有种莫名的排斥，他们无一例外的轻盈、妖异、香气袭人，一举一动、一颦一笑都特例不同，似乎出自另一个物种，无形中竖起一道墙，把她排斥在外面。她抬头望天，看着头顶上铸铁锻花嵌透明玻璃的圆顶，觉得自己是这样无名而渺小。她曾经如此向往这个圈子，但这个圈子对她显然是无所谓的。

直到出了大皇宫，离开那群人，苏敏才从那些胡思乱想中抽身，回头对方书齐和戴维梁感叹："你们有没有听过这么一句话？真正有气质的淑女，从不炫耀她所拥有的一切，她不告诉人她读过什么书，去过什么地方，有多少件衣服，买过什么珠宝，因为她没有自卑感。我恐怕这辈子都做不到，我从小就自卑，尤其是今天。"

听她这样自嘲，戴维梁变本加厉地笑她，说没想到她这样骄傲的人也有一天会把心里话讲出来。

苏敏正欲辩解，方书齐伸出手来揽过她的肩膀，抱了她一抱，笑道："怎么这么巧，我跟你一样，我浑身上下都是自卑感。"

苏敏斜睨了他一眼，并不相信，只当是他为了安慰自己随口说的，心想：你二十几岁就能拿出来这么多钱来跟人合开公司，会有哪门子自卑感啊？

当天下午，KEE一行人又应凯瑟琳的邀请去参加一场展览的揭幕派对。

展览名叫"黄金年代"，由巴黎高级定制和时尚联合会主办的，轩雅也是赞助商之一，回顾了上世纪四十年代至今高级定制时装的历史，古典沙龙装潢的展厅里陈列着数百件精美衣饰，各个年代的图片更是不计其数。那些衣服和饰品虽然已不合今天的潮流，有一些甚至一看就知道很不好穿，却还是不能不为它们极致的优雅和精美折服。正如展览的名字，它们标志着一个黄金年代，把制衣工业的标准提到了一个前所未有的高度，而这个标准至今未被改写，也可能永远不会被超越了。

苏敏一头扎进去，从Christian Dior在第二次世界大战结束后不久发布的里程碑式的"New Look（新风貌）"，到随之而来的Balenciaga（巴黎世家）、Balmain（巴尔曼）、Fath（菲斯）和Chanel（香奈儿），看得如痴如醉，一会儿便和其他人走散了。她转进一个半开放式的白色房间，那里面单独陈列着数十件礼服，旁边的标牌显示这些衣服出自不同的时装屋，年代也不尽相同，从二十世纪五十年代末一直到九十年代中期的都有。

苏敏觉得有些奇怪，为什么单单把这几件杂烩似的放在一起，刚要细看，凯瑟琳走到她身边。苏敏连忙打招呼，凯瑟琳倒是难得地和气，问她白天的秀看得怎么样。

苏敏不免有些紧张，傻乎乎的什么感想都忘了，只记得在门口被

FTV的人捉住采访，她就对着镜头很无奈地说了句“I love Fashion TV”。

凯瑟琳浅笑了一下，不做评价，苏敏知道自己说了傻话，想要补救，一时半会儿又想不出什么聪明话，只能问凯瑟琳，为什么这几件衣服要单独陈列在一起。

凯瑟琳带她转到那些穿着礼服的人体模型背后，指给她看后领口挂着的卡片，每件衣服上都有，写着日月年份、地点和一些缩写的人名。

苏敏见这些卡片上的字迹都大致相同，很快猜到了其中的联系：“这些衣服都属于同一个人吧？”

“这是老派名媛惯常的做法，用来提醒自己，以免在人前重复穿同一件衣服，而这些卡片之所以与众不同……”凯瑟琳一面解释，一面伸手把其中的一张翻过来，那背面竟然写着两行娟秀的汉字。

陈列衣服的人体模型站在四十公分的高台上，苏敏踮起脚才勉强看清上面写的什么：掬水月在手，弄花香满衣。她惊讶得不敢相信自己的眼睛，在这个属于西方的世界里，竟然能看到这样的词句，这些衣服的主人究竟是一个怎样传奇的人啊？

她还想看其他卡片上写的字，但几乎所有展品旁边都有请勿动手的标记。

凯瑟琳看她缩手缩脚，微笑道：“去看吧，现在这些衣服都是归轩雅所有的，我想我可以授权你碰它们。”

苏敏得到了许可，立刻动手一件一件衣服看过来。果然，每张卡片的背后都写着一两句汉语诗词。她从小对古代诗文没多大兴趣，只觉得读来别致而优美，却不知其出处，幸亏有凯瑟琳在一旁解释。

先是一件无数层薄纱堆成的抹胸式连衣裙，泛着淡到几乎察觉不到的粉紫，背后写着的是唐代温庭筠《归国谣》中的一句——“舞衣无力风敛，藕丝秋色染”；紧挨着的是一条米白色底子的生丝连衣裙，裙摆上是工笔手绘的蜂鸟、鸢尾花和蝴蝶，卡片上的诗句是元稹《晚宴湘亭》中的“花低愁露醉，絮起觉春狂”；而后是一件白色粗花呢长外套，领口、袖口、衣襟全都有珍珠镶边，与之相配的是曹丕的《秋夜长》——“彷徨忽已久，白露沾我裳”。除了这样一两句的摘抄，也有细细地写下一整首长诗的，比如李白的《清平乐》，配在一袭酒红色礼服裙的背后：

禁庭春昼，莺羽披新绣。

百草巧求花下斗，只赌珠玑满斗。

日晚却理残妆，御前闲舞霓裳。

谁道腰肢窈窕，折旋笑得君王。

苏敏第一次有机会看到摸到这样的衣服，也对凯瑟琳的好记性佩服不已。

接下去是一条沙色缎面的裹身裙，轮廓看起来有点儿像改良式的旗袍。苏敏看到裙子背后卡片上的汉字——漾漾泛菱荇，澄澄映葭苇。我心素已闲，清川澹如此。这不是外公扇子上那一句嘛！她的眼睛亮起来，不禁有些得意，对凯瑟琳道：“这首诗我知道，是王维的《青溪》！”话已出口才意识到自己有多小孩子气。

凯瑟琳却不以为意，和气地笑着点头说，没错，就是《青溪》。她伸手托起裙裾，对苏敏道：“摸摸看，这就是Lesage工坊的刺绣。”

Lesage工坊几乎包揽了所有高级定制服装的刺绣手工，而眼前这条裙子恰恰证明了它的名不虚传，薄而柔软的丝缎表面用淡金色丝线绣出繁复的枝蔓和花卉图案，再缀以无数极小的闪着金色光晕的米珠，乍一看竟像有一层精美的蕾丝覆盖在上面。

苏敏只知道赞叹这精湛的手工和巧夺天工的设计，凯瑟琳却发感慨，其实，高级定制的黄金年代已逐渐逝去，每一季新作推出，不愁没人膜拜推崇，时尚杂志也必定会用大篇幅的专栏来介绍，却少有人真的会花掉十万欧元去买一件衣服，相对固定的客人全球只有五百个左右。曾经人才辈出的时装屋如今只剩下十余家，其中有一些只是在苦苦支撑，即使有财力雄厚的财团背景，也要靠成衣、香水、化妆品上的利润来补贴。

苏敏对这些背景并不了解，她更感兴趣的是这些礼服原来的主人，见凯瑟琳有耐心和她闲谈，便趁机追问，轩雅是怎么得到这些衣服的？

“这些衣服都是在一场司法拍卖上获得的，”凯瑟琳回答，“那个时候，它们原先的主人已经去世了。我只知道她是中国人，上世纪五十年代初从香港出发来到法国，后来嫁了一个法国人，改了名字，冠了夫姓维依。至于其他，我也没有多少了解，甚至连她的亲人对她生前的经历也一无所知。”

听到这样的答案，苏敏不禁有些失望。

凯瑟琳踱到落地窗边，继续说道：“其实，我也一直在猜想维依夫人究竟是怎样一个人，她是谁？都经历过什么？”

说到这里，凯瑟琳停顿了一下，回头对苏敏笑了笑。苏敏不禁被那个笑容迷住，那是在凯瑟琳脸上难得看到的柔软的表情。

凯瑟琳看着窗外的夜景，用很轻的声音说下去：“差不多二十五年前，我来到巴黎，什么都没有，法语说得也很糟糕。我的第一份工作是在集市摆地摊，卖从家乡带来的手绘团扇。有一次，一个流浪汉撞到我，扇子落了一地。他没有道歉，反而说，这些中国人，走路走左边。但很奇怪，那个时候我总是有种感觉，就好像，回家了。我觉得维依夫人可能跟我很像，很多梦想，很多欲望，实现了的，没实现的……”

随之而来的是一段不长不短的沉默，既不尴尬，也让人不觉得滞重。两人一同站在窗前，窗外阵雨稍歇，夜色掩映中濡湿的街道，在霓虹和路灯的辉映下，耀一片流光溢彩的橙黄。

苏敏想着心事，发现自己也是这样——对巴黎总有一种故乡般的想念，真的来了却又无所适从。她看看凯瑟琳，又开始胡思乱想，如果能有一个这样的妈妈，又会是怎样的情形呢？可一转念，又觉得这假设很没良心，她想到自己的亲妈，那个不爱打扮只讲究心灵美的妈妈，心中竟然也升起一丝思念。

苏敏正发着呆，突然觉得有只手放在她肩上。她吓了一跳，一回头便看见方书齐，不知什么时候已经站在身后了。

凯瑟琳也回过神来，转身笑着用法语问方书齐："你看，我把她照顾得很好吧？"

苏敏一听顿时红了脸，心想，怎么连凯瑟琳都知道他们俩的事了？

方书齐却出奇地认真和诚恳，和凯瑟琳拥抱了一下，也用法语回答："是的，好极了。"

等到凯瑟琳告辞走远，苏敏问方书齐什么时候回去。他却没有回答，踱到最近的一尊人体模型旁，托起那件裙子腰身后的一段飘带自顾自地看着，好像根本没听到她说的话。她拉拉他的手，他这才回过神来，放下手里的腰带，抬头对她笑了一下，很快把话题引到别的事情上面去了。

【十五】

愈掩藏，愈醒目。

——Coco Chanel

之后的几天依旧是这样的日子，看起来花团锦簇，闻起来馥郁芬芳，打交道的都是有头有脸的人物。直到离开巴黎的前一天，该见的人都见了，该看的秀都看完了，该赴的宴会也都散了。那天下午，方书齐要去轩雅总部开一个有关市场策略的会，戴维梁号称佳人有约，苏敏只能独自外出闲逛。

眼前的巴黎，似乎还是多年前她做交换学生时的那个样子，就像是锁在时间胶囊里的城市模型，变的只有街上行人的打扮和橱窗里的摆设。她走累了，看看路牌，发现离花神咖啡馆不远，便想着要去坐一坐。那一个礼拜出奇地多雨，此时也飘着一些细雨，花神咖啡馆里挤满了观光客，原本就不宽敞的地方更显逼仄，几个老资格的侍者一脸淡然，令人望而生畏。

她站在门口不想进去，正犹豫着，却看到一个熟悉的身影裹挟着一股轻快温暖的玫瑰香迎面走来，还没来得及反应就已经到了跟前，不是别人，正是薇洛。

两人站在街角的雨篷下寒暄了几句，见咖啡馆中有位子空出来，便进去坐下继续聊。因为KEE突然换了公关公司，苏敏对薇洛总有些抱歉的意思。但薇洛却表现得十分大方，无所谓地说：不是自己的错，却莫名其妙地被炒，这样的事她遇得多了，早就习惯。而且，她现在还是接得到不少时装发布会和路演的生意，也做得挺好的。

苏敏心里琢磨，如果两方面都只是生意关系，方书齐做出这样的决定似乎也是无可厚非的，但彼此曾经走得这样近，无论如何薇洛总会有些想法吧。

这话她自然没有说出来，但薇洛大概也猜到了，笑着解释："方书齐有权做出对自己有利的决定。而且，帮他做事也不轻松，你别看他平时这样，进入倒计时状态真是挺吓人的。"

"他倒计时状态什么样子？"苏敏问。

"你没看到过？"薇洛有些意外。

苏敏摇头，答："在我的印象中，他总是留有余地，不发火，不急躁，不匆忙，把所有事情都预先想到了，我很佩服他这一点的。"

"嗯，我好像也有过这么一个阶段，"薇洛抬起头来回忆，玩笑道，"从佩服他，到喜欢他，差点儿就爱上他了。"

苏敏错愕，犹豫了一下才开口问："你们，交往过吗？"

"我跟方书齐？"薇洛笑起来，"当然没有。"

苏敏被她笑得有些尴尬，解释道："我只是随便问问。"

薇洛却收了笑，说："的确有段时间，我很喜欢他，但是我知道这个人碰不得。"

"为什么？"苏敏更是意外。

薇洛回答："因为，我不能接受我爱的人把我放在第二位。"

"第二位？"苏敏不懂，"那他放在第一位的是什么？"

薇洛反问："你跟了他那么久，居然不知道？"

苏敏迷茫摇头，她确实不知道。

薇洛饮一口咖啡，答道：“在方书齐眼里，放在第一位的永远只有一样东西，那就是工作。”

“工作？”苏敏下意识地重复。

“怎么说呢……”薇洛斟酌词句，“我跟他认识很久了，哪怕是在念书的时候，他身上就总有一种想做出些什么来的欲望，或者说是饥饿感吧。这种感觉如此强烈，甚至让我觉得那是他唯一看重的东西，至于其他，对他来说都不重要，女人都是受不了那种感觉的。”

听她这样讲，苏敏却有一些不服气，开口道：“可如果那个女人想要做的事跟他是一样的呢？”

“大概会好一点儿，”薇洛耸耸肩回答，“但那还算什么爱情呢，说是partner（合伙人）更贴切吧。”

辞别薇洛，苏敏一个人走在巴黎街头，想了许多。她反复想起薇洛的话——方书齐身上总有一种想做出些什么来的欲望。这种欲望，苏敏是懂的，因为，她也有。刚刚进入KEE工作的时候，她也曾以为这只是一家富二代开着玩的公司罢了，后来才慢慢知道他们玩得这样认真，特别是方书齐。

到那个时候为止，他们在巴黎的工作算是告一段落，但回国之后还有一大堆任务等着去完成——要在上海市内租一层一千五百平方米左右的新办公室，还要找个合适的地方开第一家门店，光是找房子、装修、请人，就足够他们忙上一阵了，更不用提下一季发布会的准备工作。这种情势之下，苏敏实在好奇，她能否有机会看到薇洛口中那个“倒计时状态”的方书齐，那种状态下的他究竟是什么样子的？而她又能不能在他心中有个优先一些的排名呢？

四点钟敲过，她估计方书齐的会也该开完了，便发了条信息过去：“我要是现在想去旅行，你能陪我去吗？”

回复很快就来了：“什么意思？”

苏敏不知该怎么解释，试探着问："比方说我要去旅行，想让你陪着，你能抽出多少时间来？"

他没有再发信息，直接电话过来，笑问："是不是戴维告诉你了？"

"告诉我什么了？"苏敏不解。

方书齐没有回答，反而问："你想去哪儿？"

"什么哪儿啊？"苏敏摸不着头脑。

"你不是说想去旅行吗？"

"也没什么具体的地方，就是随便问问。"她支支吾吾。

"往西走怎么样？"他提议，"这个月份海边应该很漂亮。"

"你说真的啊？"苏敏将信将疑。

"当然是真的，租辆车，随时都能走。"

"那回去的机票怎么办？"苏敏根本没想到他会答应得这样干脆，那根本就是个假设性的问题嘛！而且，明天上午他们就应该在回上海的飞机上了。

"机票可以改签。"他说得很轻巧。

"还有那么多事儿呢？"她倒放不下了。

"让戴维帮忙先做起来，"他开导她，"我们俩是挺能干的，但还远没到离了咱们地球就不转的地步。"

"你等等，我看看日程安排……"真的到了这份儿上，苏敏发现自己比谁都放不下。可打开手机上的日程表，却什么都没找到，她一下子慌了神，明明白白记得自己加过许多待办事项，不知怎的都被拖到八月的头两周去了，七月剩下的日子全是空的，只除了一个小小的标签：Vacation to Normandy with BF。

苏敏听到方书齐在电话那头笑，好不容易反应过来，知道自己又被涮了，心里却是开心的。她忽然觉得方才的念头很傻，她和薇洛不同，不用去跟方书齐的工作争个高下，他们俩想要的东西根本就是一样的。

当晚回到酒店，方书齐便催着苏敏把手头的事情交代给戴维梁。

三个人在房间里交接工作，才说完正事，戴维又拿苏敏打趣，说原计划是要等到明天去机场的路上才告诉她的，没想到她的第六感比雷达还灵，一点儿都不好骗，这样的女孩子既不好玩也不可爱，想不通方书齐看上了她哪一点。

苏敏这才知道，此次诺曼底之行其实已经谋划许久了，而且戴维梁也早就知情，所有这些单单瞒着她一个人罢了。她心里原本正为了这个意外的假期雀跃，表面上还要假装无所谓，唯恐被人笑她小孩子气，费了老大的劲儿了，被戴维梁这么一说自然十分羞恼。两个人眼看着又要开始抬杠，方书齐拉她出了房间，告诉她，这次旅行戴维梁帮了大忙，机票是他去改签的，车也是他帮着租的，连酒店都是他选的。苏敏消了气细想，才觉得戴维梁这个人有许多不错的地方，而方书齐能有这样的朋友也着实幸运，不光在哄女朋友的事情上串通一气，更难得的是这么多年一起工作，从没见他们为名利什么的争过。

第二天一早，其他人乘飞机离开巴黎回国，苏敏和方书齐两人则驾车一路往西，开始了他们的假期。

第一站是鲁昂，苏敏从没到过这个城市，却意外地发现自己对此地十分熟悉，她知道大钟路上有最时髦的商店，拱门上挂着金色的钟，路的尽头有莫奈画过好几次的圣母院，也知道市政广场的集市，甚至还知道金枪鱼身上哪个部分最鲜美，哪家的海鲜最好吃。方书齐问她从哪里找的旅行攻略，她自己也说不清，大学里法语课的内容五花八门，可能是某个老师天南地北地聊起过，也可能是从某一本描述法国风土人情的书上看来的吧。

入夜，他们出城往勒阿弗尔去，戴维梁替他们订的酒店就在那个小城附近。有很长一段都是平淡的公路，除了来往的车辆，视野可及处只有路灯、交通指示牌和黢黑的树影，直到车驶近勒阿弗尔城郊，转过一个弯道，突然又看到海就在前面，无奈天色已晚，离得又远，看不真切。

他们投宿的酒店是一座滨海而建的旧宅，原本是一个男爵的度假别墅，由他的后人改建并经营至今。从工整的法式花园一路进去，车道都是用白色细石铺的，大堂的装饰也文雅富丽，连行李员都打扮得像电影《告别有情天》里的男仆。

办过入住手续，其中一个“男仆”把他们领到四楼一个套间，推开门，依次打开灯，例行公事地介绍房间设施：这是卧室，这是化妆间，浴室的龙头是十九世纪的古董，所以要这样开……

苏敏听得不耐烦，对方书齐耳语，笑说这一看便知是戴维梁的口味，顺便催他快给小费，打发走人。

“男仆”接过小费，道了谢，却并不急着走，反而穿过房间，拉开东面落地窗上的纱帘，推开帘子后面朝向露台的门，轻描淡写地丢下一句：“这是大西洋。”仿佛这也是房间里众多装饰物中的一件，而且还极其普通。

那道门一开，清咸的海风忽然而至，吹起边上那两幅白色纱帘，就像挨了一记巴掌，苏敏立刻被眼前的景色折服了——黑色的海面，无遮无拦，没有边际。这一夜并不晴朗，云层时而遮蔽月光，朦胧月色下的大西洋显得如此幽暗沉静，与白天的明朗湛蓝截然不同，简直叫人不相信是同一片水域。

她靠着露台的栏杆站着，出神地远眺，根本不知道“男仆”什么时候走的。直到方书齐从身后轻轻抱住她，才好像如梦方醒。

她不喜欢让人捉到她发呆，连忙找话打岔：“戴维梁那个问题你还没回答呢？”

“什么问题？”

“你到底看上我哪一点了？”

他没有立刻回答，就那样站在她身后抱着她很久，似乎是在整理尚未说出口的字句。

苏敏有些害怕，预感那答案不会是她想听的。

“你有没有过这样的念头？”他沉默许久，终于开口问，“当你遇到一个人，只是普通的偶遇，但你却觉得好像很久之前就见过这个人。有时候，你甚至觉得那个人就是另一个你，生于不同时间不同地点，经历许多不同的事，所以别人都看不出来你们根本就是一个人，如果不是足够幸运、足够小心，你们很可能认不出彼此，就这样错过了。”

她很高兴他没有编出什么哄人的话来敷衍，没有说爱，也没有说她聪明或者美丽，而只是打了一个比方，就已经足够了。她发现自己也有过同样的感觉，日复一日越来越多地发现他们之间相像的地方。虽然他身上有一些东西，比如城府，比如领导力，这些都是她佩服却又尚未具备的，但在她眼里全是细枝末节，他们分担工作、分享快乐，他们俩或许真的是一模一样的。

她转过身抱着他亲吻，夏夜海滨温暖潮润的空气让她几乎不能呼吸。有那么短暂的一瞬，她什么都不能想，一句话都说不出，睁开眼睛只能看到沉沉的夜空，她突然想起矢田玛丽安对她说过那种黑暗，似乎有了些许领悟，矢田口中的那种黑暗一定也有相似的地方，既微小又广阔，因为你看不到其边际，既蒙昧又灵动，只因其深不可测，唯有当海风吹过，水面漾起微澜，折射月光，如丝缎般轻巧柔润，看起来又好像有了生命。

他们总共在勒阿弗尔待了一天半，又上路去塞纳湾的费康和埃特尔蒂，塞纳河就是在那里入海的。那几天，西风吹散绵密的云层，天开始显出淡淡的蓝色，每一个滨海而建的小镇都显得清新明丽，码头泊着无数机动渔船，海鲜市场热闹非常，新鲜鱼虾镇着大块的碎冰，那微咸的腥气总能叫人情不自禁地生出一股对海的向往来。

出了那些市镇，车行在高速公路上，窗外的景色便越来越开阔，起伏的草地呈现出深深浅浅不同色阶的绿，悠闲的奶牛徜徉其间，有时也会经过修剪整齐的苹果园和葡萄园，远处的山岭上矗立着教堂或是古堡，在夏日的艳阳下显得优美而宁静，仿佛是电影中的某个场景。

他们都不太喜欢那座男爵大宅的氛围，之后投宿的几乎都是被称作Auberge的小旅馆。每天清晨，老板娘穿过小镇中心的微型广场，去面包店买刚出炉的可颂和巧克力起酥，然后整栋房子每个角落都能闻到咖啡和烤面包的香气。

白天他们驾车沿着海滨的公路游览，那一带有许多石灰质的山崖，经风浪日复一日的冲蚀，形成奇诡独特的地貌。方书齐负责开车，苏敏就负责坐在副驾驶位子上东张西望，时不时地叫起来：“你看那个断崖，多高啊！”“你看那儿有好大一群鸟！”“你看……”

方书齐不胜其烦，教育她：“不可以对驾驶员说‘你看’，要出车祸的，知不知道？”

“那你可以不看啊。”苏敏狡辩。

“我定力没那么好。”他叹了口气。

“哈，那就怨不得我了。”她又得意起来。

斗嘴之后几分钟，为了避闪一只过马路的黄羊，他们的车撞上了路边的隔离护栏。车坏了，他们也不急着走，在附近一个小镇住了两三天，等租车公司以法国人特有的工作效率慢慢地来把车子拖走。

那个地方在下诺曼底的南部，小镇周围有绵延数里的草地、果园、牧场，树林和缓坡之间藏着一些小村庄，是徒步旅行最好的地方，在秋天这里的树林也会吸引捕鹿者。

那些日子，他们几乎每天都要玩到天黑才回去，晚餐总在码头旁的酒馆里吃。暮色迷蒙中，风带着些许寒意，细沙沾在晒黑的皮肤上，浑身湿淋淋地走进热热闹闹的酒店，要一瓶葡萄酒，吃牡蛎和竹节虾。

有一天晚上，邻桌的一个老头和他们聊起来。老头是本地人，看他们点的牡蛎是烩过的，很是不解。苏敏解释说自己不习惯带血生吃。老头笑她外行，说莫泊桑的小说里都曾描写过这种吃法。

苏敏很快就反应过来，他说的是《我的叔叔于勒》，高中课本里也有这篇小说的节选。就像是一串停不下来的连锁反应，她又想到很多别的东西，想起了谁曾经跟她聊过许许多多法国小说，又是谁告诉她鲁昂金色的大钟、金枪鱼以及莫奈画过的圣母院……

那一顿饭剩下的时间，她都好像在梦游，自己也不知道在想些什么，只觉得人生就是这么捉摸不定。去年这个时候，她无论如何也不会料到，会和阿尔诺之外的人一起来诺曼底。这里再往内陆去一点儿就是他的家乡了，回想过去，他总是说小时候出去散步，常常会在森林里遇到黄羊和鹿，最出名的地方菜是诺曼底猪排，再配上当地产的苹果白兰地；也不知对她说过多少次：等以后你去法国，我们可以去哪里哪里，我要带你去看这个那个……

吃完饭从酒馆里出来，两人走路回旅馆。

苏敏一路上都没怎么讲话，低头走在前面。方书齐难得看见她这么安静，问她怎么了。

她回过神来，并不觉得有什么不能说的，回答得诚实而简略：“突然想起从前认识的一个人，他小时候就住在离这里不远的地方。”

他们继续慢慢往回走，时间并不算很晚，但这个滨海小镇的一天似乎早已结束，穿过几条街都没看见一个行人，远近有几扇窗透出暖白色的灯光，隐约能听到薄窗帘后面飘来的音乐和人们低语的声音。苏敏渐渐打开话匣子，滔滔不绝地说她和阿尔诺从前的事情，从认识一直说到现在。

直到一阵风吹过静谧的老街，她哆嗦了一下，突然有种奇怪的感觉，好像辜负了什么人一样。她停下来，方书齐也不讲话，不轻不重的沉默，静到可以听见一公里外海浪的声音。

还是方书齐先开口了，笑着说："我有点后悔带你到这儿来了，往南去地中海，或者干脆去英国，不该来诺曼底。"

苏敏觉得这是存心损她，做出无所谓的样子回了一句："胡说什么呢？"

"说真的，你们为什么分手？"他没打算放过她。

"我跟他就是朋友，什么分手不分手的！"苏敏越说越气，却又有种被揭穿一般的尴尬，头也不回地朝前走。

他嘲她演技太差，却并不就此作罢，还是笑笑她纠缠这个问题。

苏敏赌气道："不为什么，我和他根本没那个可能，从一开始我就知道，他觉得我想做的事情很没意义，我也不懂他想干什么。"

"那我呢？你从一开始就喜欢我吗？"方书齐继续逗她。

苏敏推了他一把，把几个月前他说过的话还给他："我跟你一样，含蓄着呢，喜不喜欢你自己心里知道就行了。"

他伸手拉住她，扳过她的肩膀，看着她："你不说，那我说吧。"

她看他脸上渐渐没了玩笑的神情，不好意思起来，伸出一只手遮住他的眼睛："行，说吧，我保证不笑你。"

他拿开她的手，看着她的眼睛，但终于什么都没说，只是吻了她。

在那个吻的间隙，苏敏想起妈妈，还有阿尔诺。她感到一种从来没有过的孤独，那突如其来的空旷感让她急切地伸出手来抱紧他，好像这世上只剩下眼前这一个人。所幸这个人曾对她说过，无论发生什么，都站在她这一边。

一周半的假期飞也似的过去了，两人回到巴黎，上飞机之前又跟凯瑟琳见了一面。

凯瑟琳请他们吃了一顿简餐，饭桌上的气氛很是轻松，几乎没谈什么工作上的事情。苏敏开开心心地说着诺曼底海滨的景色，还有玩趴板冲浪的经历，也顾不上在凯瑟琳面前避讳什么，绘声绘色地说方书齐第一次带她下水，在岸上看觉得风浪不大，亲身体验才知道那浪头的力量，海水淹到了胸口左右，浪挟着巨大的力量汹涌而至，在他们身边轰然绽开，浪退时，似乎有一股更大的力量拖着她走，她早把那些诀窍忘在脑后，只知道紧紧抱住方书齐，弄得两个人都差点儿淹死，趴板也不知上哪儿去了。

凯瑟琳微笑着听她说完，看起来难得地平和温柔。直到那顿午餐结束，苏敏去洗手间，在镜子前面补妆的时候，凯瑟琳也进来了，笑着对苏敏说："可能是我后知后觉，今天才知道你们在一起了。"

苏敏被说得红了脸，心里却也纳闷，如果真是今天才知道，那天展览上说"我把她照顾得很好吧"那个"她"又是指谁呢？

凯瑟琳打断了她的神游，话锋一转："你们都很年轻，也都很聪明，你和他在一起很好。但是，我希望你能记住，所有人都可以坠入爱河，但只有极少数才能做出一番成就。你不应该像普通女孩子一样，每句话都关于男朋友，说什么你有多幸福，你们找到彼此又是多么地幸运，你可以做更多更重要的事情。"

苏敏觉得被人看穿了心思，勒阿弗尔那一夜之后，她真的一直在想着自己有多幸福多幸运，飘飘然仿佛在云中，愿意做一切来取悦他，只为听到他失控时发出的喉音。凯瑟琳的这番话让她多少有些小惭愧，转念却又觉得自己这样也是无可厚非的，世界上所有的女强人都喜欢把恋爱、家庭，以及温情和幸福放在事业的对立面，但现实真的是这样吗？苏敏不信这个邪。

【十六】

在我的设计中，有一半是有节制地发挥想象，

百分之十五是完全疯狂的创意，剩下的则是为了面包和黄油。

—— Manolo Blahnik

辞别巴黎，苏敏和方书齐又飞过几千公里，回到炎夏的上海。D-sign的新学期还没开始，她几乎所有时间都耗在KEE的工作上，日子似乎又恢复到原来的样子，但仔细体会却又和从前的不同。

工作室里不断有轩雅集团的人出入，有一些只是临时过来开会，也有不少是正式外派来工作的。虽没有什么明确的职级之分，但巴黎人的地位总好像比KEE的老员工高那么一点儿似的，说话的底气也更足些。

许多事情变得比从前更复杂，也更敏感了。每每有意见相左，或者利益冲突的时候，KEE原先那些老员工总是习惯性地找方书齐或是戴维梁做主。苏敏经常听到戴维在背后说丽塔“手伸得太长”，当面却还是十分客气，无论什么事都要让她三分。相比之下，方书齐没这么两面派，但也没有从前那样随性了，凡事都要考虑两方面的意见，做出折中的决定，而这种“折中”往往是以KEE方面的退让收场的。

苏敏当然不喜欢这种局面，却又不得不承认这是把事情做成的唯一办法。她心里想，这就是所谓的成熟和城府吧，自己是不是也该学

着点呢？

八月中旬的一天傍晚，方书齐神秘兮兮地开车带她出去，逆着晚高峰的车流穿过城市中心，一直开到金融区一栋新竣工的大楼下面。两人进了大堂，一个穿藏蓝色西装的房产经纪已经在等他们了，递过名片，熟门熟路地领他们上三十六楼。苏敏这才知道，方书齐是带她来看新办公室的。之前她已经找了几个地方备选，但不是租金贵了，就是被戴维梁嫌弃楼太旧、设施不好，一直都没决定。

眼前这栋楼倒是出乎她意料的可心，大堂里贵雅的米色大理石光华可鉴，通向电梯厅的金铜色刻花装饰门少说也有十多米高，气势逼人。电梯升到三十六楼，这一层尚未装修，头顶上是盘根错节的管线，水泥地面泛着一层浮灰。

经纪一路走一路给他们介绍："三十六、三十七层总共两千平方米，这两个楼面在我们这里算是比较特别的，电梯进门的地方挑高十几米，可以做一个空中lobby（休息区），夜景非常漂亮，华树和DBS也来看过……"

方书齐跟苏敏说笑："一般人对女朋友表衷心也不过就是百十来平方米的房子，你看我这手笔大多了吧？"

苏敏也没正经："大是大，可你这是租的，而且租金还不一定有着落呢，可别到时候让房东赶出来，我这人从小没什么安全感，你可千万别玩这么大。"

经纪听他们这么说，以为这两人耍他玩呢，脸上闪过一丝不悦，总算很有素质地控制住了。苏敏他们赶紧收敛了一点儿，方书齐问了价钱，经纪说了一串数字出来。

苏敏听到报价，忍不住吐了吐舌头，此地的单位租金和管理费比她之前考虑过的几个地方高了将近一倍，面积也比原先计划的要大出许多，也就是说总支出大大超出预算了。

方书齐却处之泰然，对经纪人说他们想单独商量一下。经纪人风度翩翩地抛下一句“Take your time（请便）”，去电梯厅等他们了。

经纪人一走，苏敏连忙说：“你真要租这里？这也太贵了吧！”

她一项一项算给他听，就算是财务状况最好的时候，KEE的现金流也支撑不了这么大笔的开销，更何况还要装修，还要开新店呢。如果真要租，肯定就得贷款，要么就是再跟轩雅伸手，要股东借款。虽说这股东借款是无息的，但苏敏是没见过大世面的小孩儿，总觉得钱越欠越多，心里非常没底。

方书齐并不急着做决定，拉她到西面的落地窗前看风景，夜幕已经降临，窗外华灯初上，黄浦江近在咫尺，远处的天际线泛着浓郁的橙红和霓紫色，果然就如经纪说的那样漂亮。两人在窗边看着夜景，说笑亲热了一会儿，他突然静下来，搂着她的肩膀，问道：“你知道什么叫transformational change（转型变革）吗？”

苏敏被乍得一问，一头雾水。

“所谓transformational change就像青虫结茧变成蛹，蛹又化成蝴蝶，”他解释道，“这种变化是不可逆的，不能回头的。就好像现在的KEE和从前不同了，以后的KEE又会和现在截然不同。是化蝶，还是在茧里夭折，就看这最关键的两年了，所以我们无论做什么都必须漂漂亮亮的，不容任何人质疑。”

真是转换角色比换台还快，苏敏自愧不如，跟不上这节奏，也不知道他为什么突然说起这些，只知道这房子是租定了。

九月，D-sign开学了，苏敏又看到了她的那几个老冤家。

矢田仍旧对她要求颇高，不满意就是不满意，不喜欢就是不喜欢，而且，不解释。

简妮还是把她看作是最大的假想敌，事事与她比较。但此人情商颇高，又很有些阅历，表面上总是一副亲切友好的样子。苏敏还记着上学期那些谣言，对简妮态度冷淡。可又听沃利说，这个暑假，简妮不知在哪里搭上了关系，跑去北京在轩雅中国总部做了两个月的实习。这么算起来，她们两人也是大半个同事的关系，不好搞得太僵。

第二学年的课程有越来越多的系列设计和几次模拟发布会，苏敏本该跃跃欲试，但KEE那边也正在准备下一年度春夏系列，手上工作实在太多，她隐约觉得有些力不从心。这是KEE第二次参加巴黎时装周，照道理应该比第一次得心应手，但现实却恰恰相反，要做的事情似乎比年初的时候更多更繁杂。

就像方书齐说的，现在的KEE和从前截然不同，隶属于一个堪称巨大的集团之下，这个庞然大物拥有五十多个品牌，超过五万名雇员，涉及几乎所有奢侈精品领域，在世界各个主要城市都有分支机构。既然大就难免有大机构的通病，全球五万名雇员号称肩负着同样的使命和价值观，但其中的绝大多数人都只为了让自己的老板高兴而终日忙碌，顺带着互相较劲儿来显示自己的聪明过人卓尔不群，而这些较量的输赢通常都取决于他们的后台够不够硬——老板是谁？有多大的影响力？所服务的品牌为集团贡献了多少毛利？明眼人都能看出来，KEE在这些较量当中毫无胜算。

春夏系列的设计定稿之前，丽塔对整体轮廓提了一些意见，大家都不喜欢，觉得和KEE的风格不搭，而且也有些越位之嫌，由方书齐出面委婉地挡回去了。但丽塔却还是反反复复地纠结，并且把自己手上的配饰设计全都停下来，一副不达目的誓不罢休的样子。

设计室的人说话都很随便，大招忍不住多说了几句。丽塔把他叫进办公室，问他什么意思，警告他注意言行。那番话说得很是生硬，而且她的小房间是半开放的，所有人都听到了。大招也是年轻气盛的人，KEE的薪水很低，本来就是因为喜欢才在这里工作的，从丽塔屋里出来就找到方书齐说要辞职。

方书齐好不容易把此人安抚下来，最后又提醒他：“不管怎么样，尊重你的上司。”

“老大，你记不记得去年这个时候，你还说这里没有上下级关系，现在有了？”大招反问。

方书齐无奈点点头，又叫苏敏去旁敲侧击地探探丽塔究竟是什么意思。

苏敏领命，不知深浅地去了。丽塔知道她和凯瑟琳有些私交，所以面子上还算客气，但对春夏系列的设计依然采取拖延不合作的态度。苏敏这才明白，这次的事情表面上是因为助理的一句话，其实都是因设计稿而起的。她回去复命，方书齐早也猜到了几分，亲自去跟丽塔谈。

两人谈过之后，丽塔的态度三百六十度改变，设计稿顺利通过。方书齐也不说用的什么招，苏敏隐约猜到他肯定又做了什么让步，钱，或者权力，无非就是这两样东西。

就这样在毫无价值和创造力的拉锯战当中耗费掉许多时间，春夏系列终于成型。此时离发布会也只有一个多月了，苏敏开始越来越频繁地和PRV的人接触。

最初和他们接洽的是PRV的合伙人之一，名唤凯伦，四十多岁的美国女人，胖，不修边幅，说话很直，甚至有些粗鲁。苏敏从没想过这样的人也可以做PR，但凯伦的的确确就是做这行发家的，这跟她深厚的家庭背景不无关系，而且她把自己的胖、粗鲁和不修边幅当成事业来经营，足够让任何人对她过目难忘。

果然，戴维梁对凯伦的印象就很不错，见过一次就下了评语说：凯伦是个美惠人，做女人能做到她这样，一定是很有才的，否则哪来这样的自信？！

只可惜落花有意，流水无情，签过合同之后，凯伦派了一个名叫塞西尔的高级客户专员在和他们联络，从此再也没亲自出现过。这塞西尔秉承了她老板的泼辣作风，待人接物极其老练，但在这一通振聋发聩、耳目一新的泼辣背后，其创造力和执行力不过寥寥。打了几次交道之后，苏敏试着探了探她的口风，才知道这是她第一次独立做一个项目。

上一季，薇洛把他们当成头等大事来对待，事无巨细都亲自盯着。但对PRV来说，KEE相比其他老牌时装屋不过是一单微不足道的百万级小生意，如果说薇洛把百分之百的精力花在KEE的秀上，PRV顶多只用了几十分之一的心思。

那几个礼拜，苏敏忙得不可开交，有时候到了下午脚肿得连鞋都穿不上，深夜回到家，感觉整个人都废了，半躺在沙发上，连站起来去浴室洗个澡的力气都没了，只是开了电视，毫无目的地换台。

越忙火气就越大，她一遍遍地提醒自己控制脾气，实在做不到的时候，宁愿冷一段时间，再回过头来处理。方书齐管这一策略叫self-tempering（自热回火），先一盆冷水浇下去，再任其慢慢回温。苏敏很快就把这一手学来了，她试图说服自己，这都是为了把事情做成，只要最后的结果是他们想要的，那么她就赢了，应该高兴。这是她理想的职业，她曾经从中体会过如此之多的满足、成就感和喜悦，但现实却是，她很难再心无旁骛地高兴起来了。

九月末飞往巴黎之前，D-sign和一所知名大学的美术学院组织了一次模拟发布会，苏敏那个年级也要拿出作品来参加。

多数学生都挺兴奋，有这么一次近乎于实战的经验，但苏敏是玩过真刀真枪的，自然觉得小儿科了。不过，这次活动是算学分的，不做不行，她也只能参加，仍旧跟着叶思明和沃利，连同其他几个同学做了几套衣服。因为KEE那边实在忙得无暇，D-sign的作业当然就只能粗糙些了，小组讨论她难得参加，有时候分配到她头上的工作也不得不拜托别人代劳。叶思明和沃利跟她是有些交情，比较能体谅她的辛苦，常常主动帮她做了，但其他人看在眼里难免说些闲话，总觉得她自己忙着打工挣钱，靠别人的劳动拿学分，算盘打得也太好了。

除此之外，还有些别的问题。苏敏是在专业圈子里混惯了的，有不少她以为是常识性的做法，其他D-sign的学生未必知道。有时候无心的一句话，冷不防又得罪了人。就好像某天早上，她看见一个姑娘的白坯布样衣都是用简易的铁丝衣架挂的，想也没想就脱口而出："怎么能用这种衣架呢，肩膀都走样了，再这么挂下去熨都熨不回来。"

如此一来二去，便在同学中间落下了口实，不少人都觉得她挺傲的，好像看不起人似的。这些事苏敏也没太放在心上，她从小就是独来独往的类型，觉得做事说话不可能让每个人都高兴，也没那个必要，而且她早已忙得四脚朝天，根本没闲工夫想这些了。

等到几件衣服差不多都做好了，约模特来试装，苏敏想办法挤出两个钟头去了趟学校，谁知左等右等都不见那几个姑娘的影子。负责联系模特的那个同学打电话过去催，半天都没人接，好容易接通了，才知道看错时间了，时间地点都是发短信给其中一位模特的，写得清清楚楚16:00，那姑娘给看成6:00了。

五点半敲过，模特们总算风风火火地来了。领头的妞手里提着个超大号的塑胶袋，装着里约狂欢节上那种满是热粉色鸵鸟毛的戏装，看样子像是刚从某个三流路演上下来，一副大大咧咧的样子，操着一口东北味儿的普通话嬉笑着解释："一没留神看错了，哈哈哈……"

其他人也都跟着笑笑就过去了，唯独苏敏沉着脸埋头干活儿。做了没多会儿，她好不容易挤出来的两个钟头也差不多了，KEE那边不断有人打电话过来问这个那个。

她跟叶思明说："实在没办法，又得走了。"

叶思明点头道：“没事儿，你走吧，这眼看就做完了。”

按计划，苏敏这一走要差不多三个礼拜之后才能回来上课，模拟发布会举行的那天，她已经离开上海去巴黎了。她收拾东西的当口，又听见有人低声埋怨：“晚饭都没的吃继续苦干，有些人就好啦，自己去巴黎，我们在这里帮她挣学分……”苏敏闻言抬头一看，说话的竟然就是那个负责联系模特的人。那一阵她四处周旋，自以为有了一些气量和城府，这时候不知为什么又突然任性起来，冷着脸，“砰”一声摔了门，扬长而去。

【十七】

时尚界的繁荣得益于谣言、丑闻和卑鄙、吝啬。

——Alexander McQueen

两天之后的那个周六，苏敏跟着方书齐再一次飞往巴黎。上飞机坐定，她就睡着了，完全没了前两次的新鲜劲儿，这一阵也实在是太累，连着几天最多只能睡上四个钟头，从上海到巴黎十多个小时的飞行刚好能补上一觉。不知睡了多久，她又做起那个梦来，幼年的自己坐在钢琴前，弹出单调的音阶。而后，那个少年又出现了，俯身对她耳语，她还是朝少年点头。然而这一次，少年却露出一个狡黠的笑，伸手弄乱她的头发，转身跑开了。

幼时的苏敏开始哭泣，现实中的她也在此刻醒来，睁开眼睛，梦便如水彩化开，迅速变得模糊不清。她不明白为什么其中的情节又有了那些微的不同，直觉得浑身酸痛，比没有睡过还要糟糕。不过，当她侧过头，看到方书齐在她身边还未醒来，却握着她的左手，与她十指相扣，一切便又美好起来。她没舍得把手抽出，躺在椅背上静静笑着。

上飞机之前的那几个礼拜，他们俩几乎每天都在一起，无论晨昏作息，说许多话，争论甚至吵架，即使不见面也要写大段大段的邮件，但这些言语和文字都是公事，极少涉及彼此。那时的她常常自嘲地想，他们之间的关系似乎正以摧枯拉朽之势，飞速走向左手右手、老夫老妻。很多时候，她就好像是他的一个分身，照看他无暇顾及的事，甚至替他做决定，而不像是他交往不久的女朋友，备受宠爱，充满神秘感和吸引力。但这一切都是值得的，即使只为了这短暂的十指相扣的时刻。

航班正点到港，下了飞机就有PRV的车子接他们去奥古斯特·罗丹博物馆看场地。这一次，KEE的发布会排在时装周的第一天，无论是场地还是模特都有了更大的选择余地，这罗丹博物馆就是千挑万选之后定下的。

到了现场，塞西尔已经约好导演等着他们了，四个人一起在工整的法式园林里走了一遭，讨论了一下秀场布置和发布会当天的流程。

春夏季的主题总是离不开印花和色彩，KEE也不例外，同时又力求在一片明艳中自成一格。这一季的设计用了大量的月白、抹茶绿和浅蜜色，再饰以花鸟图案，有一些工笔中国画的味道，图案的排列模式又借鉴了维多利亚时代的织物。为了配合这种既清雅又热烈的风格，届时博物馆花园里将搭起巨大的白帐篷作为秀场，T台两侧是绿植点缀白色小苍兰和茉莉组成的花墙。到发布会当天，现场还要"放鸟"，有画眉、鹦鹉、鸽子和白鹡鸰。

苏敏知道场面做得越花哨，牵涉到的人就越多，也就越容易出漏子。花卉供应商、驯鸟师、工程队……她记下一连串的电话号码，又提了一大堆问题。

塞西尔向她打保票，说PRV多么多么地专业，负责每个环节的都是各方面的专家，如果这些人做不到，那地球上就没人能做到了，所以根本不用担心。

苏敏也希望是自己杞人忧天，按照通常的逻辑，第二次总会比第一次容易，三月份那次他们什么都不懂，跌跌撞撞的，不也过来了吗？她暂且放下心来，秀场的事情全部留给塞西尔处理，自己专心盯着甄选模特和确定造型这一块。

但现实总是跟愿望背道而驰，各种各样的问题接踵而来，首要就是秀场的座位表。按照原先的安排，发布会的请柬全都委托PRV制作邮寄，巴黎总部的一个助理负责欧洲方面的来宾，上海分公司的助理负责国内过去的名人媒体，然后把所有收到的R.S.V.P.（应邀回复）汇总给塞西尔，由她统筹安排座位，最后交给苏敏确认。看起来苏敏似乎什么事情也不用做，只需等着看结果，就算到时候发现问题也只要提提意见，让塞西尔去改正就行了。

可惜计划总是赶不上变化，这一年，“中国”两字在时尚圈内风头正劲，到处都有人在预言，未来一年中国人还将豪掷多少多少欧元购买华服美饰，五年甚至三年内必将超过日本成为全球最大的奢侈品消费市场云云。受邀参加时装周的华裔明星达到了前所未有的规模，国内媒体的相关报道也是铺天盖地。一时间甚至连自由市场买菜的也知道某某某坐在Dior的头排位子上，或是某某某和一个梳辫子白发老头亲切合影。也正是借着这股风头，再加上KEE有了轩雅这个响亮的名头，发布会的请柬变得比上一季抢手了许多，虽不至于一座难求，但决定第一排的位子给谁坐还是颇费斟酌的。

这本应是件好事，可塞西尔手上的R.S.V.P.名单却一直没能定下来，今天这个来不了了，明天那个又要加进去，座位表也就跟着改来改去。苏敏为此始终安不下心来，三天两头找塞西尔查问。塞西尔总是一副见多识广的做派，说这是大规模活动难免的情况，不用急不用急，急也急不出来。

苏敏承认自己没见过多少世面，等到发布会之前的三天，仍不见结果，终于按捺不住亲自把前三排的位子对了一遍，这才发现那张座位表乱得可以。她不再听PRV那帮人讲那些惯例啊经验啊，盯着塞西尔一个一个名字重新核对，总算在二十四小时倒计时开始之前把VIP的位子安排妥帖了。

到了发布会当天，塞西尔答应会派一个助理盯着工人搭台，但苏敏还是跟着运送服装配饰的车子老早去了现场。这一去不要紧，可把她惊得不轻。上一季发布会上的T台铺的是灰色地毯，比较好打理，而这次按照PRV的策划用的是一种亚光白色材料，不知为什么非常容易沾染灰尘，台搭好之后，不出一会儿工夫就被踩得面目全非，那个被派驻现场的小助理却好像什么都没看见，在一旁听之任之。苏敏大为光火，当即打电话给塞西尔，差点儿跟她翻脸。

塞西尔接到消息匆匆赶来，苏敏知道生气骂人都是没用的，而且此时再换台面也肯定来不及了，只能暂时清场，立刻找人弄干净，再用塑料薄膜包起来，直到开场之前再撕掉，之后登场的模特穿的都是没怎么落过地的新鞋，应该没有问题。

就这样忙到下午，塞西尔接到电话，第一排又有一个人不能来了，她的上海助理想起一个国内的杂志编辑，原先是安排在第三排的，正好可以顶上去。

这个编辑诨名Queen B，在C杂志中国版工作，为人高调爱现，肚子里虽然没什么货，却也混成了网络红人，圈内圈外都有几分小名气。苏敏在上海时就曾见过他几次，总觉得这个小男人一无才华二无品位，红得蹊跷而突兀，而且待人接物的腔调也很难看——Queen B十分崇拜他家的大老板，也就是C杂志法国版的总编，崇拜到了连说话的语音语调都要模仿的地步，能说法语的时候一定不说英语，能说英语的时候一定不说中文，声音能多轻就有多轻，吐字能多含混就有多含混，逼得你不得不竖起耳朵来仔细听，哪怕他说的只是些东拼西凑的废话，还时不时地漏出一星半点儿的乡音。

讨厌归讨厌，媒体是万万不能得罪的，恰好C杂志法国版总编也会出席，苏敏便叮嘱塞西尔把Queen B安排在他偶像旁边，心想这下此人总该满意了吧。塞西尔满口答应，说马上就去把座位表改了。

临到开场之前，陆续有记者到后台拍照采访，苏敏也在一旁作陪。等到时间差不多了，前台还是闹哄哄的一片，她连忙去找塞西尔，问能不能正点开场。

塞西尔笑着安慰道："你看Chanel、Balenciaga，哪家的发布会是正点开场的？这是惯例，说明你们也已经上正轨了。"

当晚的秀真的就推迟了二十分钟才开始，幸好后面的环节一丝一扣地进行下来，再没有出什么娄子。直到发布会之后的派对上，苏敏才松了一口气，塞西尔也到处跟人喝酒说笑，十分得意。

谁知也正是在这派对上，苏敏听说了一件事——Queen B在他偶像面前出糗了。说这话的人是半年多以前随行采访他们第一次发布会的那个记者，此人跟戴维梁很是要好，好不容易碰上了，自然是可着劲儿地八卦。

照这个记者的说法，事情的始末是这样的——Queen B想混到第一排他偶像边上去坐，被公关公司的现场工作人员发现了，跟他说："第一排是留给VIP的，评论员、编辑和名流，请你回到自己的座位上去。"

Queen B法语不够利索，只会嚷嚷："我就是编辑啊！C杂志的编辑！"

公关公司的人自然不为所动，扬了扬手里的座位表说："不好意思，我这里没你的名字，麻烦你到后面去。"

碰巧那时候C杂志的法国总编也到了，Queen B巴望他的偶像救他，但人家忙着跟朋友说话，在镜头前面摆姿势，根本没搭理他。他涨红了脸，气急败坏地走了。

记者说得兴高采烈，苏敏却听得心里一惊，这根本怨不得Queen B无理取闹，一定是塞西尔忘了改座位表，也没把换座位的事交代给她的法国助理，才出了这样的闹剧。

她立刻跟方书齐说了这件事，他跟她想的一样，也觉得得向人家道歉才行，却因为暂时联系不上QueenB，只能等回国之后再说了。

那个时候，苏敏根本没想到这件看似闹剧的小事会衍化出多少故事来，只是在第二天早上给PRV打电话的时候，向凯伦提了一提，说塞西尔在执行方面还不是很小心。

不料这凯伦是个护犊子的好老板，立马半真半假地叹道："我们做PR的就是这么冤，你看看报纸上对昨天那场秀的评论有多好，却还要为这种我们根本控制不了的小事情负责任。"言下之意倒好像是受了天大的委屈。

两周之后，苏敏跟着方书齐回到上海。正如凯伦说的，KEE这一季很成功，媒体的评价很好，销售增长也很可观，不管是名声还是钱都赚了不少。但对苏敏来说，这次的巴黎之行开始得匆忙，结束得似乎也有些潦草，完全没有了上一季那样欣喜完满的感觉。

下飞机之后的第二天，她提醒方书齐请Queen B吃饭赔罪，却没想到人家并不领情，连电话都没接。当天下午，戴维梁就给她看了Queen B的微博，写的正是KEE在巴黎的那场春夏季发布会。开头照例是叽歪的文艺腔，而后开始抱怨现场组织混乱，座位安排和来宾接待又是多么多么地媚外，展示的系列作品又没多少新意，乏善可陈，总之就是失败。

所有人看过了都只是哈哈笑两声，根本没当回事，因为其他媒体的反馈一律都好评，最坏也就说发布会场面做得太浮华了一点儿，甚至连Queen B的东家——C杂志也在当月给了他们相当多的版面，登载了梅玫的跨页硬照，以及数千字的访谈和评论。

而就在杂志上架的当天，Queen B又发一条微博，说国内设计师品牌参加国际时装周的门槛其实并不很高，某些品牌为了自抬身价，故意把支出数字报得很高，让国内的同行望而却步，好显得自己很了不起。文章下面有配图，正好就是C杂志上对KEE的访谈，其中就有对外公布的做一季发布的大致预算。

苏敏看得吐血，这年头就算是结个婚，手头宽松些的也要过百万了，在欧洲办一场秀哪有那么容易？！等静下来细想，还是觉得有根刺戳在心里，Queen B在网络上是有些知名度的，虽说出的八成是歪名，但此人有十几万粉丝，那两条微博在短短几天里就被评论转载无数次。而且C杂志在全球高端时尚纸媒中排名前五，其女版在国内地位也不可小觑，以后常常要打交道的，虽然这次得罪的不是什么大神，但有时候事情就是毁在小鬼手里的。

似乎就是为了证明她的担心毫无道理，那几个礼拜各种采访接踵而至，有杂志访谈，也有电视台过来录节目，一时间忙得不亦乐乎，其他事情全部靠后。

一天下午，一家电视台到工作室来录节目。方书齐先带着女主持人参观了一圈，最后摄影机架在设计室，坐下来做采访，苏敏照例站在门口看着。女主持问起下一季的设计，方书齐照规矩不能细谈，只说他个人更喜欢秋冬季的东西，因为更容易出彩。

女主持笑着附和：“是啊是啊，我也喜欢冬天，因为可以穿皮草。”顺势提起去年秋冬系列用到的焦糖色水貂毛，问今年是不是也会继续这样的风格。

方书齐还是跟她打太极拳，朝苏敏这边看了一眼，笑了一下回答：“有个女孩子对我说，她喜欢银狐多过水貂，因为更柔软更风情一些。冬天最冷的时候，一阵风吹过，有种踏雪无痕般的感觉。这句话虽然语法上不大通，但我很喜欢，一直记着。”

苏敏怔了一下，这话就是她说的，没想到方书齐会在镜头前面这样说出来。她抬起头朝他笑，心里还挺高兴的，根本没想到很快就会落人口实。

那档电视节目播出的第二天，Queen B就在微博上转发了一部反皮草纪录片的海报，说每件皮草都是残酷的，但总有人为这种惨绝人寰的时尚推波助澜。这种话题总是很容易引发争议，很快就被许多人评论转发。而Queen B更是在回复评论时指名道姓地提到了KEE，说人家Chanel和Lanvin都用人造毛了，偏偏有某些国内的假名牌还年年造孽。

苏敏这才意识到，此人真的是跟他们铆上了。戴维梁提议也在微博上骂回去，苏敏对这种做法很是不屑，那几年，网络骂战正是方兴未艾，三天两头有名人、非名人以及半红不紫的小明星骂来骂去，也不知是真是假。至于Queen B之辈，当真跟他吵，倒恰好称了他的心了。

她自知劝不住戴维梁，只能抛下一句："你要是吵输了，被骂臭了，千万别说认识我，也别连累了这一屋子的人！"

戴维梁自己中文不行，念叨着要拉几个北京或者天津土著帮腔，还没找到人响应，那边就已经措手不及地吵上了，开骂的不是别人，正是名模梅玫。

起因就是梅玫在反皮草那条消息后面评论了一句："年前还自称上床无毛不欢，转性比变性都快？"顺带贴了一张Queen B年初发的旧照，青芥色开司米大衣，围着当时大热的貉子毛围脖儿，戴着墨镜儿目视远方做沉思状。

Queen B被揭了短自然很不高兴，两下里一来一去吵个不休不歇。梅玫虽然不是戴维梁心目当中最会吵架的京津土著，但说话机智爽辣，且仗着年少得志，圈子里要好的哥们儿姐们儿众多，几乎一边倒地帮着她说话，甚至还有造型师冒出来揭短，说Queen B上一次找他做事，坑了他带去的配饰。这么一来，原本抢滩道德制高点的Queen B根本占不到上风，渐渐连招架之力都没了。

苏敏不禁对梅玫另眼相看，心想这丫头倒挺义气的，言谈也很聪明，丝毫不是她原来印象中那副疯疯癫癫的样子。

戴维梁却不觉得梅玫是在帮方书齐的忙，说苏敏太幼稚："这年头，吵架也是可以把自己炒红的，几天工夫这两人的微博粉丝都快翻两番了。我早就说我们也该一起吵，这可比路演、广告便宜多了。"

苏敏鄙夷道："谁像你这么现实啊？"

"这世界就这么现实，管你喜不喜欢呢！"戴维回敬。

正是应了戴维的这句话，当天就有媒体发邮件过来问KEE有什么回应？那个公开邮箱的信都是苏敏收的，她也没多想就回了，引了一句卡尔·拉格菲尔德说过的话——In a meat-eating world, wearing leather for shoes and clothes and even handbags, the discussion of fur is childish（在这个食肉的世界里，人们脚上穿的鞋、身上的衣服，甚至手里拎的包都是皮革做的，关于皮草的争论是幼稚的）。

到了下午，PRV上海分公司又有人打电话过来建议以方书齐的名字开个微博，理由竟和戴维梁说的一模一样，还说如果苏敏这边抽不出时间来更新，他们可以帮忙维护。苏敏对这个主意有种莫名的反感，想当然地觉得方书齐也不会同意，根本没跟他提起。

一周之后，方书齐飞去北京参加轩雅中国总部的一个会，顺带着还要看一下那边店铺的选址。苏敏留在上海，手上的活儿也是不计其数——新办公室的租约已经签了，装修、家具采购也一一进入招投标的流程。她花了很大的工夫跟人讨价还价，在装修和家具上拿到了不小的折扣，而后又从计算机软硬件供应商那里要到一个两年无息分期付款的优惠，总算把租金上拉下的亏空给填上了，这样即使没有额外的借款，依靠公司正常的现金流也能过得去。

办成了这几件大事，苏敏很是得意，剩下的只有KEE的品牌代言合同了，相比之下，这个实在是太简单。最初的人选有四五个，明星、歌手、模特，其中自然有梅玫，而最后的人选毫无悬念的就是她了。这姑娘正是星途坦荡，手上广告邀约不断，差不多一年前已经接了一个化妆品品牌的亚太区形象代言。这个牌子的东家无论名气、实力还是报酬都是同行业中最好的，KEE开的价钱当然不能和那种级别的合同相提并论，但梅玫与方书齐私交甚好，口头上早就答应了，只等经纪公司走完流程就择日签约。

合同虽然还没签，但因为时间有限，广告、店铺海报和正冬季成衣的目录都已经拍起来。梅玫也没什么架子，在摄影棚里就跟其他普通的in house model（公司模特）一样，挺能吃苦的，还超有熬夜的耐力。苏敏渐渐发觉自己真有点喜欢这妞儿了，但除了工作上的事情，两人总共没说过几句话，根本谈不上有什么交情。

直到数日之后，突然出了新状况。有人在某八卦论坛上贴了一组写真照，照片上的女孩眼睛部分打了马赛克，但很薄，很快就有人猜出照片中的人是梅玫，只是看起来比现在小好几岁。帖子一经发出，就不断有人问楼主照片的出处，因为那些照片一看便知不是广告更不是杂志硬照，倒像是专业拍摄的床照。楼主先是卖关子，等跟帖的人越来越多，方才公布说来源是视觉设计网站——MKW，具体怎么来的不方便说。此话一出，跟帖的人更兴奋了。这MKW可是名声在外的，其独特的盈利方式许多人都有耳闻，却未承想今天的国际名模几年前也曾是MKW上的嫩模一名。

一时间舆论沸沸扬扬，梅玫的经纪公司很快做出反应，要求网站删帖，但那些照片已经传得到处都是，而且都只是擦边球，并未越界，哪怕当事人特别要求，人家都不一定愿意删。

刚开始，梅玫还是照常工作，该干吗干吗，就是不怎么愿意谈那件事。认识她的人自然也就配合着装不知道，但背地里还是各有各的看法。苏敏挺为梅玫担心，一个女孩子年纪这么小，独自漂在外面什么都要靠自己，又遇到这样的事。她跟方书齐打电话的时候，提起这件事，问他知道了吗？他说知道，跟梅玫通过电话了。至于对这件事他是怎么看的，他跟梅玫又聊了些什么，都没细说。

倒是戴维梁跟她聊得更多一些，他号称已经把这件事的来龙去脉都琢磨清楚了——几天之前，梅玫还在微博上跟Queen B大打嘴仗，吵架刚吵赢，就有了这些照片，明显是某人故意要黑她。

苏敏听他这么说，虚心求教："你不是说，有些明星为了红，找了枪手在网上天天骂自己吗？"

戴维回答："道理是没错，但梅玫这件事，有点过头了。你说要是有个姑娘，照片天天在《故事会》《知音》上登着，还会有人请她在《Vogue》的封面上卖Chanel和Cartier吗？"

果真是应了他这句话，几天之后，这风头没过去，反而越闹越厉害，梅玫刚出道那会儿的事全都被曝了出来——十七岁高中辍学，参加一个模特比赛，又因为跟住同屋的选手吵架，出手打人，被取消参赛资格，北漂，成为MKW嫩模……

而这MKW虽然号称是"文化艺术、平面设计领域交流合作的平台"，实际上只是三教九流之地，旗下的"模特"跟真正的high fashion model（高级时装模特）相去甚远，自然就有人开始猜测，仅仅四年间，梅玫是怎么从一个上不了台面的嫩模一跃成为国际名模的呢？很快就有人得出结论：她背后有人！然后又开始猜那个"背后的人"是谁。渐渐地传出好几个版本，全都说得有模有样跟真的似的。

电视台紧接着就跟进了，甚至有几家很有年头的正统报社也相继做了报道，花了很大篇幅感慨世风日下人心不古，所谓文艺界本该传播高尚积极的思想，如今却成了污秽之地云云。

终于有天晚上，梅玫的经纪人打电话过来，说梅玫病了，原定第二天的拍摄不能去了，什么时候复工不一定。苏敏一听更加确信，事情真的闹大了。

经纪人又对她说了一堆有的没的：眼下的这件风波未必都是坏事，虽然梅玫目前在国内的工作都停了，但知名度一下子上去了，现在不就是眼球经济嘛，KEE有轩雅集团这样的国际背景，这个时候签约，对双方都有好处云云。

苏敏这才意识到其中更深层次的含义——人家这是探她的口风来了。

几乎就是在一夜之间，梅玫代言的那个化妆品品牌十分神速地把所有她露面的广告全撤了，不管是平面还是视频，一下子就都没了。梅玫跟他们的合同也快到期，看这架势，估计续约无望。在这种情况下，KEE的代言合同陡然变得重要起来。

至于“眼球经济”“互利双赢”之类的话，苏敏也只是将信将疑，但合同过几天就要签了，前期又已经投入了那么多人力物力，再加上方书齐和梅玫的交情，她实在想不出有什么理由不在这个时候力挺梅玫一下。那经纪人也正是吃定了他们不会临时换人，以病假为要挟，试图早点儿签字画押，把事情定下来。

让苏敏没有想到的是，次日一早她又接到梅玫亲自打来的电话，说还是会照原计划去拍最后一组造型，拍完就飞欧洲，也不解释为什么，言语之间透出一股子不信邪的倔劲儿。

苏敏一听倒也挺高兴，正冬的目录和海报可以及时做出来了。她一边想当然地琢磨着，一边赶去西郊一家酒店内的拍摄地点。梅玫果然已经到了，正坐在套房更衣室巨大的落地镜前化妆，跟造型师说笑着，好像一点儿事都没有。

正打算跟摄影师确认当天的拍摄计划，苏敏的手机振了一下，她拿出来一看，有一封新电邮落进收件箱，发件人正是方书齐。信的正文只有很简单的一句话：梅玫的合同先停一下，可能要换人。

尽管已经有了一些心理准备，但这样的变化还是叫她措手不及，立马躲进洗手间合上门，打电话找他问个究竟。

她语气紧张，方书齐却在电话那头笑道："我还以为你不喜欢梅玫呢。"

"这不是喜欢不喜欢的问题，"她不知道该怎么解释，"这件事情上很明显是有人存心要整她……"

"我跟梅玫认识很久了，"他打断她，"这个圈子并不像你想的那么干净，有些流言也不完全是空穴来风。"

苏敏一时语塞，半晌才说："那又怎么样？都是四年前的事情，她那个时候多大？十六还是十七？她是受害者，不是做错事的那个人！为什么要她来为这件事情买单？我们怎么可以在这个时候落井下石……"

"苏敏。"他叫她的名字，又一次打断她。

她却没有住口："你是不是又要对我说——对不起，这是董事会的决定？除了这句话你还会说什么？"

"这也是我的决定。"他顿了一下，答得似乎很沉稳。

她还是不死心："就像你说的，你们认识很久了，你知道她过去的事情，还是可以拿她当朋友看，不是吗？"

"你要我怎么做？穿件T恤，上面印'We love you，梅玫'？"他反过来问她，听起来也有些恼火了。

苏敏知道这是2005年Alexander McQueen为Kate Moss做过的事，但此刻提起来却让她觉得格外讽刺。

"别拿自己和McQueen比，你既没人家的才华，也没那份胆气。"她嘲讽道。

他笑了一声，语气听起来有些冰冷："也是，我的确没胆气把自己往房梁上吊。”说完便把电话挂了。

这不是他们第一次吵架，却是吵得最认真最彻底的一次。苏敏搞不懂自己为什么会为了梅玫跟方书齐发生冲突，本来她在这件事情上是没有立场的，模特是张三还是李四，对她来说并没有多大的差别。可这一切似乎突然之间就不同了，她总觉得梅玫这件事归根结底是因KEE而起的，时至今日，无论如何也不能这么现实地甩手不管吧。

她对着黑了屏幕的手机发了一会儿呆，等缓过神来开门一看，梅玫已经不在衣帽间里了。造型师指指外面，苏敏走出去，看见梅玫坐在客厅的长餐桌旁，手里夹着一支烟。

苏敏不知道怎么开口，清了清嗓子，说了句："这里不能抽烟。"

梅玫没吭声，站起来，推开通向院子的雕花木门，示意苏敏跟她一起出去。

两人一前一后地走进天井，梅玫开门见山地说："我听见了。"

"什么？"

"合同啊。"

苏敏"嗯"了一声，有些吃惊。

"猜也猜到了，"梅玫笑了一下，"还有，你替我说的那些话，谢谢了。"

苏敏觉得有些尴尬，不知道该怎么回答。

"至于方书齐，"梅玫玩着手里的打火机，继续说下去，"我也不怪他。这次的事情是我自己的责任，我不拖累别人，特别是他。"

"可他跟我说过，你们认识很久了……"

梅玫看着眼前一泓寂寂的镜子般的池水，笑着点点头，像是想起许多开心的事情："那个时候，我刚出国，一点儿名气都没有，谁都不认识，连英文都讲不好。那段时间真的挺难的，他帮我找地方住，借钱给我，从来不催我还。有一次我走了秀收不到钱，只能到

showroom拿衣服抵报酬。我拿了双鞋给他，码数是错的，他还总是谢我，说我心里有他这个朋友。”

苏敏点头，勉强笑道：“我知道那双鞋，他还留着呢。”

“真的？”梅玫回头看她，“那就够了。”

苏敏心中突然有些感动，至少在那些回忆中，方书齐是个很好的人，在童话里，也足够做个骑士，假如他所做的一切都是出于真心，而不是什么远见卓识的人脉铺垫的话。

“接下去你打算怎么办？”苏敏又问梅玫。

“年底前还有几个活儿，如果他们还要我，那我就去做。等做完了就歇一段，我一直挺想去念书的，就是不要什么学位，念着玩的那种。”梅玫答得干脆利落，转而又道，“苏敏，你知道吗，我不喜欢你。”

苏敏不禁诧异，这帮模特果然是思路一个比一个怪。

梅玫却又笑起来：“我是说刚见到你的时候，我一点儿都不喜欢你。”

“为什么呀？”苏敏问。

梅玫回答：“因为你走起路来风风火火，做事情说一不二，好像永远都知道自己要做什么，怎么做，你才几岁啊，老天爷怎么可以这么不公平？”

苏敏被她逗笑：“我也一样，刚见到你的时候，一点儿都不喜欢你。”

“为什么？”梅玫问。

苏敏看着她道：“因为老天爷不公平啊，怎么可以让你长成这个样子，这么高、这么瘦、这么美？”

梅玫大笑，朝苏敏展开双臂。苏敏亦笑着与她拥抱，直到察觉她双肩耸动，才知她正无声抽泣。苏敏也红了眼眶，抚着她后背低语：“会好起来的，都会好的。”

【十八】

金钱是邪恶的，所以应该被挥霍。

——Coco Chanel

星期五，方书齐从北京回来了，同道来的竟然还有凯瑟琳王。次日一早，凯瑟琳做东请KEE全员去远郊一个度假村过周末。所有人都很开心，暂且把工作放下，疯得忘了形。

到了晚上，深秋郊外的夜空星月皎洁，几个人坐在别墅天台上聊天。凯瑟琳问起苏敏的学业，苏敏照实答了，说现在是三年级，次年四月就有机会申请巴黎总校的奖学金。她心里并没有十分的把握，同级的学生当中藏龙卧虎，而她又把大部分的经历投在KEE的工作上面，能不能拿到还真不一定。

凯瑟琳却叫她放心，笑着说：“我的眼光总是很准的。”甚至又旧事重提，说等她毕业之后，会在巴黎为她找一个实习职位，仿佛那份众人垂涎的奖学金已经在她手上了。

难得被人这样看重，苏敏便也打开了话匣子，把自己从小到大在自家店里当童工、学做衣服的趣事都说了一遍，又把毕业之后的三年计划、五年计划一一罗列——先念完D-sign总校的进修课程，然后在老牌时装屋找份工作。先做实习生，买买咖啡跑跑腿，慢慢有机会做些真正和设计有关的工作，等到五年或者七年之后，差不多三十岁，找机会开始自己的生意……

凯瑟琳听得很认真，想了想说："定制西服世家出身，做男装的女孩子，历史和未来碰撞，性别和性别的碰撞，很好的卖点。"

苏敏一听，诚惶诚恐，连忙摇头："不是什么'定制世家'啦，就是一个小店，除了我爸爸我舅舅，就雇了一个人。"

"你以为那些品牌背后的故事都是千真万确的？"凯瑟琳笑起来，"Ermenegildo Zegna真的凭着几个流落街头的纺织技工打破英国人在羊毛面料上的垄断？Jeanna Lanvin仅仅是为了给自己的小女儿做衣服，才开了第一家女装店？不管怎么说，等你有了更详细的计划，一定先让我知道，轩雅开出的条件在市面上还是有竞争力的。"

这一番话出乎苏敏的意料，听凯瑟琳的语气又不像是开玩笑随便说说的。待到夜深，众人散了，她跟着方书齐走回他们住的那栋别墅，一路上还在做梦似的想她的远大前程。

周末短短的两天似乎过得很慢，苏敏有一阵没出来玩了，真的闲下来反倒不习惯了。而且，自从为了梅玫的事情吵了一架之后，她和方书齐之间的关系总是有些怪怪的。他好像心事很重，又不愿意跟她深谈，弄得她很是郁闷，却又不知道该怎么办。就这样直到周一，一群人又回去工作，日子重又变得忙碌起来，她才找回了一点儿正常的感觉。

那天下午，方书齐一个人开车出去，天黑才回到公司。大多数人已经下班走了，只有苏敏和设计室的几个人还在挑灯夜战。她听到外面车道上跑车引擎的声音，不多时就看见方书齐从楼下上来，手上拿着车钥匙和一个白色大信封。

"吃过饭没有？"苏敏问他，"叫外卖？还是带我出去吃顿好的？"

"到我房间里来一下，我有事跟你讲。"他无视她的问题，脸上也没有什么特别的表情，让她心里好一阵紧张，以为出了什么大事，赶紧跟他进了办公室。

他开了灯，关上门，让她坐下，然后把手里的白信封放在桌上，推到她面前。

“这是什么？”她看着他问。

“礼物，”他做出一个笑脸，“打开看看吧。”

她拿起信封，拆开来看，里面是三四张彩印的A4纸，页眉上有Chambre Syndicale的标记，抬头写的是她的名字——竟然是一份巴黎高级时装工会学院的录取通知书和全额奖学金证明。

“你不是一直说想去巴黎读书吗？”他在一旁解释，“在立裁和高级定制上，时装工会学院比D-sign还要好。”

“明年十月份入学？”苏敏问。这是意外的惊喜，应该是件好事，只是来得太突然了，她一时半会儿还接受不了。

“要是来得及，你元旦前就可以过去了，剩下的几个月转到D-sign总校去读，凯瑟琳会帮忙安排，就是几个电话的事情。”

“干吗这么急？”她睁大眼睛看着他，觉得很荒谬，“这里的工作怎么办？还有那么多事呢！”

“那边淘汰率很高，读书很辛苦，一开始可能连觉都没的睡，你早点儿过去可以早点儿习惯起来，”他这样解释道，“至于KEE的事情，你就不用管了，我最多另外请人。”

“你这算什么意思？炒我咯？”她还当他在说笑，直到发觉他脸上并没有玩笑的表情。

“你干吗要这么想？”他换了种轻松些的语气，“最好的设计学校，两年的奖学金，有这么开除人的吗？”

“那你为什么这么急着要我走？”她继续跟他绕，脸上还是带着笑的。

“苏敏，”他走到她身边，俯身看着她的眼睛，很认真地解释，“我觉得你在KEE的工作已经影响到我们两个之间的关系了。我本来以为可以处理好，但事实是，我们俩做得都不够好。”

“你指什么？”苏敏收起笑容。

“你知道的。”方书齐回答。

苏敏语塞，的确，这段日子，他们为了工作上的事有过太多争吵。

方书齐继续说下去：“以后我们肯定还会碰到无数类似的情况，下一次很可能还是会这样。但我首先是你的男朋友，其次才是你老板，我不希望因为工作上的事让你不开心。”

苏敏不知该如何回答，她觉得方书齐说的有他的道理，但是真的要走，她又不舍，于是便开口央求：“给我一段时间考虑一下，行不行？再说，现在这个时候，又要装修办公室，又要开新店，我一下子走了，这么多事情谁帮你做？就算是请新人，也要一段时间交接对不对？”

方书齐看着她不语。

苏敏便勾着他的脖子开始耍赖：“我想留在这里，你没了我怎么办？你说过的，不要赖！”

方书齐无奈笑出来：“我知道，我也不想你走，但是……”

“但是什么？”苏敏等他解释。

“我得为你考虑，你也得为自己考虑。”方书齐回答，“而且，就算你在巴黎，我们也可以每天视频……”

“算了吧，”苏敏表示不信，“我们天天在一块上班，都可以一整天不说一句工作之外的话。还有D-sign，我不想半途而废，可不可以等我毕业了再走啊？”

她看着方书齐，等他回答。他们离得很近，她看得见他眼中每一点细微的变化，却捉摸不出那背后的意义。有那么短短一瞬，她以为他会拒绝，但最后他还是答应了。

“好吧。”他叹了口气。

“耶！”她跳起来。

他却又说：“但我还是会另外请一个助理。”

“啊？那我干什么呀？”苏敏问。

“你不是一直想去设计组吗？”方书齐反过来问她。

“嗯嗯！”苏敏听见这话，兴奋地点头，马上转了方向，“你说另外请个助理，有人选了吗？”

“频道换这么快啊？”他也笑起来。

“我想快点儿去设计组啊。”她答，“怎么样？没有人选的话，我这就去写招聘广告了。”

“不用了，”他摇头，“轩雅会推荐一个人给我。”

苏敏并未多想，便开始展望自己在设计组的新工作，很是高兴了一会儿才反应过来问他：“你这么费心替我安排，是不是看死了我靠自己肯定拿不到奖学金啊？”

方书齐又笑，伸手摸摸她脑袋，回答：“其实，我也不舍得你这么快就走。”

苏敏十分满意这个回答，看着他笑起来。

于是，苏敏就这样转去了设计组工作，轩雅为方书齐推荐的新助理也很快到任了，可这个新助理的人选却让苏敏大跌眼镜。

那是一个早晨，苏敏正与老王和大招他们开会，隔着会议室的玻璃，便看见一个熟悉的身影走进方书齐的办公室，不是别人，正是简妮。方书齐与她聊了几句，又叫同事带她到外面安排座位。苏敏弄不懂这算是哪出，等会议结束，就去找方书齐问个清楚。

方书齐却答：“我跟你说过的，今天新助理来上班。”

“你说轩雅推荐的人选，就是她？”苏敏十分意外。

“她在轩雅北京总部做了一个暑假的实习生，”方书齐点头回答。“那边的HR（人力资源部）向凯瑟琳推荐了她。”

苏敏一时语塞，正要再说什么，简妮走过来敲了敲办公室的门，唤了声“老大”。她看见苏敏也在，热络地笑道：“苏敏，我们是同学，就不用介绍了。我今天刚来，很多事情不懂，还要向你请教。”

苏敏仍在惊诧中，不知如何作答，点了点头便转身要走。

简妮却叫住她：“助理的专用手机还在你那里吧？是不是……可以给我？”

苏敏停住脚步，回头看方书齐，见他不说什么，便走过去将手机放在他办公桌上，对简妮道：“需要交接的工作，我会详细列出来发给你，你先看一看，有不懂的地方再来问我。”

“那太好了。”简妮笑答。

苏敏提醒自己要专业，也笑笑就出去了。

那天下午，苏敏还是与设计组一同做事，偶一抬头，远远便看见简妮走进丽塔的办公室，不多时戴维梁也踱了进去，三个人关了门不知在说什么。她忽然有种奇怪的感觉，又说不清究竟是哪里不对。

下了班，回到公寓，这莫名的预感仍旧压在心中，挥之不去。叶思明已经回来了，沃利也在，苏敏便对他们说起简妮去KEE工作的事情。

“这么一来KEE的原班人马，就只剩下戴维梁一个了？”沃利一句话道破天机。

苏敏琢磨，果然就是这样，配饰设计、造型师、PR、形象代言人，还有她这个助理，全换了，而且都是轩雅那边过来的人，只余戴维梁硕果仅存。

“你猜下一个被换掉的会是谁？”沃利突然问。

“什么意思？”苏敏不懂。

不对，很知趣地站起来出去了，刚回到自己桌边，就看到方书齐那屋门关了，百叶帘也放下了，隐约听到里面的争吵声，却听不清在吵什么。直到传出一声玻璃碎裂的脆响，她犹豫着要不要进去劝，门咣的一声开了，戴维梁从里面冲出来，头也不回地走了。

“怎么啦？”她探头进去，见方书齐站在窗边，地毯上一片玻璃碴和水迹。

他坐下来，打了前台的电话，叫人进来打扫，等半天才回答苏敏的问题：“没什么，戴维可能要离开公司。”

“出什么事了？”苏敏听得一惊。

“没什么，我们有些不同的意见，他不想留在这儿了。”

“到底什么事啊？”她继续追问，心里急得不行，“不能挽回吗？”

“能做的我都尽量做了，他态度挺坚决的，挽回的余地不大。”他只说了这么一句，闭口不谈原因。

“那对公司会有什么影响吗？”

他摇摇头，安抚道：“没什么影响，你就别管了。”

苏敏知道从他这里再问不出什么来，稀里糊涂地从办公室里出来，拨戴维梁的电话，此人不接，又发了几条信息，问出了什么事？到底发的什么神经？也如泥牛入海，始终没有回音。

新办公室装修完毕，准备搬迁，新店开张的日子也眼看着就要到了，忙碌之余，戴维梁离开的事情始终是苏敏的一块心病。公司里其他人尚不知道这个消息，方书齐嘱咐她暂时不要说出去，一切等新店剪彩之后再做打算。她想不出更好的办法，更联系不到戴维，只能乖乖照办。

KEE的第一个专卖店开在浦西一家高档商场的底楼边区。开业当天，苏敏并没有任务，但习惯使然，还是一大早就去了店里。她知道上午举行开业仪式，而后方书齐要去和VIP们用午餐，晚上还有庆祝派对，就在商场五楼天台的宴会厅里举行，或许有什么事，他会需要她。

戴维离开之后，方书齐的事情陡然多起来，手中的电话几乎就没有消停过，不停地有人向他汇报各项工作的进度，等他做决策。简妮伶俐，但毕竟是新人，不确定能帮上他多少。有那么几次，苏敏听到他说话的声音，便知道他很累，也很忍耐，突然就想起薇洛说过了“倒计时状态”，不知道现在算不算？

她走进店堂，店员都已经来上班，还有PRV的人在指挥供应商布置现场。方书齐从后面休息室里走出来，他刚换了衣服，衬衫领口的一粒扣子没有系。苏敏正要开口叫他，却见简妮尾随着出来，身穿一件黑色连衣裙，曲线利落，脖子上却挂着一条领带，低头打好一个松松的温莎结，再踮起脚，套到方书齐脖子上，为他整理衣领。

两人看到苏敏，方书齐还未说什么，简妮便笑道：“我只会这一种结，而且反手打不来。”

苏敏愣了愣，才反应过来这是在解释领带的事，心里不禁觉得好笑，她与方书齐之间并不需要这种解释。

果然，方书齐过来牵她的手，道：“你不用这么早来，开业仪式十一点才开始。”

苏敏笑答：“我就是来看看，有什么能帮忙。”

不过，方书齐也没有时间陪着她，先是被PRV的人请去预演开业仪式的流程，等到仪式开始，又与凯瑟琳王一同剪彩，置身在一众VIP当中，更无暇顾及她。现场人头攒动，闪光灯不时亮起，简妮倒是一直在他身旁，对着镜头俏笑。苏敏远远看着他们，终于还是承认，自己来得有些多余。

午餐之后，苏敏找了个角落坐下，打开手机翻看几天前发给戴维梁的那条短信，仍旧没有回复。

几步之外，简妮正与派对司仪核对流程，发现最后的抽奖环节缺少信封和卡片，抬头看见苏敏坐在那儿，便开口派了个活儿给她，话说得倒是挺客气的："现在大家都忙，没人走得开，能不能麻烦你跑一趟？反正你也没事。"

苏敏只当听不出那弦外之音，想起附近有家书店，便跑过去买。等她从店里结账出来，看见街边有辆车正要起步。开车的不是别人，正是戴维梁！

她立刻追了上去，大声喊他的名字。不知是没听见，还是存心不理，戴维看都没朝她看一眼。所幸那个钟点路上来往的车子很多，他一时半会儿转不出去。苏敏趁车门还未落锁，几步绕到右边，不由分说地拉开门坐了进去。

"你干什么？！"戴维梁握着方向盘朝她喊。

"什么干什么，装不认识我啊？！"苏敏一点儿不示弱，也喊回去，"你到底怎么回事啊，说走就走？！"

戴维看了她一眼，脸上的表情有些惊诧，好像她明知故问似的。正好瞅着一个空当，他并进晚高峰的车流，一路往东开去，嘴上威胁她道："我这是去机场，不会送你回来的。"

"随你便。"苏敏也豁出去，打定主意要把事情的来龙去脉搞清楚。

开出一段路，戴维才将信将疑地问："你真不知道？"

"知道什么？"苏敏心里莫名有些怕。

戴维梁又憋了半天，才把事情原原本本地说出来。他去休假的那两周，KEE临时召开了一次股东会议，在他未到席的情况下，通过了新一轮的融资计划。资金的来源还是轩雅，而且数额巨大，他和公司一些小股东无法按照原先的股权比例出资，于是份额被严重稀释，轩雅一跃成为控股股东。而这次会议的发起人，就是方书齐。

苏敏一听吃惊不小，算时间应该是方书齐在北京的那几天发生的事。她回忆了一下，觉得很奇怪，原本这些大小会议都由她经手安排，但这次会议这么重要，她却一丁点儿都不知道，难道是特别瞒着她的？

她问戴维："你真的决定要离开KEE？"

"闹到这一步，留下来又有什么意思。"他回答。

"那方书齐是什么态度？"

"他的态度还不够清楚？"戴维冷笑了一声，"从头到尾，他都计划好了。"

"你说什么计划？"苏敏反问，"他一定有不得已的地方，否则不可能同意轩雅这么做……"

"先是孙迪，再是我，"戴维打断她，"你还没看出来吗？从他跟轩雅谈投资开始，就都已经计划好了。"

苏敏像是被电了一下，有些事似乎被联系到了一起，但一时间她又头脑混乱，理不清其中的因果关系。

戴维情绪也不好，拐进一条小路，将车停在路边，开口道："我们认识快十年了，我一直以为他是一个很正的人，至少比我地道多了，没想到会跟我们来这一手。"

苏敏却恍若未闻，兀自问道："孙迪，不是因为觉得太累了才走的吗？"她不确定这话是说给戴维听的，还是她自己太需要这样一个理由了。

"你还不了解孙迪吗？只要方书齐身边一天没有其他女人，就是累死，她也不会走。"戴维梁还是冷笑，"他就是这么本事，不由得你不佩服，亲手把孙迪的希望浇灭了，让她自觉自愿地走人，一点儿麻烦也没有。你呢，又讨凯瑟琳喜欢，正好一举两得。"

苏敏坐在副驾驶位子上手脚冰冷地听着，心越跳越快。她当初也怀疑过，孙迪是因为她才走的，方书齐告诉她不是，她就信了。

“我一直以为这件事你从头到尾都知道，否则你们俩这节奏掐得也太好了。”戴维继续絮絮叨叨地说着，“那个时候，我们要回国创业，孙迪家里有资金有人脉，是最好的人选。方书齐身边暧昧的对象一直不少，却也没见他有认真交往的女朋友。孙迪也就这样被吊着，对他死心塌地。等到公司上了正轨，轩雅的投资到位，孙迪成了多余的，你们俩就在一起了，你说这算怎么回事？只是巧合？缘分妙不可言？”

我也不知道这究竟是怎么回事。苏敏在心里回答，僵在那里一句话都说不出来。

戴维梁却又想到了什么，苦笑一声道：“知道吗，这个助理的位子当初可不光是你一个人想做。”

“还有谁？”三个字从喉间摩擦而出，苏敏几乎辨不出自己的声音。

戴维回答：“你来面试之前，简妮也来过。”

苏敏木然，其实那一天，她是看着简妮驾车离去的。

“我突然明白方书齐为什么选你——缺心眼，喏，那个时候我还不知道他说的是谁。他说简妮心思太多，他喜欢缺心眼的。”戴维梁摇头自嘲，“说不定在他眼里，我们都不过是些缺心眼的傻瓜。现在戏演到这里，缺心眼的就该谢幕，换那些心思多的上场了。”

苏敏只觉得泪沁出眼眶，顺着面颊滑下，却仍旧默不作声，只是伸手抹掉，打开车门就要下车去。

“哎，你去哪儿？”戴维梁叫住她，看看她鞋子上的细跟，便叹了口气，“这里拦出租车不方便，我送你回去吧，时间还来得及。”

苏敏却答：“不用，我想一个人走走。”

戴维梁也是恼了，只抛下一句“随便你”，便探身过来关车门。

车门合上之前，苏敏看着他问：“接下去，你想怎么办？”

“还能怎么办？”戴维反问，“自然是找律师打官司。他要玩脏的，我奉陪到底。”

戴维的车开走之后，苏敏独自在街上走了许久，遇到地铁入口，便随着人流往下走，再往下走，搭上第一班停站的列车，无所谓驶往何处，脑海中是一幕幕过往的画面——他们一起工作，一起住在公司里；第一次去巴黎，她把一枚珍珠耳钉别在他的衬衫袖口上面，他在深夜的小广场上吻她；佛罗伦萨，他在她手背上画画，她坐在踏板摩托的后座，他将她裹进自己的衣服里；或是在诺曼底的海边，他的眼睛映出艳阳下的大西洋特有的墨水蓝，对她说，每一天都会发现他们之间相像的地方。

她沉醉于这些回忆之中，难以自拔，但另一些片段也幽然浮现，挥之不去。

凯瑟琳第一次来上海，在车上翻看她的设计作业，对她露出一个赞许的笑脸。

“喜欢巴黎吗？”凯瑟琳问她。

“当然。”她回答。

凯瑟琳点头：“以后会有机会去的。”

那一刻，方书齐也正看她们，若有所思。

还有巴黎首秀的第二天，也是在车上，方书齐从口袋里拿出那枚珍珠耳钉递给她。

“对了，这个还给你，”他这样对她说，“还有一只找不到了，要不要紧？”

她记得自己回答：“假的，不要紧。”慌忙接了装进口袋里。

而后，是在告别派对上，孙迪对她说：“这一阵，我总算悟出一个道理，在这个圈子里，无外乎两种人。像我这种笨蛋呢，不过就是会做衣服的裁缝。至于其他那些聪明的……”

“聪明的是什么？”她问。

孙迪回答：“都只是生意人罢了。”

每一句话、每一个细微的表情从回忆中剥离、凸显、演化，她渐渐不能确定，是事实本就如此，还是情绪篡改了细节。待她回过神来，列车已经钻出隧道，在高架轨道上蜿蜒而行。她在完全陌生的站台下车，找了个角落的位子坐下，方才察觉手机在振动。她拿出来看，是方书齐打来的。她看了许久，却没有接听。

等她回到商场，早已入夜，派对也已经开始，五楼宴会厅门口的红地毯上都没人了，只余一地彩纸碎屑，签名墙上写满了龙飞凤舞的名字。

苏敏走进宴会厅，远远便看到方书齐站在人群中，不停地有人跟他寒暄合影。简妮陪伴在旁，手里拿着电话，外加一部对讲机，看起来成熟干练，一刻不停地忙着，照旧春风得意，笑靥如花。方书齐也看到她了，似乎是要朝她这里走过来，却又被人拦下来讲话。他望了她一眼，她却发现自己完全读不出那眼神中的含义。

于是，她便坐下等待，一直等到夜渐深沉，宾客散去。方书齐让简妮送最后几个客人，才过来找她。

“你是不是不舒服？”他问，“我看你脸色不好。”

苏敏摇头：“我有话跟你讲。”

方书齐一怔，苏敏觉得，他大约猜到她要说什么。

“方先生，那个……”简妮送了客人，转头又回来。

方书齐打断她道：“你先回去吧，有什么事明天再说。”

三人一时无语，简妮略有些尴尬，但很快还是甜甜笑道：“好，那我先走了。”

方书齐没有理会，待简妮走后，便问苏敏：“你要跟我说什么？”

苏敏本以为自己都想好了，直到此刻才发现不知如何开口。

服务员走过来打扫，方书齐便牵起她的手道："我们走吧。"

苏敏站起来，随着他走出去，突然意识到，也许他们两个人都害怕这场对话。

电梯到底楼，他们经过KEE的新店铺，遇到几个派对上的宾客，又有人跟方书齐握手，说着赞美祝贺的话。苏敏默默退到一旁，抬头看着店招和橱窗。营业时间早已经过了，店门关闭，店堂里只亮着不多的几盏灯，陈列着正冬季的新货。相邻的铺子清一色都是一线品牌，KEE在气势上毫不逊色，落地玻璃橱窗擦得纤尘不染，镶着黑色金属边框，嵌在米白色花岗岩的立面上，银色镀铬的招牌静静闪着光。旁边广告灯箱中的海报还是原来的背景和构图，只是人不是梅玫，换了另一个模特，也是中国女孩，新晋名模。效果自然是不错的，却不免让人有些物是人非之感。

那些客人走后，方书齐看起来有些疲惫，但兴致很好，他又去牵苏敏的手，她却忍不住败了他的兴，将手收了回来。

"怎么了？"他问。

苏敏看着他，似乎想在他脸上找到她熟悉的表情，最后却是枉然。"我也想祝贺你，"她对他说，"今天太成功了，首日营业额创商场新高，门口要拉栏杆限流，圈子里排得上号的嘉宾和主流媒体都来了。"

"你到底想跟我说什么？"方书齐却这样问，许是她语气不够真挚吧。

"我就是好奇，"她道，"你真的开心吗？"

"究竟怎么了？"他看着她。

"今天下午，我碰到戴维了。"她回答。

话说到这里，两人都知道避无可避。

方书齐静了片刻，又问："他跟你说什么了？"

苏敏答："全都说了。"

方书齐沉默，却叫苏敏看到他眼中的倦色。且不管其他，至少这是真的。她走过去，将手放在他臂侧，对他道："我不知道你为什么要这么做，但我相信一定是有理由的，现在还可以做点什么弥补……"

"弥补什么？"他却反问，"我只是做了一个决定，为了让KEE得到最好的发展。"

这个回答并不完全出乎意料，却还是叫她深深失望。方书齐还想再说什么，她打断他道："我带你去一个地方。"说完，便穿过商场中庭，朝车库走过去。

她找到他的车子，对他说："你喝过酒，我来开吧。"

一直等到车子开出去，他才问："去哪里？"

"去公司。"她回答。

"方向不对。"他道。

她点头，知道他们说的不是同一个地方。

车驶在深夜的街头，两人一路无言，直到看见苏州河畔那个仓库。她停车，走进去。室内一片黑暗，所有东西都已经打包，只等搬迁。

她走到前台后面第一间会议室，伸手点亮一盏灯，回头问他："还记得吗？我第一次来KEE，就是在这里面试。"

方书齐点头。

苏敏继续回忆："那个时候，你问我，谁是我的合作伙伴？我的供应商在哪里？谁又是我的金主？是你告诉我一个人做不成设计师。可现在你呢？你只剩下你的金主了。"

方书齐明白她的意思，却只道："明天北京的店铺开幕，我一早就要飞过去，你带我来这里，就为了说这些？"

苏敏忽然也觉得自己可笑："是啊，你只是一说，我就相信了，是不是很幼稚？”

方书齐静了静，又开口：“苏敏，能把整件事情按照自己理想中的方式做出来，这种机会一辈子可能只有一次。你不是不知道这背后的辛苦，我真的没办法，也没这个责任，为所有人考虑。”

苏敏还是自嘲：“下午戴维告诉我你做了什么，我就对他说，你一定不是有心的，一定有不得已的理由。哪怕你刚才说你根本不想弥补，我还是这样想，又来问你一遍，是不是挺傻的？”

方书齐没有回答她的问题，只是道：“如果他在我的位置上，也会做同样的选择。”

“但他没有在这个位置上，他也没有这么做！”苏敏提高了声音，“现在做出这个选择的人是你！”

方书齐冷笑：“苏敏，你问问你自己，有没有怀疑过戴维会对我做出同样的事？”

这句话一击即中，苏敏一时语塞，看着他摇头：“果然，什么你都看在眼里，什么你都明白，枉费我还傻傻地替你担心过。戴维没有说错，我们都是些缺心眼的傻瓜，从头到尾你都安排好了。”

“我安排什么？”方书齐反问，“不要说是戴维，如果是你在我的位置上，你也会这样做。”

“我不会。”苏敏回答，斩钉截铁。

方书齐却说：“以后，你会明白的。”

这句话叫苏敏愈加气愤，原来，她所说的一切，在他听来仍旧只是小孩子讲义气罢了。她不想再多纠缠，因为她无法证明他说的不对，至少现在还不能，而且，她还有更重要的问题要问。

方书齐上来牵她的手，她退一步躲开，开口道：“好了，公司的事情，算是清楚了，我们再来谈点别的。”

“还有什么？”他问。

“我，”她道，“我算什么？”

方书齐看着她，并不明白她为什么这么问。

苏敏努力克制自己，一字一句将盘桓许久的问题说出来：“在你的计划里，我算什么？请你告诉我，用最简单的、不带感情色彩的话告诉我。我算什么？”

“你为什么会这样想？！”他变了脸色。

她却更进一步：“如果你觉得不好回答，那我换一种方式提问——你是为了让孙迪撤股，所以才跟我在一起的，是不是？如果那个时候换了别人是你的PA，你也会亲她跟她睡觉，是不是？反正情节你都想好了，就是换一个道具，是不是？”

“你要我怎么回答？！”方书齐觉得可笑，语气却亦是不善的，“苏敏，我怎么对你，你是知道的。”

“你怎么对我？”苏敏激动起来，“我觉得我根本不认识现在的你，或者我从来就不知道你是什么样的人！”

方书齐却只是摇头叹息：“我应该坚持让你去巴黎的，我就知道你在这里一定会胡思乱想。”

于是，她又想起那个白信封，他给她，说这是礼物。她笑起来：“当然，对你来说，没有什么事情是偶然的，按照你原来的计划，我现在应该已经在巴黎了，高高兴兴地念着书，等你出差的时候去看我。你可能会去，也可能不会，反正我的戏已经演完了。或许你本来就没打算玩这么大，是我缺心眼，自己送上门的。你给我那张奖学金证明的时候，又是一个体面下台的机会，我还是缺心眼，没抓住。”

“这太荒唐了，我不想再说下去。”他打断她，朝她走过去。

她却推开他，又道：“所以顺序是这样的，对吗？先是孙迪，然后是戴维，再是我，或者说我原来应该排在戴维前面？还有薇洛和梅玫，你就这么受不了身边有其他人吗？！”

“不是这样的，你为什么非要这么想？”他还是拥住了她试图安慰。

“那你说我该怎么想？”她终于落下泪来。

“开学之前你就去巴黎吧，”他在她耳畔道，“学期中间我会去看你，等到了夏天，我们还可以像去年一样去旅行……”

这不是她想要的回答，她抬头看他：“可我已经不喜欢你了，怎么办？”

他定在那里，她继续道：“那时我也觉得奇怪，每个人都爱你，而你选择了我，我什么都不是，不如孙迪有用，不如梅玫好看，也没有薇洛有趣，除了7乘24小时为你工作，我什么都给不了。知道吗，我不止一次偷偷地想，或许有一天你会因为一个更好的人放弃我，我早就想到过我们会分手，只是没想到会是这样的理由。不是因为你选择了一个更好的人，而是你辜负了他们每一个。”

“苏敏，”他牵住她的手，“我不会辜负你。”

“可是我已经不相信你了。”她抽出手，转身离开。

他跟上来说：“今晚我们都不冷静，我们明天再谈……”

“我不觉得还有什么好谈的，”她回答，从包里拿出门禁卡，放在身边一只纸箱上，“对了，还有这个，我知道辞职需要一个月的通知期，要赔多少钱，你叫HR算好通知我。”

【十九】

我总是知道，什么时候应该离开。

——Coco Chanel

那一夜，苏敏回到公寓，叶思明已经睡了。她在楼道昏暗的灯光下找钥匙，开门进屋，放下包，去浴室漱洗，就如同平常晚归时一样。直到脱掉衣服，站在温暖的水幕下，她才痛快哭了一场。

第二天，她被敲门声惊醒，睁开眼睛，便看见叶思明推门探进头来。

“你还没起来啊？今天不上班？”叶思明问。

“不太舒服，请假了。”苏敏回答。

叶思明却有些意外，道：“我看见老大的车好像已经停在楼下了嘛。”

老大，这个称呼此时听起来实在是讽刺。苏敏顿了顿，答：“你看错了。”

“不会吧，”叶思明自言自语，去窗口张望，“咦？还真没有……我一会儿就去火车站了哦，你是感冒还是胃痛？门口的柜子里有药。”

“头疼，”苏敏回答，“我还想再睡一会儿，起来自己找吧。”

春节的假期已经开始，叶思明要回去过节，拖着箱子到门口，又回来关照苏敏，如果也要回家住，务必记得把煤气和自来水总开关关了，冰箱里要是没有东西，电闸也拉下来。苏敏一一答应，又露出笑脸道别，待叶思明兴冲冲走了，门关上，脸上的笑才如面具般摘下。

她默默坐了片刻，看到手机上方书齐发来的信息，发送时间是在凌晨，只一句话：“等下周我从北京回来，我们再谈。”她没有回复，关了机，又躺下睡觉，直睡了一天，傍晚时才起来。

随后的那几日，她过得晨昏颠倒。白天睡觉，天黑才起床，去附近中学的操场上跑步，跑到精疲力竭才回来，然后画图做衣服一直到天亮。

她没再与方书齐联系，但每时每刻，她都在想那一夜两人的争吵。她觉得他错了，但他并不这样认为，他们就僵持在这尴尬的境地。她还依稀记得他最后抱着她的动作，熟悉的身体、熟悉的温度，一切原本那么好，她也不舍得。有时候，她觉得自己应该退一步，只当什么都没发生过。他如何成功，其实并不重要，只要他成功了。他为什么和她在一起，也不重要，只要此刻他们是在一起的。然而就在下一秒，她又觉得自己做不到。

很快就到了方书齐回上海的那一天，苏敏一整日心神不定。她环顾四周，突然发现公寓内混乱如垃圾场，便开始动手打扫，一方方一寸寸，直到纤尘不染。又收出两大包不要的东西来，她随便套了件运动衫，拿出去扔掉。

可能是坏运气还没到头，从楼道里倒垃圾回来，她发现门碰上了，没带钥匙。她沮丧地下楼，却见一辆车在楼门前停下，一个西装男子正从车上下来。

车是她熟悉的，蓝色二手标致，人却有些不认得了，仔细看了看，才确定是阿尔诺。

阿尔诺也看到她了，朝她走过来，表情有些尴尬，老远就伸出手，将一个信封递给她。

“你们学校打电话给我，说是很重要的东西，但是联系不到你，所以……”他解释来意。

苏敏不禁抚额：“我一直忘了把紧急联络人改过来，麻烦你了。”

阿尔诺闻言却笑了笑，说：“没关系。其实，你没把紧急联络人改掉，我挺高兴的。”

苏敏不知再说什么，两人站在门口，茫然四顾，气氛有些尴尬。

“不是不请你上去坐，”她解释，“我出来倒垃圾，钥匙忘记拿。”

听她这么说，阿尔诺才笑起来，那笑容与过去一样。

“你笑什么啊？”苏敏问他。

“这种事，实在是你的风格。”他忍俊不禁。

“你倒是大变样了，”苏敏上下打量他一遍，“刚才差点儿没认出来。”

“为什么呀？”阿尔诺问。

“你知道为什么。”苏敏又看看他。

阿尔诺还是笑：“这不就等着你夸我嘛。”

苏敏伸手摸摸他上衣的衣襟，又细看针脚，点头肯定：“嗯，是不错，哪家做的？”

“你看不出来？”他反问。

“我爸爸？”苏敏将信将疑，“手艺好像进步了呀。”

阿尔诺却得意地笑，公布答案道：“是你外公。”

苏敏揶揄：“我外公老早就不动手做衣服了，你面子好大，请得动他。”

“可外公说要他动手，不一定是大人物，也可以是有缘人啊。”

阿尔诺颇自豪，苏敏却有些不好意思，低头拆开信封来看。她本以为只是成绩单之类，抽出来才发现竟又是那份巴黎时装工会学校的奖学金证明。这几张纸，她留在公司，并未带走，不知怎么回事，又转到她手上。

“你们学校的人说一直联系不到你，”阿尔诺解释，“我刚才打你电话也是关机，还真有点担心了。”

苏敏打断他问：“这是谁给你的？”

“一位姓简的小姐，”阿尔诺回答，“我今天在外面做翻译，快下班的时候才接到的电话，说是挺急的，叫你收到东西就打电话给她。”

阿尔诺拿出手机来，找出那个号码。苏敏接了，便拨过去。电话一通，她自报家门。

“苏敏啊，”简妮的声音仍旧干练而热情，“东西收到了吗？”

“是方书齐要你给我的？”苏敏开门见山地问。

“哦，是这样的，”简妮解释，“这几天他在北京，上海的事情就都交代给我了。”

苏敏一时无语，他说等他回来再谈，难道这就是他要她等待的？她想起他说过的self-tempering，看起来现如今这一招是用到她身上了，其实那天晚上他的态度已经很清楚，不管她赞同还是反对，觉得他高尚或者卑劣，他都会继续这样下去。一切条件也都摆在她面前，没有留给她任何讨价还价的余地，接受抑或拒绝，都由她。

“……你要下学期转过去念书，就得赶在校办秘书放假之前去D-sign结算学分和学费，还得把结业手续办了，所以我才着急，找学院秘书要了你紧急联络人的号码。”简妮还在电话里继续说着，“你看去巴黎的机票要订在几号？欧元要换多少？”

“这也是他交代的？”苏敏想要笑，开口说话，声音却是哑的。

简妮不答，只是感叹：“苏敏，我真是羡慕你，能有这么好的机会……”

苏敏不想再听，便道：“你替我转告方书齐，凭我的戏份，受不起这么丰厚的报酬。他也不必费心替我安排出路，我不会再到他眼前去叨扰，请他放心。”

简妮那边似乎又说了什么，苏敏没有听到，直接挂断，将电话还给阿尔诺。

“这是怎么了？”阿尔诺看着她问。

“没什么，”她摇头，“工作上的事情，我辞职了，闹得不太愉快。”

阿尔诺点头表示理解，见她抱臂，像是在颤抖的样子，以为她是冷，便将外套脱下给她披上，道：“你没钥匙进不去，今晚还是回家吧，我送你。”

苏敏没有开口，只是点头，害怕叫他听出自己声音不对。两人走到车旁，阿尔诺替她开了车门，她刚要坐进去，看到那信封还在手上，便一撕为二，扔进一旁的垃圾桶里。只是这个动作，就耗去了全部力气。

等到坐进车内，阿尔诺还是老规矩，按照行车安全指南的顺序检查车况。苏敏却好像看到了什么，突然回头。

“怎么了？”阿尔诺问。

“没什么。”她摇头。天已经黑了，路灯还没亮起来，她确定是自己看错了。

不过半小时，车转进苏敏家的弄堂，远远便看到她家厨房的窗亮着灯光。苏敏不禁忐忑，来开门的会是谁呢？她突然回来，又该怎么解释？她谢过阿尔诺，深呼吸一次，才开了车门下去。走过去正欲敲门，门却已经开了，里面的人是外公。

“敏敏回来啦。”外公对她笑，表情一如往常，平和而慈祥，就好像从前，她早晨离家去上学，傍晚回来时一样。

苏敏似褪去冑甲，投入外公的怀抱，积蓄已久的眼泪终又落下来。

那夜，她又回到自己从小睡惯了的床上，被单是新洗过的，脚边有爸爸塞进来的热水袋。她不知道妈妈会说什么，也无暇去猜想，只是沉沉睡去，睡了许久以来都未曾有过的深长的一觉。

第二天醒来，天已经大亮，老房子隔音不好，她躺在床上便听到楼下传来说话的声音。

“她回来了？”是妈妈的声音。

“哎，昨天晚上回来的。”爸爸回答。

“怎么我一点儿都没听到……不是说不回来，不要我管的吗？”妈妈喉咙响起来，像是存心叫她听到。

爸爸低声劝：“晓安，你别没完没了。敏敏不知道在外面遇到了什么难事情，阿爸说她昨天进门就哭了。”

“什么？！”妈妈一听便急了，“我就知道……”

苏敏心中一阵瑟缩，猜想妈妈准会冲上楼来，不知又要怎么骂她。

所幸还有爸爸在劝：“哎，你干什么啊？”

“去问她谁欺负她了呀！”

“问出来你打算怎么办？”

“找那人算账！”

妈妈这么讲，爸爸倒笑了，反问道：“你当她还是幼儿园小孩子啊？”

“那你说怎么办？”妈妈气结。

“有些事，”爸爸答，“只能靠她自己走出来。”

妈妈似是想了想，答：“行，我不管。我上班去了，随便你们。”

而后，便是开门的声音，想来是妈妈背上包出门了。爸爸又赶出去送饭盒，喊道：“哎，晓安，午饭，还有点心。”

妈妈接过去，回头叮嘱：“记得叫她下来吃饭啊，早饭不吃，对身体最不好。”

爸爸笑答：“知道啦。”

苏敏埋头在枕上，静静地听着，眼泪忽地又落下来。她不懂自己是怎么了，只是平常的对话，也能叫她动容，再这样下去，眼睛一定肿得不像话。

随后的那几日，苏敏都是在家里过的。妈妈仍旧不跟她讲话，有什么事情总是爸爸或者外公，甚至家里帮忙的钟点工传达。起先只是些程式化的话，就好像“叫她下来吃饭。”“叫她自己带好钥匙，深更半夜地回来没人帮她开门。”很快就又开始管头管脚，比如：“晚饭都没怎么动，她到底想吃啥？”“去跟她说不要整夜整夜地不睡觉，才几岁黑眼圈都出来了。”或者“去问问她，身边还有钱没有？跟自己家里人没什么不好意思开口的。”

语气是冷的，听着却是焐心的。一时半会儿的，苏敏没好意思当面和解，但也着意多做些事情，在店里帮忙，在家里洗碗打扫，陪外公去复诊，让爸妈不用那么辛苦。

直到小年夜，难得一家人凑在一起吃过晚饭。饭后，妈妈在厨房水槽边上洗碗，苏敏走进去，捋起袖子帮忙。妈妈头也没抬，从旁边抽屉里拿了副橡胶手套出来给她。她接过来，伸手搂住妈妈的肩膀，头也靠上去了。

“哎呀，闹什么闹。”妈妈躲了一下，嗔怪道，脸色却并不难看。

苏敏扮了个鬼脸，对着她笑：“妈，你总算跟我说话了呀？”

“谁不跟你说话了？这个家里还不就数你脾气最大？”妈妈横了

她一眼，“我说你到底洗不洗碗，不洗出去，少在这里捣乱！”

苏敏一听吐了吐舌头，赶紧戴上手套开始洗。

才拿起一只碗，过了一遍水，妈妈就开口问她：“你在设计学校念书，成绩好不好？”

这是妈妈第一次问起D-sign的事情，听起来像是已经默认了她的选择。

“当然好啦，你女儿这么聪明，而且还有家学渊源嘛。”苏敏做出一副得意的样子，心里却是五味杂陈的。

“美得你了，”妈妈不屑，脸上却露出笑来，“你知道吗？你那个外国同学后来给我打过电话。”

“他说什么？”苏敏问，心里清楚那是阿尔诺。

“还不就是叫我原谅你嘛，”妈妈一边洗碗，一边慢慢地说着，“他说刚开始也很想不通，你为什么要念设计，后来看见你做衣服时的样子，那么认真，那么专注，就想通了，你是真心喜欢做这行，其他的事情，哪怕再体面、再重要，也没办法让你这么开心。”

苏敏静静听着，一时说不出话来。

“听他这么说过之后，我想起很多你小时候的事情，”妈妈停下手里的动作，继续说下去，“那时你两岁都不到，还没有一台缝纫机高吧，坐在工场间里玩零头布，能玩上一整天，一点儿都不吵。小学里放暑假，你照着一本旧裁剪书给娃娃做衣服，夏天身上出汗，黏黏的，沾了好多线头，我看着都要痒死了，你自己好像一点儿都不觉得。”

那么多年前的事情，苏敏多半都不记得了，听妈妈这么一说，却又好像历历在目。

妈妈顿了一下，似乎还在回想她小时候那个耆样，很久才叹了口气说：“反正，我也想过了，不让你干这一行，不就是怕你辛苦，想让你过得开心嘛。真的，只要你开心就好了。”

这一番话说得苏敏又落下泪来，一头靠在妈妈肩膀上，稀里呼噜地抽着鼻子。

“哎哎哎，你成心的是不是？都蹭我身上了！”妈妈嘴上这么叫着，却也摘了手套，在她背上轻轻拍着。

那天夜里，苏敏躺在床上久久不能入睡。她想到妈妈说的零头布、洋娃娃与旧裁剪书，仿佛又变成幼时的自己，体会到那纯粹、干净的快乐。她记得曾经问过方书齐：“你真的开心吗？”此时此刻，如果他在身旁，她大约会再问他一次，将这番感想讲给他听。但他一定又会觉得这只是孩童般的义气，而他所做的一切并非儿戏。一瞬间，苏敏便发觉自己心里多了许多陌生的东西，不似往日般坦然而澄明，各种各样纷乱的念头，让她觉得前路依稀，使不出劲儿来。黑暗，她想到矢田说过的那种黑暗，原本求而不得的黑暗，仿佛就蛰伏在其间，触手可及。

随后的几天，她几乎寸步不离地陪着外公，上医院检查，去公园散步，下午坐在窗边晒太阳。外公还像从前一样好脾气，总是说些好玩的话，大多数时间一点儿都看不出有什么不对。他的脑部扫描显示有过一次轻微的脑中风，阿尔茨海默病评分在临界线上下，但记性似乎一点儿都不差，反而比从前更喜欢聊过去的事情了，时间地点人物，甚至一些细节，都记得详详细细、分毫不差。

那些事，苏敏以前也零零碎碎地听到过，但这却是第一次，外公从头到尾原原本本地把自己年轻时的经历说出来——

许多许多年以前，他十岁，被母亲塞上去上海的长途汽车，拜了一个师父，在一家英国人开的绅士商店里，做了整整三年的学徒。饭要跟别的学徒抢，才能勉强吃饱，没有书念，还要背师父的儿子去上学。

“刚开始学生意，什么都不懂，就知道要小费，第一句学会的英语就是‘Mr. cumshaw’，每次出去跑腿送货都要说，可惜十次里面有九次是不灵的，有时候直接被仆欧从台阶上踢下来。不过，那个时候年纪小，记吃不记打，眼睛睁开来就盼着吃饭，店里十来个学徒一桌吃饭，我吃得慢，吃完第一碗，锅里就空了，总是吃不饱。后来，我想出个办法，第一次只盛半碗，吃完了锅里还有，第二碗再压得实实的慢慢吃，这样至少能吃一碗半，你说外公是不是很聪明？”

这些艰辛的回忆从外公嘴里说出来，却成了顶有意思的童年往事。苏敏托着腮，笑笑地听着，心里禁不住感叹，人的脑子就是这么奇怪，有些事几十年了都还记得，有些才几分钟却能忘得一干二净。就好像外公，会突然分不清冷热水龙头，或是站在离家几百米的路口，无论如何想不起来应该往左还是往右，这种情况每一天每一分钟都可能发生。

或者就像她自己，有些事情不知什么时候才能淡忘。手机一直开着，但铃声并未如她所愿地响起，所以，她也不愿承认自己在等谁的电话，只是努力把心情调到了另一个波段上，平静、淡然、独立，小心翼翼地不去触碰过去的一切。她拼命用其他人和事填满脑袋，但无所不在的细小的痕迹总是不断地提醒着她，比如她头发上的味道，很淡，却迟迟不散。她已经用家里的二合一洗发水洗了两三天，睡觉的时候，脸埋在枕头里，还是能闻到隐约熟悉的味道。

除夕就这样平静无奇地过去了，新年的第二天，店铺还在休息中，苏敏一时兴起，动手整理。她将店堂除尘一遍，货架全部抹净。爸爸看见，连忙阻止：“新年新市不可以扫地，要将财气扫走的。”这般逻辑，苏敏竟无力反驳，只得将清出的垃圾打包放到后面，待初三过掉才倒出去。地扫不得，她便又开始理抽屉，从钱箱开始，理到名片盒。店里现金不多，客人留下的名片却数以千计，经年累月放在那里，从未理过。

苏敏席地而坐，将那一堆小山似的卡片一张张地按照姓氏排下来，起先还觉得烦琐，慢慢地竟也品出几分乐趣来——看着那些字，宛如见了人，有的抬头高端，有的名字大气。外公也一旁闲坐，一边看着她整理，一边说起那些客人来。苏敏自小在这里长大，却从未想到，这小小一爿店中竟有如此丘壑，那些男人来了又去，衬衣是他们的皮肤，西装是他们的胄甲，全副武装起来，才好出去一展身手。一时间，她似顿悟，管它前路如何，这一生就在这店里度过，也不枉费她这一双手的技艺。她几乎沉迷进去，直至姓氏排到F字头，一个熟悉的名字出现在眼前——方书齐。

她怔在那里，许久都以为是同名同姓，然而公司与职衔都是一样的，并没有重名的可能。

"那时他跟猴子医生一同来，"外公开口道，"你四岁，他十一，马上就要到英国去，临走你还哭了一场……"

"后来他回国，又来过这里。"苏敏打断，只因为在那一瞬，其中的因果她便已知晓，只怕外公再说起"梁山伯与祝英台"的笑话来，那番童言童语于此时实在是不应景。

她记得自己在方书齐面前说过这件糗事，那时他们刚刚开始，似乎亲密无间，他那样笑着，别有深意。却原来，他们之间的这一段渊源，他一直都是知道的，只是没有告诉她罢了。

莫名地，她又想起那个梦境，只是此时所见所闻不再含混，细节清晰，与其说是梦，不如说是回忆。

那一年，方书齐十一岁，跟着祖父从杭州到上海来办探亲签证。而她刚刚升上幼儿园中班，正披头散发坐在一张高凳上面，手指触键，发出单调琴音。

方书齐俯身过来，凑在她耳边问："你是不是不想弹琴？"

她看着他，点点头。

他摸摸她的脑袋，又对她耳语：“就说你肩膀疼，胳膊抬不起来。”

她傻，如法炮制。幸好妈妈不在，是方大夫过来看她。她暗自叫糟糕，又只能硬着头皮装下去，被人一碰，她就叫疼。

方大夫一定看出了端倪，只是不点穿，笑着说：“这孩子可能是累了，歇一歇就会好。”

大人们撇下她继续倾谈，方书齐却未作罢，在离她不远的地方，拿了几只金橘在手里玩。苏敏止住泪，看得出了神。许多年之后，她一度忘记了他的名字和面孔，却记得那双手，手指修长，指甲干净，有一线月牙似的白边，变魔术似的转着那几只金黄色的小圆球。

方书齐见她看着自己，便对她笑，挑了一个最大的金橘递过来。

她还是傻，伸手去接。下一秒，他便出卖她，眼睛也不曾眨一下，回头对大人们说：“看，她胳膊好了。”

满屋子的人朝她看过来，全都瞧见她方才疼得不能动的手，轻轻巧巧抬起来拿橘子。她哭，他却笑，伸手弄乱她的头发，恶作剧般的。

苏敏不知道自己为什么一直记着这件小事，看起来微不足道，却又好像定下了一个基调——他们之间，似是命中注定，他一向聪明慧黠，而她，总是比较笨的那一个。幼时的自己如何会为这样一个人的离开哭泣？她几乎确定，是外公记错了。

后来的事情就记不清了，仿佛一晃眼天就黑了，气温骤降，还飘了一阵雪珠。苏敏不确定有没有将那千把张名片整理好，待缓过神来，发现自己坐在写字台前，对着电脑，无意识地翻看着多年来收集的时装图片、进入D-sign之后做的各种各样的作业，还有“衣橱日记”上那几百张自拍照片。

阿尔诺也正在线，和她有一搭没一搭地聊着。她也就顺着他，说着那些完全不相干的话，就好像根本没发生什么了不起的事情。

阿尔诺问她："你答应给我做的衣服什么时候才能兑现？"

"放心，赖不了你的，"苏敏回答，"不就是Gary Cooper（加里·库珀）吗？我都记着呢。"

"不是Gary Cooper，是Cary Grant（加里·格兰特），还说记得呢！"阿尔诺抗议。

苏敏愣了愣，总算想起来了，嘴上还是狡辩："Grant太娘，早退流行了，Cooper才好。"

"真的？"阿尔诺表示怀疑。

"当然真的，听我的没错。"

"穿着去报社面试合适吗？"

"你要去报社面试？哪一家？"

阿尔诺似乎很雀跃，发了个巴黎某某报的名头过来，不是很有名，但看起来也算不错。他告诉苏敏："有个实习机会，就是今年秋天，说不定我们可以一起去巴黎。"

又是巴黎。

苏敏停下来，看着屏幕上那行字，许久没有回应。

"当然，只是可能，"阿尔诺又画蛇添足地加了一句，"你不一定能考到奖学金，报社也不一定要我。"

"知道吗？我已经拿到奖学金了，本来下个月就可以过去，我推掉了。"苏敏插嘴道，就好像是在讲一个笑话般轻描淡写。

"为什么？"阿尔诺一时想不通，"你不是一直想去吗？"

"我是想去，现在还是想去的，"苏敏回答，"只是本来以为达到这个结果就行了，至于如何达到的，一点儿都不重要，真的事到临头了才发觉根本不是那么回事……"

"你没出什么事吧？"阿尔诺突然打断她。

"没有，"苏敏心里颤了一下，赶紧发了个嬉皮笑脸的贱贱的表情，“我能有什么事？”

阿尔诺很容易就信了，又开始嘲笑她：“那你发这么一大段人生感悟，都是骗人的吧？”

“对，就是骗骗你的。”苏敏回答，却再也控制不住眼泪涌出来，静静缓缓地滑过脸颊，一低头就落下来，手上身上都是。她吸了下鼻子，到床头拿了张纸巾擦脸，靠着床沿就坐下来，埋头缩在那个角落里。真的到了此时，她倒也有了一种奇怪的轻松的感觉，原来自己并没有想象中那么冷静那么决绝。她压抑着声音，纵容自己哭了很久，直到听见手机振动的声音。

她伸手从写字台上把手机拿下来，看见屏幕上闪着阿尔诺的名字，因为刚刚哭过，怕声音露馅儿，她没有接听，一直等到他挂断，发了条短消息过去，说自己有事走开了一下，没听见铃声，问他有什么事。

很快回信就来了：“没什么，只是想让你知道，要是遇到什么事，不管是要帮忙，还是不开心的事想找人说说话，我总是在这里的。”

不知是因为阿尔诺的这句话写得不大通，还是她眼睛哭红了看不清楚，来来回回默念了几遍，心里始终是木木的，不知该如何回答，最后的最后，也只回了几个字罢了：“知道了，谢谢。”

几天之后，寒假结束了。苏敏又回到D-sign上学，开学第一天就碰到拉芙热，问她怎么还没去办离校的手续。她顶着拉芙热疑惑惊讶的目光，把自己的打算简单说了：考虑了一下，还是决定留在D-sign把这个学期念完，如果有机会争取到奖学金，再去巴黎继续学业。

“Emily，你知道自己在干什么吗？”拉芙热听她说完，立刻这样问道，语气像是觉得她不可理喻。

“我知道我在干什么。”苏敏点头。

拉芙热大约是很失望，没再说什么就走了。

苏敏心里很清楚D-sign与轩雅集团之间的关系，既然之前她要去巴黎的事情能够传得这样快，那么这一次，她放弃机会留下来的决定一样也瞒不住。她料到会有人来找她，问她为什么要这样选？试图再次说服她，却没有想到那个人不是方书齐。

那天课后，她接到一个电话，沉稳的女声，说一口温淡的法语。她记得这个声音，竟然是凯瑟琳王。

凯瑟琳是通过拉芙热找到她的，约了她在一家酒店的大堂吧见面。苏敏知道那里离轩雅上海办事处很近，离KEE专卖店也只有几步之遥。就是在不久之前，那个深夜，她在店门口问方书齐：你真的开心吗？她不知道自己是不是真的有旧地重游的勇气，但想到凯瑟琳一向对她的看重和关照，还是觉得不能不去。

凯瑟琳还是老样子，精致干练，猜不出年纪，好像时间流逝唯独把她给忘了。

她看到苏敏就开门见山地说："你的事情我都知道了。"

苏敏不知该怎么回答，是说"对不起，辜负了您的期望"呢？还是趁机把KEE再次融资的事情问个清楚？

凯瑟琳没等她回答，直截了当地问："为什么放弃去巴黎的机会？可以给我一个解释吗？"

"我没放弃，"苏敏回答，"只是现在这个方式，不是我想要的。我还是想去巴黎，但是，是用我自己的方式。"

凯瑟琳看着她，看了一会儿又低头饮茶，放下杯子，淡淡道："如果这就是你的决定，那么即使是用你自己的方式，你还是去不了。"

"为什么？！"苏敏不服气，"难道是因为我不够好？"

"你有天分，而且非常努力，当然不是因为你不够好，"凯瑟林看出她的情绪，摇摇头纠正，却根本没打算说什么安抚的话，"是因为你并不真的想要，而机会应该给最渴望成功的那个人。"

“我不是真的想要？！”苏敏觉得这个结论很荒谬，她为了坐在D-sign的课堂里学习设计前前后后做了那么多，对KEE的付出凯瑟琳也都应该看在眼里，谁有这个权力断言她不想要？！

“既然想要，为什么不抓住这个机会？”凯瑟琳又回到那个问题上。

苏敏愣了一下，很久才憋出一句：“因为一些私人原因。”

“你跟方书齐之间的事情，对不对？”

苏敏嗯了一声，点点头。

凯瑟琳叹了口气道：“知道吗？我一直觉得你有点像我，年轻时的我，就连缺点也一样。所以，我以为你也能看到我所看到的，想到我所想的，你做出这样的决定，让我很失望。”

苏敏转过头看着落地窗外马路上的人流，只在那一瞬，她真的有些内疚。

“最初知道你们在一起的时候，我就有些担心，”凯瑟琳继续说下去，“但我还是没想到，你会为了那些情侣之间的矛盾，忘了你自己的事业和梦想。”

“我没有忘记我想做的事，”苏敏为自己辩护，“我和方书齐……我不能认同他做事的方式，也不想因此受惠，这就是为什么我没有去时装工会学院。”

凯瑟琳笑了笑：“方书齐是注定要做出一些大事情的人，他能影响他周围的人，让他们崇拜他，心甘情愿地为他做事，这个类型的人总是这样的。而他做出的决定，可能只有真正面对过那些选择的人才能理解。有时候，为了做成一件事，你必须妥协，必须牺牲掉一些东西。你现在认为是错的，未必将来也这么觉得，除非你害怕成功。”

“谁说我害怕成功？！”

“那很好，”凯瑟琳喜欢她的态度，“做你该做的，拿你该得的。”

“我想要成功，想像你一样活得有分量，让所有人都看到我，说话的时候别人都会停下来听，”苏敏有些激动，“可我不懂为什么事情会变成这样，先是孙迪、薇洛、梅玫，然后又是戴维和那些小股东，如果为了成功必须这样，那我宁可不要。”

凯瑟琳的语气也严肃起来：“如果一个人不能达到我们的标准，那他就不是我们想要的人，就不能留在这场游戏里，这是很简单的逻辑，生意就是生意，别和其他东西搅在一起。”

苏敏思索，而后问：“如果一个人能达到标准，但是不同意你们的想法呢？”

“那他同样也不是我们要的人。”凯瑟琳回答。

“那很好，请把我也踢出这个游戏吧。”苏敏这样说道，站起来付了自己的茶钱，头也不回地走了。

【二十】

黑色始终是风格的王道。——Karl Lagerfeld（卡尔·拉格斐）

红色是治疗悲伤的终极良药。——Bill Blass（比尔·布拉斯）

离开酒店，苏敏反反复复地想着凯瑟琳说的那些话。她知道凯瑟琳是过来人，那番经验之谈虽不入耳，却很可能是千真万确的，凭自己的阅历根本没资格去反驳。或许有一天，当她经历了更多的曲折起伏，摔得头破血流，输掉了一切，就会想起今天，想起这一番规劝。到那个时候，她会后悔吗？她不确定，但此时的她真的不喜欢别人告诉她应该做什么，什么又是不可能的，这样的话她从小就听够了。

除了这一番感慨之外，苏敏也从凯瑟琳的口气里听出来，KEE再次融资的事情似乎也和她之前想的差不多，过去一年里发生的一切，一个又一个人离开，一点一滴的布局与改变，全都不是孤立的偶然事件，不仅是方书齐，轩雅集团在其中也难脱干系。

凯瑟琳的所作所为或许还能算是无可厚非，毕竟是在商言商，各为其主罢了，但方书齐呢？

即使是在一切都尘埃落定，一桩桩一件件摆在面前之后，她还是禁不住觉得惊讶，他竟然会做出这样的选择。她又想起凯瑟琳说的那句话：只有面对过的人，才会真正懂得那些妥协和牺牲，以及为此付出的代价。或许吧，虽然她怀疑，却也等待着，等着有一天，她也站在那样的岔路口，面对同样的抉择，她会怎么选，怎么做呢？

这一连串的问题，超出了苏敏现在的视野，她所能做的只有努力让自己回到原先的轨道上去，哪怕凯瑟琳曾那样肯定地对她说：“即使是用你自己的方式，你还是去不了。”但她必须试一试，因为理想，也因为那一点微不足道的信念。

就在同一天夜里，她看到老王发朋友圈，似乎是为制版室的同事送行。她发消息过去，两人便聊了几句。新店开张那场活动之后，她再也没去过KEE工作室，也没和任何一个旧同事联系过，许多事情都不知道，老王一一给她补了课——戴维梁和其他几个小股东最终没有起诉，貌似这官司要打赢也很有难度。轩雅出了一笔钱，两方面就这样和解了。但公司里的人对这件事情很有些看法，觉得轩雅这样做跟强买强卖差不多，而且，大家都没想到，方书齐会突然倒戈到了那一边。有不少人已经提出辞职了，他自己也准备要走。

苏敏听得心里挺难过的，老王却还在调侃：“设计室那几个小朋友都很有个性的，把电脑屏保改成‘take this as my one month notice’（以此作为递交辞呈的一个月通知期）就集体辞职了，反正公司还欠着他们两年的年假呢。我干这一行，原本就是为了挣钱，看到他们，突然发觉自己还是有追求的。不过，我们走或是留，公司也不在乎。董事会做这件事应该是有准备的，旧人一走，马上就有新人补充进来了。”

苏敏不得不承认这个事实，KEE早已经不是原来的KEE了，虽然觉得惋惜，但她还真拿不出一个像样的理由来说服老王留下来。她不知道方书齐面对这个局面会做何感想，可能根本就不在乎吧，反正他一切都计划好了。

那一天就这样过去了，随后又是一天、又是一天，方书齐始终没有来找过她，虽然他不可能不知道她没去巴黎，甚至很可能已经听凯瑟琳说了那天她们谈话的细节。他会怎么想呢？或许会觉得她很蠢吧？当然，他一定很忙，就像曾经无数个他们在一起工作的日夜一样，更何况是在眼下这种境况，时装周临近，这么多旧同事离职，他的确不会有时间浪费在她这样一个无足轻重的小角色身上。

好在苏敏也没有太多时间放任自己胡思乱想，这已经是她在D-sign的最后一个学期了，拒绝了轩雅安排的那份奖学金之后，一切就都要靠自己了。最后几个月的课时没有前一年那么多，学期也很短，到五月初就结束了，但压力却并不因此而变小。根据学校的安排，最后也是最重要的一次考试定在四月末，每个参加考试的人都必须设计并制作一个包括十五套服装的系列，由模特在伸展台上展示。虽然也会综合考虑之前几个学期的成绩，但这次考试的得分还是占了极大的权重。几个成绩比较好、打定主意要去法国继续进修的学生，都早早开始为自己的系列设计做准备，四处寻找灵感和材料，把彼此看作是潜在的竞争对手，暗暗憋着一股劲儿。

即使是在学业之外，同学间的明争暗斗也更加激烈了，其中有几个消息灵通的，也曾听说过苏敏要去服装工会学院的消息，开学了看到她竟然还在，很是吃惊，各式各样的闲话和猜测一时间甚嚣尘上。苏敏懒得费口舌去跟那些不相干的人解释，只对叶思明和沃利说了一下事情的来龙去脉——为什么得到那个机会，结果又不走了。让她真正感到欣慰的是，尽管为她惋惜，她的朋友还是能站在她的立场上，理解她的选择。

她又离家去和叶思明同住，虽然临近毕业考试，功课很多，但离开了KEE之后，生活节奏还是明显慢下来了，每天上学、放学，剩下的时间足够她重新拾起丢掉的习惯，比如出门前拍照片，上传到“衣橱日记”上；再比如隔天就会回趟家，陪外公讲话，或者在店里帮忙。就是这样不停顿地看似顺畅地转着，才能够避开对某些人某些事的回忆，实在躲不过的，她就假装豁达，没心没肺地告诉自己“吃一堑，长一智”，这样的自嘲她试了许多次，终究还是不得不承认没那么容易，每次想起来，都能让她感到一阵短暂却透彻的痛。

那一阵，所有人都觉得苏敏变了，话少了，眉目之间却多了些什么，就好像突然长了几岁似的。她全副精力都放在学业上，生活的圈子小了许多，除了学校里那些同学，只有阿尔诺经常打电话给她，邀她出去玩，或者只是吃饭聊天。

有一次，他们去市郊玩射箭，两人一边拉弓一边闲聊。苏敏想起阿尔诺说过要去巴黎实习的事情，便问有没有面试，通过了没有。

阿尔诺却道：“我也可能留下来，不回法国工作了。”

“你要留在上海？”苏敏一怔。

“是啊，”阿尔诺回答，“法语联盟的朋友给我介绍的职位，是一家上海的时尚杂志社，我想去试一下。”

要是在从前，苏敏听到这消息一定觉得好笑。阿尔诺？时尚杂志？简直风马牛不相及。然而此刻，她却什么都没说，只是站在原地一次次地拉弓，很快把箭桶里剩下的箭都射完了，标靶上的成绩却是一塌糊涂的。那段日子，她虽然从未放松过D-sign的学业，却也知道在拉芙热和凯瑟琳面前说了那样一番话之后，自己再获得奖学金的希望十分渺茫。她没有明确对阿尔诺说过，但他也许已经猜到了。从前，她信心满满地准备去法国念书，他便说也有个机会去巴黎的报社工作。现在，她放弃时装工会学院的奖学金，而且也很可能去不成D-sign总校了，他的计划竟然也跟着变了。她不知道这是不是个巧合，希望不是，又希望是。

离开射箭场，阿尔诺没话找话，试图活跃气氛。他旧事重提，问苏敏什么时候有空帮他做衣服。他若是留在上海找工作，还要出去面试，外公给他做的是一套冬装，眼下天气暖起来，如果赶不及做合适的衣服，就只能穿T恤、运动裤配沙滩鞋了。

苏敏知道这个承诺是拖得太久太久了，便约了一个日子，叫阿尔诺到她家的店里去。到了约定的那天，阿尔诺来找苏敏。舅舅在店里当值，见有客人上门，照例笑脸相迎。舅舅是多年的老江湖，看阿尔诺的穿着做派，就猜到他是刚出社会的学生，来做上班穿的行头，等苏敏听到声音从楼上下来，说这是她的朋友，才对他另眼相看，热情照应。

苏敏带阿尔诺看了看店堂里陈列的布样，知道他平常的衣服鞋子基本都在超级市场和运动用品商店里搞定，肯定没什么想法。果然，不出她所料，一圈看下来，阿尔诺完全摸不着头脑，太普通的没感觉，花哨一些的又不敢尝试。最后还是得苏敏拿主意，替他拍板选了一种深灰色薄羊毛，配浅蓝色平纹衬衣，中规中矩的，不会出错。

趁着苏敏去仓库找布料的工夫，舅舅也跟进来了，悄悄凑在她耳朵边上说："哎，这个看起来还不错，虽然是外国人，但也不是那种五大三粗身上毛很多的，你们俩站在一起还蛮配的哦。"

苏敏听他这么说，顿时一脸黑线，张口结舌不知如何解释。舅舅也没给她机会想词儿，丢下那句话就乐呵呵地出去了。阿尔诺还在外头东张西望地等着，她只能硬着头皮出去，动手开始替他量尺寸。舅舅是好事之徒，不一会儿又笑嘻嘻地跑上来，对她说仓库旁边的小房间空着，让他们去那里，清静点儿。

苏敏不理他，直到又有别的客人上来，才后悔没听话去小房间待着。来人是一个上了年纪的男人，外公和舅舅都在旁边陪着，叫他秦先生，应该是熟客，苏敏却从没见过。

老头中等身材，穿着讲究，任由头发花白，看上去脾气不错，见苏敏蹲着替阿尔诺量身，就转头跟外公说笑："许老板，你这里什么时候请了这么一位小师傅啊？满二十岁没有？”

“这是我外孙女，和她朋友。”外公从容作答，看那意思又要拿她说笑。

苏敏怕舅舅再说出什么毛多毛少之类天雷滚滚的话来，赶紧赔了个笑脸儿，拉着阿尔诺上仓库旁边的小房间去了。

那间小房间只有十平方米不到，原本也是用来堆东西的，从前一年十二月一直到农历新年之前，都是店里生意最好的时候，这屋里挂的都是做完了等待客人来取的衣服，直到这一阵忙季过去，东西少了，成品都集中到楼下，才慢慢空出来。关了门，墙上一扇窄窗，显得有些逼仄，苏敏开了灯，继续忙活。

“衣服做成要多久？”阿尔诺突然开口问。

“淡季两个礼拜，忙季二十天。”苏敏低头记下一串数字，一本正经地回答。

“啊？那怎么办啊，我下周三就要面试。”

“加急另外收费。”她嘴上跟他开玩笑，表情依旧严肃。一套手工定制西服，至少需要五十个工时，真的要赶时间，两三天也是能做完的。

阿尔诺嘀嘀咕咕地假装犯愁，料到苏敏不可能坐视不理，肯定会想办法帮他做出来。苏敏却禁不住暗笑。

“你笑什么？”阿尔诺问。

“我这不就是想起你极端状态下的打扮了吗？”苏敏回答，“衬衫塞到运动裤里，下面再搭个凉鞋，总算尊重知识产权，还没发生过把Abidas穿上身的情况。我本来以为你这么一个人只会在文化圈子里讨生活，却没想到会进时尚圈。”

阿尔诺被她嘲笑得有些恼了，赶紧解释：“他们就想找个法国人写写东西，写法语我总没问题吧。”

苏敏好不容易忍住不笑了，正色问他：“你真的打算留在中国工作？”

他没有直接回答，静了一会儿才说：“只是试试看，至于到底怎么办，都还没定。”

苏敏知道他话还没完，只等他说下去，他却沉默了。不知为什么，她又想起那次没头没尾的表白来，后来他们分开许久，再见面，就自动退回到朋友的距离，没有提过那件事。而现在，他又是什么意思呢？

“苏敏……”阿尔诺终于开口叫她的名字。

她应了一声，又突然打断他，心毫无理由地抽紧：“什么都别说，至少现在别说，行吗？”

阿尔诺很听话地住嘴了，过了一会儿又笑起来：“你以为我要说什么？我就想求你给我免费加急。”

苏敏心里多少有些感激，想抬头回一个笑脸，却无论如何都做不到。她很清楚，方书齐和自己是彻底分开了，而她心中却又好像还留着点什么，割舍不净。有时候，她看日历，便会想到时装周。此时，方书齐应该还在巴黎，等做完发布会，或许还是会像前几次一样，在欧洲待上几周才迟迟回转。他正在做什么？又会去到哪里？她明知这一切与她无关，却还是忍不住猜想。

那天晚上，苏敏做了大半夜的乱梦，仿佛又回到那一天深夜，他们在公司旧址。梦中的她对方书齐妥协，同意离开上海，飞去巴黎。

方书齐对她说：“到时候我就不去送你了，我不喜欢送别，从来都不知道那种场合该说什么话，是要你留下，还是就说再见？”

他说话的样子与他们初识时相似，语气那么轻松，以至于听不出是玩笑还是当真的。

而她的回答却是那般沉重的：“说你爱我就行了。”

他看着她轻叹，然后说：“其实我也不想你走的。”

她自动忽略了这句模棱两可的话，仿佛他说的是完全不同的三个字，兀自回答：“我也爱你。”

话一出口，她就醒了，春寒料峭的深夜出了一身的汗。她起来倒了杯水喝，回到床上却再也睡不着了，又打开电脑，上时装周的官方网站看KEE发布会的视频剪辑，顺便瞄了几眼相关的新闻报道和评论文章。KEE这一季的主题又是一句颇有古韵的句子——繁花落尽，恒久弥香。照片拍得很精致，模特几乎是最佳阵容，走秀当天捧场的嘉宾也都是有头有脸的人物，第一排座位星光熠熠，不管是真的受欢迎，还是靠PR长袖善舞水平高，至少看起来一片花团锦簇，圈内圈外的评价都很好。

“繁花落尽，恒久弥香。”苏敏在唇间默念，不禁觉得有些讽刺，这八个字既符合了轩雅对他们一贯的定位，也正应了不久之前公司内部的那一场震荡，繁花确已落尽，是否真能恒久弥香，谁都不知道。

手机一振，提示有新邮件。她没想到这半夜三更的还会有人在线，被那一声提示音吓了一跳，再一看才发现发件人是Spade J。他们俩时区不同，也只有难得失眠了才碰得上。

她打开邮件来看，正文只有一句话：最近怎么样？

苏敏苦笑，即刻回复，也是一句话，索性把自己说到最惨：失业，可能失学，外加被人骗。

她以为不会立刻收到回信，可回信却很快来了。Spade J在信中写道：“所谓‘未知生，焉知死’，未必都是坏事。”

两人通信一向是用英文，突然冒出“未知生，焉知死”六个汉字，又叫苏敏吃了一惊，问他从哪儿批发来的，却再无回复。

随后的两天，苏敏花了不少功夫把阿尔诺那套西装赶出来，好让他穿着去面试。为了赶工，日子过得倒很充实，心情似乎也轻松了些许。而且此番做的也不是无用功，此人面试归来便请苏敏去吃火锅，算是感谢她挑灯夜战帮他做衣服。那天下午，苏敏刚好陪外公去医院复诊，阿尔诺到她家去找她，临走恰好被她舅舅撞见，又是好一通调笑，弄得苏敏大窘，赶紧拉上阿尔诺逃也似的走了。

到了火锅店，苏敏坐靠角落的沙发位，阿尔诺的书包和外套都扔在她身边的位子上，书包拉链没拉，露出里头一大堆乱七八糟的东西来，其中有几本从学校图书馆借来的书，最上面的是一本中华书局出版的《论语》，原文加通解。

“哟，你还看上《论语》啦！”苏敏大惊小怪。

阿尔诺表现得很谦虚，说是面试时听人家提起其中的内容，很感兴趣，又不大懂，所以借来看看。

趁着等水开的当口，苏敏拿起那本书来随便翻了翻，看到“先进第十一”那一章，其中有一段是季路问孔子如何事鬼神。

孔子说：“未能事人，焉能事鬼？”

季路又问：“敢问死？”

曰：“未知生，焉知死？”

苏敏不禁怔了一怔，没想到又会看到这句话。她把书递过去，指出那一句话来给阿尔诺看：“那我考考你吧，这句是什么意思？”

阿尔诺想了想，似乎答得很认真，却又好像在避重就轻：“儒家很少说起死亡，这句话也有很多不同的解释，各派意见不一，光这本书里就写了好几种。其实，我倒觉得反过来说更合适——未知死，焉知生，你觉得呢？”

未知死，焉知生？这六个字苏敏默默地过一遍，又在脑子里盘桓许久，觉得这或许也正是Spade J想要表达的意思。她看着桌子对面的阿尔诺，突然冒出个念头，他会不会就是Spade J？否则怎么会这么巧，Spade J刚跟她说过“子曰”，阿尔诺的书包里就有一本《论语》

呢？但才这么一想，她又把自己否决了，比起之前她怀疑过的戴维梁，阿尔诺实在是更不靠谱了。

吃完饭，阿尔诺又央求苏敏陪他去买鞋。他说自己需要重新买一双配西服穿的正装皮鞋，原本那双也不知道哪里不对，穿着总觉得脚痛。

一开始，苏敏还很配合，陪他走了几条街，逛了沿途每一家百货商店的男装部。但阿尔诺挑来挑去也没找到一双合意的。她渐渐发现了问题的症结，阿尔诺要的是正装鞋，但却不愿意忍受一点点不舒适，这根本就是个不可能完成的任务。

她走得脚酸，干脆撂挑子不干了，对他说："我算是知道了，你想要的是一双穿起来像运动鞋的正装皮鞋，这肯定是买不到的！"

"如果鞋子不舒服，为什么要穿？"阿尔诺反问，似乎理由充分。

"照你这么说，全世界都穿运动衫好了。"

"总有一天会是这样的，你看《星际迷航》里面……"

苏敏气结，听不下去他那些鬼扯论调，只得说："好吧，穿起来像运动鞋的正装皮鞋是不是？我们再找找看吧。"

两个人就这样一直逛到商店打烊，阿尔诺还是毫无斩获，倒是苏敏看上一双高跟鞋，上脚试了一试，就很爽快地让店员开票买单，整个过程还不到十分钟。

"你看我多干脆。"她向阿尔诺炫耀。

"是啊，"阿尔诺对她笑，调侃回去，"你扔掉一双鞋的时候更干脆。"

苏敏不屑，冲他吐了吐舌头，但这话倒是真的，对这些身外物，她一向是最喜新厌旧的。

收工回家之前，她突然想吃冰激凌，找到路边的冰激凌车，要了一个双球。结果因为快收摊了，车上的小弟拿了个最大号纸杯，挖满了球给她。她看得一身冷汗，大叫这要是都吃下去，肯定长一身的肥膘，最后还是阿尔诺帮着她一起吃。

吃完冰激凌，他们离开商业区，阿尔诺送她回去。车子开到她和叶思明租住的公寓楼下，时间已经快十点了。他坚持陪她上楼，送到门口，她又看着他离去，楼道里的灯一层一层地亮下去，直到脚步声渐远听不到了，这才关了门。过去的几个小时那么平常而快乐，叶思明也看出来她心情不错，洗澡的时候又像从前一样在浴室里唱歌。

等她洗完澡出来，阿尔诺又打来电话，说她下车太过匆忙，新买的那双鞋留在车上没拿。他掉头回来，替她送到家门口。她不好意思再叫他爬一遍楼梯，便早早等在楼下，看着他的车开过来，降下车窗。她接过鞋盒，又对他说了一遍再见。

“晚安，”他回答，“做个好梦。”

她笑，看着他开走，转身就要上楼，走出半步，却又回转来。过年之前，阿尔诺来找她的那一次，她也曾有过这样的感觉，那时她以为看错，但这一次，她知道自己没有。

她冲下楼门口的三级台阶，对面车道转弯处一部黑色跑车亮起车灯，起步离去。她没有停下来，穿过两栋房子之间的绿地朝那边跑过去。她知道这样做毫无意义，但是为什么？她只是想知道为什么，在一切发生、一切又都结束之后，方书齐还会出现在这里？

那一阵天天夜跑，总也是有用的。她抢在他前面，站在他的必经之路上。他不得不急刹，熄火下车。

“苏敏。”方书齐推开车门，朝她走来，还是像从前一样轻声念她的名字。

她不确定自己有没有回答，怔怔地看着他。他新剪了头发，比从前短了一些，更整齐利落，看起来很不错，却让她觉得有些陌生。

许久，她终于开口问：“什么时候回来的？”

“前天。”他回答。

“你剪头发啦？”她又问。

“刚录完一个访谈节目，还要拍杂志硬照，他们建议我剪短一点儿，”他平铺直叙，“是不是很怪？”

“不怪，挺好的。”是实话。

对话在这里停住，他似乎不打算再说什么。

“找我有什么事？”最后还是她没忍住，心里只想着早死早超生。

“为什么没去巴黎？这样做对你一点儿好处都没有。”他总算开口，却又是老生常谈。

苏敏几乎没有回答的兴趣，却不知为什么有种感觉，他来这里并非是为了这件事。

方书齐长久地看着她，似乎字斟句酌：“你不想跟我在一起，更加没理由因为我放弃自己的前途。”

“我没放弃。”她回答，最简单的四个字，只有这样才能控制自己的声音。听到他如此直白地说出这个“不想”，让她猝然心痛。

而他只是继续说道：“就算你要跟Arno Fouchez（阿尔诺的全名）在一起，也不妨碍你去巴黎，他人不错，如果你去，他一定会陪着你。”

苏敏抬起头，一时间不明白他的意思，他怎么会知道阿尔诺的全名？她从没提起过。

“当然，”方书齐又说，“如果你在上海，他也会留下来。”

她想到这几天发生的事，似乎慢慢醒悟。方书齐也并不隐瞒：“我见过他了，人很不错。”

“你见过他？”苏敏还是禁不住觉得意外。

方书齐点头，解释：“那家杂志社要雇一个法国人写些东西，我推荐了他。他去面试的时候，我也在。”

"你是故意找他的，还是我想多了，只是个巧合？"苏敏看着他问。

"不是巧合。"方书齐并不躲闪，答得很坦率，"既然你决定留下来，我也不希望你一个人。"

"所以你就替我们做了这个决定，让我们幸福地生活在一起？"她觉得可笑，当真笑出来，又仿佛痛彻心扉。

方书齐却只是静静站在那里，并无任何解释。

"我真要说声谢谢你，"那个笑苏敏还挂在脸上，"上一次，简妮费了那样大的周章，叫阿尔诺来送奖学金证明，我就拜托她代我谢你，这一次也是一样……"

"简妮叫阿尔诺送奖学金证明？"方书齐突然打断，这样问道。

"是啊，"苏敏恭维，"你这个新助理实在比我得力，同你一样，机票、零用，事事想得周到。只是我这个人捧不起，一再辜负你的好意，从今往后，你顾着你自己的事情就好，不必再替我操心。"

她想说的都已说尽，方书齐却仍旧不语，转身上车。不知是不是错觉，她在他脸上看到悲伤的表情，又觉得他来这一趟，并不是为了说这一番话。

那一整夜，苏敏都做着奇怪的梦。在梦里，她与方书齐大吵，第二天醒来，却不记得吵了些什么，只觉得自己呕尽了肺腑，差一点儿就叫出了声。那日天气不好，没有阳光，灰色的天让她感到从未有过的清冷和寂寞，好像有种自由而简单的东西在跟她说再见。有那么一瞬，她发觉自己其实是很贱的，无数次想回到他身边去，忘记过往的一切，放弃所有立场，只要他还要她，只因为他们有太多事情还没来得及一起做——翘首迎接第一场雪，或者只是在一起过一个无所事事的下午。而他，却早已抽身走远，或者说从来就没陷进去过。

傍晚，叶思明拉她出去吃饭，一家热热闹闹的广式茶餐厅，那么巧等位子的时候，她一眼就看到他出现在门厅的大屏幕上。那是一个访谈节目，应该就是最近拍的那一个。他向来是很上镜的，不明就里的人很可能当他是个演员，但侃侃而谈的却都是些更堂皇的话题。

“……当时，法国联合会很希望能有中国设计师加入巴黎时装周，但是他们发现在中国要找一个商业成功，又是设计师主导的品牌很困难。那个时候，KEE刚刚成立一年多，毫无经济基础，但我们还是决定试一试。幸运的是，第一次是春夏系列，筹备时间比秋冬系列充裕，中间也没有什么大节日。我们的资金状况其实有点勉强，但我觉得这是个机会，也是我的梦想。我们所处的环境不是很好，大多数有这个消费能力的人都觉得中国的品牌总是不如外国的。参加巴黎时装周，一个是出于宣传考虑，一个也是想告诉年轻人，我们在世界上不一定比别人差……”

苏敏有种不真实的感觉，他竟然在回忆那段日子，她最有干劲、最开心、最珍视的日子。

【二十一】

每次我看到幸福如何阻碍了人的前途，就庆幸自己曾经历深沉的不幸。

世界上没有什么东西能让我与其他人交换命运。

——Coco Chanel

从三月到四月，时间一晃而过，眼看着那个大日子就要到了。苏敏那十五套衣服完成得很顺利，矢田玛丽安看过她最初的设计稿，就破天荒地说了一句："快两年了，这回你总算做出了一点有趣的东西。"

同班的许多人都听见了这句半褒半贬的评语，甚至还有人公开表示万般的羡慕。这算是好话吧？苏敏也只是将信将疑。她自嘲地想，自己可能确实有些进步，不为别的，只因为矢田最钟情的黑暗，她终于见识过了，或许，再也回不去曾经平淡却澄净的样子。

考试的前一天是最后试装的日子。从一大早到天黑，三年级的大工作间里来来去去的都是人高马大的模特和焦头烂额的学生。苏敏自然也在其中，她对模特客气，却不苟言笑，除了工作也想不到还能有什么别的瓜葛，走出工作间便没有任何交集。

简妮却与苏敏完全不同。前一阵，大约是因为KEE的工作，简妮除去必定要上的课，很少到学校来，直至大考前的这一个月，才天天出现在教室中，号称工作也辞掉了，仿佛志在必得。到底是江湖上混惯了的角色，虽说荒疏了一段时间，但只要她愿意，还是跟谁都能自来熟，哪怕是突然出现在工作间里，也是众星拱月的。

苏敏的十五套衣服里有近一半是男装，自然也选了好几个男模，其中有一个叫曹小兵的，不知什么时候跟简妮攀上了同乡，一口一个“姐”叫得起劲。苏敏看那厢里呼朋引伴，自认情商不及人家高，但也丝毫没有要朝那个方向努力的意思，只是皱眉，把那曹小兵叫回来做正经事。

那天晚上，她和叶思明一直忙到十点多才离开学校，走之前把各自的衣服仔细整理好，套上防尘袋，挂在滑轮衣架上推进工作间一侧的储藏室。那个钟点，大楼里的新风设备都已经关了，D-sign那一层却还是灯火通明。她们离开时，还有不少人如火如荼地奋战着。

第二天，苏敏醒得很早，睡得少，精神却很不错。过去一年多的时间里，那么多的实战已经把她的神经锻炼得很粗了。她甚至觉得，就算第二天要杀头，前一天晚上她照样可以吃得下睡得着。

整个年级的考试差不多要进行一天，学生们按照事先抽签的顺序做展示。不知是倒霉还是走运，沃利抽到第一个。叶思明是上午的最后一个，苏敏排在下午那一拨的第二个，虽然时间充裕，她们俩也一大早就去了学校。到了之后才发现差不多所有人都早早地来了，要么在大工作间里做着最后的准备，要么就在化妆间排着队抢发型师和化妆师。

九点整，沃利忐忑不安地带着他的模特进了考场，半个小时之后，又垂头丧气地出来了。众人见他明显情绪低落，连忙凑上去问怎么了，里头什么情况。

“被矢田骂了，拉芙热今天也发飙了。”沃利回答，说完又挥挥手，假装无所谓地笑，“唉，算了算了，我大概也就是流水线上当工头的命。”

当天参加打分的老师总共五个，其中就包括矢田玛丽安和拉芙热。矢田平常就是出了名的难对付，从她嘴里很少能听到一个“好”字，大家都习惯了。但拉芙热一向是个场面上的人，不管心里的真实评价如何，面子上总是很好看的，几乎所有人都被她夸过，每个人都是“天才”，都是“明日之星”，但今天，估计从她那里也听不到什么客气的好话了。这么一来，大家都有些慌神，加倍混乱起来。

苏敏也觉得紧张，等在化妆室外面，好不容易抢到一个空当，让自己的那几个模特坐下来化妆做头发。她挨个数了下人，却发现那个曹小兵又不见了，打他的手机，才知道此人又跟他简妮“姐”在设计楼后面的空地上抽烟聊天呢，被叫回来还是满脸的不乐意。

“从现在开始，麻烦你不要走出我的视线。”苏敏被他气得够呛，语气难免有些生硬。

曹小兵朝苏敏翻翻眼睛，轻声笑道：“那你可得看紧了……”

直到中午，模特们的化妆和发型才都搞定。照苏敏原来的计划，午饭肯定就是不吃了，等到下午走完秀再补也不迟。

没想到曹小兵又起头跟她捣乱，说：“不吃饭怎么行？犯了低血糖怎么上台啊？”居然还有几个模特响应。

苏敏预感到这曹小兵不是什么善茬儿，这一拨模特大都是无组织无纪律的散兵游勇，即使有合约，签的也是小经纪公司，什么整洁、专业、守时，在他们眼里都是浮云，这时候无论如何都不能让他们走散了，否则一切皆有可能。她不禁想念起从前来，同样是十几二十岁的年纪，同样是模特，这种情况在梅玫身上是绝对不可能发生的。无奈之下，她只能打电话给阿尔诺，让他买了十来份盒装色拉带过来，分给一众模特权当午饭。

阿尔诺很快就赶来了，两手提着四五个马甲袋，其中自然也有苏敏的那一份，但她接过来就扔一边儿了，只顾着去储藏室拿衣服，准备模特们一吃完就让他们开始换。

等她找到挂着自己名牌的那一排滑轮衣架，刚要往外推，突然发现其中一只防尘袋拉链没拉，就这么敞开着，里面装的那件棉麻质地的针织上衣歪歪斜斜地挂在一只黄色铁丝衣架上。她赶紧拿下来一看，两边肩膀已经变形，各戳出一个尖，任她怎么搓也弄不回去。她心里大叫不好，把其他几个防尘袋一一打开，竟然都是这样，所有带海绵肩垫的衣架都被换成了简易铁丝衣架。

她脑子里一瞬间空白，很快缓过神来，看看墙上的钟，离考试开始只有不到一个小时了。她狠狠捏着胳膊，对自己说：苏敏，你给我挺住了，一定有办法补救，你必须想出办法来！

一时间还不能确定损失究竟有多大，也不知道该怎么办，来不来得及弥补，她只能立刻动手，把所有的衣服都从衣架上取下来，一件件检查分类——几件羊毛质地的因为面料厚实致密，变形还不算严重，用蒸汽熨应该就能熨回去；所有棉麻针织衫估计都得先落一下水，再熨干才行；还有几件缎面的衬衣比较麻烦，不能高温熨烫，水洗之后真丝的光泽又肯定会大打折扣，只能把肩膀的部分拆了重做。

她粗粗算了一下时间，一个半小时无论如何都不能完成这些工作，但也没别的办法，拼一下总比试都不试就放弃好得多。她苍白着一张脸，机器似的干起来，心里却紧张得不行，两只手都是抖的，差点儿让蒸汽烫到，幸好有人过来把熨斗接过去了。

“这几件给我吧，我帮你熨。把沃利也叫回来，对付那些针织面料，他比我们都在行。”

苏敏抬头一看，说话的人正是叶思明，已经拿了手机出来，在打给沃利了。她心里一阵温热，庆幸自己并不是独自一人。

虽然有人帮忙，她还是没能赶上原定的时间考试，只能向评分老师申请推迟。拉芙热皱着眉看着她，矢田笑了一声，好像她的这个要求提得无比荒谬。

“我的衣服被人动过……”苏敏急了，想把整件事情说出来。

“你不用告诉我们这些，”矢田打断她，“你记住，不管你的作品出了什么问题，那只能是你自己的责任。今天我们七点钟准时结束，如果那之前还有时间，就安排你最后一个做展示。”

看在座几位老师的脸色，苏敏知道再争也无益，她怀着背水一战的心情一直干到傍晚，终于把所有衣服都改完烫好了。叶思明跑过来告诉她，考场外只剩最后两组，最多还有一个小时就轮到她了。

苏敏赶紧又找齐了模特，换衣服，补妆。等一切准备停当，刚好赶上最后一组上台，她稍稍松了口气，准备带人进去候场，粗粗点了点人数，却发现少了一个——曹小兵又不见了！

她赶紧打他的手机，一首彩铃歌曲听了大半才有人接起来。

“你又跑哪儿去了？！”苏敏厉声责问。

电话那头，曹小兵的声音却是不紧不慢的：“我头晕，在医院看病呢。”

苏敏一听心都凉了，知道他这是存心跟她过不去，一下子乱了方寸，傻在那里说不出话来。

沃利在一旁看不过眼，从她手里接过电话，对着曹小兵喊：“你立刻把衣服给我送回来，你这是偷窃知不知道？！一刻钟之内不送到，我们就报警了！”

没想到那曹小兵一点儿也不慌，仍旧慢腾腾地啰唆：“麻烦你告诉那位苏小姐，别欺负我书念得少就吓唬我。衣服我看完病就还给她，具体几点能还，那得问医生，我做不了主。你们要报警就去报，我还想找警察叔叔评理呢，你们说今天这钱怎么算啊？说好从上午十点到下午两点的，现在都几点了？看把我都累病了……”

苏敏听不下去，抢过手机，朝着墙壁扔出去，看见没碎又上去补了两脚。对她来说，曹小兵这一招就像是压垮骆驼的最后一根稻草，她认输了，承认自己彻底让人给耍了。

边上的人都没见过她这副样子，阿尔诺上来一把把她拉住："苏敏，你别急，肯定有办法，你安静下来好好想想！"

"还有什么办法啊？"她甩开他的手反问，"你倒是替我想一个啊！"

"找人替他不就行了嘛，"阿尔诺试图启发她，"你还有什么现成做好的衣服吗？"

这个办法苏敏不是没想过，前面两组的模特刚刚走完台，妆还没卸呢，可以替曹小兵的人有的是，但是衣服呢？

她看着阿尔诺，脑子里突然灵光一闪，揪着他T恤的袖子对他说："我给你做的那套西装在哪儿？"

"在我家，就穿过一次，洗过烫好了。"阿尔诺回答。

"不知道来不来得及……"苏敏抬头看了看墙上的钟。

阿尔诺也没等她那句话说完，扭头就跑出工作间，朝楼梯间冲了过去。二十分钟之后，他满头大汗地举着一个灰色衣袋回来了。叶思明在考场外面等着，一看见他，就直接把他推进后台，苏敏正在那里带着模特候场。

苏敏接过衣袋，拉开拉链，拿出那套深灰色的西服来，虽然说这也是她的作品，但面料是适合初春穿着的，风格色调都和原本那十四套不甚搭配，唯一能做的就是在造型上尽量弥补，往那个方向靠。

"这套给谁穿？"阿尔诺气喘吁吁地问。

"当然是你。"苏敏回答。

"啊？"阿尔诺的脸唰地就红了，结结巴巴地解释，"我可只有一米七九，不到一米八，每次体检，医生都说我脊柱侧弯，我不行啊……"

“行，不就是走路吗？你肯定行。”苏敏嘴上打包票，不由分说地动手把他的衣服和裤子都扒了，心里却也是十分没把握，他们认识这么多年，她从来没把阿尔诺和伸展台联系在一起过，但这是眼下唯一的选择。这套衣服是量身定做的，不是标准尺码，其他模特根本穿不了，只能是他了，就算不愿意，硬着头皮也得逼他上。

台前音乐已经响起来了，模特候场，依次登台。后台还是一片兵荒马乱，最后几秒钟，苏敏终于把阿尔诺拾掇停当，最后又看到裤子上有一点皱，来不及脱了再穿，直接拿起熨斗来喷了点蒸汽，不小心把他的腿给烫了一下。

被烫的人没说疼，苏敏倒叫了一声，赶紧问他：“要紧吗？”

阿尔诺低头看看她，还没来得及回答，就轮到他上台了。

十五套衣服很快就走完了，苏敏心里很清楚，台下坐的都是明眼人，谁都能看出来，阿尔诺穿的那一身是临时来凑数的。她站在后台等矢田和拉芙热叫她出去，怀着那种等待被枪毙的心情。

结果却和她想的不太一样，什么评语都没有，只有矢田问了一句：“Emily，经过今天的事情，你觉得自己学到什么没有？”

“嗯。”苏敏点点头，拼命睁大眼睛不让眼泪掉出来。

“那很好，就算失败了也没白来，”矢田低头在评分表上写字，然后面无表情地说，“你出去吧。”

她走出考场，叶思明和沃利都还在外面等着，但任凭他们问什么，她都好像没听见似的，径直回到工作间，推开储藏室的门，找了个角落坐下来。有不少人进来看她，带着好奇或者同情问她怎么了，她一概不答，只是静静地坐着。

直到阿尔诺凑到她跟前，脸上抹了粉底，描了眉毛，还涂了点眼影，远看不错，近看怪得要死。她一下子没忍住，笑得眼泪鼻涕都下来了。

“赶紧去卸了吧，你还真是不能化妆。”她推了他一把。

“你这人过河拆桥拆得也太快了吧，刚才怎么求我来着的，现在说实话啦！”阿尔诺看她笑了也嚷嚷起来，找了几张纸巾满脸地擦。

苏敏叫他别动，接过纸巾来帮他。擦了一会儿，她不笑了，很认真地说了句：“谢谢你，阿尔诺。”

“别谢了，受不起。”阿尔诺冷笑道，“你不嘲笑我，我已经满足了。”

“真的，谢谢你，不光为今天的事，真的……”她语无伦次地说着，眼泪又不受控制地落下来。

阿尔诺伸手抱住她，那个拥抱带给她的感觉就像是在困极了的时候，突然找到一张泛着阳光香味的软床。她转身，埋头进他的怀抱，畅快地哭，任由眼泪把所有辛苦和委屈冲走。

“真挺疼的。”仿佛许久之后，阿尔诺突然开口来了这么一句。

“什么？”苏敏不懂他没头没脑说的什么。

“让熨斗烫的那一下啊，”阿尔诺解释道，“真挺疼的，到现在还疼，肯定都起泡了，你要不要看？”

苏敏还没哭完，就带着眼泪笑起来：“当然疼啦，蒸汽哎，我知道那有多疼，又不是没被烫过。”

第一次被熨斗烫到是十几岁来着？好像是十三。更早一些，还被缝纫机针扎破手，流了许多血。她静静回忆着，突然觉得过去几个小时当中发生的事情都已不再重要，经历过了这一切，不管结果如何，其实她已经没有遗憾了。

【二十二】

我知道如何表达我的时代。

——Coco Chanel

一周之后，考试成绩公布了，简妮毫无悬念得了最高分，拿到了D-sign巴黎总校的奖学金。

许多人为苏敏鸣不平，要她向学校申诉，找曹小兵来当面对质，甚至调考试前一晚的监控录像出来看。这案子说穿了其实很好破，但就算破了也没有任何意义。苏敏什么都没做，所有一切的因果报应、是非对错，她都无意再去追究。她自以为输得很服气，就像矢田对她说的——不管作品出了什么问题，那只能是她自己的责任，只要她从中学到了什么，就算失败了，也没白来。

苏敏不去找学校评理，反倒有人主动找她谈，而且是一个她根本想不到的人。

这个人就是Spade J。

算起来她回归“衣橱日记”已经有一段时间，人气甚至比从前更盛，不过几个礼拜，Emily S就又回到首页，粉丝数量暴涨，许多人点赞，用各种各样的语言给她留言。她交了不少朋友，世界各地的都有，越来越多的人觉得她很别致。她就快二十四岁了，在此之前，从来没有人用“别致”这个词形容过她，一般都是说她秀丽或者有趣。但就是从那个春末开始，有些东西开始在她身体里沉淀，复杂而略带黑暗，让她整个人犹如经历了一次奇异的跃升。

这般情形如果放在从前，Spade J是一定不会错过的，肯定会想出什么奇奇怪怪的话来调侃她，或者持着某种从来没听说过的观点大发一通议论，叫苏敏分不清他究竟是在贬她还是褒她。但这一次，这个曾经熟悉的名字却很久都没出现过，有时她睡得晚，突然听到手机发出收到新邮件的提示音，便会希冀是他的来信，立刻跳起来去看，结果却都只是垃圾邮件罢了。她觉得有些奇怪，但也并不是太意外，网络上的朋友毕竟还是虚无缥缈的，今天还热络非常，明天可能就谁都不认得谁了。

直到经历了那一场考试之后，苏敏将自己在“衣橱日记”上的简介改成了一句话——“未知死，焉知生”。

几天之后的深夜，Spade J突然发邮件过来，对她说：“你把我的话记反了。”

苏敏没想到这个人竟然还活着，搞不懂他为什么突然有了攀谈的兴致，偏不凑巧撞上她心情很差。虽说愿赌服输，没有什么可遗憾的，但她心里并非没有委屈。

“这话是孔子说的，又不是你发明的，我愿意怎么写就怎么写。”她回答。

很久，Spade J没有回复，大约也看出她语气生硬。

“我考试失败了。”最后，还是苏敏先坦白了。

“为什么会失败？”Spade J问，也不怎么客气。

“原因很多，”苏敏想了想，似乎把自己放到了最低，“最根本的一个是因为我不够好。”

“不是你不够好。”他说得那么肯定，肯定得就连苏敏都觉得有些荒唐。

“为什么？”她问。

回答天雷滚滚：“因为我很棒，我指点过的人不可能不够好。”

“你什么时候‘指点’过我？”苏敏觉得好笑。

Spade J并未直接回答，又倚老卖老地问了问那次考试的情况，以及她下一步的打算。苏敏简单地说了，冷静客观得不像是在说自己的事情。这段回忆，她每说一次，都会想起矢田玛丽安最后那番话，越加深刻地觉得自己并不是输得两手空空。但对于未来，她却还是迷茫的，这种迷茫甚至比两年前大学毕业时更甚。

此时已是五月中旬，考试结束之后，苏敏那一届在D-sign的最后一个学期也已接近尾声，同班的学生找工作的找工作，准备出国的准备出国。沃利眼看着就要回广东当他的少东家了，叶思明则拿到一个风马牛不相及的offer，她刚刚出版了自己的第一部绘本小说，有家美国动画电影公司看了那本书，给她一个工作的机会，做动画角色设计，工作地在加州，条件开得很优厚，她正犹豫着要不要放弃时装设计，去画动画片。

和他们相比，苏敏仍旧前途未卜，表面上看起来似乎也不怎么着急。妈妈听说她在考试中的遭遇，居然一改从前的态度，放出话来让她尽管去申请法国最好的设计学校，哪怕没有奖学金，别的暂且不说，每年的学费家里还供得起。惊讶之余，苏敏不是没有感动。嘴上却只是笑着说，那个梦想已经旧了，过去了。现在的她只想休息一段时间，然后再找工作。话虽是这么说，但将来究竟会怎么样，下一步往哪里走下去，她一点儿头绪都没有。

那一夜就这样过去了，她与Spade J邮件来往，聊了许多。两年前，正是Spade J鼓励她走上这样一条一直想要走，却从来没想过真的会涉足的路。现在，这条路上的风景她都已看过，所有的滋味，酸甜苦辣，她也都一一品尝过了。一切尘埃落定之后，这两年的历险和奇遇也画上了句点。她没有获得成功，没有了不起的成绩，没钱，也没名气，看起来仍旧是那个刚刚大学毕业、什么都不懂的莽撞姑娘，可能只有她自己才知道，她身上的某些东西已经彻底地变了。她不禁觉得好奇，Spade J又会给她怎样的建议呢？

第二天，她收到Spade J的一封信，其中附着一份资料，仿佛是关于一个比赛的。这不是她期待的答案，她无心恋战，没看清楚就关了。她有些失望，看来这答案还是得靠她自己去找。

又混了两个礼拜，叶思明有些担心她这种状态，总觉得一不留神她就有可能干出点奇怪的事情来，就好像把头发剃光，或者突然跑去危险的地方旅行。幸好阿尔诺时常来看着她，帮她拍照，跟着她去逛中古店和轻纺市场，或者陪她去游戏厅，在跳舞机上跳到大汗淋漓浑身虚脱为止。

一个偶然的机会，苏敏遇到教个性艺术观的老师，那个法国老头本来就很喜欢她，闲谈中又提起考试的事情。她本不想听，觉得无外乎就是那些对她的遭遇表示深切同情的老生常谈，结果却出乎她的意料。老头告诉她，考试结束当晚，所有参加评分的老师被迫留到深夜，就是因为对她的成绩未能达成一致。拉芙热坚持公事公办，但矢田始终不同意，一众评审也分成了两派。

“最后人选斟酌了很久，”老头对她说，“矢田为你据理力争，说你是她教过的最有才华的学生。”

苏敏静静听着，很是意外，她总以为矢田是讨厌她的，而拉芙热一向对她不错，现实却恰恰相反。与老头道别之后，她径直就去了D-sign的学院办公室找矢田，也没有什么特别想说的话，只觉得自己总还欠着老太太一声发自内心的谢谢。

不巧的是矢田不在，学院秘书叫住她，交给她一只半透明的文件夹，说是矢田留给她的。苏敏完全想不出可能是什么东西，一出门就打开来看——文件夹里装的是一份赛程介绍，由美国时装设计师协会和连锁百货零售Steward’s一同发起的一场设计比赛，除此之外再无其他。

就在此时，隔壁校长办公室的门也开了，一阵笑语传来。苏敏抬头，便看见拉芙热送简妮出来，两人微笑道别，十分热络。

辞别校长，简妮转身离开，看见苏敏，还是一贯的亲昵态度：“这么巧，你也回学校啊。”

苏敏无意闲聊，只笑了笑就要走。

简妮却无有罢休的意思，随着她去电梯厅，边走边道：“我下个月就飞巴黎，打算趁暑假把房子找好，等到开学，一定忙得不可开交。”

苏敏点头，道声“一路顺风”，心里在想，这是胜利大游行吗？

等电梯来，她们一前一后走进去，门又合上，镜子般映着两个人。

“你有什么了不起，”简妮突然道，眼睛并不看苏敏，“最后还不是输给我。”

苏敏一怔，不知这个胜利者还有什么不甘心。

“不过就是占了出身的便宜，”简妮冷笑，继续说下去，“那时我在‘霓裳天裁’拿冠军，就是他颁奖给我。去他那里求职，他却选了你。你走了，总算轮到我，我还是样样做得比你好，可又是因为你，他不要我。”

仿佛只是一瞬，电梯已到底楼，门开了又合上，没有人走出去。许久，苏敏才意识到，简妮说的“他”指的是方书齐。

“现在你知道了，”简妮终于转过头，看着苏敏，“谁是第一名。”

“你是第一，祝你好运。”苏敏揶揄。

简妮大约嫌她不是由衷而发，又道：“什么好不好运？你一趟趟往学校跑，以为可以查出什么来？我没有那么蠢，叫你这样段位的人捉到把柄。”

苏敏闻言，一瞬清明，毕业大考的幕后黑手便是眼前这个人了。她淡然道：“你放心，我不想查什么，谁输谁赢，也不是一场考试可以决定的。”

“你输了，当然这样讲。”简妮轻笑。

苏敏却道：“我在D-sign学到许多东西，有个简单的道理，我一直记得，艺术的一言堂只有一个，决定成败的也只有一样东西，那就是作品。你，或者我，如果真的才高八斗，艺术细胞比白细胞还多，想不出名，想被埋没，恐怕比当上美国总统还要难。所以，无论遇到什么事，是输还是赢，我都不会抱怨自己出身低微、生不逢时，或者遇人不淑、怀才不遇。”

这些都是矢田玛丽安在课堂上说过的话，苏敏以为自己早已忘记，直到此时，才发觉记忆如此清晰而深刻。简妮大概是不记得了，没想到苏敏会突然发出这么一番议论来，倒是愣了一愣。苏敏看着她，道了声：“祝你好运，也祝我好运。”说完，便伸手按下开门键，头也不回地走出去了。

回家的一路，苏敏也为自己方才那番豪言壮语振奋，却又有些别的念头突围而出。她想起简妮说的话：“……你走了，总算轮到我，我还是样样做得比你好，可又是因为你，他不要我。”言下之意，似乎离开KEE，并非简妮主动选择。又是因为我？苏敏自嘲地想，一次，两次，方书齐那样决绝地将她推远，怎么可能是因为她呢？

回到家，苏敏放下书包，从里面拿出矢田留给她的文件夹，看着赛程介绍上印的Logo，又觉得有些眼熟。一开始她并未在意，过了一阵才突然想起Spade J发给她的那封电邮，找出来一比，果然是同一场赛事。她点进邮件里附着的那个链接，起初只是随便看看，很快就被那些已经提交的作品吸引。她觉得其中有一些真的做得很好，但如果由她来做，没准儿可以更好。那是一种很奇怪的感觉，有些欣赏，又有些妒忌，同时还混杂着越来越多按捺不住的冲动在里面。

她开始仔细地读参赛规则——参赛者可以是个人，也可以是小组，不限国籍，但年龄必须在二十六周岁以下，还得是经由主办方认证的时装设计学院的在册学生，下面列着不多的十来个校名，D-sign也在其中。提交作品的最后期限是六月初的一天，要求将设计稿、工艺表以及实物成品邮寄到位于纽约的评审办公室。最终的获胜者将得到一笔不菲的奖金和Steward's百货公司的销售合约。

她这个人就是这样，平日散漫，临到当时脑子却转得很快。此时已是五月中旬，到月底就正式毕业了，如果真要参加就得赶在那之前，而且还得给国际快递留出几天的余量，也就是说，最多只剩下一个多礼拜的时间完成全部的设计和制作，靠她一个人根本没有可能做得完。

她跟叶思明和沃利提了一下这个看似不现实的计划，却没料到立刻就得到了他们的热烈响应。这两个人就快各奔东西了，今后的工作一个是做生意，另一个是画画，这次比赛很可能就是他们最后一次用到在D-sign学到的东西了。三个人说干就干，一同定下了设计稿，坯衣样板由苏敏手工制作，叶思明负责印花的设计，找朋友转成菲林片。沃利特地飞了一趟东莞，选到合适的面料，在自家工厂印花，然后再带回上海，三个人一起裁剪车缝，完成最后的工序。

寄出作品之前，他们还要拿到至少一个老师的推荐信。苏敏自然第一个想到矢田，希望趁这个机会当面说一声谢谢，去学校一问，才知道矢田早已经开始休假，去南美旅游了。秘书又交给她一个文件袋，说矢田走之前留下的，里面装的竟然正是她需要的推荐信。信封背面贴着一张报事帖，上面写着：永远别藏着自己，祝好运。

至此，作品和所有参赛资料全都准备停当，通过UPS寄往美国。忙完了这一场，就像是放完了新年的最后一把焰火，苏敏不得不承认，真的该结束了。那天刚好就是六一儿童节，苏敏和叶思明一起请了一帮朋友过来吃饭。晚饭之后，人渐渐散了，叶思明哭了一小场，气氛变得有些伤感。苏敏还没尽兴，拉阿尔诺上了楼顶天台，两个人蹲在那儿玩了很久的冷焰火。

梅雨季过去，夏天来了。

苏敏每天在店里帮忙，日子过得忙碌而简单。有时候，她甚至觉得梦想中的生活不过就是这个样子的，或许没有什么光华，也不追名逐利，只是做些自己喜欢的事情。

直到有一天，晚上十点多，她接到一个电话。一个女声，说着美式口音的英文，确认了她的姓名之后，对她说Congratulations（祝贺），祝贺她进入了一个什么时尚创业比赛的决赛名单。

苏敏的第一反应是打错电话了，然后又觉得一定是谁在跟她开玩笑吧，愣了很久才想起来一个月前她还真参加了这么一个比赛。她立刻把这个消息告诉叶思明和沃利，这两人也很是意外，他们参加这场比赛原本就是一时兴起，报名的时候根本没注意获奖了会怎么样，一个多月过去，差不多都忘了这回事，没想到却入选了。再细看条款，才知道入选决赛的设计师将被邀请去纽约，向评审委员会当面提交商业计划，最终的获胜者将得到那笔创业基金和Steward's百货公司的销售合约。三个人几乎不敢相信自己的眼睛，直到几天之后，所有办签证所需的材料由D-sign上海分校转寄到他们手里，才渐渐接受事实，这好事儿还真就落在他们头上了。

当时的苏敏仍旧是半个无业游民，叶思明到美国刚刚两个礼拜，房子什么的都已经安顿好了，还没开始上班，住的又是一个位于洛杉矶东北部人口不过十几万的小镇，一到晚上什么都关了，正百无聊赖闲得发慌。沃利和她们刚好相反，成天不是在工厂救火，就是跟他爹妈出去应酬谈生意，偶尔得闲还得去上课，学着做预算、核算成本、看财务报表，巴不得找个借口逃出去，过几天不一样的日子散散心。

所以，不管最后能不能得奖，这纽约他们是去定了。

三个人拍脑袋想了个品牌名——MDI，Maison D'Inspiration，然后靠电邮往来你一点我一点地凑了个商业计划书出来。两周之后，签证搞定，沃利和苏敏在上海会合，搭东航班机穿越北极圈直飞纽约。三个人在纽约机场会合，见面自是一番小激动。

比赛评审委员会办公室设在百老汇大道，所有参加决赛的小组到齐之后，主办方组织了一天的参观活动，还有电视台和网络媒体随行采访。参观地点有Alexander Wang（亚历山大·王）的工作室，以及布利克街上那一家连着一家的Marc Jacobs（马克·雅可布），也有各地都看得到的最普通的A&F和Foever21。

相比那些仰慕许久的设计师品牌，反倒是后者更让苏敏感触良多。她有些佩服这些把营销做到极致的牌子，把时装做得像快速消费品，而这种快销式的时装品牌似乎天生就注定是非常赚钱的，在市中心最繁华的地方开店，卖着白菜价的衣服，账台时刻排着长队。就好像Foever21，T台上出什么，他家就卖什么，从设计到出厂三个礼拜就能上架，质量什么都在其次，关键是便宜，什么样的风格都有，伦敦的摇滚、巴黎女性化的优雅、纽约柔化了的grunge（一种颓废、暗黑的风格），把混搭发挥到极致，同时还带那么点儿小妖，最合年轻女孩子的胃口。还有那个奇怪的A&F，大尺度的半裸广告，店铺永远灯光昏暗，背景音乐超大声，每二十分钟不要命地喷香水，身边时不时走过短裙短得屁股都要露出来的长着雀斑的女店员，要的就是这种夜店里买衣服的体验，小年轻一进去就激动得要死。

对苏敏来说，这一天的参观不啻一场颠覆之旅。曾几何时，她眼睛里只有High Fashion之流，似乎全世界人民都应该只爱戴那些极致之作，所有服装业的商人都应该以Chanel、Balmain为楷模。但现实根本不是这样，务实的美国人并不计较法国人和意大利人在他们身上赚去多少美元，他们关心的是如何让自己手里的“美特斯·邦威”们赚钱。

参观间隙，苏敏和其他小组的人攀谈，发现参加比赛的大多是美国人，入选决赛的几乎清一色是Parsons（帕森斯）设计学校的学生。而且，人家的准备远比他们充分，制作精美的商业计划书、各色模拟展示应有尽有，两下里一比较，他们来得实在是太随便了。

虽然并不是志在必得，但就算是输也不能输得太难看了，苏敏试图利用剩下的两天时间尽量弥补。当天晚上，她躺在床上琢磨了很久，却始终想不到什么出彩的点子，干脆爬起来上网，把计划书发给Spade J，让他帮着想办法。

Spade J粗粗看了一遍，很快提出几个问题，尤其是融资和财务那部分：“百分之七十的营运费用花在市场营销和广告上面，而且其中花钱最多的是时装秀和路演，你知不知道作为一个小型企业这样的运营模式非常冒险？你怎么保证销售额能达到预计的水平？”

这番话在苏敏看来有些不中听，而且未免太绝对了，现成就有一个活生生的范例，就是KEE。两年前方书齐第一次去巴黎的时候，在秀场上的投入甚至远远超过百分之七十这个比例，后来不也成功了吗？她本想以此为例反驳Spade J的观点，但过去那些事总让她觉得有些难过。那个时候，她也曾觉得方书齐做事的方式太过冒进，而现在，她自己也鬼使神差地选了一条相似的路。难道事情真的跟凯瑟琳对她说过的那样，当有一天她也面对那样的选择，就会理解他做出的那些决定。

想到这些，苏敏的脑子里一团乱麻，她甩开那些念头，只让Spade J帮忙想想怎么才能在剩下的两天时间里让他们的商业计划看起来不那么单薄。

Spade J也不再过多纠结那些问题，片刻之后回复道：现在再改弦易张未免太迟了，计划书做得再漂亮也是模拟的，给他们看点儿真格的，在气势上压倒Parsons那帮人。

气势？这人生地不熟的，一时半会儿怎么整出气势来啊？苏敏睡意全无，琢磨了很久，突然想到一个人——半隐退状态的前度名模，梅玫。

她叫醒沃利和叶思明，说打算请梅玫来拍一段视频，刚开始那两位还觉得这事儿肯定成不了，一是时间上来不及，二是没人，即使梅玫真的答应了，导演、拍摄、剪辑也不是随便什么人都能干的。再细一商量，叶思明才想到她动画电影公司的朋友，现成的摄像和剪辑都有。

第二天一早，三个人分头联络。叶思明找了她那个圈子里做独立电影的朋友帮忙，苏敏打电话给梅玫。这妞儿还是像从前一样为人仗义，一口答应。新泽西州立大学和曼哈顿之间只隔一条隧道，她当天下午就进城了，跟苏敏约好在华盛顿广场碰头。

苏敏他们到的时候，梅玫已经在喷泉边上等着了，脸上没化妆，头发在脑后梳了个髻，身上是简单的白T和牛仔裤，正坐树荫底下看一本摇滚乐手Keith Richards（基思·理查兹）的回忆录，看起来就跟那一带出没的NYU（New York University纽约大学）的学生一般无二。两人大半年没见，趁着开拍前的空当聊了几句，梅玫是想什么就说什么的人，不可避免地说到彼此都认识的人——方书齐。

她一边闭着眼睛让化妆师沿着睫毛画眼线，一边对苏敏说："有件事我一直想问你，你跟他到底为什么分手？可千万别是为了我那桩破事儿。"

"你想哪儿去了，"苏敏笑起来，做出一副无所谓的样子解释，"我不是他那个圈子里的人，相处不来。"

她以为自己装得很好，却没想到梅玫这样回答："他算是什么圈子？不也是普通人家的小孩儿？我刚认识他的时候，老是怨做模特太辛苦，他就拿他在圣马丁念书时的事情刺激我。说他十一岁去的英国，在消费不高的曼彻斯特长大，父母只是工薪收入，而且根本不同意他去伦敦念设计学校，所以他课余要去餐馆端盘子，从麦当劳到高级餐厅都做过，靠小时薪水和小费付房租和生活费，平时每天只睡四个钟头，功课忙起来两三天没觉睡……”

梅玫回忆里的方书齐和苏敏印象中的完全不同，她愣在那里，不知道该做何感想，半晌才打断梅玫说：“这些事他从没跟我说过，可能还是应了那句话吧，我不过是他那出戏里一个随时可以被替换掉的小角色，主角的前世今生和我根本就没有多大的关系。”

“你为什么会这么想？”梅玫突然问，好像苏敏说的是一句再荒唐不过的话。

苏敏不懂她什么意思，其中的原委也不是三言两语解释得清的。

梅玫不等她开口，紧接着又问：“你还记得前年秋天，他叫我去工作室走的那场秀吗？”

“嗯。”苏敏点头，那时她刚刚得到那份PA的工作，也是第一次见到凯瑟琳王。

“那场秀之后，方书齐请我吃饭算是谢我。一顿饭的工夫他几次提到你，总是笑，我开玩笑问他是不是喜欢上你啦，他既不承认也不否认，我当时就看出来，他真的是碰到他喜欢的人了……”

梅玫还在絮絮叨叨地说着，苏敏就像是突然踏空了一步，心跳都乱了，赶紧找了个借口把话题岔开。她以为已经能坦然应对，其实却远远没有那样的功力。幸好所有准备工作已然就绪，她们没工夫再说下去。

因为预算有限，除了抓来帮忙的梅玫，苏敏他们并没有请别的模特，就连她自己也得亲自上阵。场地当然也不是事先租好的，几乎就是抢时间，到地方就拿着手持摄像机开拍，遇到警察或者保安来赶人了就马上撤。

苏敏觉得有些对不起梅玫，开玩笑说：“我们这草台班子实在委屈了你这等超模。”

梅玫却不以为然地笑答：“这算是不错的了，去年DKNY也就这待遇。”

就这样从下午四点一直拍到日落，视频交到叶思明朋友的手上，七个钟头之后，他们就拿到了剪辑好的片子。苏敏把片子发给Spade J看，他还是老样子，表示在时间和预算都如此有限的前提下，算是拍得还不错。虽然听起来的确是赞扬的话，态度却极其保留。

苏敏有些不高兴，坦白说：“眼看就要决赛，就算要改也来不及了，你就不能说点好话，偏要这样打击我？”

Spade J纠正她：“不是打击你，只是不想看你太失望。”

“你就这么肯定我们不会赢？”苏敏不服气。

Spade J回答：“让人失望的不仅仅是失败，有的机会来得太大太早，其实并不真的属于你。”

他话里意思，苏敏一时捉摸不透，按照原来的计划把视频传到几个主要的视频网站，又放了几张和梅玫的合照在“衣橱日记”网站上。结果十分喜人，不过几个钟头，点击已过十万，等轮到他们向评委会提交商业计划的那天，这段视频已经排在好几个网站的热门点播榜上了。

苏敏是三个人里英文最好的，presentation当然还是由她来做。叶思明和沃利基本不用开口，却搞得比她还紧张。刚走进那间大会议室，沃利就撞在门边的一张桌子上，手里的东西掉了一地。

靠窗坐着一排六七个评委，其中一个穿藏蓝色西装的老头挺和气地笑起来，对他说了声：“当心，孩子，放轻松。”

苏敏看了那老头一眼，觉得有些眼熟，可惜离得远看不清他衣服上别的名牌，怎么都想不起来在哪儿见过。她也没时间瞎琢磨，整理了一下思路，清清嗓子开始做她的presentation。

果然如她所料，他们的商业计划准备得的确不够充分，特别是涉及融资和财务的部分，几次三番地受到评委的质疑。有些问题是他们的疏漏，但也有一些是评委存心加压，只为看他们如何反应。苏敏对此尚能应付，而且Spade J也早已经给她打过预防针了。叶思明本来就不是能说会道的人，陌生人一多更加紧张，从头到尾站在一边干着急，一句话都说不出。相比之下，沃利毕竟在生意场上混了一遭，多少也能算是个场面上的人，无奈英文不好，想说也说不清楚。

就这样任凭苏敏一个孤军奋战，直到说到品牌营销那部分，他们才一扫颓势。所有评委对他们拍摄的那个小短片及其在网络上引起的反响都表示赞赏，听说整个片子是在一天之内完成的，更是十分惊讶。虽然这只是个打擦边球的小花招，但效果却是极好的。

前后不过一周时间，短暂的纽约之旅接近尾声。比赛结果公布了，大奖最终被一组Parsons的学生捧走，苏敏他们拿到一个不知所谓的最佳营销奖。

原以为就这么结束了，却没想到临走前一天，苏敏又接到一个电话。打电话的人自称是Steward's百货公司的马格纳斯·伦蒂，约她在第五大道普利策喷泉附近的咖啡馆见面，有些事情要跟她谈。

苏敏不明就里地去了，到了那里才知道这个伦蒂正是评审委员会里那个面熟的老头，而且她也终于想起来从前在哪儿见过他了——去年三月，在巴黎，KEE第一次发布会之前，戴维梁塞给她一个Steward's的买手让她帮忙带一下，而那个买手不是别人，正是眼前的这位伦蒂先生。

许久不见，伦蒂已然高升，名片上的头衔听起来却有些非主流，不是常见的CEO、CFO，而是Chief Marketing & Wholesale Officer（首席市场营销及批发官）——所谓CMWO是也。他先和苏敏随便聊了几句那场刚刚结束的比赛，很快切入正题："你可能已经知道了，Steward's有超过八百家百货商店遍布全美和世界其他一些城市，我们正在考虑把你的设计放在这八百家商店里。"

苏敏已经经历过太多的惊喜和失望，所以这番话并没让她大喜过望，只让她觉得有些莫名。她点点头回答："数字很惊人，但我们现在只有三个人，什么准备都没有，短时期内还不可能接下这么大的订单。不过，要是你说的是三年或者五年内的计划，我可以和我的合伙人讨论一下。"

伦蒂笑道："我见过许多年轻设计师，绝大多数听到开头这几句话就乐昏头了，有的甚至从椅子上滑下来，你这样的反应相当少见。"

"我曾经也跟他们一样，但后来我懂了一个道理，有的机会来得太大太早，其实并不真的属于你。"苏敏答得很低调，说出口之后才意识到这句话是从Spade J那里学来的。

伦蒂点了点头，正色道："事实上，我们今天还不能跟你做生意。Steward's的目标顾客是普通中产家庭，我们喜欢你设计的作品，但是我们买不起，我看了一下你们商业计划里的零售价格，你说你设计的衣服是给二十五到三十五岁的年轻人穿的，我不知道在中国有多少年轻人买得起你的衣服，但可以确定全美国没有几个。你能不能改用价格不太昂贵的面料？并且上生产线批量制造？有许多和我们签订独家销售协议的设计师都在中国南方做他们的衣服，如果售价能降下来，我想我们之间的生意就能做成。"

苏敏对这番话的第一反应是十分反感的，她不喜欢人家跟她讲价。不过，既然要做生意，谈钱总是难免的。她一次次地提醒自己，有时候世事就是这样，不可能所有人都对她另眼相看。

伦蒂看出了她的心思，继续开导："在美国，一个设计师只要跟一家连锁百货公司建立了合作关系，比如梅西、Saks（Saks Fifth

Avenue萨克斯第五大道精品百货店）或者Nordstrom（诺德斯特龙），那么就意味着你能在全美国五十个州的连锁商场里买到他或她设计的衣服，一个品牌在几年内达到千万美元市值的现象并不少见。”

苏敏笑了笑，不太认真地问：“就像Kate Spade（凯特·丝蓓）和Alexander Wang？”心里却想，市值是忽悠不到我的，我要的是实实在在的利润。

“对，就像Kate Spade和Alexander Wang，”伦蒂爽朗地笑，“你很有才华，也有机会和他们一样举世闻名，问题是你想不想。中国的市场更大，我们正准备把同样的经营模式带去那里，这也正是我今天找你谈的原因，你来自中国，你很年轻，这些都恰好是我们想要的特征。”

听到这里，苏敏不禁觉得有些讽刺，凯瑟琳王也曾觉得她符合轩雅的标准。她淡然地笑，把难题抛回给伦蒂：“但中国完全不一样，买货制的百货公司在我们那儿不吃香。”

“只是时机的问题，并不代表这种方式不好，”伦蒂很轻巧地把难题解开了，“就像你说的，有些机会并不是不好，只是来得太早了。”

苏敏几乎被说服了，她沉吟片刻，最后回答：“我要考虑一下，我还有两个合伙人。”

“你们之间有法律层面上的协议吗？”伦蒂问。

“现在还没有。”苏敏多少悟到一些他话里的意思，字斟句酌地回答。

伦蒂点点头，平心静气地说：“Emily，这种机会一生可能只有一次，就看你怎么抓住它了。”

【二十三】

虚荣，是我最爱的原罪。

——电影《魔鬼代言人》

与伦蒂道别之后，苏敏第一次认真地考虑了创业的可能性。那天下午，她和沃利就要回国了，叶思明把他们送到机场。候机的那半个多钟头，苏敏一直在网上跟Spade J讨论伦蒂向她发出的邀约。按照她原先的计划，现在的她应该在某个老牌时装屋里工作，至于自己创业，那是三十岁之后的事情。要她现在就开始干，她心里还真是没底。

Spade J问她为什么会有这样的感觉，她也说不出什么具体的原因，举了个例子解释：“从卖出第一顶帽子开始，Chanel花了十二年才在巴黎开了第一家店铺，所以我觉得等十年之后再谈这个问题也不迟。”

Spade J反驳道：“如果我没记错，那是一九一〇年，从上海到巴黎至少要花三个月，现在每天两个航班，十多个钟头就能看见艾菲尔铁塔，照这个比例，你就算等到明年，都已经晚了。”

“你的意思是我应该接受伦蒂的建议？”苏敏问。

“别相信他说的什么once a lifetime chance（机会难得），多见几个投资人，你就会发觉他们说话都是那个口径。”Spade J在此处加了一个鬼脸表情，“在这世上，除了人，没什么东西是独一无二不可取代的。”

苏敏觉得他说得有道理，她还没在资本市场上好好领过行情，实在没道理就这样把自己卖了。但是，她真的应该像伦蒂建议的那样调低MDI的市场定位吗？

“这个问题只能由你自己来决定。”Spade J这样回答，“我相信你有这个能力，从品质和细节出发做出无愧于售价的高级成衣。另一方面，你也很清楚你的同龄人期待着什么，你知道他们关注的话题和人物，他们的气质、色彩、姿势，因为你就是属于这个时代的。所谓生意，其本质不过八个字：知其所欲，予其所需。你没必要怀疑自己，但你也必须记住，真正好的作品不可能取悦所有人，服饰是带给人快乐的东西，它首先必须让制作它的人快乐，将你的感情投入其中，把记忆化作色彩、线条、纹理和轮廓，并让它时时刻刻构建出你的故事。现在的你还是一张白纸，但一无所有也有一无所有的好处。在做出任何决定之前，你都该仔细想想这是不是你真正想要的，如果不是，那它终有一天会让你生厌，到时候再改弦易辙，代价会是很大的。”

这段话苏敏反复读了几遍，还没等她想出个所以然来，Spade J又问：“我记得你还有两个朋友跟你一起的，他们是怎么想的？”

“我还没跟他们说。”苏敏回答。

机场广播响起来，她和沃利搭乘的那个航班开始登机了。苏敏对Spade J道了声bye就下线了，直至飞机起飞，她一直在想一个问题——为什么她没有找叶思明和沃利商量，反而舍近求远地去问一个网络上认识的陌生人？Spade J固然有些年资和见识，从他那里能得到更好的建议，但她为什么根本没把伦蒂找她谈话的事情告诉叶思明和沃利呢？

飞机很快进入平飞，苏敏睡了两三个小时。在梦里，她似乎又回到从前，和方书齐一起半躺在一张长沙发的两头，腿搁在彼此身上，睡午觉，看书，吃零食，那么舒服。

直到他突然坐起来，靠近她，望着她的眼睛对她说："你看，我说的是对的。"

一瞬的怔忡之后，她几乎立刻就明白了他话里的意思——她之所以没有把伦蒂的邀约第一时间告诉叶思明和沃利，有且只有一个原因——她的私心。即使是在梦里，她也不愿意承认这是真的，她向他解释，她觉得叶思明有了很好的工作，沃利也有他自己的生意要管，不想在一切都还没谱的时候分他们的心。

他仍旧笑着，看着她，似乎根本不相信。

"我不会变成你！"她对着他喊。

"说得对，"他没有退让，在她唇上吻了一下，"你不会变成我，你本来就是我。"

这句话让苏敏霎时惊醒，她睁开眼睛，沃利正在隔壁位子上看着她，猥琐地笑着问："你梦到什么啦？喊什么不要不要的……"

她胡乱推搪过去，问空姐要了一杯水，一口气饮尽。直到飞机在浦东机场降落，她都在默默地自省，或许她的确跟方书齐很像，如果她真的选择在伦蒂为她指出的那条路上走下去，面对的诱惑还会越来越多，她又将做出什么样的选择呢？

飞机在浦东机场降落时，上海已经入夜。沃利还要转机去东莞，两人在航站楼匆匆道别。苏敏一个人去取行李，刚出海关，就在国际到达处的大屏幕上看到方书齐在电视上露面。

"你是上海人？"本地卫视的女主持人微笑着问他。

"我祖父是上海人，但我从小生活在杭州。"他也微笑着回答，看起来很上镜，不明就里的人可能会把他当成演员。

"过去来过上海吗？"女主持又问。

"小时候来过一次，应该是十多岁吧，小学毕业那一年，秋天我就去英国了。"

“喜欢什么样的女孩子？”

他笑了一下，像是被问住了，很久才说：“我也不知道该怎么形容……”

“那是真有这么一个人咯？”

他低头，再次面对镜头的时候已经收起了笑：“这是私人的事情，我不想说。”

那段对话或许是事先就排练好的，但他没有按剧本上写的那样说，四分之一秒的停顿，幸好那个节目的主持人是有些资历的，很有技巧地混过去了。

苏敏怔在原地，甚至没看到爸妈就在不远的地方朝她招手。那段时间，KEE的广告做得比以前更多更大，几乎遍布一线时装杂志的扉页和封底，除此之外，还有新闻报道和电视采访，软的硬的一起上。她总是尽量避开不看，完全没想到会在这种情况下毫无防备地看到他，而且，他竟然也来上海了。她回想起KEE去年年底制订的营销计划，九月底，上海的第二家门店就要开张了，所有这些都应该是在为新店揭幕造势吧。

可能是因为时差的关系，那天晚上，苏敏几乎彻夜未眠，穿着背心短裤，一个人躺在天台上发呆。在寂静中，时间总会变得迤逦而漫长，她不想放任自己沉溺于记忆里那些看似不起眼的细节，便上网找人聊天。像平时一样，这个时候只有Spade J还醒着。

“这么晚还没睡？”Spade J问她。

苏敏觉得这是句废话，反问：“你不也是？”

“我今天突然很想念一个人。”Spade J回答。

“我也是。”她在心里喃喃道，继续打字，写了又删，删了又写，半天才发出去：“Steward’s找我谈的事，我还没告诉我那两个朋友。”

“所以呢？”

“我觉得伦蒂在暗示，如果只有我一个人，事情会简单一点儿，机会也会更大。”她狠狠心，终于把实话说出来了，“我是不是很坏？”

“这不好说，”Spade J没说什么责怪的话，“但你有必要问问自己，要是没有他们俩，你们参加比赛的事情能不能成？”

“当然不行，初赛都过不了。”

“那你以后一定还会碰到这样的情况，单凭你一个人搞不定。”

“你是不是觉得我应该告诉他们？”她索性把话说透了，“从前有人跟我说过，有些机会一辈子可能只有一次，能把整件事情按照自己理想中的方式做出来，在这种情况下，你没办法也没责任为所有人考虑。”

“我不能帮你拿这个主意，”Spade J回答，“但我记得我跟你说过，别相信生意人跟你许诺的所谓once a lifetime chance，这世上只有人是无可取代的，比如你喜欢的人，还有你的朋友。离开这些人，你可能会发觉自己所谓的理想只不过是一样骗人的东西，根本不值得你舍弃一切去追求。”

“经验之谈？”苏敏问，只因为这番话他说得这样至诚至恳。

“算是吧。”他回答，显然没有继续深入的打算。

那天晚上的对话到此为止，苏敏匆匆梳洗上床，很快入睡，却又做了一夜纷乱的梦，梦里还在跟Spade J讨论那件事。不知不觉间，她面前的人似乎换成了方书齐，来往的邮件也变成了面对面的争吵。至于吵的是什么，她睁开眼睛就忘了，但却清清楚楚地记得浑身掠过的那一阵凉意——她甚至比他还不如，在一开始什么都没有的时候，就企图放弃原先那些振振有词的信念和义气。

这些念头让苏敏觉得自己可笑至极，起床后第一件事就是给叶思明和沃利发了一封电邮，把伦蒂对她说的话和盘托出。回信很快就来了，不出她所料，那两个人都有些兴奋，几乎立刻就开始讨论实践

MDI的细节问题。

他们三个中间只有苏敏念过公立全日制大学，为了用足税收上的优惠政策，最佳选择就是注册在上海。苏敏打算把自家店堂楼上的两层租下来，作为注册地，二楼陈列样品，三楼做工作间。

按照优惠政策细则，他们的注册资本可以三年内分期到位，首期只要拿出百分之十就可以了。苏敏和叶思明都是没积蓄的穷光蛋，但对沃利来说这只是小钱，他表示启动资金可以由他一个人来出，也没提什么股份。叶思明觉得这样再好不过了，苏敏心里却有自己的想法，要做就要做得正规一点儿，她不想到时候搞得不清不楚的。不知是巧合还是必然，她竟然也会遇到这样的局面，和KEE初创时如此相似，实在是有些讽刺。

她很快就去咨询了本地官方背景的“天使基金”，但这个听起来很美好的扶持计划只针对科技创业。一个基金会的人听了她的介绍，态度很和气，却又有那么点不屑，建议她去申请小额商业贷款，卖衣服嘛，三五万的也就足够了。

从基金会办公室出来，苏敏有些郁闷，但想到这只是第一次尝试，又鼓起了一点儿勇气。她找到的第二个可能的投资人是一个浙江商人，她从前做翻译时认识的。此人讲一口带着些宁波口音的普通话，是一家上市公司的董事。这家公司二十多年前做服装起家，本来只是小本经营的民营企业，日渐发达，几年前在国内上市，生意也开始涉猎其他领域，甚至还开着一家小规模的投资公司。

宁波人听苏敏说了她的计划之后，先后约她谈了两次，一次在办公室，第二次在一家酒店的露天酒吧，聊得也蛮投机的。苏敏觉得事情可能有戏，不禁欢欣鼓舞，直到她渐渐发觉，此人对她本身的兴趣比和她做生意更多，几次三番或明或暗地表示，公司方面拿出钱来投资可能比较难，但他个人倒可以出几十万给她开个小店。她有些生气又觉得好笑，但还是没流露出任何情绪，直截了当地回绝了。

宁波人便也顺势严肃起来，公事公办地说：“服装利润太薄了，行业竞争又激烈，这几年我们一直在把摊子越缩越小，金融投资和房地产做得比较多一些……”

苏敏不想浪费时间，笑着打断他，说了声谢谢就起身告辞走了。

她的态度让宁波人感到意外，没说话，也没有站起来送她，脸上露出那样一种浅笑，既世故又冷漠，好像她的行为和态度是多么幼稚可笑，她想做的事也肯定不可能成功。

苏敏是个敏感的人，心里顿时觉得很不舒服，随后一整天都很郁闷。她突然又想到方书齐，不知道多年之前的他是不是也有过相似的经历，被一次次希望和接踵而来的失望磨光了耐心，有时候就好像有个蛊惑的声音在她耳边一遍遍地说“算了吧算了吧算了吧”，但当她真的打算放弃，又是一百个不甘心。

回到家里，苏敏又找Spade J诉苦。

Spade J开导她：“归根结底，Fashion business（时尚产业）就是一场营销的游戏，你手上又不是什么筹码都没有，何苦自己把姿态放得这么低？”

这句话让苏敏又有了一点儿信心，上次梅玫的那段视频已经让他们在网上小有名气，美国那场比赛中获奖的消息也有几家国内媒体报道，诚如Spade J所说的，MDI并不是一点儿基础都没有。她马上找叶思明和沃利商量，决定趁热打铁，先小规模地做起来，等有了实实在在的知名度和销售额之后再找投资人，那个时候跟人家谈起来，手上也多一些摆得上台面的筹码。

三个人各自向家里借了一笔钱，加上不多的一点儿积蓄，注册了一个非公司法人。苏敏家的房子也签了正式的合同租下来，没有装修，只买了几样必要的东西。随后便分工合作，把他们参赛的那个系列投入了极小规模的生产，每个款式每个尺码只做几件。所有成本核算和面料采购都由沃利负责，但主要的制作还是由苏敏在上海完成。

叶思明趁着放假又去了一次美东，把梅玫请到曼哈顿，拉了上次的原班人马，按照之前那段视频的构思，拍了一组照片。这次不是无偿的帮忙了，但梅玫也只是象征性地收了一点儿报酬。苏敏则在上海拍了另一组照片，风格迥异但主题统一，她自己也是模特之一，再找人把两组照片剪辑在一起做了一个商品目录，很有一些别致而且自由的国际风范。

不出他们所料，这个系列一经上线就引起了很多人的注意，生意也很快上门，虽然定价并不便宜，但不出三天已经有好几个款式售罄，剩下的也有不少断码了。沃利很兴奋地提议量产，苏敏二话不说坚决反对，又拖了几天才开始勉勉强强地接受追加的订单，引得一帮年轻多金的女孩子追着他们打听什么时候出新货，去欧洲扫货之前也要跟苏敏聊聊，听听她的意见。

MDI的订单渐渐多得做不过来，苏敏并不急着招人，反而推掉一部分生意，安心把手头积下来的单子一一做好。那段时间，她每天工作超过十二个小时，夜里花很长时间一个人躺着想事情，许多想法都是在那些寂静的时间里产生的。她在工作台下的推柜里藏了一瓶波本，偶尔倒上两厘米左右，慢慢地啜饮，有时候甚至也会点一支烟，任其在指间燃尽，这都是他的习惯，她有时候想起来，觉得自己就像是在怀念一个故去的亡灵。

也是在那个夏末，有家杂志找她做了采访，之后还约她写过几篇短文，虽然只是几块钱一本的双周刊，不是什么一线时尚杂志，但销量很好，目标人群也不错。还有一个电台主播在她这里买过不少东西，过后便在深夜音乐节目里说，对她产生了“源自荷尔蒙的好感”，说喜欢她突然沉默，满世界找笔和速写簿的样子，既彪悍又性感。

有时候，她会想起一些人和事，不是存心回忆，只是因为一个似曾相识的场景，就好像陪外公看电视，电影频道正播放一部很有些年头的译制片《看得见风景的房间》，眼泪一下子就下来了。其实，佛罗伦萨，她只去过一次，不到四十八小时的短暂停留，却牢牢记住了面对大运河的那扇窗，由半透明的白色纱帘遮掩，仿佛撩开窗帘，推开窗，便可以看见他在下面朝她挥手，身边停着一辆踏板小摩托。她庆幸旁边没有其他人，外公可能发觉了，也可能没有，始终认认真真地在看电影。

过完二十四岁生日的那个礼拜，苏敏又找到一个比较靠谱的投资人。此人正是她家店里的常客，她见过的那位秦先生。秦先生全名秦志星，和她外公有些交情，喜欢穿老派的三件套，鞋子也极其讲究。苏敏曾见过他几次，原以为只是个有钱又爱打扮的半大老头，却没想到人家竟然是做风险投资的，总部设在香港，在陆家嘴也有办公室，楼上楼下外资银行的牌子数都数不清。

秦先生给她外公面子，才去港交所敲钟回来，就听她介绍了一下MDI的经营状况和长短期计划，很耐心也很和气，但态度却不太认真，有点儿像是对朋友家孩子无所谓的纵容，到最后才提了几个问题："服装行业的利润薄风险高，而且你一上来就想做精品，能消费得起这个价位衣服的人就这么些，你怎么保证销量呢？"

"我给你的材料里有我们的市调报告，肯花这点儿钱打扮自己的人比想象的要多。"苏敏提醒。

秦先生呵呵地笑，又问："那他们可以去买Chanel或者Lanvin，为什么要选择你的产品呢？"

那次短暂的会面似乎没有任何结果，两个人都觉得对方没什么说服力。好在苏敏已经有了一点儿心理准备，本来就没抱太大希望，所以也不失望。她知道这些投资银行家其实并不如传说的那么有赌性，犁地种树的事情他们是不做的，只想摘即将成熟的果子。她并不为此生气，这不怪他们，谁都不会随随便便把真金白银托付给一个二十几岁的小姑娘，不是任何人都有这样的眼光和勇气。

不过，秦先生的一番话又让她开始思考MDI何去何从，伦蒂也跟她提过相似的建议，昂贵的设计师品牌不好做，不如调低价格和市场定位，把营销做到极致，赚钱为上。她反复问自己这样一个问题——是像当年的KEE一样，傍个有钱的大佬继续阳春白雪，还是放下身段自己出去闯荡一番？她想起凯瑟琳对她说的话——“所有成功背后都有妥协”，或许真的是这样，但究竟什么是她应该妥协的呢？三年或者五年之后，她会后悔这个决定吗？

出了秦先生的办公室，苏敏去二十二层转低区电梯，在那里看到一个熟悉的身影，竟然是戴维梁，穿着中规中矩的深色西装打着领带，粗看起来和周围进进出出的职员没什么两样，却没有一丝僵硬乏味，仍旧透着他爱俏的本色。她根本没想到会在这里遇到他，好一会儿才叫出他的名字。戴维回头看见她，也是愣了一下才笑起来，问她怎么跑来这里，又拉她去电梯厅旁的咖啡座话家常，对她说：“这里咖啡麻麻的，但视野还不错。”

才坐下不多时，苏敏便发觉戴维梁还是从前的老脾气，一会儿工夫便把积攒了大半年的八卦都跟她讲完了——孙迪还在巴黎，听说有男朋友了；老王最近找到一个新工作，带着老婆孩子去了新加坡；而他自己转行也快半年了，做的事情和他过去的经历还算扯得上些关系——奢侈品行业分析。听别的行业研究员说，有时逢年过节会收到上市公司送来的礼品，他就等着圣诞节，看轩雅集团会不会也给他送个果篮什么的。

苏敏两手焐着咖啡杯，听他念叨这个那个，方方面面都讲到了，只除了一个人——方书齐。KEE现在怎么样？他们之间的事情最后又是如何处理的？她很想问，却又不知道该不该提起来。纠结了一阵之后，她岔开话题，把她和秦先生之间的来龙去脉讲给戴维梁听，说自己已经把MDI的所有资料整理归总，发给他看，之后还跟他在电话里谈一次。他没有什么具体的问题，只是一再要求MDI展示更多的吸引力，始终没有一个明确的答复，苏敏把这当成是“No”，他却又打电话过来约时间面谈。

“至少证明你打动了他，但没能百分之一百地说服他，”戴维解释道，“但他又不敢直接对你说‘No’，他怕自己的判断是错的，你们可能会奇迹般获得一单大生意，或者有别的投资人插手进来，这样他看起来就像是个大漏勺。”

苏敏不解，继续问道：“但他建议我去和其他风投谈谈，如果有人领投，他就跟投，是不是说明他对我们兴趣不大？”

“你要知道风投都是贪婪的，只要是好项目，都想独占。”戴维梁坏笑，“看来这位秦先生还是没把握，所以想看看别人的反应。但要是真有别的金主对你有意思，他肯定第一时间找律师拟合同去了。”

“什么金主，说得这么难听，”苏敏桌子下一脚踢过去，“不过，倒真有个财富500强约我谈生意。”

“谁？”戴维又来了兴趣。

“Steward’s，就是那个伦蒂，记得吗？”

“当然记得，KEE第一次在巴黎走秀，”戴维点点头，停了一下仿佛是在回忆光辉岁月，“他找你干什么？”

“不知道，不过我觉得希望不大，我不可能在一堆Tommy和CK Jeans中间卖这个价位的衣服。”

戴维略一沉吟，说道：“你不妨跟秦先生提一下。”

“难道说我们已经拿到了合约？”苏敏有些意外。

戴维摇头：“风投的圈子里允许犯错，但不能容忍欺骗。再说，这种话迟早要戳穿的，到时候你的信用就没了。”

“那该怎么说？”苏敏不明白。

“就跟玩二十一点一样，可以虚张声势，但不能作弊。”戴维梁说得意味深长，“你是聪明人，具体怎么做不用我教了吧？”

苏敏点点头，又问戴维还有什么要注意的。

“给自己找个律师吧。”他笑着回答，“记住，没有什么合同是香草味的（安全无虞的）。”

“律师？我请不起贵的，便宜的又不想将就，你每天都在拿这些合同忽悠人，要不你帮我看看吧？”她一不做二不休，干脆赖上他了。

“你相信我？”戴维自嘲道，“我可是在阴沟里翻过船的。”

苏敏伸手整了整他西服的驳领，拍拍他的肩道：“我最相信翻过船的人。”

戴维笑问：“知道你刚才那个动作让我想起谁吗？”

苏敏的眼睛倏地暗了一下，答案她已经猜到，却还是动了动嘴唇问：“谁？”

“方书齐啊，”戴维笑着回答，难得厚道了一回，没有嘲笑她装腔作势，“你还真从他身上学到不少东西。”

他脸上的表情让苏敏很是意外，去年圣诞离开KEE的时候，他对方书齐还恨得牙痒，此时却不知为什么能够这样轻松地说起这个名字，好像那场纷争从来没发生过似的。

戴维也没想到她会是这样的反应，问她：“你们后来没联系过？”

苏敏摇摇头，不知道他为什么要这样问。她跟方书齐分手了，她也不在KEE工作，彼此两不相欠，有什么好联系的？

戴维低头拨弄面前的咖啡杯，沉默了一下才又抬起头，看着苏敏说：“他后来找我谈过一次。”

苏敏心里突然莫名地难过，她很想知道方书齐都说了什么，以至于能够取得戴维梁的谅解。出了那件事之后，他也曾找过她，所说所做的却把她越推越远。但这些都是她说不出口的，只能假装无所谓地问：“他找你干吗？”

“这几个月他在巴黎比较多，七月份回过一次上海，就是那个时候找我谈了。”戴维回答。

七月？苏敏想起她从美国回来的那天晚上，在机场看到他上电视采访，应该就是那段时间吧。

“他都跟你说什么了？”她催戴维快点说下去。

戴维伸手摸了摸脸，皱眉然后苦笑着叹气：“那天我们聊了很久，聊到最后，我不得不承认当时是我太主观，如果换了是我，可能也会做出同样的决定。”

“为什么？”苏敏不解。方书齐也曾说过同样的话，那时的她却不相信。

“去年年底，”戴维继续道，“KEE除了再融资，其实已经没退路了。那种情况下，即使是更苛刻的条件，也只能接受。”

“不可能！”苏敏摇头，“我知道那个时候花了不少钱，要开新店，要准备三月份的秀，签了新办公室的租约，还要装修，但我仔细算过的，我们跟Apple的合同有两年的免息分期付款期，而且，就算销售比预想的差，银行还有几百万商业贷款额度动都没动过，无论如何都没到那个地步啊。”

“两年免息分期其实是Apple给轩雅的集团优惠，否则就凭我们这种小订单，根本没有讨价还价的余地。至于银行批的那几百万额度，也是因为轩雅是我们的担保人。”

戴维梁几句话把她说蒙了，她那个时候的确没想到这其中还有那么多互相制衡的关系，只觉得自己跟Apple要来了这么大一个优惠，就万事大吉了，实在不行还可以拿商业贷款顶一阵。而事实却是，只要轩雅有什么动作，这两根救命稻草就都没戏了。一转念，她又有些恼怒，低头看着面前桌上的杯子道：“他为什么当时不跟我说呢？”

“这我就不知道了，”戴维皱皱眉道，“可能就是磨不开面子吧，办公室选址的问题上，你是劝过他的，他没听。其实，这件事根本不是他一个人的责任，我也有份。凯瑟琳王从一开始就把所有标准都定得极高，好像只要我们做得够好够卖力，轩雅就会无条件地掏钱替我们买单。傻子都知道生意场上根本就没有无条件的事情，我们比傻子都不如，就那么顺着她的意思做下去了，哪怕有些东西按照KEE当时的情况，根本就承担不起。可能是因为我们都没把KEE当作纯粹的生意来看吧，做的是梦，不是生意，但梦总有一天会醒的。”

“他并不是没有别的选择，”苏敏反驳，“门店和办公室的合同都已经签了，没法改了，但三月份那场秀完全可以先停下来，或者在国内做，动用的资金最多只要巴黎的三分之一。”

“那样的话，凯瑟琳肯定会行使她的一票否决权，”戴维提醒她，“而且取消一季发布会影响太大了，要么从来都不做，只要做过一季，那下一季就一定还要再去，不管是财力还是设计水准，都要足以支持这种连续的发布，只能进不能退。否则，你之前所有的品牌策略、市场营销就都是无用功了。”

苏敏默默地听着，戴维的这一番话也许真的说出了问题的症结，但她并不觉得这些理由真有充足的说服力。如果真是不得已而为之，方书齐为什么要瞒着所有人呢？

戴维继续说下去：“老实说吧，如果那个时候，凯瑟琳策反的人是我，可能现在就是你跟方书齐两个人坐在一起骂我了，我甚至没把握自己能像他那样，为那些被买断出局的人争取一笔像样的补偿金。”

苏敏心想，我倒宁愿这样，哪怕到头来他什么都没有。其实，最让她纠结的从来都不是那场股权纷争，而是他们之间到底有没有一点儿真感情。

“……后来我才意识到他好像连一句对不起都没讲，我就原谅他了。”戴维梁还在念叨。

“你的立场到哪里去了？”苏敏笑问，暗自嘲谑，方书齐忽悠人的本事还是这么好。

戴维梁却叹了口气，答道：“KEE已经不是从前的样子了，我看他状态并不好，如果有机会，你也去跟他聊聊吧，你说的话，他总会听的。”

“怎么会？”苏敏不信，如今的他似乎应该春风得意。

“你也是做这行的，应该看得懂，”戴维说道，“前两季已经有些端倪，现在更加是这样了。从设计初稿到最后的成衣，轩雅方面各种意见和牵制，无数次修改，甚至推倒重来，最后出来的东西大概他自己都不认得。”

“轩雅为什么要这么做？”她还是不懂。

“究竟怎么回事，他没有细说。不过，轩雅是大机构，做事的方式自然不同，”戴维解释，“要管理庞大的品牌组合，单单顶级品牌就超过五十个，相比之下，KEE只是小到不能再小的一个，他们要下的可是一盘很大的棋。”

苏敏闻言有些困惑，却只是沉默。如今的KEE到底是什么状况，她不是不想知道。可就算她去问方书齐，他会告诉她吗？她说的话，他会听吗？那次争吵还历历在目，他说会再和她谈，结果她等来的却是简妮。再后来，他来找她，也只为了说服她不要放弃那份奖学金，还为阿尔诺做了那样可笑的安排，却从没提起KEE遇到的困境。如果他说了，很多事情都会不一样。她不明白为什么他可以告诉戴维，却在她面前选择沉默，或许还是那句话，他连解释的力气都不愿意花，对她的态度似乎也很清楚了。

【二十四】

时尚不是艺术，而是职业。

满腔热忱地谈论它，但不要狂热，更不应带着诗意或文学色彩。

——Coco Chanel

紧接着的那个礼拜，苏敏像是脑子坏掉了一样，什么事都做不下去，冠冕堂皇的说法是前一阵透支太多了，不正经起来就说是天气太差，气压低。其实她心里很清楚，这些都不是真正的原因。

这是上海有气象记载以来最多雨的初秋，气温落到二十度左右，一场接一场地下雨。天空难得放晴，总是聚着大团密仄的云层，随着海上吹来的风变幻翻滚。她每天都外出，漫无目的地闲逛，看街上来往的行人，拍下陌生的风景。她停不下来，也不敢停，每一个寂静独处的时刻都会让她想起许多不愿去想的事情，难受得要命。而那些慢速快门记录下的画面，奇异、有趣、让人目眩，恰恰契合了她那时的心境。

不知是幸运还是纯粹的巧合，一旦放下事务性的工作，各种不同的想法却伺机而入。有一天，她外出晚归，刚刚到家，一场大雨瓢泼而至，她看到Spade J给她的留言：

I am like a flag by far spaces surrounded.

I sense the winds that are coming, I must live them

while things down below are not yet moving:
the doors are still shutting gently, and in the chimneys is silence;
the windows are not yet trembling, and the dust is still heavy.
Then already I know the storms and am stirred like the sea.
And spread myself out and fall back into myself
and fling myself off and am all alone
in the great storm.

是里尔克的诗《预感》，她读了许多遍，觉得有些神奇。她总以为Spade J离她很远，不在一个时区，甚至不在一个半球，但这一次，他们似乎同样经历着夏秋交接时的季风和豪雨。当天夜里，她做了一个关于森林和暴风雨的梦，青鸟、独角兽和猫头鹰在其中徜徉，她天未亮就起身，画下十余张草图。叶思明将她想到的那些图案一一实现，用正片叠底的方式混合图层，制作出类似泼墨绘画的印花效果，那个系列被称作是边缘浪漫，Romantic Edgy。

也正是在那段时间，MDI定制了第一批商标、纸袋和礼盒，主标有两种，黑底热粉色的字，或是粉底黑字，IMPACT字体。每件衣服或者配饰都会用绵纸仔细包好，装进盒子里，再扎上四公分宽的灰色丝光缎带。不久之后，他们又开始在每件商品包装上洒上定制的香水，所有人都觉得那是很好的客户体验。

照叶思明和沃利原先的想法，买几瓶祖·玛珑喷喷足矣，春夏就柑橘和白莲，冬天乳香加玫瑰，自己配香水？没必要搞这么大吧？是苏敏恩威并施地把他们说服了，她说每个人衣橱里都会有那么几件快销时装，比如Zara或者H&M，但愿意花大价钱买一件衣服的人全世界就只有那么一些。做衣服其实并不赚钱，如果不是因为香水卖得好，香奈尔一九五四年就破产了。如今放眼欧美，凡是和时装搭上边的设计师都要出一款香水，但国内还少有人这么做，所以调制香水的成本也不太高，MDI完全可以把配方定下来，先采用赠送的方式慢慢地把认知度提上去。这些话并不是她事先想好的，等说出了口才意识到自己的想法发生了多么大的改变。不知不觉间，她已经承认自己正在做的事情是一桩生意、一门职业，而难能可贵的是，她仍旧满腔热忱。

她在上海找到一家提供调香服务的供应商，选香型的时候，她还没看到配方，后来才知道她选中的那一支前调是苦橙、西西里柠檬和佛手柑，中调是玫瑰、依兰和晚香玉，尾调是椰子、檀香和杏仁。她努力回忆之前闻到的香味，似乎映射着回忆中的一部分，也不知这算不算是潜意识作祟。

中秋节之前，市服装研究所派人来给苏敏的外公送礼品，同时也带来一张请柬，请他去参加一场展览的揭幕仪式。那个仪式一个礼拜之后在外滩一座老建筑里举行，随后还有自助餐，妈妈担心要弄到半夜三更才能回家，不想让他去，但外公却坚持要去。

苏敏总是站在外公这边的，马上表示支持："我负责接送，保证十点钟之前回来总行了吧？"

妈妈无奈，只能勉强答应。

到了那天傍晚，苏敏开了爸爸的车子送外公过去。那个地方在外滩最繁华的一段，灰褐色花岗岩建筑，门口有四根希腊式的圆柱，曾经是一家洋行的旧址，现在改建成了酒店。大堂层开着许多精美的店铺，他们经过五光十色的橱窗和玻璃门，灯光辉映之处尽是从欧洲远道而来的昂贵商品。

外公看到Dunhill的橱窗上写着"伦敦师傅驻店为您量体裁衣"，笑起来对苏敏说："你看，我从前做事的那家店也打着这样的招牌。"

她也跟着笑，这故事她听过许多遍，却听不腻。那时，外公从西服工艺专门学校毕业，在公共租界一家英国人开的绅士商店里工作。那家店的橱窗上贴着“特邀伦敦资深师傅驻店为您量身定做”的广告语，但事实上，店老板早与中国人合资。等到1941年的冬天，英美侨民在福州路上排起看不到头的队伍，等待登记进入龙华集中营，店里唯一一个伦敦来的师傅也在其中。那之后直到战争结束，内战，再到1949年，店里所有做工精湛的衣服都出自中国师傅之手，其中也包括苏敏的外公，但橱窗上的广告却一直没摘下来过。租界的黄金年代早已经过去，但讽刺的是，许多人都是冲着那块英国人留下的招牌来的。

那个展览办在三楼，进门的地方摆着花篮和黑色指引牌，上面印着银色的花体字：

流年

Years on the bond

下面还有一些稍小字体的中英文，苏敏并未仔细去读。前厅灯光昏暗，她的注意力早被走廊两侧那些射灯照耀下的老照片吸引。她凑近了细看，外公则在一旁一一解说：这一张是法国总会的椭圆形宴会厅，天花板看起来像是一艘巨轮的船脊，壁龛的马赛克其实是金色的；那一张上身穿改良式旗袍的年轻女人，齐耳短发，烫卷，左手食指和中指之间夹着薄荷纸烟，身后是一部黑色福特汽车，弹钢琴和开汽车，那是当年上海淑女个个都要学的时髦；还有默片时代的好莱坞明星Ramon Navarro（拉蒙·纳瓦罗）……他甚至不用看下面的说明，就很清楚那些前世今生的渊源和因果。

他们边走边看，一个个展牌慢慢踱过去，直到外公突然停下来，指着其中一张说：“你看，左边数过来第二个，是我。”

苏敏惊讶得不行，那张照片上有五六个年轻男女，左边第二个看着果然眼熟，干干净净的短发，白衬衫黑西裤，衣袖挽到手肘，眉目间没有笑意，却也不全然是板着面孔。到那个永恒定格时刻为止，这个二十出头的青年已经在上海独自谋生将近十年，眉宇间带着常年在奢华场所工作的人特有的不卑不亢与宠辱不惊。

外公好像根本没注意到她错愕的表情，继续回忆道："那个时候是二十岁或是二十一岁吧，浸会大学的学生在海关俱乐部二楼放映室演《卖花女》，我用店里落的零料为他们做的戏服。"

苏敏正要仔细追问，音乐渐响，灯光暗下来，只剩展厅正中低台上的一束。人们慢慢围拢过去，司仪开始口述一个传奇故事——上世纪三十年代，一个出生在英国的华侨女孩跟随家人回国，成年之后，不安于优渥生活的她，在当时寸土寸金的外滩开设了一家专制女士礼服的时尚沙龙，起名"云绮"，并凭借自己的才智努力经营，直至1949年远赴他乡。数十年风雨变迁之后，她的家族后裔又一次将这个店招挂到了这座古老华美的建筑里……

苏敏怔怔站在原地，听司仪念出那个再熟悉不过的名字——KEE，随后便是一连串的VIP，大人物们一个接一个上台准备剪彩，轩雅集团上海分公司的头儿也在其列。最后一个，打了一束追光灯，是方书齐。

她怔在原地，人声和音乐声混杂在一起，听起来似乎隔着一层半透明的墙壁。她很奇怪之前为什么没注意去读黑色背景墙上的字，"流年"展览的下面写着"暨KEE上海旗舰店揭幕仪式"。她站的地方离台上那些人并不很远，方书齐也看见她了。他们之间的距离不远，也并不很近，就那样对峙着。她不敢细究他脸上的表情，只是看着台上众人剪彩，随后所有人都鼓起掌来，只除了她，还有方书齐。

仪式之后，酒会开始，人们都散开来，苏敏却还在想着那个故事。KEE就是多年前的"云绮"？她从未听方书齐说起过。当然，PR们总是很会编的，按照故事里的逻辑，如果不是因为后来的战乱与变故，“云绮”理所应当与那些欧洲老牌时装屋并驾齐驱。其中几分真几分假？她一无所知。

等她回过神去找外公，外公正与服装研究所的旧同事聊天，教她认了一圈叔叔伯伯，便没有她的事了。她转身望着这一厅的人，都是生面孔，也不知该往哪里去。

“你到露台上去走走吧，快到八月半了，月色一定好。”外公仿佛是在打发小孩子。

苏敏对自己说，这一晚就是为了外公来的，只要外公高兴就好，便听话拿了一杯果汁到露台上去喝。这时节的晚风只有微微凉意，月亮倒是看不见，被云遮了去。她抬头看着云层浮动，靠到栏杆边，才发现有人也站在那里，正是方书齐。她想要走，他已回头。真的到了这时，她反倒不怕了，这一晚第一次好好端详他，头发还是像上次那样短而整齐，好像刚刚剪过，身上穿着很正式的黑色无尾礼服，戴着领结。

“刚才司仪说的那个故事是真的？”她开口便装出一副无所谓的样子。

“什么故事？”他反问。

“关于云绮。”

“一半一半吧，PR那一套你也懂的。”他浅笑着回答。

“第三家店了，恭喜你。”她学人家说套话，心里却是真的佩服他，从公司成立到现在短短几年，做出这样的成绩。

他便也接着这套话说下去：“两个楼面，三百三十平，正门在大堂层，左边是Frank Muller（法兰克·穆勒），右边是Céline（赛琳），你上来的时候看到没有？”

苏敏摇头，心想如果看到，她很可能就不会上来了。

“我是陪我外公来的。”她加上这一句解释。

“我看到了，”方书齐回答，“刚才打过招呼，他精神很好，还跟我说故事。”

“什么故事？”苏敏问。

“你小时候上图画班的事。”方书齐微笑。

苏敏倒有些尴尬，继续找话讲：“最近忙不忙？”

“这一阵很忙，”他点头，“公司日夜都有人。”

这话听得她心里一阵怀念，想象那里的情形，应该就跟从前差不多，没日没夜地工作。只是人，不再是那一些了。“新地方有没有冥想室？”她笑问，“加班晚了，还是睡那里吗？”

“是有那么个房间，”他便也笑着回答，“不过他们都叫它tears room，受不了了，就躲到那里去哭。”

“你也去吗？”她开玩笑。

“经常。”他也开玩笑，说完便换了话题，“我听说，你开始做自己的系列了。”

“和D-sign的同学一起做的，不过就是小打小闹，”她嘴上谦虚，“到现在为止，连门面都没有。”

“几年前，我们在伦敦，差不多也就是这个样子。”他笑着回忆，“几个人，一个阁楼，许许多多念头，总是被否定，却从来没被打败过，我很想念那段日子，所有人都在一起，忙，清苦，但很痛快。”

听他这样讲，她又想起戴维说的话——他状态不好。真的是这样吗？此时的他仿佛正功成名就，人生得意。她不能确定，便只同他谈工作：“你怎么知道我开始做自己的系列？”

方书齐却愣了一下才回答：“戴维跟我提过，还有梅玫。”

“噢，”她自嘲，“我还以为，我们有些知名度了呢。”

“你们做得已经很出色了，”他肯定，“比我要好。”

“怎么可能。”她笑了一声，只当他是揶揄。

“是真心话。”他看着她道，又转头望向江对岸，“还有两周，春夏系列在巴黎登台，我都能料到媒体会怎么写——毫无新意，除非售价多个零也算得上是一种创新。”

“为什么会这样？”她感觉他好像在说一个与己无关的笑话。

他果然也这样回答：“没什么，我说笑而已。”

海关钟声响起，敲了九下，她告辞要走，他说再见，就像寻常朋友一样。她转身离开露台去找外公，不敢回头再看，只因身后的人留恋或者无所谓，都会叫她难过。

大厅内，外公仍旧坐在沙发上与人聊天，说的大约都是过去的事，记性好得如一本万宝全书。苏敏给他看时间，他又像小孩一样与她讨价还价，直到下楼坐到车上，还在问她外面月色好不好。

“根本看不到月亮，”苏敏回答，“大概快下雨了。”

车驶上回家的路，外公又开始说故事：“苏敏，记不记得你小时候上图画班……”

这故事熟得不能再熟，她应了一声，没有仔细听，纷乱的记忆交织在心里，那些曾经快要把她逼疯了的细节，那些挑灯夜战的日子，那些暧昧与吻，以及最亲密的时刻，连同一并而来的争吵与欺骗，一切的一切。眼看着就要理出一个头绪来，临到最后一刻，却还是不能。沉淀下来的，只是方书齐在露台上对她说的那几句话，都是玩笑的口气，她却很清楚，他没那么轻松。

车开到家门口，外公还在继续讲：“……那个时候，我就对你说，两手都抓满了画笔，还怎么画画呢……”

苏敏下车，陪外公进门，交到爸妈手上。

“我有点事，还要出去一趟。”她突然道，心中却十分清明，这决定老早已经做了。

妈妈点头，爸爸说早去早回，外公在她身后笑道：“苏敏，别忘记你小路考是塞了红包才过的，不要开太快了。”

她没回头，心里却想，外公总是什么都能看穿的。

车子重新开出弄堂，朝外滩驶去。起初，她还在琢磨说些什么，很快便作罢，自信只要站在他面前便知道该如何开口。仿佛只是一瞬，又看到江边那座古雅建筑。这一次，她没有错过KEE的新店铺，果然如方书齐所说，三百三十平，正门在大堂层，左边是Frank Muller，右边是Céline，橱窗玻璃上贴着纤细的金字：KEE，Years on the bond。

她停下车，跑上楼去。酒会已经结束，宾客散尽，他不在那里。她没有犹豫，拿出手机，找到那个许久不用的联系人——“老大”。电话拨出去，便听到轻微的振动声不知从何处传来。

“苏敏。”有人在身后念她的名字。

她回头，看到方书齐就站在那里。

“怎么又回来了？”他笑问。

她却再没有说寒暄套话的兴致，走过去对他道：“KEE到底发生了什么事？”

“没什么，”他回答，展开双手仿佛将这一室繁华呈现给她，“你都看到了，一切都很好。”

“你对我说过，不要因为我们不在一起，就放弃自己的前途。”她却并未作罢，“那你呢？你现在是在干什么？”

他又笑，自嘲道：“恰恰相反，我就是舍不得放弃，才走到这一步。”

苏敏不懂他是什么意思，不知该如何说下去。

“你走吧，快下雨了。”他催促。

苏敏词穷，只道了声：“谢谢你。”

“谢我什么？”他笑着问。

“我们分手之后，我想过许多次，”她脱口而出，“如果没有遇到你，我会不会过得更好？”

看得出他很意外，她便继续：“答案是不会的。不管结果如何，与你在一起的每一天，我没有后悔过。你教会我很多很多，你改变了我。所以，谢谢你。”

方书齐似乎一瞬动容，却只是道：“我可以教你的，你都已经学到，我犯过的错，你不会重蹈覆辙，你以后会很好很好。”

苏敏不知道自己期待的是怎样的答复，只觉得失望至极，说声“再见”便转身走出去。她只当自己是空走了这一遭，直到身后有人将她拥入怀中。

时间如此漫长，许久，方书齐才在她耳畔道：“再见，苏敏。”

苏敏止不住落泪，心里却忽然清明，那些百思不解的问题一一有了答案。她转身面对方书齐，将自己的结论说出来：“所以，你不要我再跟着你。”

方书齐恍若未闻，只是伸手擦掉她的眼泪，道：“真希望你能够站在旁观者的角度看看自己工作时的样子，专注，自信，引人注目，没人能对你说不。”

“所以，你不要我再跟着你。”苏敏重复。

这一次，他久久不语，她便知道是猜对了。

“你说那个故事半真半假，”她对他道，“把真的那半告诉我，告诉我究竟是什么叫你不能放弃。”

方书齐静默片刻，才开口说：“故事很长。”

苏敏回答：“只要你愿意告诉我，我一定愿意听。”

“你真的是变了，”方书齐对她笑，难得露出些许疲惫神色，“完全不是从前的样子。”

“所以你只管放心告诉我，”苏敏愈加强势，“我这样世故的人，又怎么会意气用事？”

于是，他带她到休息室，找了一个地方坐下，从头说起：“五年前，祖父去世。他一直有心血管方面的毛病，但控制得很好。直到有一天，他接到一个巴黎打来的电话，突然心脏病发。当时我在伦敦，听到消息赶回到曼彻斯特的那天，他已经走了，很快也很平静。父母告诉我，他留下话要我去巴黎处理一个长辈的后事。父母都在，还有弟弟妹妹，却只要我一个人去？我很小就知道自己是被收养的，当时就明白，这个去世的长辈会是我所知的第一个，也是唯一与我有血缘关系的人。”

苏敏静静听着，心中震动，想到他曾说自己是家族中的黑羊，说自己不被理解，说辜负了父母的期望。

“到巴黎之后，一个律师接待了我，”方书齐继续说下去，“他建议我申明放弃继承权，因为死者还有债务没有清偿。至于财产，只有一间公寓，也已经抵押给银行了，除此之外，没有留下任何存款或者其他容易变现的东西。也就是说，如果我选择继承，只能得到公寓里的家具和衣物，并且负责偿还债务；如果放弃，那么一切就到此为止了。”

“你选择了继承？”苏敏问。

“是。”他回答，“我去看过那些东西，听邻居说关于她的事。知道这个人的存在，是种很奇怪的感觉，就好像一瞬间许多问题都有了解释，我为什么和家里其他人不一样，为什么做出那些选择，为什么觉得自己不属于曼彻斯特。”

“你说的她，就是维依夫人？”苏敏一瞬了然，一年多以前在巴黎所见的那一室华服与诗词仿佛又历历在目。

方书齐点头，自嘲：“我一向自以为眼光好，而且就算看走眼，仅仅是时光流逝本身，也是价值不菲的。”

苏敏看着他不语，说他眼光好，恐怕没有人会不同意，但他做出这个决定是出于何种心境，恐怕不止于眼光两个字。

“那个时候，我也不能肯定自己做得对不对，只是决定赌一赌。”他回忆，“你知道法国的司法拍卖程序吗？”

苏敏摇头，她知道很多关于法国的东西，但对司法拍卖，一无所知。

“法官宣布标的物和起价，而后点燃一支线香一样的蜡烛，很细，烧得很快。蜡烛燃尽，没有人出价，就代表流拍了。”他解释。

“你就是在那次拍卖上认识了凯瑟琳王？”苏敏记起来，凯瑟琳曾跟她提过这件事，但直到今夜，她才把这一切都串在了一起。

“对，”方书齐回答，“拍品当中只有不多的几件珠宝，其余都是衣物，原来的主人也不出名，我以为大都会流拍，但最后凯瑟琳代表轩雅买下了所有东西。”

“你就是用这笔钱投资了KEE。”苏敏接着说下去，不再是问句。

方书齐点头，渐渐收起笑容，不再看她：“所以，我总是觉得自己付出的要比戴维和孙迪更多，更有价值，以为自己放弃了无与伦比的东西，作为补偿，就必须得到无与伦比的成功。”

“你的确成功了。”苏敏道。

方书齐却笑：“只是结果跟意料之中的不太一样。”

“那次你去北京，究竟发生了什么？”苏敏确定一切的转折都在那几天当中。

“没有什么了不起的事发生，”方书齐回答，“我只是知道了轩雅下一步的计划，把KEE变成全资子公司，再作为一个战略亏损系列来运作。”

“所以，你才要我离开KEE？”同样的问题，苏敏又问了一次。

方书齐没有否认，只是道：“我想抓住的东西太多太多了，也不能确定到最后事情会变成什么样，成功或者失败，都不是毫无代价的，我不想把你也拖进来。你应该有机会做出自己的选择，去做你一直想做的事。”

“比如去巴黎读书，对不对？”苏敏笑了笑，“可我最后还是没去成，很讽刺吧？”

方书齐仍旧语气沉静："其实，在孙迪离开之前，我就这么想了。那个时候，我花了很大的工夫让她相信我是多好的一个人，无论她走或是留，无论她把股份给谁，我都无所谓，永远跟她是朋友。有些话是假的，但也有真的，她是简单纯粹的人，离开这个圈子或许更好。她走之后，有很长一段时间，我一直在问自己，为什么能为孙迪想到这些，却没有替你考虑一下？"

"不，你替我安排得很好，学业，男朋友，实在是要谢谢你。"苏敏轻笑，心里却觉得很重。

方书齐无视她的态度，执意把话说完："阿尔诺的事，是我误会了。但你在我这里可以学的都已经学到，继续留在KEE，不是我教你，而是你帮我，我不想那么自私。不过，不管今后如何，有件事你必须相信。"

"什么？"她问。

"无论你在哪里，"他看着她道，"我从来就没离开过，以后也不会。"

苏敏不懂他的意思，但他说完这句话，便停了下来，似乎一切都已经说尽了。她静静坐着，很久都不知道该如何继续，他有他不愿放手的东西，她也有自己要做的事，两人之间似乎只剩下"再见"两个字。

沉吟许久，她终于开口："我也有个故事，没那么长，也没那么老。"

"只要你愿意说，我总是愿意听的。"他也这样讲。

"我小时候去少年宫学画画，"她几乎不敢相信，自己会说起这个熟得不能再熟的开头，"四个人一张桌子，一盒彩色铅笔，尽管我画画很好，第一次上课却什么都没画成。"

"为什么？"他问。

"因为我把所有想要用的颜色都抓在手里，怕被别人抢走。"

她顿了一顿，继续说下去，“刚进D-sign念书的时候，外公总是对我说起这件事。我以为是因为他的病，每一次都没有耐心听他说完。后来，我离开KEE，和你分手，考试失败，还是不懂他为什么老是提起那件事，直到今天，我总算明白了。”

方书齐看着她，苏敏知道自己不需多言，他懂她的意思——他们如此相似，追着一样东西，看起来或许得到许多，却意外失落了最初策动梦想的快乐和感动。

两人不约而同沉默了，直到他伸手揉了揉额头，对她说：“今天下午，我在看时装周走秀的成衣。有时候，我真觉得自己做的东西都是垃圾。”

“千万别这么想，你做的东西不全是垃圾。”总算轮到她与他玩笑了。

他被她逗乐，无奈说了声：“谢谢你，前半句说得还蛮中听的。”

她倒很严肃，认真看着他说：“方书齐，你给我听着，你有才华，我知道你有才华，但凡是我觉得有才华的人，基本上都是真的有才华的。”

他忍不住大笑，揶揄她道：“你以为你是谁啊？”

她却没有一丝退让，伸手抓乱他的头发，反问：“你疯了吗？问这样的傻问题，我以为我是谁？我是苏敏！你知道的，我是苏敏。你这次搞砸了，而且你以后可能还会失败，但你仍旧是才华横溢的人。不管是什么时候，不管将来怎么样，你都会是我心里那个最有才华的男人。”

他看着她说完这番话，又将她拥入怀中，在她耳畔道：“我知道，你是苏敏，我的苏敏。”

江上传来轮船的汽笛声，海关大钟又一次响起，敲了几下，她没有数，只听见他在耳边喃喃重复她的名字。她没有拒绝，坐到他腿上，他便寻到她的唇吻她，起初很轻浅，而后越来越深。

【二十五】

我要与众不同，而且无可取代。

——Coco Chanel

那夜，苏敏没有回家，她带方书齐去看她的工作间。打开一楼店铺的铁门，她领他进去，再沿着后厢的楼梯上到三楼。点亮墙角的两盏落地灯，这小小一屋子的东西就毫无悬念地都在眼前了。她知道这跟江边华美建筑里三百三十平的店铺天差地别，却没有一丝羞惭。两人说起过去几个月里发生的事，聊了大半夜，似乎和从前一样，又和从前不一样。

第二天清晨，苏敏醒来，发现自己躺在窗边那张沙发上，头枕着方书齐的手臂。他还在她身边睡着，呼吸匀静。沙发有些年头，太小也太软，大半夜睡下来，弄得她腰酸背痛，却又不舍得就这么起来。她悄悄翻身，换了个舒服一点儿的姿势，趴在方书齐的肩膀上看他，发现他从鼻翼到嘴角有一条浅淡的纹路，让他看起来有些疲倦，抹也抹不去似的。她伸出手指，顺着那条细纹轻抚过他的脸，直到他的睫毛动了一下，慢慢睁开眼睛。

乍一下看见她凑得这么近，倘若换了别人怕是要吓一跳了，他倒好像很习惯，只是轻声问："醒很久了？"

苏敏不答，只对他笑。

“笑什么？”他又问。

“梦到了一个地方，”她回忆，“非常漂亮的沼泽，丝绒一样的绿苔，有一种白色的蜘蛛，细长的脚，身体会发光。梦里面还不知道自己是在做梦，还后悔没带照相机，否则就可以拍下来给你看了，是不是挺傻的？”

许多梦一醒来就忘了，她也觉得奇怪，这一个却记得那么清楚。

“不用拍下来，”他手指轻触她的嘴唇，轻声纠正，“我知道，我也看到了。”

她不屑地笑，并不相信，尽管离得那么近，他还是不可能看到她梦里的情景。

“不信我画出来给你看。”他说得很笃定。

她笑着摇头，也不与他争辩，背过身靠在他胸前，静静望着窗外。尽管还是九月，早晚已经有了几分初秋的意思，她身上是他的外套，露在外面的皮肤都是凉的。

他从身后抱着她，问：“冷吗？我去关窗。”

“别动。”她回答。

“怎么了？”

“没什么，”她摇摇头，“就是别动。”

不知道为什么，她毫无理由地觉得，这一刻有种稍纵即逝的可贵。他很听话地不动，与她一起枕在沙发扶手上看着窗外，梧桐树枝叶的间隙露出一小块天空，月亮淡得如一小片水印，路灯暗下去，天慢慢亮起来。

就这样一直躺到听见她的肚子咕噜噜地叫起来，他忍不住笑，她自己也觉得不好意思，转身把脸埋在他怀里，闷声道：“笑什么！我昨天晚上都没吃东西，请柬上写着仪式后有自助餐，结果忙着和你说话，什么都没吃到。”

他许诺改天补上，看了下手表，问她楼下什么时候开张。这一提醒，苏敏才急了，再过不到一个钟头，就有人来开店门了。她跳起来穿衣服，看方书齐的衬衫皱得不像样，又跑到楼下去烫，再上楼来，发现他正站在窗边打电话。

“……十点半，好，帮我约今天下午，几点无所谓，我当面跟她谈。”他对着电话讲，听到苏敏进来，很快道了声谢就挂了，转身从她手里接过衬衣穿上。

苏敏也没问他打电话给谁，接下去又有什么打算，只是一颗一颗地替他扣上扣子。

他低头看她，对她道：“我跟凯瑟琳约了个时间面谈，今天上午的飞机去北京。”

谈什么，苏敏心里也猜得到一个大概，KEE不能继续这样下去，只可惜跟轩雅那一边比起来，他手上的筹码那么少。

西服店开门之前，方书齐就走了，苏敏没有送他，回去换了身衣服，狼吞虎咽地吃了早饭。十点钟敲过，她收到他发来的信息，说已经到机场，返程的机票就定在当天晚上。

苏敏料到此行不易，轩雅是KEE唯一的金主，凯瑟琳更不是容易对付的，眼下的KEE需要钱，需要名气，不像某些盛名在外的品牌靠一个Logo图案就能赚钱，又不想自贬身价，靠各种炒作、制造话题来吸引眼球。轩雅肯不肯放手是一个问题，失去轩雅的支持如何维持生计，更是问题。

“要是谈崩了怎么办？”她问方书齐。

“我退出。”回答很简短，不拖泥带水，却出乎她的意料。

“你舍得？”她又问。

回复很快就来了：“是你告诉我的，不松开手里的彩色笔，结果什么都画不成。”

无论如何这都不是一个轻松的决定，是支持，还是劝他考虑清楚，苏敏一时犹疑，对着手机屏幕打了几个字，又一个一个地删掉，再打，再删，最后只赶在飞机起飞之前对他说：等你回来，祝好运。

发完那条短信，她独自静了片刻，想了想过去几个月里发生的事、遇到的人。几分钟的冥想之后，她跑回店里，一头扎进工场间翻最近定做西服的订单。她要的那一张很快就找到了，上面的字草得认不出来。

她抽出那张薄薄的纸，问旁边的师傅："秦志星的两套衣服试过没有？"

师傅接过单子看了看，说："还没，衣服已经好了，但时间还没约。"

回答正中苏敏下怀，她立刻拿起手机，按照订单上留的号码打过去。

"小鬼，你干什么？"舅舅站在柜台后面瞄了她一眼。

"做事啊。"苏敏讨巧地笑着，装无辜。

"你别给我瞎搞，"舅舅提醒，"那张单子要上门试衣的。"

"没问题，"苏敏满口应承，"今天一天都有空，我帮你上门去试。"

电话是秦志星的秘书接的，先是说秦先生下午飞香港，出差一周，这一推就推到了十天之后。电话挂掉不久，苏敏正失望着呢，秘书又打回来，问她今天中午能不能安排出人手，赶在上飞机之前做完试衣。苏敏自然是满口答应，去仓库拿了衣服和工具，飞奔出店门，拦下一部过路的出租车，火速赶往金融城。

上了出租车，她打电话给阿尔诺，嘱咐他一个钟头之后打她的手机。

“一个钟头？什么事？”阿尔诺很是疑惑，根本不知道她葫芦里卖的是什么药。

“帮我个忙，改天请你吃饭。”苏敏连忙贿赂。

“什么忙？苏敏，你到底在搞什么？”阿尔诺还是摸不着头脑。

“没搞什么，只是个小把戏！”苏敏笑着回答，趁他还没问下一问题之前，就把电话挂断了。

不是高峰时段，路上车流顺畅，出租车很快就开到秦志星的办公室楼下。这个地方，苏敏不久前曾经来过一次，临江的摩天大厦，高区，视野很好，装饰不豪华，却踏实利落。这一次也是约在同一栋楼里，只是楼层不同，是行政人员休息室，公共区域有酒吧有台球桌，房间里灯光柔和，地毯很厚，穿着细跟鞋踩上去，整个人就像是要陷进去。

“怎么派你来？许老板店里生意这么好？”秦志星看到她就笑。上次面谈未果之后，已经过了几个礼拜了，他就在想，这小姑娘也算沉得住气，一直没再来叨扰。

苏敏不答，只是对他客气地笑笑，把两个衣袋挂在衣架上，拉拉链，解扣子，取下衣服。秦志星见她熟门熟路，动作利落，也不再说什么，由她指挥，做最后的修整。

几分钟之后，秦志星开始跟苏敏聊天，似乎是接着上一次面谈的话题继续深入，既问起她小生意的近况，也聊到整个纺织服装业。

苏敏觉得老秦有点考考她的意思，也不藏着掖着了，低头做事的同时，侃侃而谈起来。她说到二十世纪的日本，那里的纺织服装产业曾经和中国如此相似——加工外国品牌，低成本，低附加值，直到七十年代出现了一批世界级的设计师，才得以实现整体产业升级，而这也正是中国最需要的。这些东西既是她在D-sign的课堂上学到的，也曾在高级时装的圈子里有过真刀真枪的体验。

试衣差不多做完了，聊天只聊到一半，秦志星邀苏敏一起吃午饭，还没来得及回答，她的手机如期响起来。

苏敏从包里翻出电话，看了一眼，对秦志星道："不好意思啊，是长途，我得接一下。"

老秦自然回答："没关系，你接吧。"

她跑到屏风后面去听，话说得十分简短，全程讲英文，关键词只有一个independent research（独立调查），还佯装记了一个上海本地的电话号码。电话那一头的阿尔诺估计更糊涂了，没辨出个所以然来，苏敏这边已经说再见了。

试完衣服，苏敏跟秦志星在楼里吃了顿简餐，席间两个人都很沉得住气，还是聊天、看风景。直到一顿饭快吃完，老秦的秘书打电话上来提醒，说到时间去机场了，车已在楼下就位。

苏敏很知趣地起身告辞，秦志星叫住她，终于开口问："是不是有别家也在跟你谈？"

"谈什么？"她笑，明知故问。

"别跟我装，"老秦也笑，"哪家？"

"不是风投。"

"哦？你不是在找人做独立调查吗？"

"是Steward's。"苏敏回答，"不过什么都还没谱呢，他们开的条件我也不是很拿得准，要是您有空，还想请您帮我把把关。"

老秦看看她，没有回应这种虚心求教的态度，反而说："把你们的商业计划书发给我。"

他说得这么干脆，苏敏倒有些措手不及："马上就要？"

"最好是今天，"老秦回答，"我下午四点到香港，晚饭之前看，然后给你回音。"

"行。"苏敏看了看时间，一口答应。

离开陆家嘴回家，苏敏心里还是没什么底，只知道戴维梁教她的“虚张声势”策略的确起了一定的作用。兴奋之余，她又想到方书齐。中午之前，他给她发过一条信息，说已经到北京了。此时此刻，他或许正在和凯瑟琳王进行那场关键的对话，KEE的命运，还有他自己何去何从，都可能就此尘埃落定。

她着急想知道结果，又怕打电话过去打扰了他，只能逼自己坐在房里，对着电脑，把秦志星要的资料备齐。MDI的商业计划是现成就有的，但许多东西还需要依照眼下的情况一一修改，整体篇幅尽量精简，突出了他们的优势，希望能从第一页开始就吸引住老秦。她是一做起事情就入定的人，其他一切通通忘记，两个钟头之后全部改完，又从头至尾仔细看了一遍，这才附到邮件后面，郑重按了发送键。

随后便是等待，既是等秦志星那边的回音，也等着方书齐的消息。

一转眼天就黑了，晚饭吃到一半，她接到老秦的电话，一上来就说：“你找我秘书约个时间，具体安排我都跟她交代过了。”

乍一听他这么说，苏敏还懵懵懂懂的，说了谢谢道了别，又打给老秦的秘书，敲定了两天后去他们办公室见面。秘书提醒她准备一系列的资料，说负责拟定具体投资条款的项目经理和律师都会到场。直到这时，苏敏才算真的明白过来，这事儿还真让她办成了！

要等的另一个消息却是迟迟不来，有那么一会儿，她甚至怀疑手机坏掉了，关了再开，除了没人找她，其余一切正常。她一时间也没心思做别的事情，上网乱逛。

先是遇到阿尔诺，就顺便解释了一下下午发生的事情。

刚好戴维梁也在线，此人还在加班奋战，听她说了下午发生的事，猛一通表扬，说她天资聪颖，终得了他的真传，最后又郑重提醒：合同务必拿去给他看过，千万别随随便便地把自己给卖了，还替别人数钱。

Spade J的头像是灰的，但她还是发了句话过去：过得很开心，希望你也一样。

没有回应。

点开“衣橱日记”的网页，上面有她两天前刚上传的一张照片，已经收到了许多赞与评论，一眼望去，大多是“Amazing！”“Love the dress.”之类，只有一条例外：

来自爱尔兰的Nicolas留言说，照片很棒，衣服也很好看，但你们俩到底谁抄谁？

话说得有些莫名其妙，下面贴了一个链接。

苏敏不解，点进去看。

浏览器上赫然出现了一张数位手绘板画的图画，画里的主角是一个圆脸的女孩，一半写实，一半像漫画，着了淡彩。除了抽象处理的背景，画中女孩穿的衣服，做的动作，甚至包括脸上的表情，都和苏敏在“衣橱日记”上贴的照片几乎一般无二。而且，“衣橱日记”上只显示照片发布的日期，却没有确切时间，同一天上传的东西根本分不清哪个先哪个后，还真难怪人家看了会问，到底谁抄谁？

苏敏觉得奇怪，细看那张画的来源，发现是一篇日志，网址最前面是一个熟悉的名字：Spade J。

她追过去看，那个博客文字不多，关注的人也很少，但似乎已经写了很久了，一则一则的，像是给自己看的日记。每一篇日志都贴了一张数位手绘板画的图画。主角无一例外的都是一个女孩子，色彩不一，风格不同，但看得出来都画的是同一个人，其中有许多和苏敏的照片一模一样。

她一幅一幅看下来，越看越纳闷，不知道Spade J为什么要画这些。但不管怎么说，那些画画得很好，不刻意美化，却很灵动，好像有生命似的，几乎让她有种不真实的感觉，仿佛自己真的变成了漫画里的人物。

直到她发现其中有一些是她的照片里没有的，看起来却还是很眼熟：

有一张是衬衣配伞裙，脚上是一双红色的平底鞋，侧身坐在一把折椅上，对着窗外的河，看不见面孔。

图画下面写着一行字：到今天为止，见过三次。每一次，都希望自己能清楚地记住她的样子，但却不行。

还有一张，女孩身上的衣服换成了白T加牛仔裤，蓬着头愁眉苦脸地坐在一堆纸中间。

下面写着：喜欢看她写的东西，最朴素明晰的词和最简单的句式，全无顾忌地透着冷冷的调子，即使只是翻译，也总是有意无意地在字里行间加进一些自己的东西，有趣，锋利，爱恶作剧。

而后则是在橱窗玻璃前，假装自己身穿曳地红裙。

下面写着：送给她礼物，期待她脸上孩子般的欣喜，就好像回到第一次，给她那个橘子，她露出笑靥。

苏敏觉得心跳越来越快，差不多到了她可以承受的极限，却还是停不下来，终于翻到最近的一篇，看时间竟然就是几分钟之前发布的，还是一幅画，一行字，和从前一样。

画上是一片绿意葱茏的沼泽，颜色绮丽的柳丝浸没在水里，角落里长着细长的脚的蜘蛛正在结网，通身晕着白色的光。

下面的字让苏敏惊讶，却又好像在意料之中：她说她不信，所以要画下来。

她盯着那幅画那行字看了许久，最后回复道：当她足够幸运，遇到这个世界上的另一个自己，她没有理由不信。

提示音响了一声，是Spade J上线。

很快，他的回复就来了，这是他第一次干脆用中文跟她讲话：

“今天不顺利，但也很开心。”

“什么事不顺？又为什么开心？”苏敏的手是抖的，字打得很快，错得也很多。

“工作不顺，失业了。开心，是因为终于放手了。”Spade J回答。

“真惨。”她有些痛，有些惋惜，但更多的是那种如释重负般的轻松。

“就这么安慰我？”他问。

“要不我给你介绍个活儿吧？”

“哪家？干什么的？多少钱一个月？”

“做我秘书，或者叫PA也行，名头好听点儿。”

Spade J没有回答。

很快，苏敏的手机响了，她接起来，听到方书齐在电话那头笑，笑了一阵，又正色道：“这恐怕不是我想要的工作。”

“你都没做过，怎么知道不是，这只不过不是你想要的头衔罢了。”苏敏难得这么绷得住，仍旧跟他一本正经的。

所以，他也陪她演下去：“那报酬方面呢？”

“工资没有，包吃住。”她说得很干脆，毫无讨价还价的余地。

他装作仔细考虑，然后开口问她：“老板，几号上班？”

她听着他说，不出声地笑起来，却又几乎落泪。

或许，有些人有些事就是这样的，从一次最普通不过的偶遇开始，一不小心就成了一生一世。

【前传】

上海往事

距离现在一百多年前，曾经有一个名叫塞缪尔·高登的英国人搭乘不列颠蓝烟囱公司的远洋轮船，从利物浦出发，历经数月航行来到上海。

彼时的上海经过开埠之后半个多世纪的发展，已经成了远东地区最繁华的工业城市和贸易良港，对洋人来说，这里是“冒险家的乐园”，而在无数来此地讨生活的中国人心中，也是遍地黄金。

在那些蜂拥而至的淘金者中间，时年二十三岁的高登并没有什么特别，一没钱，二没后台，也不懂多少生意经，浑身上下所有的只是一副好仪表和一些裁缝手艺。至于他为什么会抛下大洋彼岸的一切来到异国他乡的原因已不可知，唯一可以想见的原因很简单，就是来跑码头挣钱的。

当时在上海的洋人其实还是比较土的，有些人虽然在殖民地有钱有地位，衣着光鲜，号称上流社会，但是相对英国本土或者欧洲大陆真正的上流社会还有很大的差距，而高登正是看准了这种心态，凭着出众的风度和口才将自己包装成了伦敦威斯敏斯特萨维尔街出来的顶级裁缝。

一开始，他只是在外滩英国人俱乐部里设了一个柜台，为往来的商人官员高级职员量身定做衬衫西服，又在短短几年时间里从一个柜台发展成了一家绅士商店。高登也因此发了家，在上海滩站稳了脚跟。

一眨眼十几年过去了，到了二十世纪二十年代末，上海的租界文化逐渐发展。那个时候，不仅洋人，越来越多的中国人也开始穿西式服装。不可能所有人都消费得起正宗欧洲出品的衣服，但时髦人人都想赶，所以也正是这个时期，出现了一个所谓“奉帮裁缝”的群体。

“奉”指的是浙江宁波一带。就像扬州人剃头、广东人卖南货，那个年代来上海谋生的宁波人有许多以裁缝为职业，师父带徒弟，同乡帮同乡，逐渐就成了气候。

当时有一个笑话，说有个洋人拿了自己的旧西服给一个宁波裁缝驳样，结果没见过多少世面的裁缝把衣服上的补丁也一并照做了。

洋人嘲笑奉帮的乡土气，同样的更加时髦花俏的意大利、法国裁缝也调侃英国人，说伦敦老街的裁缝做了太多皇家卫队的军服，以至于做西服也只有在立正的时候是合身的。阶层、种族，租界与租界，当时的上海依旧是壁垒分明。

但什么都不能阻止人们赶时髦的心，商人、小开、职员、拆白党纷纷脱下长衫，换上了西式服装，不同的只是那衣服的出处。但千万别以为弄堂口王师傅出品的可以在一两黄金一套的上好英国呢西服中间浑水摸鱼，当时酒店、俱乐部的门童只消看你一眼，接过大衣掂一掂，就知道你身家几许。

而在这一股潮流之下，高登的绅士商店始终坚持只为特定的洋人群体服务，他店里定制的服装对于中国人或者没地位的白人来说，是有钱也买不到的奢侈品。

二十世纪二十年代末，高登的客人中间有一个吃交易所饭的美国人，在其影响下，高登试水投机，不想损失惨重，经营一时无以为继。

就在这个时候，一家他曾经最看不上的奉帮裁缝店向他伸出了橄榄枝。

这家奉帮裁缝店的老板姓方，浙江省鄞县人（现宁波市内），在英租界四川路上有一家初具规模的裁缝店，走的是讲究性价比的中档路线。

方老板眼红高登绅士商店黑心的毛利，却又无奈自己只是个卖美邦的，没办法跟人家的LV相比。难得有此机会，便托了一个买办引见，向高登提出入股联营。

条件开得十分优厚，尤其照顾到了洋人的面子，方老板出资仅占小额股份，绅士商店的店招保持不变，方记裁缝铺也更名为高登绅士商店，不知道底细的人还只当是高登老板盘了家新店。

老高登前思后想，在没有其他办法的情况下，答应了。方老板张罗着装修，换招牌，从此不再卖美邦，也开始卖奢侈品了。

为了不辱没高老板伦敦威斯敏斯特裁缝的金字招牌，方老板还特地高薪礼聘了一个洋裁缝，橱窗上写着——重金礼聘伦敦名师驻店量体裁衣。

二十世纪三十年代是旧上海的黄金时代，洋行民企蓬勃发展，四处洋溢着航海时代特有的国际主义的氛围。联营数年之后，两人都赚了不少钱。

这一年清明，方老板回家乡扫墓，跟人聊天的时候得知族中一个远亲家道中落，已经到了饭都没的吃的地步了。

鄞县的方氏是当地有名的大姓，祖上做过当地的县令，世代书香，出过不少举人。而这个落难的远亲姓许，原本做的是批发行生意，家境殷实。当时的男主人排行老六，上面五个姐姐，人称六少爷。六少爷的父亲早逝，又是三房合一子，自幼备受宠爱，生性也就有些懒散，不求上进。当地有几个坏心眼的商人看准了他没用，伙同地方官员，设计骗了他许多钱。刚好六少爷的爷爷过世，叔叔伯伯们也欺负他缺心眼，分家的时候占了很大的便宜。

分家之后，六少爷带着老婆孩子单过，生意不会做，反倒赌输了很多钱，渐渐地卖地卖房子，也没人管他叫少爷了，改叫小六。年前有人上门讨赌债，小六自己一个人躲出去了，至今下落不明，剩下老婆和三个孩子，眼看着就要被人赶出家门了。

方老板听了心中戚戚，但很快就忘到脑后了，没想到在他离开家乡回上海的前一天，这小六的老婆竟然找上门来了。

小六的老婆带来一个十岁左右的男孩，说是他家的大儿子，名叫雪城，求方老板带去上海做学徒。方老板想到小六那副德行，觉得这孩子也好不到哪里去，婉言拒绝。但小六的老婆并不罢休，也可能真的是过不下去了，次日方老板启程的时候，硬生生把雪城塞上了去上海的汽车。

人都已经上来了，总不能推下去，而且雪城看起来聪明乖巧，家中突遭变故，一副泪汪汪的样子。方老板看他可怜，就真的把他带去上海了。

就这样，雪城开始在方老板店里做学徒。那个时候，绅士商店的店员也算是见多识广的一类人，讲究卖相风度，懂衣着懂礼仪，还要懂得看脸色，一个个的都是势利眼和人精。雪城出生时，家里境况尚好，也曾念过几年书，能写会算，人聪明，长得也不错，在众学徒中算是个好苗子，但也正因为他小时候是过惯好日子的，心气颇高，和其他学徒店员格格不入，做事学艺也不太用心。

其他伙计存心欺负他初来乍到，把最累最麻烦最没好处的活儿给他干，比如打扫卫生，比如送老板的儿子兆堃上学。小兆堃当时也有八九岁，微胖，脾气不错。因是独子，方老板把一腔厚望都寄托在他身上，自己这一辈子都是靠手艺吃饭，就指望儿子可以跳出这个圈子做上等人，供他念最好的学校，从不吝惜金钱，但这孩子为人憨厚，总有些懵里懵懂的，读书也不怎么上心。

兆堃过的日子，雪城看在眼里，心里很不是滋味，想自己年纪并不比人家大几岁，却要独自离家谋生，不但没有学上，还要背东家的少爷上学。可能也正是那个时候，他看清了自己在这个冷酷世界中的位置。

于是，原本心高气傲的雪城开始自暴自弃，跟另一个比他早来几天的学徒混成了朋友，两个人每天混吃等死，手艺不学，生意经也不学，光研究怎么要小费，怎么揩油，怎么盛饭能多吃一点儿了。

转眼一年过去了，年三十，方老板照例招待店里上上下下十几号人吃年夜饭。雪城看着桌上一个什锦大暖锅眼馋。一个裁缝师傅告诉他，暖锅里的百叶包又叫"铺盖"，今晚老板会给伙计们布菜，"铺盖"夹到谁碗里，谁就得卷铺盖滚蛋。

等到开席，方老板果然过来布菜，夹起一个"铺盖"，筷子在半空停了一停。雪城觉得老板看了他一眼，想这下完了，心快从嗓子眼里跳出来了。可能念及他是同乡远亲，那个"铺盖"最后还是落到了另一个学徒的碗里。看自己的好兄弟两行眼泪一脸煞白的样子，雪城庆幸自己还有机会。

几天之后，有人从鄞县带来口信，告诉雪城，他妈妈带着他的两个弟妹改嫁了。就这样，他最后的退路也没了，终于意识到，除了努力活着，他再没有其他的选择了。

那一年春节之后，雪城就像是换了一个人一样，早上第一个起床，把店里的杂活儿都干了，然后赶在襄理和几位裁缝师傅上班之前泡茶准备早点，无论被分派什么工作，都分外用心，对兆堃也照顾得十分仔细，再没有半句怨言。兆堃被老师关夜学，他帮着打掩护，罚抄课文写不完，他白天做完店里的事情，半夜蹲在窗边借着路灯光抄写，遇到落雨天，路上泥泞，还会背着兆堃上下学。

那时的雪城，已经懂得在这世间做人是要戴上面具的，他之所以对兆堃好，未必有多少真心。但兆堃却是一根肚肠通到底的人，见雪城对自己这么好，渐渐就把他当作亲人一般。

就这样几个月之后，雪城开始有资格跟着裁缝师傅打下手了，学烫衣服、钉扣子。他脑子好，手也巧，学东西很快，做什么都是有模有样的，很快就引起了方老板的注意。

一般的学徒做到这个份儿上都要决定一件事，到底是“学店堂”还是“学工场”？

方老板也是这样问他的意思。

“学店堂”的重在门市接客，而“学工场”则主要是缝纫、熨烫、整理。

看似简单的决定，却将影响一个人未来几十年的命运。雪城暂时还不能做出选择，所以，他决定两样都学。

这种做法在行内本是不可能行得通的，那时的师徒之仪全凭人情，就算学徒愿意学，师父也未必愿意教。哪怕是碰上了心胸宽阔的师父，做学徒的平日里什么杂事都要做，日夜劳累，也鲜有人真能一心二用。

那一年，高登绅士商店的橱窗上还像从前一样贴着“伦敦名师驻店”的字样，但其实绝大多数做事的都是本地裁缝。只有极其重要的客人，才会由高登亲自量尺寸、制版、试衣，余下冗繁的手工活还是由其他师傅来做。

手艺行里都有这么一句话：教会徒弟，饿死师父。所以，每个有两把刷子的师父都留着一手，防备着后浪拍前浪。更有些刻薄的师父只是反复叫学徒做些基础手工，或者就是练诸如热水里捞针、牛皮上拔针，说是为了提高速度和力度，实际上却有更多惩罚、为难的成分。三年满师，虽然也能掌握量、算、裁、缝技艺，但总觉得差一口气，而这一口气，才是身为裁缝安身立命、养家糊口之本，若无人指点，那就须得自己多年摸索方才能够领会。

总算雪城有个得天独厚之处，就是他长得很不错，招人喜欢，看起来又年轻单纯，没有心计，骨子里却是八面玲珑的人，把一众师父、前辈伺候得极好，更因着兆堃那一层关系，店里的人对他还算不错。师父常常高兴起来就多教一星半点儿的东西给他，他默默地学，牢牢记住，并不喜形于色，得意忘形。有人觉得他怪，别人偷懒还不及，他却巴不得一个人做两个人的活儿，也有人觉得他是看准了方老板膝下子息单薄，又是决意不让儿子入手艺行的，心里有了非分的想法，但真要挑他的不是，却也说不出什么。

于是，随后的整整三年，雪城每日清早起身，在闷热狭小的工场间做事，遇到前面店堂忙时，便跟着资深伙计学招呼客人、算账、盘点呢绒布匹，就这样直到十六岁学徒期满。

那个时候，兆堃已经上中学了，不像小时候那么糊涂爱偷懒，功课好了许多，不再需要别人帮着写作业了。但他没有兄弟，也没有特别要好的朋友，随着年龄渐长，与雪城的交情反倒更深，不管有什么都乐于拿出来分享。难得雪城是知趣的人，并不要求许多，只是时常向他借些旧课本和中外小说画报来看。

一个人的谈吐和见识从来不是一朝一夕可以改变的，有些是天生的，更多的是经年累月的浸润积累，无心或者有意，雪城身上看不出店堂伙计的市侩精明，也没有工场间裁缝的木讷委顿，打扮朴素干净，乍一看倒像是个中等人家出身，每日去学堂念书，懂事且识大体的孩子。

或许正是因为这一点与众不同，方老板和大老板高登对他别加青眼，给他一个机会再一次走进学堂。那所学校和兆堃去念书的地方不同，是本地同业公会办的，名字叫西服工艺专门学校，全然是手艺人去的地方，而且只是夜校，但不管怎么说，在那里雪城总算得以系统地学习了裁剪缝纫以及纺织面料方面的知识。

又过了三年，雪城以优异的成绩从西服工艺专门学校毕业，在店里的地位也随之发生了微妙的变化。他手艺过硬，有品位，也有见识，二十岁未满就开始独当一面。有人妒忌，有人不满，但这种情绪没能持续多久就发生了一件大事——战争开始了。

抗战以及随之而来的席卷整个世界的第二次世界大战改变了许多人的命运，先是兆堃留学英国的计划因为局势动荡泡汤，只能在本地继续学业，高中毕业之后，进入浸礼会沪江大学学习化学。

而后便是长达四年的孤岛时期，一九三九年之后，欧洲陷入战火，舶来品奇缺，现货价格疯长，使用全部英国进口面料辅料的高登绅士商店自然不愿意自贬身价改用日本货，但若要继续原先的品质标准，涨价是必然的。幸好大部分客人都是不差钱的主儿，在远东殖民地过着天之骄子般的生活，店里的生意虽然受到一些影响，但看起来并不严重。

雪城却嗅到了令人不安的味道，他听一些常客说已经开始安排家眷离开上海，这种做法在租界的侨民中间越来越普遍，而这些人一旦离开，高登绅士商店一大半的生意也就没有了。

与此同时，另一些人却在涌进这个城市——江浙各界的有钱人因为战乱逃难来沪，这些人中有不少纺织业的工商人士，他们不愿与日本人合作，也不甘坐以待毙，待战事西移，城市秩序稳定，便与上海同业一起，筹措资金，集中技术力量，在沪西一带重新开办工厂开始生产丝绸呢绒。

雪城看到了其中的商机，他先说动了方老板，又和方老板一起说服高登将一部分辅料换成国产货。这一招既解决了原料紧缺的问题，也使得绅士商店的生意打开了新的局面。

后来发生的事情更加证明了雪城的远见——珍珠港事件爆发，美日宣战，不断有英美侨民被带到提篮桥监狱问话，其中有一些随后就被关押进了海防路集中营。

那是一段人心惶惶的日子，更多外侨撤走了，就连老高登的家眷也坐船去了英军驻守的新加坡。而高登本人则因为生意上的事情，迟走了一步，没能离开上海。店里那一大半的常客果然没有了，剩下的生意也受到日本洋服店的挤压。

生意差了，自然就要裁人，店里上上下下几十个伙计眼看就要面临失业，在这样的乱世再找一份工作的希望渺茫，生活势必将无以为继。一时间，店里人心动荡，高登每天过得提心吊胆，自顾不暇，方老板身体也不好，少东家方兆堃还在念书，既不懂也不愿意管店里的事情。有一度，两位老板甚至想要结束生意，关门大吉。

关键时刻站出来的人又是雪城，他说服方老板和高登将店招换成“方氏父子”的牌子，并且靠着与本地工商界的关系继续营业，虽然艰难，却也创出了一番不同的天地。

战事继续恶化，在日本人进驻租界一年后，高登收到日本当局的通知，做好准备，带上四件行李，于指定日期前进入龙华集中营。

对高登来说，这即将面临的情况更加凄凉，家眷都已经离开，他一个年近六十的人，独自面对铁丝网后面暗无天日的生活，不知道什么时候才是尽头。

那天清晨，雪城雇了两辆三轮车，和方老板一起，把高登和他的行李送到西郊哥伦比亚乡村俱乐部门口的入营报到点。兆堃也想一起去，被方老板赶回去了。

临别，高登把家人在英国的联系方式留给方老板，因为战乱，他已经许久没能联系上妻儿了，也不知道他们是已经回国，还是在新加坡等地辗转。方老板郑重答应，帮他寻找家眷，照看好店铺。

很快高登的住所就被没收查封，两张封条交叉贴在门口，幸好绅士商店的招牌早已经换了，总算躲过一劫。方老板和雪城一起盘存清算，暂时结束了生意。

随后便是漫长而停滞的两年，高登在集中营艰难度日，他是上了年纪的人了，但还是被要求在烧砖窑里干很重的活儿。和他一起工作的大多是些年纪不轻的男人，入营之前的职业大多是外交官、洋行大班、医生或教师。

每个月允许往营内递送一次包裹，方老板身体不好，每次都是雪城去送，一个布包，里面装着黑市搜罗来的白脱、巧克力、牛肉干、咖啡粉、果酱和奶酪，量很少，论质也不能跟战前的相比，但就是这些原本普通的东西，在当时的环境下却显得出奇珍贵，也只有在收到包裹的那一天，高登才会觉得自己不是孤立和被遗忘的。

一九四四年至一九四五年的冬天出奇地寒冷，日美空战越来越激烈，集中营内的食物配给降到了最低限度，人们的健康每况愈下，传染病肆虐，却没有药品。但战争即将结束的传闻还是给了所有人一线希望，方老板听到消息，特地遣人去黑市买了一只草鸡，炖了汤，送去给高登，并且兴冲冲地召集从前的伙计，筹集资金，摩拳擦掌，准备重开绅士商店。

当年八月，日本战败，集中营由瑞士方面接管，关押的西侨被全部释放。但老高登却未能劫后余生，就在出营之前不久，因一次疟疾复发丧命，而方老板也在同一年因为伤寒去世。这两个经历了隔阂、猜度、合作、扶持的生意伙伴，最终还是没能再见上一面。

两位老板先后往生，但重开绅士商店已是箭在弦上，不得不发了。一时间，经营店铺、养活方氏家眷和店里上下几十口人的责任全都落到了雪城肩上。虽说在一起过了这么多年的日子，方老板的太太对雪城未必真的全然信任，但也没有别的办法了，儿子兆堃虽然已经成年，却宁愿继续读书，在沪江大学念了几年化学之后，又转到震旦去学医了。

方老板卧病时曾经看过一个医生，名叫王亦尧，此人是震旦的教授、上海滩上的名医。所有人都以为兆堃是因为仰慕王医生的学识和医术，才决定转而学医的。起先，雪城也这样以为，直到有一次，他在一套已经完工的西装里发现两张电影票的票根。

这种把戏在西服店时有发生——衣服已经做好了，客人还没来取，倒被小伙计先穿出去装门面了。雪城一向是好脾气的人，但对这种影响店铺声誉的事情看得很严，关门之后，留下所有人准备彻查，查不出结果，就所有人一起受罚。但这一次，从来不管店里杂事的兆堃一反常态，出来说了几句话，希望息事宁人。雪城猜到其中有隐情，便顺水推舟放了那些伙计。果然，兆堃很快向他坦白，是自己穿了那套衣服去看电影，也不是故意的，只是急着出门，又找不到合适的衣服，所以就拿去穿了。

雪城知道兆堃是不讲究打扮的，虽然家境殷实，但交往最多的都是些务实朴素人家的子弟，不禁觉得有些奇怪，为什么兆堃会突然做出这样的事情，花钱似乎也比从前多了。一番追问之下，兆堃向雪城坦白，一切变化，他的打扮、开销，甚至包括从沪江转到震旦读书，都是因为一个名叫江雅言的女孩子。

这个名字，雪城并不是第一次听到，兆堃刚进沪江念化学的时候，他就曾经见过江雅言几面。

最早的一次是在海关俱乐部，兆堃跟一班同学在那里排话剧《卖花女》，演一个只有一句台词的龙套角色，另外还负责服装和道具。

借着自家店里的天时地利，这做戏服的任务自然就落到雪城头上。虽然工作繁忙，但他毕竟也是二十出头的人，与这帮差不多年纪的富家子弟在一起，做些无关生计的事，也算是浮生偷闲，让他有种无忧无虑的错觉。

那出戏里的男一号是语言学家希金斯，女一号是卖花女伊莱莎，两个主演都是沪江大学出名的俊男美女。那时的沪江是浸会背景的贵族学校，每栋宿舍楼的底层都是汽车间和保姆房，学生大多出身优渥，一路教会学校念上来，所以，要“希金斯”拿腔拿调地说标准的上流英文是很容易的，但“伊莱莎”的东伦敦考克尼腔却是个难题。

开头几次排练，导演都要一字一句地纠正“伊莱莎”的发音，而这个导演便是江雅言，她是华侨，十几岁才随家人来到上海，英语讲得要比中文地道，说起俚语来令人发噱，几乎每次都引得演职员全体笑场。她也跟着笑，看起来却和其他人不太一样，别人或许不会注意，但雪城是见惯了人情世故的，不可能看不出来。他时常在角落里看她，她的一颦一笑，以及掩藏得很好的戏谑与疏离，就好像她有这个自知之明，自己不属于这里，就跟他一样。

江雅言长得不算很惊艳，瘦、高、眼神平静，没有当时流行的珠圆玉润或者温柔妩媚，却有种干净利落的美，和她待人接物的做派一般无二。她很会玩，谈吐有趣，差不多所有男生都围着她转，包括那个“希金斯”，也包括方兆堃。而女孩子当中则传着关于她的种种流言，好的坏的，不知所云的——她开快车，喝烈酒，抽男人的香烟，会说法语，舞跳得很好，钢琴弹得却荒腔走板，父亲是北洋政府时期的外交官，母亲那方面有英国血统，不是正牌夫人……

反正，她绝不是那种应该觉得落寞的类型。他不懂她为什么会这样，始终百思不得其解。

就这样过了一个多月，戏终于排完了。在这一个多月里，雪城和江雅言总共只说过一次话。那是首场正式演出之前，在后台的化妆间门口，“伊莱莎”的第一套服装出了点问题，他不方便进女化妆间去做缝补，在场的女学生中间又找不到一个会点儿简单女红的，最后是江雅言从他手里接过针线，他对她说谢谢，她回头笑了笑，学着戏里卖花女的腔调对他说：What you can do without me, I cannot imagine（没有我你能干什么，我很难想象）。

雪城看过太多遍排练，几乎能把台词背下来了，知道这句话是第五幕结尾伊莱莎对希金斯说的最后一句话，而后伊莱莎便走了，两个人终究没能在一起。

差不多两个钟头之后，戏演完了，不算太成功，也挑不出什么大错。江雅言召集全体演职员，用一台德国产的耶那康太斯照相机给大家拍了一张照片留念。兆堃是专门负责打杂的，照片自然也是他去印。第二天去照相馆之前，他问雪城要不要印一张？雪城说不要。照片是江雅言拍的，她不在那上面，要来做什么呢？

那之后，每个人都各归各位，以为不会有机会再见。但现实总是出乎凡人的意料，秋天过去之前，他们又见了一面。

这一次，是在“方氏父子”的绅士商店里。临近傍晚，雪城站在柜台后面整理那一天的订单，玻璃门上的铜铃响了一声，他抬头，便看见江雅言走进来。替她开门的是一个上了年纪的外国人，两人身后还跟着一对衣着漂亮的华裔男女，男的三十几岁，女的和她差不多年纪。

四个人不知在说什么，脸上都带着笑，直到看见雪城，江雅言似乎怔了一怔。那一瞬很短，雪城却看得很清楚。

和她一起来的那对年轻男女，店里的师傅伙计几乎都认得。女的是本城人尽皆知的名媛翠西周，家里开着一个百货公司，男的则是她新婚不久的丈夫王亦尧，是绅士商店的常客。王亦尧的父亲是当时出名的西医，在上海开私人诊所，专给大家族看病。王亦尧子承父业，早年留学英国，如今在医学院任教授，一面行医一面教书，方老板过世之前也曾在他那里看过病。

江雅言和翠西周看起来很是亲近，像是闺中密友。雪城不知道她跟王氏夫妇有什么渊源，也未曾想到会因为王亦尧的那一层关系与她走得更近。

绅士商店那次偶遇之后不久，王亦尧来找雪城，说他夫人婚后无聊，打算在外滩开一家女装店，但进货、请人什么的一概都不懂，想找他帮帮忙。

雪城本想推辞，直到王亦尧告诉他，这家女装店的另一个股东就是江雅言，他才把这桩事情答应下来。王亦尧走了之后，雪城也觉得很莫名其妙，自己又不是方兆堃，怎么就揽下了这么个差事？

第一个任务便是陪翠西周和江雅言去苏州进一批丝绸，王亦尧负责做车夫，雪城负责提供专业意见。原本是当天去当天回的，不想车子抛锚在半路，四个人在张浦镇投宿了一夜，一直到第二天，等来了翠西周家的救兵。

虽然苏州之行铩羽而归，但雪城与江雅言之间却有了些许别样的感觉。那段路不长，一行人走得却很慢。王亦尧夫妇开一辆簇新的道奇在前面，他们俩坐在后面那辆坏掉的福特里聊天。起先，江雅言说得更多一些，童年的回忆，学校里的趣事……车窗大开着，初秋干净清爽的风吹进来，雪城也开始说了一些自己的经历。

许多年之后，雪城还清楚地记得那个下午他对江雅言说的话，以及她每一次回应他的微笑。

他记得说起自己离开故乡的那一天，坐着竹排顺着剡溪而下，一路上听撑排人讲故事。比如刘阮遇仙，是东汉永平年间的事情；再比如杨祖德剡溪觅金刀，是在三国。此类乌托邦式的传说，在县志上被归在乡谈野史里，不过就是短短几十个字：汉明帝五年，剡人刘晨、阮肇入天台采药，迷路乏食，摘桃充饥，沿溪行，遇二女，姿容绝妙，相邀还家，殷勤款待，结为伉俪。住半年，春鸟悲啼，思归出山。至家无复旧居，已历七世。晋太元八年，刘阮还山，寻仙无着，徘徊惆怅溪头，不知所终。却在剡溪撑排人的嘴里反反复复地说了几千几万次，每一个坐过竹排的人都听过。然而，只有像他这样背井离乡的人才会真的记得。

差不多有十年了，早不能说是记忆犹新，却在心里渐渐生了根，发了芽，窜出了细细碎碎的枝丫。故事里那入天台采药的剡人，刘晨和阮肇，从两个单纯的符号变成了有父母妻小、有脾气禀性的人，仿佛就真真切切地立在三步开外的地方，连身上穿的衣裳，脚下踩得鞋也看得一清二楚。又仿佛一抬头就能看见那“八山半水分半田”的景色，那天生纤秀的山水，隆冬腊月铺着一丁点儿薄雪，八月里烫烫的日光洒下来，脚底下是顺着毛竹的缝隙渗上来的一线溪水，漾啊漾的，洇湿了鞋，随之而来的绵软清润的记忆，也全是亦真亦幻的，才一松手就飞也似的逝去了。

雪城一直就是个很会讲话的人，却没有多少把握江雅言会对这些陈年故事感兴趣，出乎他的意料，她居然真的喜欢听，而一切似乎就是从那个下午开始的。

待到那年冬天来临的时候，翠西周和江雅言的女装商店“云绮”在外滩开张营业，所有事情都在预想的轨道上进行，只是人心里的一些东西已经悄然改变了。

兆堃找了个机会，终于鼓起勇气，对江雅言吐露心迹。在那之前，他早已默默操练了许多遍。江雅言比他年长，也比他慧黠，他一直都怕她会取笑自己，结果却跟他想的不一样。

她耐心听他说完，而后温和地笑，对他说：“你是个很好的人，我们太不一样了，不合适。”

兆堃突然变得勇敢，强辩道：“既然喜欢一个人，怎么会不愿意改变？”

“哪怕是变坏？”她望着他反问，似乎饶有兴味。

兆堃点头，没有一丝犹豫：“是，哪怕变坏。”

她沉默，脸上带着不可捉摸的笑容，很久才说：“我本来一直以为，能露出最真的一面才是真的喜欢，后来才知道不是的，尤其是像我这样的人，宁愿累一点儿扮成他心里希望的样子。”

待到双鬓染霜，兆堃每每回忆当时的情形都会有一种奇异的感觉。他不懂她为什么这么说，像她这样的人又究竟是什么样？自始至终，她未曾彻底拒绝他，但他却明白地知道，她已心有所属，自己没有机会了。

在这个世界上，或许只有江雅言知道自己究竟是什么样的人。那时的她年轻善变，华光初绽，身边的人总是懵里懵懂地被她吸引，鲜有几个真能将她看个通透。王亦尧可以算是其中之一，或许雪城也是吧，只是蒙住双眼不看罢了，而她也宁愿他不懂。

旁人都知道她是世家女，父亲做过外交官，在欧洲待过许多年，一直到她十多岁时举家归国。他们佩服她会玩，敢于做任何女孩子不敢做的事情，在好几个追求者之间周旋着，却又能不失淑女风范，觉得如果她去演电影，中国便会多一个玛琳·戴德丽式的女明星。

旁人不知道的却要多得多。她父母从未正式结婚，因为她父亲是反对纳妾的。早年在欧洲，她也是过过几天好日子的，直到母亲跟父亲分开，最后一次听到消息说是在法国南部一处温泉度假胜地的赌场里做不上台面的事情。那几年很好的岁月到头来只留下一些小小的遗迹，一把梳子，或者一只香水瓶，都是旧的，却透着一种精巧别致，是那些时髦的美国货不能比拟的精巧别致。

十几岁初到上海，她发现自己陷落在一群陌生人中间，家里有父亲的正牌夫人、一个异母哥哥以及众多势力精明的帮佣。在这种环境里，她很快就学会了两面三刀、曲意逢迎，几乎是无师自通的。

只可惜有时候乖巧也未必有用，她记得有一次，不知为了什么，哥哥连抽了她十几个耳光。她不是没有想过反抗，如果不是两三个用人上来拖住她，哥哥肯定伤她更惨。挣脱之后，她去厨房找刀，却发现没有一把不卷刃的。她意识到家里的混乱和破败，突然大笑起来，别人都当她是疯了。

其实，一切早就有迹可寻。一九二八年之后，北伐结束，国民政府成立，一系列的政权更迭，父亲丢了官职，之后便始终赋闲。这些年家里不断有掮客样子的人进进出出，看得见的古董摆设和看不见的地契票据一点一点地少下去，总有一天要见底。

她曾经想读许多书，去旅行，做一些不一般的事情，但从那个时刻开始，她知道所有这些梦想都有一个前提——她必须嫁得很好，既要好到足够让她生活无虞，还得让这一家子人放过她，还她一个清静。

成年之后，身边也不是没有过合适的对象，却始终没有那么理想的，直到她遇到翠西周，继而又通过翠西认识了王亦尧。那时他三十四岁，在欧洲生活过许多年，和她一样玩起花样来聪明透顶，除此之外还是个优秀的医生，受聘在大学教书。他是极少数能和白人绅士享受同等待遇的华人，并不是最有钱的，也没有或黑或白的背景，浑身上下却透着一股子与生俱来的优越感和泰然自若。他本来会是个很好的选择，只除了一样，他已经结婚了，妻子娘家很有钱，有一个两岁半的儿子，聪明漂亮。

江雅言不笨，不会去蹚这样的浑水，识时务地和翠西周做了朋友。翠西时常带她出去，热心地为她张罗着相亲，甚至责成王亦尧把朋友圈子里符合条件的单身汉都拉出来遛一遛。王先生遵命照办，领来的人却总是不靠谱的，女子气的读书人，脾气怪谲的小开，甚至年过半百的洋人鳏夫。

那些相亲大多不欢而散，唯独那个洋人鳏夫倒是个例外。洋人名叫维侬，从法国来，有些钱，会弄几笔文墨。江雅言离开欧洲多年，很久都没说过法语，但那种音韵和遣词造句的习惯却还在。不管相亲结果如何，两人相谈甚欢。

翠西很高兴，称赞王亦尧总算找了个过得去的人。王先生只是笑，难得地沉默。

那天夜里，照例是他开车送江雅言回家，一路上还是话很少。车子开到江家门口，王亦尧终于开口了，语气却还是一贯的轻巧随便，叫人分不出真假来。他表面上夸维侬在外风评不错，不管是看性格还是论身家，都是不错的结婚对象，但话里话外的，还带着些余音，好像不经意似的就把维侬嗜好饮酒、赌博和赛车，每年都要在摩纳哥烧掉不少钱的事情给露出来了。

江雅言只是听，除了笑，没有其他反应。那一夜之后，她与维侬还是相处愉快，却始终没有什么实质性的进展，一直到维侬离开上海。翠西周很失望，反倒要江雅言来安慰，说华洋之间毕竟差异太大，一开始也是图个新鲜，日子久了，就自然而然地疲了厌了。

“厌了的只是你吧，我看人家对你可还心心念念地惦着呢。”翠西嗤笑道，随口说的一句话，没人料得到多年之后竟真的会应验。

维侬离开之后，翠西做媒的热情仿佛就此过去了，难得提起个把人选，又在江雅言的婉拒，或是王亦尧兜头泼来的冷水中偃旗息鼓。

那段日子，对江雅言来说既是快乐的，又是不快乐的，原因只是一个——王亦尧。她不愿意真的投身进去，却又离不开这个富有的无忧无虑的圈子，两人之间的关系始终不远不近，若即若离。有时候，她存心躲着王亦尧，有时候却又会去医学院找他。两人独处时，他对她诉苦，说发现自己再也找不到理由去喜欢翠西，因为翠西这人凡事都太霸道也太认真了。这种老套的伎俩，江雅言不可能不懂，所能做的也只是装装傻而已。

王亦尧自然容不得她一直这样装下去，他知道江雅言要的不过是一点保证，婚姻抑或是金钱，他给不了其一，却可以给另一样。正巧翠西提出来要开店，他全力赞成，背地里拿出一笔钱让江雅言入股。

接下来事情的发展跟他料想的一样，江雅言没有拒绝那笔含义颇深的赠予，对外只说是生母过世留下的遗产，很快从家里搬了出来，租了房子，有了自己安身立命的地方。事情的发展又跟他料想的完全不同，只因为她遇到了雪城。

她对王亦尧从来就没有反感，在他面前，她不必装也不必掩饰，满可以放肆地说："我又不是什么淑女。"伸手从他那里拿钱，或者袖手旁观，看着他像为一个妓女赎身一样给了她家里人许多钱，同时也很清醒地知道，他只喜欢短暂的平静，长久的居家生活根本无法让他满足，他能让她高兴，却没办法负起全部责任来。

而对雪城则截然不同，那一次在绅士商店偶遇，她突然发现自己与平时不太一样。那是种很奇怪的感觉，而这种感觉似乎从排练《卖花女》的时候就开始了。在雪城面前，她不自觉地变成一个更好的人，也不知是乔装假扮，还是她原本就该是那样，如果她生在一个普通幸福的家庭，说不定真的就是那副模样了。一开始，她以为这只是因为他也是个好人。但很快就推翻了这个念头，他是见过世面的有城府的人，不招摇也不木讷，与他相比，方兆堃更是个简单纯粹的好人，还有沪江那几个追过她的男生，她在那些人面前也扮过淑女扮过金枝玉叶，却从来没有过这样的感觉。

雪城的出现改变了许多事，江雅言开始与王亦尧疏远。王亦尧很快看出些苗头，起先觉得不是什么大事，无论何种风流韵事有开头总有结尾，男人得到了女人，而女人得到半家店，有了维持生计的本钱，可谓各取所需两不亏欠，趁没人知道干干脆脆地结束了，也不是什么坏事。但很快，他就发现自己做不到，一切似乎太过短暂，结束得也太仓促了。他开始在心里演练与她的谈判，还是那样玩世不恭的态度，问自己还需要她多久。半年，一年，一年零六个月……一次次自问自答之后，他变得严肃，甚至有些惶恐。早在他们开始之前，他就觉得奇怪，究竟她身上的什么东西吸引了他，如今更不能理解她凭什么拿捏住了自己，令他要她的一生，要永不结束。

人心乱了，原来淡然处之的事情也就跟着变得混乱。王亦尧不愿做个了断，江雅言便搬了翠西周出来，以为他会有所忌惮，毕竟是那样好的一个妻子，那样令人艳羡的一个家。却没想到他根本顾不得这么多，干脆存心露出马脚，让翠西周知道了他们之间的关系。

春末夏初的一天晚上，翠西独自开车到她住的地方，把王亦尧叫出来，带回家。两个女人都表现得很冷静，甚至有些冷酷，倒是王先生久久不得平静。

当天夜里，江雅言走了很远的路去找雪城。开门看到她，他很意外，她竟会在这个时候找到他住的地方来。过去几个月，他们几乎隔天就要见上一面，但大多是因为女装店经营上的事情，未曾有过其他。

那只是一间分租的厢房，在一栋新式里弄房子的三楼。他请她进来坐，为她沏了一杯很普通的草青，叶片很大，也不是那种嫩嫩的新绿，闻起来却很香。她双手捧着茶杯，坐在房间里唯一的沙发椅上，好像这四月的天气很冷似的，身体始终是僵的，没头没尾地把关于自己的所有都对他说了，从很小很小的时候开始，一直到才过去的那场无声无息的人战。叫她欣慰的是，他脸上没有惊讶没有鄙夷，也没有试图安慰她什么。

等到要说的都说完了，她总算放松了一点儿，环顾四周，对他说：“第一次看见你住的地方。”

“怎么样？”他问，带着温和的笑。

“没我想的那么坏。”她回答，试图对他笑，眼泪却落下来了。她几乎不记得上一次哭是什么时候的事情了，有时候她也会装装样子，但都是没有眼泪的。他给她一块手帕，自己又回到窗边的写字台前面去做事。

手帕是白色的，有藏蓝色的饰边，半旧的，却也很干净，柔软的织物的印象就那样落在她心里了。

至少在那个时候，江雅言真的相信，她可以变成那个更好的自己。所有错的和不好的都已经过去了，而他愿意包容。

随后到来的那个秋天和冬天过得很平静，对于江雅言来说却是翻天覆地的变化。不管是股份现钞，还是别的什么，都不要了，外滩那间女装店，她再也没有去过。从王亦尧的房子里搬出来之后，她与人合租了一间小公寓。雪城给了她一些钱应付生活上的开销，很快她就找了几份零碎工作，所得的收入供她一个过过日子还算可以。

那些工作中，有一些其实是她早就在做的，比如给女性杂志写些东西，间或有一两张小照登在插页或者封底，偶尔也替人做些口译笔译。不同的只是从前她并不在意这些小钱，只当是种消遣来做，如今却要靠这些进项养活自己了。

闲下来的时候，她与雪城经常见面，两人却一直没点破那一层关系，更没有过什么越矩的地方，休息日出去走走不是带着方兆堃，就是和她的朋友一道。他们都是一个人过生活，要做什么全凭自己，却不约而同地退守到这样一种不咸不淡的状态，是尊重，是为了与旁人不同，又仿佛是天长日久的深厚。

就连雪城借给她的钱，她也一分不差地还了，另外还附了谢礼。那是一把乌木骨的扇子，一尺十三方，扇面上是吴待秋题写的一首诗——王维的《青溪》。那时的吴待秋正与颜文梁、张大千一起筹建上海美术馆，她也在其中做了些琐碎的工作，报酬菲薄，却也算认识了一些人。

那段日子，与她同住的是一个三十出头未曾结婚的女人，在大学教书，信新教，戴眼镜，四季的穿着都简单朴素，房间里挂的画是月份牌上裁下来的印刷品，就连读的书也大多是从学校图书借来的。一开始，这种生活对江雅言来说多少有些吸引力。日子久了，新鲜劲儿过去了，这一双旧鞋一袭布衣一把油布伞的生活渐渐露出粗鄙瑟缩的面目。

战争结束之后，纷争与动荡一直都未曾真正过去，在这种大环境下，这个城市的黄金年代似乎一去不复返了。二十世纪三十年代风靡一时的《玲珑》杂志自一九三七年停刊之后，再也没有哪一本本土出版的女性刊物畅销到那个程度，要靠写字吃饭自然也没那么容易，更何况还是那些个闲情逸致的文字。之所以有人找江雅言约稿，看重的还是她曾经的名媛身份，她不愿在那些人面前露了怯，却又力不从心。

对于过去的生活，她并无留恋，哪怕是那些令人艳羡的众星捧月的时刻，却也不愿就这样永远过下去。当时，战后短暂的歌舞升平的日子已经过去，时局日渐动荡，越来越多的人辞别故土，去欧洲、美国，或者近一些的南洋小国。江雅言也动了这样的念头，她对雪城说想离开上海，目的地或许是伦敦，或许是巴黎，两个人在一起，无论在哪里，无论过得如何，一切都可以重新来过。

于是，离开上海，仿佛幻化出一些不甚真实的象征意义，成了一种期盼，就好像只要走了，就可以解决所有问题。江雅言心里这些微的变化，雪城都是知道的。他了解她的为人，如果她决定了要走，就肯定是会走的，不管过程如何艰难，结果是好或是坏。而他自己却截然不同的，他是很早就懂了生活艰辛的人，想事情总难免更加现实几分。他心里很清楚，作为一个中国人，所能倚靠的那一点手艺能否在异国他乡得到承认，是谁都没办法打包票的，而仅靠他手上的那点儿积蓄，又很难在那里立稳脚跟。

不是没有机会改变，只是他不能，也不愿做那样的事。早在战前，他便是绅士商店的骨干，两位老板相继过身之后，店里的经营更是他在一力承担。一些生意上往来的人经常与他玩笑，说他才是真正当家的人，但“方氏父子”这块招牌却始终都没有变过，他还是伙计，从前东家是高登和方老板，现如今则是方兆堃。生意或者是金钱上的事，兆堃既不看重，也不太懂。若雪城有心，什么都有可能，但他从小在这个泱泱都市独自闯荡，能够得以安身立命，也自有他为人处世的原则和信念。

也正是在这个时候，雪城在鄞县乡下的弟弟结婚，他回去探亲，方兆堃和江雅言也一同去了，说是去玩的，实际上却是为了让母亲和江雅言见上一见。当时他的幺妹早已经出嫁了，母亲改嫁的丈夫也已故去，留下不多不少的家产，过过日子倒也无虞。

他的弟妹都是改了姓跟过去的，多年未曾见过，关系都很疏淡了。雪城没有特意把江雅言带去给他们看，不是不愿，也不是不敢，只是觉得她和他们全然是两个世界的人。在鄞县那三天，母亲只在喜筵上见过江雅言，隔着三五步的距离，点头寒暄而已。但母亲却始终是母亲，这个年过四十的女人，当过少奶奶，也过过一贫如洗的日子，嫁过两个男人，生养了三个儿女，即便没念过书，也不认得几个字，却有一些朴素的智慧。她从没问过雪城：“这个人是谁？”只是在临别的时候，絮絮地对他说起弟妹的婚事。妹妹嫁得很好，夫家在县里有些小官职，弟弟新娶的媳妇是同县山里一个穷佃户的女儿，可说是应了一句乡下的老话——男婚女嫁是不一样的，男往下娶，女往上嫁，这日子才过得好。

“那位江小姐是大学毕业吧？”最后，母亲这样问。

话仿佛是随口说的，雪城也随口答了，只作无心，却没想到他们回到上海之后不久，又有一个人从家乡来到上海，随行带来他母亲的口信，托他帮忙寻份差使，并且暂时照顾食宿。这原本是很普通的事情，他算是同乡中间混得不错的，常有人把子弟送到上海来谋生，托他照拂。但这一次却与以往不同，母亲送来的这个人是个眉目清秀的女孩子，名唤宝月，年纪不过十七岁。

雪城与宝月攀谈，知道她有一些缝纫和刺绣的手艺，也略识得几个字。她家不在鄞县镇上，而是几里之外的山坳里。母亲早逝，父亲种几分薄田。她小时候得了急病，却无钱医治，只能躺在山上的龙王庙里等死，所幸遇到雪城的母亲，出钱请了大夫，救回她一条命。

听完这番话，雪城已经很清楚母亲的意思了，宝月才是他应该娶的那种女人，男往下娶，女往上嫁。他承认母亲的想法自有她的道理，心里却也生出一种不忿来。他默默替宝月安排好食宿，又把工场间里撬边锁扣眼的杂活派给她做。店里有些年资的师傅伙计见他对宝月这样好，便拿这事与他玩笑，说宝月是他家里给定下的媳妇，他一笑而过，并不解释。

宝月安顿下来之后不久，方氏父子的绅士商店又来了一个不速之客。那是一个二十几岁的英国青年，自称是高登的儿子派翠克。自太平洋战争开始，高登的家眷离开上海去了新加坡，那几年南洋的战势很不好，很快就断了音信，高登在上海的集中营里病死之后，任凭是谁都没想到还会再见到他的后人。派翠克现身之初，全店上下便充满了各种怀疑和揣度，他真的是高登的儿子？他为什么来？作为现任店东的方兆堃又会如何应对？

也有些人自以为看得很透，觉得兆堃这个东家不过是挂个名头，每月拿拿分红，其余一概不管，最后还是要看雪城做何打算。一场战乱之后，许多文书凭据都已灰飞烟灭，上一辈的人死的死、走的走，普通洋人在本地也远不如战前那样高人一等。这个突然冒出来的派翠克要主张权利不是什么容易的事情，同样的境况若是放在别家，很可能无人理会，干脆给他来个翻脸不认人。但雪城却是记得自己的身份的，还是去问方家人的意思。

方老太太照例是没什么主意的，于雪城意料之外的是，方兆堃竟主张把店盘出去，属于高登的那一份由派翠克继承，余下的雪城一份，母亲和他自己一份。

雪城看兆堃态度明晰，一干数字都算得很清楚，想来必是经过一番思虑的。战后几年间，方氏商店经营得很不错，在上海滩是数得上的，此刻虽然世道不是很好，但真要变现却不愁找不到下家，所得也应该是一笔不小的数目。雪城对这家店花费了全部心思，突然放手确是不舍得，而且他毕竟只是伙计，莫名接受这笔钱，名不正言不顺，但倘若反过来想，有了这笔钱，他与江雅言离开此地的计划也就不再是做做梦了。

兆堃看出雪城的顾虑，话说得很诚恳，说他自己虽不是做外科医生的质料，但也决心一辈子钻在医书里了，若是雪城走了，这家店凭他一个人也做不下去，与其看着它败落，不如趁好的时候出手。

话说到此处，雪城突然打断兆堃，问："你从哪里听说我要走？"

兆堃一愣，不知如何回答。

雪城看了他良久，又问："是不是她对你说过什么？"

不必明说，兆堃也知道这个"她"指的是谁，立时否认："不是，她什么都没说，是别人……"

"谁？"

……

雪城没有再问下去，这件事本来就只是个梦，除了他们两个人，还有谁知道？

“兆堃，”最后，他这样讲，“你是东家，这店是卖是留自然是由你做主，我只请你先等一等。”

兆堃点头，似有什么话想说，却又不确定该不该开口。雪城匆匆告辞，出了方家的门，径直去找江雅言，到了她住的地方，却又盘桓许久才上去敲了门。

那时天色已晚，但江雅言还是换了件衣服，出来与他散了很久的步。一路上，两人说的都是些不相干的话，直到他原路送她回去，走到那栋公寓楼下，才开口问她：“有没有想过，三年或者五年之后，我们会怎么样？”

“会怎么样？”对这个问题，她似乎有种下意识的警惕，抬头看了看他，许久才说，“那个时候，我们很可能不在这里了，但不管去哪里，总是在一起的。”

“是，我们会在一起，”雪城重复她的话，又好像在说一种假设，“但会过得很辛苦，你或许会怨，有一天会不再喜欢我。”

“或者正好相反，”她打断他，笑，“你不再喜欢我。”

路灯光昏黄，江雅言低头，睫毛在颧骨上投下阴影。雪城想起初见时的情形，在海员俱乐部的小剧场，方兆堃叫她名字，她回头对他们笑，脸庞光洁，没有丝毫脂粉气，带着些许不以为然的神色。那种气派，他从未曾在其他女人身上见过，回想起来，他应该就是从那一刻开始爱她的。

“你要离开上海的事情，有没有对别人说过？”他沉吟着问，希望事情与他想的不同。

她怔住，片刻之后才缓过来，说：“应该是说起过的，又不是什么秘密，怎么了？”

那一刻，他是失望了，既是对她，更是对自己，什么都不能给她，反倒要她去动这样的心思，而她动了心思的那个人，又是兆堃。

“你知道他喜欢你，为你他什么都愿意做……”他字斟句酌。

“你什么意思？”她变了脸色，“我不过是请他帮一个忙，也是为了我们两个人。”

他无奈笑了笑，的确，她从来就是众星拱月的女子，想要什么，自有人心甘情愿地献上来，而且又是为了他们两个人，区区一个方兆堃算得了什么，一家店算得了什么，上上下下几十个伙计的生计又算得了什么。

那一夜，注定是不欢而散了，虽然很快他们就知道彼此都误会了。

江雅言并没对方兆堃说过什么，她找的是那个追求过她的法国人维依。维依早已经离开上海，并不知道后来她与王亦尧和翠西周之间发生的事。他听她说和家里断绝了关系，又急于要去欧洲，担心她遇到了什么难事，未曾向他全盘托出。于是，他发电报给王亦尧，希望从侧面了解她的近况。

那一封电报不过十几个字，却实在是王亦尧求之不得的。

自从两人分开之后，江雅言再没找过他，他没想到她竟真的能做到这样决绝，连该她得的那一部分店股也不要了。翠西周也不是寻常的女人，事情过去之后就不再提了，仿佛这只是一段无伤大雅、可以忽略不计的插曲，轻轻一抹就没了，日子还是那样不咸不淡地过下去。

这种决绝或者冷漠却是他学不来的，他所做的只能是维持表面上的平静，私下里却从来没有停止打听江雅言的消息，哪怕是关于她的一点一滴都是好的。他听说她尝试自食其力，在文艺圈子里讨生活。而他家世代名医，各界人士都很认得一些，听说筹建美术馆，便辗转托人荐她去为吴侍秋工作。并不全是为了帮她，她不要他的东西，他却偏要她欠着他的，哪怕她自己不晓得。

他又向兆堃提及这件事，说江雅言在此地处境尴尬，想走却无人相帮资助。方兆堃是他的学生，也是江雅言的好友，他这么说仿佛也是很自然的，引出后面那一场风波似乎也是出于无意。

那座城不过就这么大，这其中的枝枝节节很快就都清楚了。但误会解了，心却也冷了。江雅言明白了雪城对她的不信任，或许这一辈子他都不会全然相信她，既是因为她过去的经历，也是因为他们太不相同了。而雪城也不得不承认他与江雅言可能真的没有继续走下去的缘分，他自问不能为她做任何事，甚至没有方兆堃那样义无反顾。

他花了很长时间去想，想清楚之后，写了一封长信给她。那封信她看了许多遍，几乎可以背下来，而后在阳台的角落里烧掉，没有回。其中有一句话，她或许一辈子都会记得：我们在一起，要么我不能成为我，要么你不是你了。

这一段短暂的情事就这样悄无声息地过去了，没有几个人知道其中的因缘与结局。

方兆堃最终还是把绅士商店盘出去了，按照战前的比例，把老高登的那一份股份折现给了派翠克，此外还给了雪城可观的一份，却被雪城婉拒。同行里许多人赞方兆堃是真君子，私下里又觉得他傻，怎么样都好，何苦和钱过不去?

派翠克对此举十分感激，离开上海之前，郑重地对兆堃说："倘若方家有需要，一定倾力相助。"

兆堃倒也不客气，笑道："说不定很快就有需要帮忙的地方，也请你尽地主之谊。"

派翠克自然是满口答应的。

结束生意，安顿好母亲，兆堃去找江雅言，对她说自己准备去英国留学，进伦敦的皇家内科医学院学习。他没有去过英国，甚至未曾离家远行，有许多事情都不懂，英文也不甚好，希望能与她同行。

话虽是这样说，江雅言心里却很清楚，方兆堃并不需要她照拂，反倒是他是想要帮她。她笑，谢过他的好意，而后对他说，她不走了，也不想走，既是因为倦了，也因为认了命。

兆堃无奈，轻声道："因为是我来问你吧……"心想若是雪城，肯定就不一样了。

江雅言还是笑，不置可否。

那时已是中华人民共和国成立前夕，时局一天一变，很快就不是想不想走，而是真的走不了了。先是南京、杭州，退守上海，而后又是将近一个月的围城，当枪炮声逐渐隐去，恍然间一切就都不一样了。

内战结束之后最初的几年，是这个城市的黄金岁月，经历过担忧、疑虑、是去是留，当尘埃落定，似乎所有人都放下心来，在这个崭新的清明世界里开始生活。

雪城被另一家服装定制商店聘用，不仅在店里受倚重，在当时的纺织行会里也颇有声名。兆堃从学校毕业，如愿做了医生。但关于江雅言，他们所知都不多。那段日子，她与过去来往的那个圈子里所有的人都疏远了，只听说在一家外贸公司找了一份秘书工作，拟写翻译生意上的往来信件，每月领一份工资，正式成了职业女性。

一切似乎都各得其所，直到有一日，方兆堃在医院遇到江雅言，发现她已有孕。

兆堃看得出来她过得不好，江雅言却很淡然地把过去三两年的经历讲给他听。她最初在外贸公司做事，日子还算平顺，直到数月之后在办公室遇到一个旧识，那个人便是翠西周。那家公司的老板是翠西的妹夫，听说她们之间的渊源之后，很自然地找了借口，把她辞退了。翠西交游广，后来她又辗转换过几份工作，似乎总是转不出那个圈子。她家里人也很不好，哥哥交友一向鱼龙混杂，因替别人私藏一把手枪被捕入狱，既帮不了也不会帮她。她断断续续地失业，直到一年前，有人来找她，主动给她一份美术馆的工作。1949年前，他们曾在吴侍秋身边共事过，很短的一段时间，彼此之间也不算很熟，她奇怪怎会特地找到她。那人一开始讳莫如深，后来才露出来，是因为王亦尧郑重相托。

听到这里，兆堃猜测：“孩子是王亦尧的，你们又在一起了。”

“是。”她点头。

“就是为了他帮你？！”他压抑声音，内心却十分震动。

“不是。”她回答，再没有解释什么，只对兆堃说，有关她的事情，不要告诉雪城。

方兆堃答应了，却始终不懂她是为什么，不管是出于对王亦尧的感激，抑或是对翠西周的报复，他都为她不值。她满可以来找他，或者雪城，虽然他很清楚，她不会要他们的接济。这个时候，在这个世界上，她最不想与之相关的，可能就是雪城了。

没有人知道，在最窘迫的时候，江雅言曾去找过雪城。那时已是夜里，她以为他总是在家的，敲过门之后出来应门的却是宝月。那一年，宝月已经快二十岁了，出来做事几年，待人接物脱去了原本那一点乡土气，透着宁波人特有的爽直练达，世道的变迁更让她添了一分大方与自信。

她招呼雅言进屋，坐在那张熟悉的单人沙发上，沏的茶还是一杯草青，一切都熟门熟路，就像是这屋里的女主人。她告诉雅言，雪城每个礼拜有三天晚归，一天是纺织行会开会，另外两天要去职业学校教课，平常店里的事情也忙，总是她下班之后过来，帮他洗衣服收拾房间，再做一点夜宵等他回来吃，言语间露出一些埋怨，却又有一丝暖意。

那一天，雪城回来得其实并不是特别晚，但江雅言还是没有等到那个时候，就早早告辞走了。后来，宝月没有对雪城提起这样一个访客，有心抑或无意。没有人知道，命运是否因此而改变。

数月之后，江雅言在广慈医院生下一个女婴，瘦小，眉眼还未长成，也看不出像谁多一些。方兆堃又去看她，意外得知她很快就要离开上海去香港了。当时两地之间的往来已经收紧，她此去一个人走已是不易，更何况还有一个未出月的孩子。

“孩子怎么办？”他问。

“留在王家，我是一个人走。”她回答，声音平静，没有看那个小小的襁褓。

他不能想象她如何做出这样的决定，是王亦尧的意思，还是翠西周要她走？她从小在那样一个环境里长大，机缘流转，她的女儿又要重复她曾经的命运。他有一种冲动，要她把孩子交给他，这句话就在嘴边盘旋，却始终没有说出来，他算她的什么人？又如何要求她这样？

江雅言走得很安静，直到她离开数月之后，雪城才知道她已经不在这个城市里了，还是因为旁人对他说起她和王亦尧生的那个孩子。他到处打听她的消息，最后方兆堃给了他一个地址，那是她初到香港时落脚的地方。地址拿在手上，他却没有写信过去。当时，对外的贸易和通信都开始受到控制，大小商号公司纷纷与国家联营，个人去香港的申请不再被批准。任何尝试都是徒劳的，无论如何都是永别了。

雪城第一次见到王知绘，是整整五年之后的事情了。

那个时候，他已经和宝月结婚，有一个三岁的女孩，起名晓安，另一个孩子还在肚子里，也有七八个月大了。一家人搬进同仁路上一座新建的公房，那座四层建筑纯属见缝插针，前后左右都是1949年前造的别墅和西式公寓，其中一栋花园洋房里就住着王亦尧一家。

许晓安可以说是和王知绘一道长大的，很小便在一起玩，后来又做了同学。

虽说知绘比晓安年纪大了两岁多，上学却很迟，在居委会干部找上门去之前，一直野在那一带的弄堂里。她一出生就被送去苏州乡下，寄养在乳母家里，直到四五岁才接回上海，连说话都有些脱不去的苏州口音，那时的街坊四邻有许多都是1949年后才入了上海户籍的，南腔北调的倒也不显得她特殊。

可能是因为自小长在农村，跟城市里的孩子相比，她更胆大，也更会玩，是当之无愧的孩子王，从家里出来，手上从来没有零食也没有玩具，吃的玩的从来都是从别的小孩儿手里拿的。不时有大人骂上门去，说她又骗了或是抢了人家什么东西，偏偏那帮不长记性的孩子还是成日里跟在她屁股后面玩。每次有人去告状，都是王家的一个老娘姨出来开门，口不对心地道个歉，再训斥知绘几句，从来没有王家的人出来说过什么。

两人最初相识，晓安就觉得知绘的名字好听，知绘却不以为然，她告诉晓安，那个"知"字是排行，"绘"字是她爹随便想的，可能是因为那个苏州乳母家里是画团扇扇面的。1949年后没人卖团扇了，乳母日子不好过，经常到上海来讨钱，她爹妈嫌烦，这才把她接回来养。

后来，随着年纪渐长，晓安越来越觉得知绘是个奇怪的结合体，从来没搞明白她到底是怎么回事，直到七八岁的时候才渐渐领悟，知绘和身边其他的女同学是不一样的。旁人都要相帮家里做家务带弟妹，这些知绘都不必做，她只有一个哥哥，大她好几岁，已经念中学了。而且，王家有用人，她连自己的内衣也不用洗。

晓安每天有做不完的家务，弟弟晓霖成日淘气也叫人讨厌，但却从来没有羡慕过知绘，尽管还是孩子，便已经能看出来王家人态度的疏冷了。

王家的房子很大，还有一个独门独户的院子，一扇锈迹斑驳的铁门隔开门里门外的世界。直到初中一年级，晓安才第一次走进那扇门，虽然门里的世界已经破败，却还是让她大开眼界，她从来不知道一个四口之家需要这么多房间，数年之后，红卫兵从那幢房子里搜出来的无以计数的细软，更让她大吃一惊。

若是真要算起来，初一那一回，是她唯一一次去王家。知绘的妈妈总是在家的，却不曾露面，更没有跟她讲话。知绘也不叫妈，一进家门就钻厨房里找了些吃的，大大方方地招待她。那个老娘姨看见了，便用家乡话骂知绘："草包，就知道死吃！"

娘姨说的是安徽话，晓安略略能懂，所谓"草包"就是说人很笨，是什么都不会做的白痴。那个时候，她与知绘都已是初初长成的少女了，晓安自尊心强，平日里被爸妈说几句，就会赌气不吃饭。知绘拿给她的饼干糕点，她一口都没动，无论如何都想不通知绘怎么受得了被别人这样骂。知绘却好像一点儿都不在乎，嬉笑着反问晓安："自尊又不能吃，算什么？"

除了知绘，王家其余几个人极少与邻居打交道，但那块地方就这么大，又拥了这么多双眼睛，任你是谁，什么秘密都不能有的。

邻居们都知道，王先生既是医生，也在大学教书，早几年出入总是穿西装，开一辆黑色福特轿车，直到那辆车报废，西装袖口磨出了线。再后来，街上再看不到一个穿西装的人了，王先生也开始穿藏蓝色中山装，衬衣领口和裤线也不熨了。不知是不是打扮的关系，整个人似乎一下子就萎了，话很少，总是低着头不与人对视。

王太太原是不工作的，也不操持家务，总是穿旗袍或者西式连衣裙，她不像王先生那般执着，至少表现得很进步，很早就改穿大襟上衣和涤棉长裤，一头精心烫过的卷发也剪到齐耳长短，但这身看似普通的打扮还是没能让她泯然于众，她看起来就是和别的家庭妇女不同，从来没有人听到过她大声讲话，也极少见她笑，与人对视至多弯弯嘴角，眼睛还是冷的。

唯独有一次，晓安看到她露出笑容。那是一个傍晚，王太太走在路上，突然停下脚步，对着弄堂口笑。晓安也忍不住回头，想看看是什么让她露出这由衷的笑容。正是夕阳西下的时候，天边飞着淡淡的晚霞，太阳没了白日里的力道，像一个咸蛋黄。而在这温柔的背景前面，一个穿白衬衫的男孩子正骑着自行车从大路拐进弄堂里。那个人便是知绘的哥哥，王知耀。

似乎就是从那一刻开始，晓安体会到了一种陌生的感觉，像是指尖的一根刺，看不见拔不掉，却总是在那里，隐隐痛着，又忍不住要去拨弄它。后来，有整整一年，或者更久，她所有的快乐与失望，心情的起落都是因为这个穿白衬衫的颀长身影，都是因为知耀。

那个时候，知耀已经在念大学了，也是学医的，身形与神态很像他爸。若真要算起来，晓安连话都不曾跟他说过，甚至不确定在街上遇到，知耀是不是能认出她来，却总觉得自己和他有着与旁人不同的联系。

那种联系最初是因为一本书。当时市面上能读到的书越来越少，但像王家这样的人家还是有些私藏的。晓安喜欢看书，知绘便从家里偷拿了一些给她，待看完了再悄悄拿回去。那些小说，晓安都读得极快，一两天便能归还，只有一本纪伯伦的《先知》，她读过了还想抄下来，知绘催了好几次，才还回去。

那本《先知》是许多年前的中译本，译得文白相间，读起来并不太顺，却有种特别的时光的味道。有些句子后面有淡淡的铅笔写的外国字，晓安的英文只有“long live Chairman Mao”的水平，猜那是别人抄在上面的原文。书是二十世纪四十年代再版的，上面的字迹又略显稚嫩，知绘的英文跟她脚碰脚，写这些字的人只能是知耀了。她一个字母一个字母地描下来，也说不清是为了什么。

其实，晓安也知道自己根本没工夫做这些没意义的事情。那几年和刚解放的时候大不相同了，不光是王家人的生活变了，她家里的日子也不好过。

先是她爹雪城工作的商店搞公私合营，那时风头刚转，她娘宝月还曾庆幸，还好许家在鄞县乡下早就败落了，雪城当初也不曾沾手店里的股份，更没有自立门户出来做，不管他在店里管多少事情，行内有多大的名气，作为学徒出身的店员，成分总还是好的。

但世事的变化比他们想象的要大，很快所有定做西式服装的生意都停了，改做一些来自苏联的款式。再后来就是工农兵接管商业，雪城几乎就没事情做了，被送去一个干校上学习班。这本来不是什么坏事，但他还是从前的老脾气，为人淡淡的，对有些事情不太积极，也不知是不是得罪了什么人，学习班结束就被打发去了崇明农场种地。

虽然雪城不是什么享惯了福的人，从小做到大的，但真的干农活却是从来没有过的。初到海岛正是隆冬，寒冷、劳累，加上吃得不好，他得了病，也没有什么药，迁延不愈，慢慢就成了肺炎。消息传回上海，宝月四处想办法，但凡管事的、能说上话的领导都去找了，哭、求、骂、撒泼，样样都来，又拖了一个多月，他才被批准回城就医。

雪城住院的那段日子算是长病假，工资少到几乎等于无，一家上下的开销都落到了宝月肩上。她在街道工厂做事，收入菲薄，要喂饱两个正在长身体的孩子，还要留出一部分钱来给病人增加营养，压力不是不大。她总是想尽办法多做事，好有些额外的进账。好在晓安大了，懂事也早，家里的事情几乎都能做，烧饭、洗衣服、每隔一天去医院探视送东西，都是她的任务。

去医院的那段路说长也不长，若是坐车，中间要换一次，总共三站。晓安总觉得麻烦，宁愿花半个钟头走过去，省下来回的车钱，晚餐桌上就能添一个素菜了。每次去她总得拿许多东西，吃的用的，装在两个布袋里，提在手里勒出两条深深的红印子，沉得两边肩膀都塌下去。

那天也不例外，唯一不同的是，她经过一座桥时，左手的袋子破了，里头的东西落了一地。她急得要命，满地地捡，无奈只有两只手，捡回来了也没法拿。正不知怎么办的时候，有人拾了两只黄焦苹果递到她面前。她抬头，发现眼前的人竟是知耀。

那一天，知耀把晓安送到医院，看过她爸，再用自行车带她回家。路上，他竟问起那本《先知》，晓安涨红了脸，支吾着不知如何作答。知绘和她一直以为借书这件事做得神不知鬼不觉，却没想到他一直都是知道的。

到铜仁路口时已是傍晚，天快黑了，晓安匆匆谢过，跑回家去生炉子做饭。她心里也明白，知耀多半只把她当作知绘的同学和邻居家的一个小孩子看待。纵是很平常的一件事，却足够她记一辈子的，不为别的，只因为那之后不久，王家便出事了，再也没有别的什么能够覆盖那个下午的记忆了。

先是王先生和知耀被拘在大学不准回家，不久之后，王太太也被带走，老娘姨不知有没有辞工，包了个包袱就回老家了。王家被抄的那天，只有知绘一个人在，附近的人都去看热闹，她倒是难得地镇定，也站在人堆里看着，好像根本不是自己家。

晓安听到消息赶紧跑过去，见这般情势，本想求母亲带知绘回去过夜的，未曾开口，便看见宝月一声不响地把知绘从人堆里拉出来，揽着她的肩往家里走。

吃晚饭时，知绘似乎胃口很好，不停地赞饭菜可口，其实桌上并没有什么好东西，都是晓安做的，一下午心神不定的，一碗青菜还炒煳了。

吃过饭，宝月留知绘过夜，知绘不肯，一定要回家。说到后来，宝月也是急了，喉咙响起来：“你一个小孩子逞什么能，这几天就住在这里！晓安的爸爸交代过的，别叫我为难了！”

晓安知道知绘素日的脾气，以为她肯定不会听，却没想到知绘竟服了软，乖乖留下了。许家地方小，她和晓安只能挤一张单人床，倒也安稳地过了三五天，直到知耀从学校回来，接她回去。

一个多礼拜之后，王先生也放出来了，王太太却还是不见人，听说是因为在百货公司任职的娘家长兄犯了事，牵连到了她，已经被带到派出所去了。那一整天，王家人闭门不出，夜里，医院的救护车来了，从那扇斑驳的铁门里抬出来三个人。

之后将近半个月，知绘没有去上学。后来总算来了，头发上别着白花，臂上缠着一截黑纱，在那个时代已是重孝了。

“我爸没了，”她告诉晓安，语气如常，“还有我哥。”

知耀。

许久，晓安心里只有这两个字。

知耀。

她盯着课桌台板，紧握着拳头，指甲几乎要嵌到肉里去。

“……我爸开的煤气，我看见他们坐到地上，闭上眼睛，我也没力气了，就拼命往外面爬，要不然肯定也死了。”知绘还在说那天夜里的事情，像是在说什么了不起的奇遇，“……那女人想不通了，怎么偏是我没死。”

“什么女人？谁？”晓安不懂她讲的是谁。

“周翠西，”知绘吐出三个字，冷冷的，“因为家里死了人，她总算也放出来了。”

那个年代，与一个下狱的亲人划清界限是很寻常的事，但晓安却觉得知绘对这个妈不只是划清界限这么简单。

“她不是我妈，她自己告诉我的，我亲妈老早就去香港了。”知绘继续说下去，脸上冷笑，“知耀死了，她可是真伤心了，什么都说了，十几年从来没跟我废过这么多话。”

晓安还是默默的，知绘说的话从头到尾也没听进去几句，只隐约知道，她嘴里说的那个亲妈可能在法国，因为最后一封信是从那里来的，寄到苏州奶奶家里，没人知道写了些什么，可能拆都没拆就扔了。

“……你不要告诉别人，总有一天我是要去找她的。”说到这句话，知绘的声音也有些紧了，即便是她爸爸和哥哥的死讯也不曾让她这样。

至少在那个时候，晓安不相信知绘真的能做到。法国，那么遥远的地方，听起来好像另一个平行时空一样，有那么个名词存在，有人生活在那里，却永远没有机会相交。

随后那几年一切停滞，与此同时又发生了许多事，有人生，有人死，更多人只是长大变老，离开了这座城市。从十四到二十岁，说长不长，说短也不短，先是数着日子一天天地挨，而后突然有一天，就发现自己已经这么大了，回想起从前似乎只是一眨眼的工夫。

初中毕业，知绘去了苏州乡下，算是投亲插队。晓安又上了三年卫校，分配去了安徽山里的军工厂，地方虽偏远，却有种世外桃源般的宁静。她在厂医院做护士，医院规模小，工作倒也清闲，共事的几个医生护士都有些年纪了，最大的爱好是讲家长里短，以及给她这样的未婚女青年介绍对象。那些人也穿白大褂，但都已是半旧，根本比不上她在知耀身上看到过的那种通透的白，讽刺的却是，知耀这辈子都未能有机会真正做成医生。

每个月，晓安都给知绘写一封信。两人分开很久了，知绘又从来不说自己的境况，所以写来写去都是从前的那些事情，晓安却乐此不疲，只因为在那些字里行间，总有一丝一毫能唤起某些关于知耀的回忆。有很长一段时间，她以为自己再没有机会看到记忆里那种白色了，直到有一天，车工车间送来一个急诊病人。那天不是她当班，第二天一早才听人家在说，头天的一场事故让一个二十出头的男孩子失去了一截手指，紧急处理之后就送县医院了。

又过了一个多礼拜，有人来打针，左手拇指裹着纱布，还有些肿着。晓安猜他就是那个倒霉蛋，心里多少有些同情，但面前这个人却是她意料之外的轻松，跟送他来的同事说笑着，好像一点儿怨念都没有。

晓安戴着口罩，定定看了他片刻，那人也注意到她了，对她笑了笑。他身上穿的是藏蓝色的工作服，给她的观感却是那样年轻干净，笑起来乐天知命的样子，让她一瞬又回到多年前那个傍晚，在弄堂口看见知耀，活生生的那个知耀，推着车，映着夕阳朝她走过来。

倒霉蛋每天过来打针换药，很快就跟一众医生护士混熟了。晓安也知道了他的名字，苏勤之。

苏勤之也是上海人，因为长得好，性格外向，即使是在受伤残疾之后，厂里还是有不少女孩子喜欢他，隔三岔五地送些吃的用的，天气冷了便有人打围巾手套给他。那些女孩子当中也不缺活泼标致的，却不知怎么，勤之就是盯上晓安了，先是借着打针换药来医院，后来伤口长好了，还是时不时地过来，叫她去看电影，或者只是找她说说话。

自从知耀离世，晓安再也没有喜欢过什么人，除非必要，甚至很少跟同龄的男孩子打交道。她一直觉得自己是挺木讷的一个人，很有可能是要做一辈子老姑娘的。别人都不愿意去外地工作，她却有些庆幸，如果留在上海，家里那么小，母亲一定巴望着她早早嫁了，好让弟弟晓霖有地方成家，如今这样倒也清静自在。

很快就到了春节，厂里放一个月探亲假，晓安坐长途汽车回上海过年，苏勤之和她乘的是同一辆车。那个时候，从安徽到上海的路不好走，单程就要十多个小时。晓安晕车，吐得昏天黑地，一路上都是苏勤之在照顾她，等到了上海，又把她送回家，在旁人眼里俨然是男女朋友的样子了。晓安隐约觉得不妥，无奈胃里难过得要命，也顾不上这些了。

不料到了年初一，苏勤之又不请自来，一早就摸到晓安家里来，带了礼物，说是拜年。他长相干净俊朗，又是聪敏勤力的人，雪城和宝月都很满意，尤其是宝月，越看越喜欢，殷勤地留他吃了两顿饭。

那天还有一个人来拜年，便是知绘了。初中毕业之后，知绘就去乡下插队做农民，很长一段时间只有口粮，没有收入，日子过得很苦。用她自己的话来说，父亲和哥哥死后，她跟王家也就没有什么关系了。周翠西也在乡下监督劳动，境况比她更差，自己都顾不过来，自然也不会管她。她能够没病没灾地活到今天，没有饿死冻死，多半是因为几个故交的照顾。

她在乡下用的被褥冬衣都是宝月打点的，每次给晓安寄的东西，也总有一模一样的一份寄给她。还有便是方兆堃，方家房子大，手头也宽裕些，三不五时寄钱过去，她每次回上海也是住在那里，说是和方老太太做伴，其实除了那里，她也没有别的地方可去。王家的旧宅早已充公，房管所另分了一间小屋，她从来没有去过，只听说周翠西一个人住在那里，也不知过得好不好。

吃过晚饭，一家人送走了苏勤之，便开始拿晓安打趣，问她什么时候有好消息。

刚开始晓安还解释几句，却没有人肯听，她真急了，话说得便有些不好听："不就是想让我给晓霖腾地方吗？你们放心，我就算睡马路也不占这张床！"

宝月也不是没脾气的，训了她几句，越骂越火，最后说："你今天就睡马路去吧！"

晓安从小就犟，任凭父亲弟弟怎么劝都不听，立刻说到做到，收拾东西走人。幸好还有知绘在，拉她去方家住了一夜。

方家1949年前是开店做生意的，虽然店已经不在了，但城里乡下的房子家产都不少，成分不算很好。所幸方兆堃性子好，随遇而安又会做人，哪怕在风头最紧的那几年，也没有受什么苦。他在上海做了几年医生之后，就被调去了杭州下面一个小小的县医院，那里已经过了钱塘江，临近绍兴了，才十几万人口的小地方。在那里，他娶了当地一户农民家的长女，有一儿一女，过得平静安顺，逢年过节才回来一次，上海的房子只有方老太太一个人住着，偶尔多一个知绘。

夜深，两个女孩子睡在一张窄床上。知绘告诉晓安，自己打算离开苏州回上海了。

“工作落实了？”晓安问。

却没想到知绘这样回答：“没有，了不起就是待业，那里我实在待不下去了。”

“那你今后打算怎么办？”晓安追问。

“干什么不能挣钱啊？”知绘倒是一点儿都不担心，突然压低了声音，“还有，我找到那封信了！”

“什么信？”晓安不知道她在说什么。

“就是我妈从法国寄到苏州的那封信啊。”知绘解释道，声音里有种难掩的兴奋。

“里头都写了些什么？”晓安连忙问，若真是这样，她也为知绘高兴。

知绘却静下来，愣了愣才说：“里头的信纸不知道上哪儿去了，只有信封还在，等邮路通了，我就照上面的地址写信过去。”

那只信封是跟许多旧报纸、月份牌混杂在一起，贴在苏州一座老房子里灶头间的墙上的，经年累月的油腻污垢，字迹都已经模糊了。后来，国际邮件恢复，知绘寄了一封信过去，却很久没有等到回信。数年之后，当她真的到了法国，才知道自己把地址写错了，就算等得再久也等不来回信的。幸好，她从来都不是一个甘于等待的人。

“你跟那个苏勤之到底有没有戏啊？”知绘陡然换了个话题，脸上也笑起来。

晓安最忌讳的就是这个，推了她一把，翻了个身不再讲话了。

那一夜就这样过去了，晓安又在方家住了好几天，直到假期结束回安徽去工作，雪城、晓霖拖着宝月去汽车站送她，一家人才算是和解了。

苏勤之还是跟她同车走的，一路上仍旧对她颇多照应，回到厂里之后老是去找她，晓安却不怎么理他了。

其实，她并不讨厌苏勤之，但也说不上喜欢。他长得很好，乍一看有几分像当年的知耀，实则却是完全两样的人，他不喜欢读书，顶会讲笑话，性子也急得多。但有件事情倒是很巧，勤之的祖籍也是宁波，1949年前，苏家也是在上海开裁缝店的，只是店的规模远及不上方氏那样大，只是一个两开间门面的铺子，价格平易，做做普通职员的生意。勤之的祖父、父亲都是裁缝，祖母和母亲也在店里打下手，连带着他也学了些手艺，不算精到，做做平常的衣服却也足够了。

那时已是二十世纪七十年代末，风向又悄悄地在变了，最明显的或许就是人们身上的穿着了。上海组建了服装研究所，雪城作为业内有名的技术专家被聘用，重操旧业。与其他老顾问相比，他不过五十出头，还算是正当年，趁着退休前那几年时间，替各个服装厂制版，参与编纂裁剪缝纫工艺之类的图书，收集整理失落的史料，林林总总做了许多事情。

这阵风头一起，二十来岁的男女青年更是按捺不住，身上穿的不再是单调的黑蓝灰，各种颜色各种款式又翻起花样来。因为收入有限，当时市面上能买到的现成的衣服又差强人意，他们中间手巧能干的那些人便开始自己动手做，苏勤之便是其中之一。虽然他人在安徽山沟沟里，倒是很领世面，对上海时下流行些什么了若指掌，难得又有自己的见解，总能做出些极别致的东西来。厂里不少爱俏的都找他帮忙做衣服，尤其是女孩子，一拨拨的，络绎不绝。其中有那么一两个原本就对他有意思，一来二去更是芳心暗许。旁人看见，常常来逗晓安，说：你家苏勤之又在给谁谁谁裁裤子呢。

晓安其实并不动气，只想借这样的机会跟勤之说开了，好让他离自己远点儿。她问他：那个谁谁谁是不是你新交的女朋友？

勤之一听，当即否认，又赌咒发誓，若她不喜欢，就再也不帮别人做了，只给她一个人做衣服。

晓安见他这么说，暗自气结，搞得倒好像是她小气似的，连着几天对他不理不睬。勤之也是急了，没事就上厂医院去守着。

那一日正好轮到晓安值班，夜里十二点才离开医院回宿舍，出门便看见勤之坐在院门口的台阶上，旁边停着自行车。她还是不理他，快步朝前面走，勤之也不说话，推车跟在后面。

沿着山路走了半天，他追上她，开口问："晓安，你是不是有喜欢的人了？"

晓安听得心里一颤，脚下步子慢下来，摇头说："不是。"

知耀已经不在了，她这么说也不能算是假话。

"那是因为我手残疾？"勤之顿了顿，又问。

"也不是，你别瞎想！"晓安有些恼了，不自觉地提高了声音，心里却是一软。

其实，勤之手上的伤恢复得很好，只是拇指短了一截，没有指甲，并不太显眼，也不妨碍什么。他刚从县医院出来的时候，晓安给他换过一次药，但后来他总是找别的老护士，有意避着她。平常只要她在，他就把左手藏在口袋里，从来不让她看。

他是很在乎她的，她不是不知道。

两人又默默走了一段，晓安才对勤之说：“不是因为你，是我打算继续读书，所以，别的事情暂时不考虑。”

这也是实话，且不管其中多少有些推托的成分，她的确托人替她找了旧版的高中教科书，已经开始自习了。那些书差不多都是知绘给她寄来的，多半是知耀从前用过的。书页上偶尔有些钢笔做的笔记，她总是看着看着就发了呆。

“打算学什么？”勤之问。

“想学医，就是不知道考不考得上。”晓安以为总算说通了，语气便和缓些。

“医科要念几年？”他又问。

“总要五六年，至少。”她回答。

“那也不算很久，我等你毕业。”

晓安傻了眼，没想到他会这样说。勤之是念不进书的人，也没打算考大学，如果她真的如愿考上了，他们就是完全不同的两路人了，今后的人生截然不同，却不知他从哪里来的自信和执着，一开口便说等她那么许多年。

“你要等就等吧。”宿舍楼就在眼前了，晓安撂下这么一句，就快步跑进去了。

至少在那个深夜，晓安不信勤之真的可以说到做到。五年说长不长，说短也不短，两个人不在一个地方，看着身边的人一个个地结婚成家，生儿育女，不是所有人都能耐得住那份寂寞的。

那年夏天，晓安真的考上了医科大学，九月初便离开军工厂，去上海报到了。勤之请了一个礼拜的事假送她，帮她安排好一切。身边的人都不看好他们俩，觉得勤之挺傻的，晓安是正宗的大学生，用那个时候的话来说，今后就是干部编制了，无论如何都不会再下嫁给他这么个外地工矿的工人的。

也是在那个夏天，知绘办了病休回上海，没有工作，就那样在社会上混着，仍旧住在方家。她是极乖巧的人，一切家务事情都抢着做，管方老太太叫奶奶。九月份开学之后不久，她去医科大学看晓安，说自己遇到一个人。

那是个二十八九岁的上海青年，她第一次看到他是在南京路上一家涉外饭店的咖啡厅里。他坐在一架陈旧的三角钢琴后面，看衣着就知道不是饭店的住客，嘴里叼着半根烟，弹一首不知出处的曲子，听起来不着调，却又行云流水。她走过去，出神地看他的手在琴键上滑动，手很大，手指颀长。

“这是什么曲子？”她问。

“德彪西的阿拉伯风格曲。”他笑了笑，叼着烟回答，“没有谱，跳了一段，隔太久了，都忘了。”

这时，饭店服务员走过来，对他说：“琴不能碰，此地也不能抽烟。”

“烟根本没点。”他无所谓地笑，从旁边桌上拿了一条餐巾，擦了擦琴键，合上键盖，动作娴熟，一点儿都没有被人抓了现行的紧张。

知绘对晓安说起这件事的时候，甚至还不知道那人的名字。至于她为什么要去那家涉外饭店？去做什么？她不说，晓安也搞不懂。更多有关那个人的事情，是后来听方老太太说的，说他是被判过流氓罪的劳改犯，吃过几年官司，倒把晓安吓了一跳。相较之下，方兆堃的版本要温和一些，他告诉晓安，那人名叫舒宇，原是音乐学院钢琴系的学生，因为家里许多人都在国外，成分不好，所以一直拖着不能毕业，也没能分配工作，早几年搞黑灯舞会，被送去劳动教养了两年，期满之后一直待业。方家人之所以要弄清楚那人的底细，不为别的，只是因为知绘说要跟他结婚。

知绘在上海算是寄人篱下，舒宇的情况也差不多，他的父亲1949

年前就出国了，母亲已经去世，住在一个堂亲家里。婚最终没能结成，既是因为两方面家里反对，也是因为他们都一无所有，没地方住，没工作，也不知道将来会怎样。

经过那样一场风波，知绘很快从方家搬出去，悄无声息地回苏州去了。直到次年春节，她回到上海，晓安才知道她是跟舒宇一起去苏州的，过去几个月，两人一直住在一起，这次回来是因为舒宇联系上父亲，就要去美国了。

“你们一起走？”晓安问，心里也知道不可能，出国不是那么容易的，更何况他们还没有结婚。

知绘摇摇头，倒不怎么担心：“我们说好了的，无论谁先走，留下来的人都不拖累。”

“那你怎么办？”晓安恨不得骂她几句，又不知道该怎么说。知绘怀孕了，而且月份不小，人看起来很瘦，愈加显得肚子大，许是再过一个月就要生了，应该是离开上海前就有了的。

可能就像知绘说的，两人是早就说清楚了的，没有等到孩子出生，舒宇就走了。知绘表现得很平静，只是发了一场莫名其妙的高烧，差一点儿早产。那时的医院不许家属陪夜，晓安去看她，也就是每天下午那两个钟头。一开始知绘高热不退，肚子里的孩子也跟着心跳飙到一百八十几，好在她精神还不错，照样与晓安聊天说笑，几天工夫也就渐渐好了。

同病房有几个好事的人总爱向晓安打听，王知绘的老公上哪儿去了？为什么不来？护士当中有人知道些底细，也悄悄过来问，孩子生下来之后是不是打算送掉？这些话晓安怕知绘听到伤心，却也明白都是不得不考虑的问题。知绘今后怎么办？孩子生下来之后又怎么办？

最便当的办法就是去找周翠西，不管事情如何，户口本上写着的她们还是母女，周翠西不能不管她。周家有许多亲戚在美国，可以担保知绘出国，再和舒宇在一起也不是不可能。但知绘不肯，不说原因，就是不肯。就连方兆堃试着联系上了自己在英国的旧友，说要帮忙，也被她婉拒了。

旁人都不懂她怎么那么固执，只有晓安猜到她是为什么——那封信她一定已经写了，寄去了法国。她在等，等着回信。

孩子是三月初生的，男孩，长得很好。又有人来问，是不是要送掉？知绘笑问："我这活得好好的，为什么要送掉？"

之后的一年多，知绘在普陀借了一间农民的房子，带着孩子一个人过。晓安去过几次，看她仿佛过得不错，房子简陋，但里面打扫得很干净，孩子没有报户口，因为生日是七号，小名就叫小七，已经蹒跚学步，每个月花几块钱让房东家的老太太帮着带。

知绘自己也没闲着，临窗一张桌子上堆着许多书、照片和油印的资料，中英文的都有，说是在给一个外国人工作。那个外国人，晓安后来也见过一次，六十多岁的法国女人，来中国做纺织品研究，知绘就是在和舒宇初遇的那家饭店里认识她的。晓安知道知绘的英语不错，在苏州奶奶家里学过刺绣，还会画几笔工笔的仕女花鸟，做这个倒也算是专长了。

每次去看过知绘，晓安总是会想，这种边缘人的生活究竟会持续多久，却没料到那么快就结束了。次年初夏，那个法国老太太做完访问研究回国，知绘就是跟着她走的。

她走之后，小七被方兆堃抱去杭州，不久就办了正式的手续，由他的大儿子收养，起名方书齐。方家的大儿媳本是不肯的，叫了她娘家人过来吵，说她只是流产过两次，又不是不会生，怎么就要抱养人家的孩子，而且还一岁多了，有些认生了。方兆堃一向是没什么脾气的人，单单在这件事上那样坚决，有时候他会想起多年以前，如果他早些成家，把知绘留在身边长大，知绘的命运便会截然两样了。

回想起来，那几年发生了那么多事情，唯一不变的或许就是晓安和勤之了。

随着大小三线先后被撤销，军工厂停了产，迁回上海，转而生产民用商品，勤之也跟着回了上海。苏家住的地方离晓安念书的医学院很近，他近水楼台，跑得格外勤快，很快学校里人都知道晓安有这么个男朋友，长得像演电影的达式常，特别能干，待她又好。

其间也曾有过反复，有多事的人给晓安介绍了一个说起来更门当户对的对象，眼科大夫，比她大三岁。

晓安想也没想就回绝了，过后把这事告诉勤之，勤之竟也不急，笑道："你就去见见吧，见一见又不会少块肉。"

晓安一听就恼了，质问他到底什么意思？

勤之收起笑，坦白对她说："讲好了是我等你，不是绑着你，你多看几个人总是没错的。"

这话听起来似乎没错，晓安却动了气，第二天就让介绍人约时间见面。

但缘分就是那么奇怪，那个眼科大夫坐电车下车时摔了一跤，脚上打了石膏，相亲的事情往后拖了拖，待晓安对勤之的气消了，也就不了了之了。

不久，晓安大学毕业，如愿穿上了白衣。她和勤之，没有经过求婚什么的，很自然地就开始谈婚论嫁。矛盾总是有的，勤之家里人嫌她傲气，工作又忙，顾不到家里。她也总觉得勤之不长进，业余高中结业，就再也不想读书了，上班也就是混混，只对家里的事情十分上心。临到结婚前，两人为了点小事又差点儿吵翻了。从前每次闹别扭，都是勤之先低头来哄她，唯独那一次，三天过去了，一点儿动静都没有。

晓安原以为自己只是随大溜，年纪不小了，找个人成家而已，直到那时才发现自己还是在乎的。那天夜里，她又想起知耀。她念的那所医科大学也是知耀的母校，考进去之前，勤之说会等她毕业。说那句话的时候，勤之虚岁二十三，知耀死的时候也是差不多的年纪。多年前的那个深夜，王家旧宅里到底发生了些什么，她所知不多，只听知绘说过一二，但既然知绘一个十几岁的女孩子也能爬出来脱险，知耀若是想求活，也不会死在里面了。是他自己放弃了，因为家里的事情，他一直没能顺利毕业，没有分配工作，更不能做医生，前途渺茫。

她不自觉地胡思乱想，半睡半醒之间，突然有一个念头闪过去——当时的情况，如果换了是勤之，一定不会就这样放弃的。勤之会好好活着，还是会笑，也会逗她笑，无论遇上什么，就像他失去那截手指时那样坚强，那样乐天知命。

第二天，她趁着午休的时间去勤之厂里找他。勤之看见她，也没提吵架的事，带她去食堂吃饭，端过一碗面放在她面前。

“你能过来找我，”他轻声道，“你不知道我有多高兴。”

面碗里的热气蒸腾起来，她突然有点想哭，他捏捏她的手，又对她笑，还是他们初遇时的样子。

他们的婚礼很普通，却也很热闹，连鄞县乡下也有亲戚过来。一大家子人坐在铺板临时搭的床上看新买的彩色电视，人太多，铺板断了，差点儿把床底下晓安陪嫁用的瓷器统统压碎。

结婚之后的日子更是普通的、热闹的。晓安刚刚开始工作，要实习，还要做住院医生，这期间进修考试都是不断的，他们又拖了两年多才要孩子。怀孕的那十个月，晓安照样在医院翻班，勤之把家里的事情都包了，眼看着她肚子一天天大起来，再忙也是眉开眼笑的，仿佛什么烦恼都没了。

有句话他总是挂在嘴上，说他们家唯一缺的就是钱，其余什么都有了，多么幸运。晓安每次听见都要泼他冷水，说一分钱憋死英雄汉，没有钱便是什么都没有。勤之倒也不在意，接了些裁缝活回来做，很是赚了些外快，又鼓动丈人和舅爷，说要是他们三个人一起辞职开店，生意不会做不好，只是这主意不能给晓安听到，否则恐又要惹她不高兴了。

那年七月，方老太太在家跌了一跤，中风去世，方家人来上海办丧事。追悼会上，晓安看到一个六七岁的小男孩，按重孙的礼节戴着缀红缨的白麻帽子。

她问方兆堃："兆堃叔叔，这个就是……"

方兆堃明白她的意思，点了点头。

这个就是知绘的孩子了，很漂亮的一个男孩，讲一口有趣的方言，叫她"恩娘"，也就是阿姨的意思。

那天晚上，宝月跟她闲话聊天，也说到那个孩子，当年是方兆堃坚持要收养，后来他大儿子夫妇又生了个女儿，倒变成超生了，罚了钱才报上户口。儿媳妇一直为这件事不满，直到方兆堃联系了一个许多年前的英国朋友，难得那个人还念着旧情，愿意提供担保，帮他们办出国手续，这才作罢。方家人这次来上海许要住上一阵了，一半是为了方老太太做七、落葬，另一半就是办出国签证。

当时出国潮正方兴未艾，凡是有些门路的人都想走，晓安倒也不觉得意外。等到方老太太五七，她又去了一次方家，又看到小七，只觉得这孩子表面上不声不响的，实际却很皮，很像当年的知绘。勤之最喜欢小孩，老是逗他，有时候反倒被他作弄了。

临走，方兆堃问晓安："有知绘的消息没有？"

晓安摇头，知绘出国之后就没再和她联系过，她原以为方家总会有些消息，毕竟小七还在这里，却不承想知绘是要和他们这些故人旧事一刀两断。

"这里还有寄给她的信，不知道怎么给她。"方兆堃无奈叹了口气，“过几年，我打算把齐齐也送出去，要是有机会，或许能碰上吧。”

晓安点点头，她以为方兆堃说的那封信应该是舒宇寄过来的，如若有缘，他们这散落世界尽头的一家人总有再见面的机会，却没想到那封信是从法国寄来的，方老太太收到便忘记了，一直搁在抽屉里，一放就是几年，直到这次整理遗物的时候才发现。

小七横冲直撞地过来，方兆堃一把抓住他，笑问：“恩娘肚子里是弟弟还是妹妹？”

小七抬头看看晓安，又伸手在她肚子上摸了摸，嘴里迸出三个字：“是妹妹。”

“唉，瞎讲！”他奶奶听见，过来打他的手，“恩娘肚子这么尖，肯定是弟弟。”

“我喜欢妹妹嘛！”孩子并不改口。

他奶奶只好对晓安说：“这种事三岁里面的小孩子说的才准，齐齐这么大了，不作数的，不作数的。”好像是种安慰。

晓安回头，勤之正站在她身后对她笑，究竟是男是女，他们倒是不在乎的。